Lutz Büge

Genetic

MännerschwarmSkript

Der Mutter, die am 21. Juni starb

Lutz Büge

Genetics

Roman

MännerschwarmSkript

Das Projekt Block Arkansas ist ein typisches Produkt der Reagan-Ära, einer Zeit, in der dem Militär und den Geheimdiensten fast kein Wunsch verwehrt wurde. Projektiert wurde es 1981, 1983 in Angriff genommen und im Jahr 2012 auf dem neuesten Stand der Technik aktiviert, verschlossen und sich selbst überlassen. Eingestuft wurde es als «above top secret» – für die nationale Sicherheit der Vereinigten Staaten von allerhöchster Bedeutung. Nur ein elitärer Kreis um Präsident Reagan wußte davon. Dieser Zirkel, einer Geheimloge nicht unähnlich, setzte sich zusammen aus den Führern des Generalstabs und der CIA sowie einigen Magnaten der Rüstungsindustrie. Milliarden von Dollars aus allen möglichen Töpfen wurden investiert, auch gewaschenes Geld aus illegalen Waffengeschäften. Projekt Block Arkansas hatte somit von Anfang an einen Rang, der selbst das legendäre *Manhattan Projekt* übertraf, das die Entwicklung der ersten Atombombe zum Ziel hatte. Im Namen des Patriotismus waren die Initiatoren des Projekts zu allem fähig, wie ich am eigenen Leib erfahren mußte. Das Äußerste war ihnen noch zu wenig. Doch sie konnten die zweifelhaften Früchte des Projekts nicht mehr ernten.

Aus dem
Tagebuch einer Mutter

I.

Versagen

1.

331 konnte nicht mehr. Noch nie in ihrem Leben war sie so weit gelaufen. Im Frauensektor wurde das nicht verlangt. Wenn sie nur begriffen hätte, was mit ihr vorging! Doch als der Mann, der neben ihr lief, vorhin voller Angst geflüstert hatte: «Polizei!», da hatte es sie einfach mitgerissen, und nun rannte sie keuchend mit letzter Kraft neben ihm her. Ohne sie wäre er viel schneller. In ihm steckte eine unerhörte Kraft. Er hatte sogar einen Namen, er hieß Jak, während sie in Verkürzung ihrer Seriennummer nur 331 genannt wurde. Die volle Nummer lautete 2145-B2/331.

Obwohl sie nicht wußte, warum, wäre sie ihm überallhin gefolgt. Wenn ihr gestern morgen vorausgesagt worden wäre, daß sie in Kürze mit einem Mann weglaufen würde, ohne auch nur die geringste Angst vor ihm zu haben – sie hätte diejenige nicht einmal ausgelacht oder verhöhnt, sondern hätte sie kopfschüttelnd stehenlassen. Gestern morgen war sie ja noch beinahe starr vor Angst gewesen, nachdem Ciah ihr zum ersten Mal den Befehl erteilt hatte, den alle Frauen im Frauensektor fürchteten: den Befehl, einen Mann zu empfangen und ihre Pflicht zur Artverbesserung zu tun. Darüber kursierten die schlimmsten Berichte unter den Frauen.

Doch dann war sie vom ersten Moment an von ihm

fasziniert gewesen, von seiner Größe, seiner Kraft, vor allem aber von seiner Haut, denn solch ein Hauttyp kam im Frauensektor nicht vor: straff, kühl, bronzefarben, sogar leicht irisierend. Er hatte ihr dann den Schmerz zugefügt, von dem alle redeten. Doch dabei hatte er sie angesehen, tief in ihre Augen war er eingedrungen, und plötzlich war ihr hell geworden. Da hatte sie ihn berührt, seine Haut betastet, gekniffen und gekratzt, und es hatte nicht mehr weh getan.

In den Sekunden, dic ihnen danach noch geblieben waren, hatte er ihr ins Ohr geflüstert: «Ich will nur noch dich!»

Sie hatte ihn ungläubig angesehen. Gewollt zu werden! Niemand wollte eine Frau.

Bevor er sie verlassen mußte, hatte er ihr einen Ort genannt, an dem sie sich morgen – heute – treffen sollten. Das war nicht einfach für 331, denn dieser Treffpunkt lag außerhalb des Frauensektors. Sie mußte durch einen der beiden Verbindungskorridore hinüber nach Block Arkansas, und das war, soweit sie wußte, nicht möglich, ohne entdeckt zu werden. Trotzdem tat sie es, ihrer inneren Stimme gehorchend. Doch es gab keinen Alarm, keine Aufregung, es geschah überhaupt nichts weiter, sie gelangte unversehrt hinüber und fand den Treffpunkt sofort, und dann drückte sie sich zu Jak in die dunkle Nische und gab sich einfach dem Gefühl hin, für das es keinen Namen gab. Bis Jak plötzlich entsetzt hauchte: «Polizei!» Doch er bekam sich sofort wieder in den Griff. «Ich wußte es», murmelte er. «Zieh deine Schuhe aus!»

331 war tief eingetaucht in den Wirbel des Gefühls. Sie hörte zwar die eiligen Schritte in der Ferne, die in

den Korridoren hallten, verstand aber nicht, was die mit ihr zu tun haben sollten. Dennoch folgte sie dem Befehl und zog die Schuhe aus, und im nächsten Moment schon lief sie auf nackten, leisen Fußsohlen neben ihm davon.

Selbst jetzt noch, auf der Flucht, konnte sie dieses Gefühl nicht begreifen. So entsetzlich und zugleich so schön, und trotzdem existierte es und wies weit über alles hinaus, was sie jemals für möglich gehalten hätte, so weit, daß es nicht einmal ein Wort dafür gab. Mit einer urgewaltigen Kraft riß es sie fort in ein fernes, unbestimmtes Leben. Von hier aus, wo sie jetzt war, schien ihr die Vergangenheit in eine einzige große Dämmerung getaucht, während vor ihr nichts als klare Helligkeit lag. Sie mußte nur Jak in die Augen blicken, um diese Helligkeit zu finden.

Ihr Körper war längst erschöpft von den Anstrengungen der Flucht, doch sie, als sei sie ein völlig anderes Wesen, merkte das kaum. Es geschah neben ihr, daß er keuchte und torkelte, während sie hoch aufgerichtet zu laufen meinte, genau wie Jak. Doch dann konnte ihr Körper plötzlich nicht mehr. Für sie war es wie ein Erwachen, als sie mit der Schulter schmerzhaft gegen eine Stahlrippe prallte, die von der Wand vorsprang. Sie taumelte und wäre beinahe gefallen. Jak fing sie auf, zog sie in die Deckung der Rippe und drückte sie im tiefen Schatten an die kühle, stählerne Wand.

«Ruhig!» flüsterte er. «Leise! Denk daran, die Polizei hat Geräte. Sie hört uns!»

Ihr war entsetzlich schwindlig, aber sie verstand, was er sagte, und bemühte sich, ihr Keuchen zu unterdrücken und ihre Atmung unter Kontrolle zu bekommen. «Ich – kann nicht mehr», brachte sie mühsam hervor.

Sie befanden sich in einem staubigen, leeren Korridor irgendwo in der Peripherie von Block Arkansas. Zu beiden Seiten führte der Gang in tiefe Dämmerung. Hier draußen brannte nur jede dritte Lampe. Die nächsten Gangkreuzungen rechts und links waren gerade noch zu erkennen, dahinter nichts mehr. Ein paar Türen in der Nähe, Stille bis auf die allgegenwärtigen Arbeitsgeräusche der schweren Maschinen der untersten Ebene. Keine Anzeichen dafür, daß sie noch immer verfolgt wurden.

«Sind sie weg?» fragte 331.

Jak schüttelte den Kopf. Dann wies er auf die nächste Tür. «Verstecken wir uns!»

Er setzte über den Gang, betätigte den Öffnungssensor und winkte ihr, als die Tür offenstand. Wankend folgte sie ihm. Als sie beide in der staubigen, leeren Kammer waren, verschloß er die Tür wieder. Normalerweise hätte sich das Licht automatisch einschalten müssen, aber hier draußen funktionierte offenbar nicht mehr alles, wie es sollte. Nur der Öffnungssensor glühte dunkelrot, ein winziger Fixpunkt, einsam in der scheinbaren Weite der Finsternis, die sie ummantelte.

«Wo bist du?» fragte sie.

Doch statt einer Antwort spürte sie, wie Jaks Hand sie berührte. Sie tastete ebenfalls in die Dunkelheit hinaus, fand ihn, schlang ihre Arme um seine Hüften und drückte sich an ihn. Verwundert spürte sie seine Erregung. Hatte er denn keine Angst? Und schon zerrte er mit einer Hand am Reißverschluß ihres Overalls und packte sie fest mit der anderen. Er wollte wieder mit ihr zusammensein, so wie gestern.

Und sie, hatte sie noch Angst? Ja, die Angst war vorhanden, irgendwo unter ihr, wo ihrem Körper schon wieder schwindlig war, weit entfernt. Was war das schon – Angst. Was zählte das in einem Moment wie diesem, wo es nur das Hier und Jetzt gab, diesen Wirbel und diese Erregung?

Sie half ihm mit zittrigen Griffen und befreite sich von ihrer Kleidung. Gleich darauf warf er sie zu Boden. Vor Schreck ließ sie einen leisen Schrei fahren. Fassungslos registrierte sie die Helligkeit, die übergangslos entstand, als er in sie eindrang. Fast war es, als sähe sie wirklich. Doch in dieser Helligkeit gab es keine Konturen und keine Formen, sondern nur eine Steigerung: Dort, wohin sie blickte, war es heller als hier, wo sie jetzt noch war. Und sie war auf dem Weg dorthin. Jak führte sie.

Es war nicht schmerzhaft wie beim ersten Mal, es war ein fließender Übergang in eine andere Welt. Warme Wellen überrieselten sie, und als sie ihn schluchzen hörte, wurden ihre Augen naß, und sie mußte weinen. Er zitterte. Sie fühlte es an seinen Armen, die sie mit ihren Händen umklammert hielt. Wie er sich anspannte! Wie alles anders wurde, wie sich aus diesem Moment heraus eine neue Zukunft formte und wie nichts mehr so sein würde wie früher. Welche Gewalt!

Da flog die Tür auf. Ein Schatten, ein Umriß erschien vor dem helleren Hintergrund des Korridors dort draußen, eine Gestalt mit unförmigem Kopf, die einen langgestreckten Gegenstand auf Jaks Rücken richtete. Er sah die Gestalt nicht, aber daß es in der Kammer hell wurde, konnte ihm nicht entgehen. Doch er schloß nur die Augen. Dies war sein Moment.

Was danach kam – egal. Sie spürte, wie er in ihr zuckte, und sie hörte sein Stöhnen, als er sich entlud. Donner, ein Lichtblitz. Jak seufzte tief auf. In seinem Brustkorb brodelte es, aber er hielt sich auf seinen Armen, noch zuckte er in ihr. Ein zweiter Donner, und sein Kopf flog weg. Eine warme Masse spritzte durch die Kammer, in hohem Bogen sprudelte heißes Blut aus seinem Halsstumpf über 331 hinweg, und nun brach der Rumpf über ihr zusammen, der schwere Körper begrub sie unter sich.

Zwei Männer stürzten hinter dem Schatten hervor in die Abstellkammer, wälzten Jaks Körper zur Seite, packten sie an den Armen und zerrten sie hinaus. Der Gang draußen, das Licht, die Männer, alles war rot von Blut, und ihr Gesicht war heiß.

«Nutte!» zischte jemand neben ihrem Ohr. Ihr wurde etwas in den Mund gestopft, und sie dachte: Ja, ich will ersticken! Aber es sollte nur verhindern, daß sie schrie. Ein Stich an ihrem Hals, ein Zischen. Einer der Männer hatte ihr ein Mittel injiziert, während der andere ihre Vagina untersuchte.

«Verunreinigt», sagte er. «Ciah wird dich neutralisieren.»

Das alles berührte sie kaum. Hauptsache, sie spürte Jak noch, den Nachklang seines Zuckens, seinen Geruch. Sie beobachtete den dritten Polizisten, der mit dem Gewehr in der Hand vor der offenen Tür der Kammer stand und immer noch hineinblickte. Er trug einen Anzug, wie sie ihn nie zuvor gesehen hatte. Das Visier seines Helms war hochgeklappt, so daß sie sein unbewegtes Gesicht sehen konnte, als er Jaks Leichnam betrachtete. Sie hörte noch, wie er den Geruch einsog, der in der Kammer lag, dann wurde ihr übergangslos schwindlig, und alles um sie her versank in einem flimmernden Nebel. Das Letzte, was sie sah, war der Blick des Schützen, der kalt auf ihr lag.

2.

Als Cal sich eine halbe Stunde später zum Rapport meldete, schüttelte er noch immer den Kopf. Es würde ihm ewig unerklärlich bleiben, wie ein Tic freiwillig gemischtgeschlechtlichen Verkehr suchen konnte. Und dann noch einer wie dieser, der jeden haben konnte, den er wollte, ein junger Mann vom besten Hauttyp, straff und stark! Schade um ihn. Doch es konnte keine Ausnahmen geben. Es spielte keine Rolle, welche Gründe der Mann für sein Verbrechen vorgebracht hätte, wenn er noch zu Wort gekommen wäre. Vielleicht hätte er sich darauf hinausgeredet, verführt worden zu sein. Manche behaupteten das, wenn sie, auf frischer Tat ertappt, in ihrer Angst von der Nutte heruntersprangen und um Verschonung bettelten. Dabei wußten sie genau, daß sie sich des schlimmsten Verbrechens schuldig gemacht hatten, das es gab, und daß sie damit Verräter am Weg der Artverbesserung waren.

Heute war er zwar einige Sekunden zu spät gekommen, aber Ciah würde ihn dennoch loben, Ciah wußte ja, daß er kurzfristig eingesprungen war. Er hatte schon Dutzende von Triebtätern zur Strecke gebracht, Männer, die aus der Art geschlagen waren und sich unkontrolliert mit Nutten gepaart hatten, doch seine heutige Leistung erfüllte ihn mit besonderem Stolz, denn er hatte die Arbeit eines anderen erledigt, eines Polizisten namens Smit, der mit dem Bereitschaftsdienst an der Reihe gewesen wäre. Cal wußte nicht, was mit Smit geschehen war. Möglicherweise hatte er versagt. So was kam vor. Jedenfalls war Cal vom Massagetisch weggerufen worden, auf dem er sich nach dem Morgentraining gerade hatte durchkneten lassen, und war nur dank seiner Routine so schnell vor Ort gewesen, obwohl er sich erst noch hatte umziehen müssen.

Inzwischen trug er wieder die leichte, einheitlich graue, kurzärmlige Dienstuniform, die in der Revierzentrale vorgeschrieben war, und seine bronzefarbene Haut glänzte frisch, als sei sie noch feucht von der Dusche, die er genommen hatte. Doch in Wirklichkeit rührte dieser Glanz von der besonderen Struktur seiner Haut her, einer Neuentwicklung, und hatte nichts mit Feuchtigkeit zu tun. Nun saß er in einer der dunklen Kom-Kammern auf dem einzigen Stuhl und wartete im fahlen, bläulichen Schein des Monitors auf das Zwiegespräch mit Ciah, indem er Ciahs Symbol betrachtete, das auf dem Schirm rotierte: zwei stilisierte Chromosomen, ineinander verwunden. Er mußte sich in Geduld üben, es dauerte länger als üblich, bis er endlich die vetraute Stimme aus den Lautsprechern hörte.

«Hallo, Cal!» Sie klang sanft und weich wie gewohnt, und wie immer, wenn er sie hörte, atmete er erleichtert auf. Diese Stimme hatte ihm früher Märchen erzählt, aber sie hatte ihn auch erzogen und erteilte ihm Befehle. «Ich höre, es ist alles glatt gelaufen. Du hast deinen Sonderauftrag zu meiner vollen Zufriedenheit erledigt. Ich bin stolz auf dich. Damit hast du dir eine Belohnung verdient. Wie fühlst du dich?»

Cal horchte auf. Es war ungewöhnlich, daß Ciah ihn derart unvermittelt nach seinem Befinden fragte, das hatte er bisher nur nach den Organtransplantationen erlebt, denen er sich hatte unterziehen müssen.

«Sehr gut», antwortete er. «Ich habe meine Arbeit getan, und du bist stolz auf mich. Grund genug, mich gut zu fühlen, nicht wahr?»

«Wirklich, Cal, ja», antwortete Ciah. «Du hast einen bedeutenden Beitrag zur Artverbesserung geleistet, und alle Tics sind dir zu Dank verpflichtet. Ich hoffe, deine Hand und dein Auge werden immer so sicher sein, wie sie es heute wieder waren.»

«Da bin ich mir sicher.»

«Die Nutte blieb unbeschädigt.»

«Ja», erwiderte Cal einsilbig. Warum erwähnte Ciah das? Natürlich war die Nutte unbeschädigt geblieben. Cal verstand sein Handwerk, er war der beste Schütze von Revier 27, er wußte mit Waffen umzugehen. Oder spielte Ciah auf seine heimliche Lust an, auch die Nutte zu eliminieren, die in seinen Augen ebenfalls ein Verbrechen begangen hatte? Doch davon konnte Ciah nichts wissen, denn er hatte diesen Gedanken stets in sich verschlossen und sich damit zur Ordnung gerufen, daß die Nutte ihre Strafe schon noch erhielt. Sie wurde ja neutralisiert. Frauen erschoß man nicht einfach, Frauen waren selten. Auf hundert Männer kam nur eine von ihnen.

Plötzlich sah er die Nutte wieder vor sich, wie sie blaß auf dem Boden des Gangs lag und ihn unter halb geschlossenen Lidern hervor musterte. Das Mittel, das die Sergeants ihr injiziert hatten, wirkte bereits, und ihre Gesichtszüge erschlafften. Aber ihre Augen waren noch lebendig, und darin lag ein Ausdruck, den er noch nie gesehen hatte und den er nicht deuten konnte. Angst war es nicht. Die Nutte hatte nicht geschrien, sie hatte ihn nur stumm angesehen. Er konnte nicht sagen, wie er darauf kam, aber ihre Augen wirkten – hell. Dabei waren sie eindeutig dunkelbraun.

«Es ist gut, daß die Nutte nicht beschädigt wurde, denn sie wird eine Frucht tragen, in die ich große Hoffnung setze», fuhr Ciah fort. «Cal, hast du eine Frage?»

Cal zuckte zusammen. Eine Frage? Stimmte etwas mit Ciah nicht? Nein, das war ein vermessener Gedanke, Ciah war natürlich perfekt. Dennoch, diese Frage hatte Ciah ihm nicht mehr gestellt, seit – ja, seit er erwachsen geworden war, danach nie wieder. Damals hatte Cal seine letzte Frage an Ciah richten dürfen, wohl wissend, daß Erwachsene nicht mehr fragten. Denn Fragen zu stellen bedeutete zu zweifeln und war darum eines Erwachsenen unwürdig. Das hatte Ciah damals selbst gesagt. Und nun dies! Was sollte er antworten? Wußte Ciah etwa von seinen schwachen Momenten, wo Fragen in ihm entstanden, die er allerdings sofort bekämpfte? Wollte Ciah ihn testen? Herausfinden, ob er zweifelte? Aber gerade eben hatte Ciah ihn doch noch gelobt! Und dann dieser merkwürdige, kaum wahrnehmbare Unterton in Ciahs Stimme.

Es war nicht leicht, diese Untertöne herauszuhören. Cal hatte jedoch ein Talent, sie zu erahnen. War da nicht ein leises Lauern? Sein Instinkt riet ihm, vorsichtig zu sein. Andererseits – wem sollte er vertrauen, wenn nicht Ciah, der Stimme, mit der er aufgewachsen war?

«Nein, Ciah, ich habe keinerlei Fragen», antwortete er so sachlich wie möglich. «Seit meinem Erwachsenwerden hatte ich keine Fragen mehr.»

«Das kann ich bestätigen», erwiderte Ciah in unverändertem Ton. «Seit sieben Jahren, sechs Monaten und dreiundzwanzig Tagen, auf den Tag genau, hast du keine Fragen mehr gehabt. So lange bist du schon erwachsen. Eine schöne Zeit, nicht wahr?»

«Ja, Ciah», antwortete Cal, wiederum etwas einsilbig. Siebeneinhalb Jahre – das war ein Drittel seines bisherigen Lebens. Worauf wollte Ciah hinaus?

«Du bist damit von allen meinen Polizisten am längsten im Dienst», fuhr Ciah fort. «Du bist ein Veteran. Ich bin stolz auf dich.»

«Und ich bin stolz, dir und dem Gesetz dienen zu dürfen», erwiderte Cal prompt, froh, in den üblichen Ton ihrer Unterhaltungen zurückfallen zu dürfen, in das gewohnte Hin und Her von Lob und Gegenlob. Der Druck ließ augenblicklich nach.

«Ich hoffe, daß du mir und dem Gesetz noch lange dienen wirst», sagte Ciah.

«Das – hoffe ich auch», erwiderte Cal stockend, denn im gleichen Moment wurde ihm bewußt, daß Ciahs Rede doppeldeutig war. Irritiert betrachtete er das rotierende Symbol. Dabei hatte der Tag so gut begonnen.

«Cal, jetzt habe aber ich eine Frage an dich», sagte Ciah. «Vorhin, als ich dich fragte, ob du eine Frage an mich hast, da hast du einen Moment lang gezögert. Ich möchte gern den Grund dafür wissen, Cal.»

«Du irrst dich, Ciah», erwiderte Cal schnell. «Ich habe nicht gezögert.»

«Doch, Cal. Ich habe die Zeit gemessen. Du hast beinahe zwei Sekunden verstreichen lassen. Kannst du mir sagen, was in diesen zwei Sekunden in dir vorgegangen ist?»

«Nichts, Ciah», behauptete Cal. «Es ist alles in Ordnung, und ich bin sehr froh, dir und dem Gesetz nützlich sein zu können.»

«Ja, Cal, das bin ich auch», sagte Ciah. «Cal, wenn etwas wäre, was in dir vorgeht – ich meine etwas Wichtiges, etwas, was ich wissen müßte, verstehst du? –, würdest du mir das sagen?»

«Natürlich, Ciah», antwortete Cal sofort. «Das weißt du doch. Ich bin dein Diener, und ich habe Vertrauen zu dir.»

«Das ist gut so. Ich bin erleichtert, Cal. Einen Moment dachte ich, es wäre etwas mit dir los, was deine Dienstfähigkeit beeinträchtigen würde. Aber das würdest du mir sagen, das weiß ich nun. Du bist anders als Smit. Smit hat mir nichts gesagt. Ich bin überzeugt davon, daß dies auch der Grund dafür ist, daß er heute versagt hat.» Ein kurzes Stocken, als seufze Ciah innerlich. «Du weißt gar nicht, wie froh ich bin, dich unter meinen Tics zu haben. Ich werde deine Belohnung anweisen. Fahre bitte mit deinem gewohnten Dienst fort.»

«Natürlich, Ciah. Ich habe jetzt Revierdienst, ich übernehme die zentrale Kontrolle.»

«Das ist gut. Wir hören bald wieder voneinander. Bis dann, Cal.»

«Bis dann, Ciah», sagte Cal, erhob sich und verließ den Raum.

Auf dem Gang begegnete er einigen Polizisten, die hastig vorübereilten und dabei wie üblich einen großen Bogen um ihn machten. Sie kannten ihn ja. Ein vielleicht sechzehnjähriger Sergeant allerdings kam ihm um zwei Schritte zu nahe. Doch ehe Cal ihn zurechtwies, fiel ihm ein, daß dies von Ciah so ausgelegt werden könnte, als stehe er unter Druck und nutze ein Ventil, um ihn abzulassen. Also riß er sich zusammen und ließ den jungen Mann einfach stehen, nachdem er ihn schon angehalten hatte. Ciah beobachtete ihn, dessen war er sich gewiß. Er durfte sich jetzt keine Blöße geben. Aus einem Grund, den er nicht kannte, mißtraute Ciah ihm oder verdächtigte ihn gar eines Vergehens, dessen er sich nicht bewußt war. In nächster Zeit durften ihm daher keine Fehler unterlaufen. Und erst recht kein Versagen, so wie Smit. Bloß kein Versagen! Ciah hatte jetzt ein Auge auf ihn.

3.

Cal haßte Revierdienst. Wenn das Polizistenleben nur daraus bestanden hätte, hier in der Revierzentrale die Batterie von einundfünfzig Monitoren im Auge zu behalten, wäre er längst an Langeweile gestorben. Acht Stunden lang hatte er das Revier zu überwachen und, indem er Bereitschaftsteams losschickte, auf Alarmfälle zu reagieren. Manchmal brachen Tics ohne erkennbaren Grund plötzlich zusammen und blieben liegen. Dann setzte er die Sanitäter in Bewegung. Manchmal gingen Verrückte auf andere Tics los, rannten mit dem Kopf gegen Wände an, suchten sich zu verstümmeln oder gar umzubringen oder randalierten in technischen Anlagen. Dann ordnete er Sicherheitsgewahrsam an. Die häufigste Alarmursache waren jedoch simple Schlägereien, die er unterbrechen ließ. Und wenn doch einmal etwas von Belang geschah, ein Sexverbrechen etwa, mußte er sich mühsam beherrschen, um nicht von seinem Steuerpult aufzuspringen und die Sache selbst in die Hand zu nehmen.

Meistens vertrieb er sich die Zeit damit, per Tastendruck im Revier spazierenzugehen. Dann weitete sich der enge Raum, der gerade genug Platz für die Überwachungsanlage und einen einzelnen Tic bot, und wurde zum Revier selbst: Korridore, Sportzentren, Bars, Kantinen und Kabinen, belebte Zentralsektoren und verlassene Peripherie – es gab keinen Ort im Revier 27 von Block Arkansas, den Cal nicht mindestens einmal gesehen hatte. Von der Zentrale aus befehligte er ganze Armeen von Kameras, die unablässig die fünfzigtausend Tics des Reviers observierten. Ursprünglich hatte das einen gewissen Reiz für ihn besessen, aber heutzutage war es nur noch Routine. Er mußte sich ja nicht einmal um die einlaufenden Bilder kümmern. Die Automatik, die ständig alle Informationen auswertete, legte ihm die Fälle vor, die seiner Aufmerksamkeit bedurften.

Bisher war sein Leben überschaubar gewesen, bisher war er einfach Ciahs guter Diener gewesen, das beinahe optimale Produkt, einer der aktuellsten Tics in Block Arkansas und allen anderen Blocks. Mit diesen Worten hatte Ciah selbst ihn früher oft gelobt, und er war entsprechend stolz gewesen, denn allein Block Arkansas umfaßte achtundvierzig Reviere und hatte zwei Millionen Einwohner. Doch seit der Unterredung mit Ciah heute morgen hatte er das Gefühl, als sei mit einem Schlag alles kompliziert geworden. Ciah schien an ihm zu zweifeln. Aber warum? Hatte er einen Fehler gemacht, ohne es zu merken? Doch welchen? So sehr er sich auch mühte, er fand nichts, was er sich vorzuwerfen hatte, sondern erreichte nur, daß ihm alles verschwamm, und schließlich wußte er nicht einmal mehr, wie er darauf gekommen war, daß Ciah ihm einen Vorwurf gemacht haben sollte.

Denn Cal war als Jäger geschaffen, er brauchte ein greifbares Ziel, um sich darauf zu konzentrieren. Das konnte auch eine unübersichtliche strategische Situation sein, wenn ihm nur die Ausgangslage klar war. Doch lange Auseinandersetzungen unter unklaren Parametern zu führen, das war nicht seine Art, das hatte er nie geübt. Mit wem auch, außer mit Ciah? Mit anderen Tics sprach er kaum jemals mehr als zwei knappe Sätze nacheinander. Was er an Kontakt brauchte, holte er sich weitgehend wortlos in den Bars des Reviers. Kein Tic mochte Geselligkeit und wortreiche Gespräche, doch Cal war auch in dieser Hinsicht Ciahs bestes Stück. Einzig mit Ciah konnte er vertraut reden, denn Ciah mußte er dabei nicht ansehen. Er hörte ja nur die Stimme.

Manchmal sehnte er sich danach, allein zu sein, wirklich allein – nicht nur für sich wie etwa in seiner Kabine, sondern auch außerhalb von Ciahs Reichweite. Damals etwa, als jener Mann nicht wieder aufgetaucht war, mit dem er gern zusammengewesen wäre, da hatte er sich das gewünscht. Ebenso, wenn eine dieser Fragen auftauchte, die er nicht haben durfte. Und auch jetzt wieder. Doch einen solchen Ort gab es nicht, denn Ciah war überall, Ciah sah alles.

Hier in der Revierzentrale blieb er wenigstens unbehelligt. Mit einem finsteren Blick hatte er die anderen Polizisten, die in Nachbarräumen Dienst taten, davor gewarnt, ihn zu stören. Vor denen war er sicher. Sie kannten ihn, sie wußten, daß mit ihm nicht zu spaßen war. Allein war er aber dennoch nicht, denn von dort oben, rechts neben der Phalanx der fünfzig Monitore, die Bilder aus den achtundvierzig Sektoren des Reviers und den beiden Übergängen zu den Frauensektoren zeigten, schauten der einundfünfzigste Monitor und Ciahs rotierendes Symbol auf ihn herab. Cal war sicher, daß Ciah ihn auch in diesem Moment beobachtete. Doch heute fand er diese Vorstellung nicht eben tröstlich.

Er war zwar ein Klotz von einem Mann, aber die Angst war sein ständiger Begleiter. Allerdings hatte er sie in den vergangenen Jahren einigermaßen im Griff gehabt, mit Hilfe eines Medikaments. Normalerweise ging ein Tic zwar nur zum Arzt, um ein frisches Organ zu bestellen oder um sich der Strahlendusche gegen die Metastasen auszusetzen, doch auch in diesem Fall hatte der Arzt ihm helfen können. Ständig hatte die Angst ihn mit furchtbaren Träumen gequält, die immer auf das gleiche Ende hinausliefen: sein Versagen. Was er in diesen Träumen auch angefaßt hatte, es war danebengegangen, und darum suchte Ciah nach einem Ersatz für ihn. Manchmal war er aufgewacht und hatte geglaubt, dies sei wirklich der Tag, an dem er abgelöst werde, Ciah habe den Ersatz endlich gefunden. Doch seit der Traumdimmer verhinderte, daß die Angst ihm nachts den Schlaf raubte, konnte er sie auch tagsüber beherrschen. Sie war vorhanden, das spürte er. Aber er konnte ihr ausweichen. Er wußte ja, daß er der Beste war und nicht ohne weiteres ersetzbar – wozu also Angst? Und wovor überhaupt?

Das Blinken eines Signallichts holte ihn aus seinen Gedanken zurück. Die Überwachungsautomatik präsentierte ihm eine Schlägerei in einer der Bars des Reviers, eine Bagatelle. Cal schickte über die Sprechanlage das Bereitschaftskommando los, zwei Männer, deren Arbeit er auf den Monitoren 23 und 24 verfolgte. Es lief ab wie immer: Die Uniformierten traten zwischen die Streitenden und zwangen sie, sich zu erklären. Gleich darauf war das Problem gelöst, in diesem Fall ohne Verhaftungen. Vermutlich lagen die Rauflustigen in einer halben Stunde miteinander im Bett.

Auch bei einem Sexverbrechen hätte Cal ein Bereitschaftsteam losgeschickt, das allerdings aus drei Männern bestand, dem Schützen, der die primäre Arbeit erledigte, und den beiden Sergeants, die sich danach um die Nutte kümmerten. Daran mußte er denken, als er die Monitore 23 und 24 wieder der automatischen Kontrolle überließ. Die Peripheriesektoren 23 und 24 waren unbewohnt und lohnten eigentlich kaum den Aufwand der ständigen Überwachung, dorthin verschlug es normalerweise niemanden. Weite Teile waren sogar völlig dunkel und sich selbst überlassen. Dennoch wurden sie kontrolliert. Wirklich gebraucht wurde das Überwachungspotential von rund tausend Kameras pro Sektor nur im Zentrum des Reviers, wo sich das Leben konzentrierte, und vielleicht noch in den Randbereichen der angrenzenden Sektoren. Zwölf Stockwerke, knapp zwei Quadratkilometer. Die Peripherie zu überwachen war nur wegen der Sexverbrecher nötig, die immer wieder dorthin flohen, als meinten sie, die Polizei dort draußen besser abschütteln zu können. Doch das Gegenteil war der Fall: Sie waren dort viel leichter zu stellen als in den Kernsektoren. Cal hoffte, den Tag noch zu erleben, an dem sich die Abartigen wenigstens ihren Fluchtweg gründlich überlegten, wenn schon nicht die Tat selbst. Das würde seine Arbeit etwas spannender gestalten.

Doch Sexverbrechen kündigten sich in der Regel schon viel früher an, lange bevor die Kameras in den Peripheriesektoren etwas verzeichneten, denn die werdende Nutte wurde bereits beim Verlassen der Frauensektoren gesichtet. Diese beiden Sektoren 49 und 50 konnten von der Revierzentrale aus nicht eingesehen werden – worauf Cal auch keinen gesteigerten Wert legte, da seine Begegnungen mit Frauen seinen Bedarf vollkommen deckten –, sie waren in jeder Hinsicht vom Revier isoliert. Doch die beiden Verbindungskorridore wurden gründlich überwacht. Nirgendwo im Revier war die Kameradichte größer als an den Übergängen zu den Frauensektoren. Wer auch immer sie passierte, blieb keinesfalls unentdeckt. Erschien eine Frau auf Monitor 49 oder 50, so bahnte sich mit großer Sicherheit ein Sexverbrechen an, denn Frauen hatten generell kein Passagerecht, Frauen gehörten in die Frauensektoren, nirgendwohin sonst.

Sexalarm war der höchste und dringendste Alarm, den Cal bisher erlebt hatte. Es gab allerdings noch den Blockalarm, der ausgelöst wurde, wenn dem Block insgesamt Gefahr drohte. Doch eine solche Gefahr konnte Cal sich nicht vorstellen, und seines Wissens war dieser Alarm auch noch nie ausgelöst worden. Block Arkansas war gegen alle Eventualitäten bestens gesichert. Vor Erdbeben etwa wurde er durch eine Schicht dickflüssigen Gels geschützt, das selbst schwere Erdstöße vollständig abfing, so daß nichts von ihrer Wucht bis auf die Konstruktion selbst durchschlagen konnte. Dieses Gel isolierte Block Arkansas auch gegen die Wärme des Erdinnern und diente der Energiegewinnung. Erhitzt tief im Erdinnern, zirkulierte es in einem komplizierten Röhrensystem und trieb dabei Turbinen im untersten Stockwerk des Blocks an. Soviel wußte Cal über die Grundbedingungen des Lebens im Block, doch von den Details verstand er nichts. Er war Polizist, kein Techniker.

Cal mochte Techniker. Ciah schuf alle Tics den Aufgaben gemäß, die sie übernehmen sollten, und darum hatten Techniker robuste, feste Körper und konnten zupacken, besaßen zugleich aber Fingerspitzengefühl. Cal hatte noch keinen erlebt, der im Bett langweilig gewesen wäre. Wenn er zwischen einem Techniker und beispielsweise einem Ingenieur wählen konnte, entschied er sich immer für den Techniker. Diese tüchtigen Leute sorgten mit ihren Wartungsrobotern dafür, daß die Systeme von Block Arkansas seit hundertfünfzig Jahren weitgehend reibungslos funktionierten. Natürlich gab es immer wieder kleinere Probleme, aber verglichen mit der Funktionstüchtigkeit der Tics selbst war Ciahs Technologie nahezu perfekt. Der älteste Tic, von dem Cal jemals gehört hatte, sollte fünfundvierzig geworden sein – mehr als doppelt so alt wie Cal und gewiß an der äußersten Grenze, die Tics überhaupt erreichen konnten. Seines Wissens wurden Tics bestenfalls dreißig Jahre alt. Von der Vollkommenheit der Art waren sie also noch weit entfernt, an ihrer Verbesserung würde Ciah noch lange arbeiten müssen. Cal sah es ja an sich selbst: Schon zweimal war sein Rückenmark ausgetauscht worden. Ohne Ciahs Labors wäre er bereits vor siebzehn Jahren an Leukämie gestorben. So aber konnte aus einer einzigen seiner Zellen, von denen jede die gesamte genetische Information seines Lebens enthielt, jeder gewünschte Körperteil binnen kurzem nachgezüchtet werden, jedes Organ, selbst Fingernägel oder einzelne Haare.

Alle Tics brauchten hin und wieder neue Organe. Cal wußte nicht, woran es lag, daß ihre Körper trotz regelmäßiger Strahlenduschen immer wieder von unkontrollierten Zellwucherungen befallen wurden, aber das zeigte ihm, wie störanfällig sie noch waren. Darum waren alle Tics, auch Cal selbst, nichts als Übergangsmodelle, die nie wieder so entstehen würden, wie sie jetzt existierten. Er mochte eine aktuelle Schöpfung sein, sogar die beste zur Zeit mögliche, aber letzten Endes war er dennoch minderwertig, eine Etappe auf dem Weg der Artverbesserung, ein Zustand, der überwunden werden mußte. Das galt für alle Tics. Und darum diente jeder Tic der Artverbesserung, wo immer er konnte. Und wurde er dazu gerufen, gab er seinen Samen – wenn nötig, sogar direkt in eine Frau. Dem höchsten Ziel mußte alles, einfach alles untergeordnet werden. Nur Ciah wußte, wie der perfekte Tic eines Tages aussehen würde, Ciah wachte über Gegenwart und Zukunft, ein allwissender Garant des Lebens in den Blocks.

Es tat gut, sich diese Grundlagen des Lebens in Erinnerung zu rufen, das klärte ihm den Kopf, und aufatmend fand er sich auf dem Boden der Tatsachen wieder. Nein, er würde Ciah nicht enttäuschen, er würde nicht wie Smit versagen, noch viele Jahre würde er die Abartigen bestrafen, die sich eigennützigen Trieben ergaben und der Artverbesserung durch unkontrollierte Paarung schweren Schaden zufügten. Es war gut, zu wissen, wie wohlgeordnet alles in Ciahs Blocks war, und es war gut, zu erkennen, wofür er da war und welchen Sinn sein Leben hatte. Er sollte sich das häufiger ins Gedächtnis rufen, das würde ihm dabei helfen, sich selbst nicht allzu wichtig zu nehmen. Dieser Gedanke kam ihm nämlich: daß es egoistisch und schädlich sein mochte, sich selbst in den Mittelpunkt des eigenen Denkens zu stellen. Dorthin gehörte nichts anderes als allein das Streben nach dem höchsten Ziel, der gewaltigen Wahrheit, der sich alles unterzuordnen hatte.

Die Überwachungsautomatik meldete eine weitere Schlägerei. Sergeants rückten aus, griffen ein. Cal sah gelangweilt zu. Wie sich diese Fälle glichen!

Inzwischen war es Mittag. Ein Sergeant erschien, brachte Cals Essen und ergriff sofort wieder die Flucht. Grinsend riß Cal die Schutzfolie vom Teller und begann, den grünen Brei zu löffeln, der hauptsächlich aus Algen bestand und alles enthielt, was ein Tic zum Leben brauchte. Dabei sah er sich auf Monitor 48 die Nachrichten an. Im Sektor 48, dieser entlegenen Gegend der obersten Ebene, geschah ohnehin nichts, was der Dauerbeobachtung wert gewesen wäre. Er konnte den Monitor also erübrigen. Der Nachrichtensprecher sah atemberaubend gut aus und hatte eine tiefe, männliche Stimme. Cal hätte ihn gern kennengelernt, doch Block Washington, wo das Fernsehen gemacht wurde, war weit entfernt.

Wieder eine Rohrbahnkatastrophe. Das kam vor. Der Weg nach Block Kalifornien war wegen der instabilen Erdkruste schon immer anfällig gewesen. Ein Erdbeben war schuld, ein starkes sogar, man wußte nichts Genaues, vielleicht alle hundert Passagiere tot. Was waren hundert Tics verglichen mit den Millionen, die in den Blocks lebten? Sie kamen ja offenbar nicht einmal aus Cals Revier.

In Block Florida war ein neuer Schritt in Richtung Zukunft gelungen, Cialis Ingenieure näherten sich unaufhaltsam ihrem Ziel, einen Antrieb für das Raumschiff zu bauen, mit dem die Tics irgendwann die Erde verlassen würden. Möglicherweise stand sogar die Überwindung der Lichtgrenze bevor. Cal verstand die technischen Details nicht, die der Sprecher beschrieb, und er wußte auch nicht genau, was die Lichtgrenze überhaupt war. Er stellte sich darunter eine Barriere vor, die ihn daran hinderte, sich so schnell zu bewegen, wie er wollte, etwa vergleichbar einer Hürde, wie er sie manchmal im Sportzentrum zu nehmen hatte. Schon oft hatte er sich darüber gewundert, daß die Lichtgrenze solche Probleme zu bereiten schien.

Wie mochte es wohl sein, mit einem Raumschiff einen unendlichen, leeren Raum zu durchqueren? Allein das Stichwort «Raumschiff» genügte, ihn immer wieder in Euphorie zu versetzen. Es war das Kennwort für den Aufbruch zu den Sternen, für die Erforschung anderer Welten auf der Suche nach Siedlungsraum für die Tics. Wie wäre es wohl, ein Astronaut zu sein und die Erde zu verlassen, diese verseuchte, verwüstete Welt, auf der wohl niemand mehr lebte? Würden die zukünftigen Siedler wirklich *auf* diesen anderen Welten leben und nicht in ihnen? Besonders schön wäre es, Welten mit geringer Masse zu besiedeln, denn auf solchen Welten, das hatte Cal gehört, herrschte eine geringere Schwerkraft, so daß man sich dort leicht fühlte. Es mußte gut sein, sich leicht zu fühlen. Aber Astronaut wurde man nicht, sondern als Astronaut wurde man geboren, ebenso wie als Polizist, und darum würde Cal niemals zu den Sternen fliegen. Auch nicht als Siedler, denn so lange würde er nicht leben.

Es folgten einige Nachrichten aus dem Revier. Dieser Sprung aus der großen Welt der anderen Blocks in sein kleines Revier 27 irritierte ihn immer wieder.

Heute gab es nicht einmal den gewohnten Bericht über die geplante Marsexpedition, heute ging der Sprecher von der neuesten Raumfahrttechnologie direkt über zur Gegenstromanlage im Schwimmbad von Sektor 6, die überholt und verbessert wieder in Dienst gestellt sei, zu den neuen Kraftgeräten im Fitneßbereich von Sektor 32 und zur längst angekündigten Eröffnung der Bar Blue Moon, die an diesem Abend endlich mit unbegrenztem Bierausschank gefeiert werden würde. Doch damit konnte man Cal heute nicht locken, denn an diesem Abend würde er die Belohnung, die Ciah ihm versprochen hatte, im Dark Room genießen, der Bar, die er fast ausschließlich besuchte.

Schließlich folgte der Geothermikbericht: keine Beben, keine steigenden Magmaströme, die Erdkruste würde ruhig und gleichmäßig warm bleiben. Aber die Außentemperatur spielte hier drinnen ohnehin keine Rolle, hier herrschten regelmäßig achtzehn Grad, die Temperatur, bei der sich Cal am wohlsten fühlte. Das lag an der Diffusionsbarriere seiner Haut, die laut Ciahs Auskunft bestimmte Stoffe nicht in seinen Körper eindringen ließ, die aber andererseits auch seine Transpiration leicht herabsetzte. Bei höheren Temperaturen und beim Sport mußte Cal daher eine Kühlungsjacke tragen – wogegen er allerdings nichts einzuwenden hatte, da ihn diese enganliegende, halbärmlige Jacke für alle sichtbar aus der Masse der Tics mit älterem Hauttyp hervorhob.

Nach der Sendung belegte er alle Monitore, die sonst nur die Peripherie zeigten, mit Bildern aus dem Zentrum des Reviers. Kein einziger leerer oder auch nur ruhiger Korridor oder Raum, das ganze Revier lief durch seine Wachstube. All diese Männerkörper konnte er haben, wenn er wollte. Kein Tic würde ihn abweisen, denn er entsprach dem Idealbild eines Tics: Er war groß, breitschultrig, kräftig und gewandt, vom aktuellsten Hauttyp und darum am ganzen Körper haarlos, er verkörperte den Erfolg, den zu haben er gewohnt war. Doch heute fiel ihm bei diesem Anblick als erstes ein, daß einer aus dieser Masse ihn irgendwann ersetzen würde. Vielleicht einer, der jetzt noch ein Knabe war, oder einer, der sich eben auf dem Sprung befand, erwachsen zu werden. Irgendeiner würde einmal besser sein als er. Und dagegen konnte er nicht das Geringste tun, denn sein Nachfolger würde ihm gegenüber einfach deswegen schon im Vorteil sein, weil er nach Cal erzeugt worden war, unter Berücksichtigung aller Erkenntnisse, die Ciah inzwischen gewonnen hatte. Die Artverbesserung ging ja weiter. Bei diesem Gedanken beschlich Cal ein Gefühl von Aussichtslosigkeit. Warum sollte er danach streben, immer der Beste zu sein, wenn er von vornherein keine Chance hatte?

Er schaltete eine der Monitorbatterien auf Sektor 8, wo die Knaben lebten, und sah ihnen eine Weile zu. Sie waren in vielem auffallend unbeholfen. Cal könnte ihnen eine Menge beibringen, wenn Ciah ihn zum Ausbilder beriefe. Diese Vorstellung hatte ihm schon immer gut gefallen: weiterzugeben, was er gelernt hatte, und zu zeigen, was man mit seinen Kräften und Trieben anstellen konnte, so wie Henc, sein Ausbilder, es ihm damals gezeigt hatte. Henc war davor ebenfalls Polizist gewesen. Cal dachte gern an ihn zurück. Was wohl aus ihm geworden war?

Ja, auch über Cal würde die Artverbesserung eines Tages hinweggehen, wie sie über Generationen von Tics vor ihm hinweggegangen war. Doch immer würde es Tics geben, die Block Arkansas bevölkerten – vielleicht eines Tages sogar genug Tics, um den vorhandenen Raum vollständig auszunutzen. Ciah hatte bei der Konstruktion des Blocks natürlich an die Zukunft gedacht und ihn entsprechend groß ausgelegt, nur darum standen heute weite Teile leer und waren dunkel.

Dort draußen, an der Peripherie, wäre es vielleicht möglich, allein zu sein. Und wenn er einen Anzug trüge, könnte ihn nicht einmal Ciah finden. Diese Anzüge, die Cal regelmäßig bei der Arbeit benutzte, waren die höchstentwickelte Technologie, die es in den Blocks gab. Sie schlossen ihre Träger luftdicht von der Außenwelt ab, sie verwerteten alle Abfallprodukte eines Tic-Körpers, und sie verfügten über raffinierte Deflektoreinrichtungen wie den Lichtmantel, der sie mitsamt Träger unsichtbar machte. Magnetfelder lenkten das Licht um den Anzug herum. Nichts davon traf auf seine Oberfläche. Er reflektierte nicht und war darum nicht sichtbar. Alle internen Lichtquellen wurden natürlich abgeschirmt, damit auch nicht das kleinste Blinken nach draußen gelangte. Das Helmvisier etwa konnte vollständig verdunkelt werden, ohne dem Träger die Sicht auf die Umgebung zu nehmen. Diese Technologie war nahezu perfekt.

Blieb nur das Problem der Photonenirritation. Es gelang dem Anzug nicht, sämtliche Lichtteilchen vollständig um sich herumzulenken, so daß sie auf der Rückseite exakt ihre vorherige Bahn weiterverfolgten. Statt dessen wurden sie teilweise gestreut, und der Anzug warf einen diffusen Schatten, der einem geübten Auge durchaus auffallen konnte. Aber dort draußen, in der Finsternis der Peripherie, wäre dieser Schatten selbst für Ciah nicht zu sehen. Und auch die länger- und kürzerwelligen Emissionen des Anzugs konnten wenigstens vorübergehend abgeschirmt werden, so daß Cal nur mit bestimmten Spezialgeräten auffindbar wäre, mit denen Ciahs Kameras jedoch nicht ausgerüstet waren. Ohne entdeckt zu werden, könnte er jede Bewegung aller Kameras verfolgen, selbst der mit dem Lichtmantel ausgerüsteten unsichtbaren, die bei der Verfolgung von Sexverbrechern eingesetzt wurden. Denn die Anzüge verfügten über diverse Ortungsgeräte wie Restlichtaufheller sowie Infrarot- und E-Band-Spürer.

Ja, einen solchen Anzug müßte er sich besorgen, wenn er wirklich dort hinaus wollte, um allein zu sein. Dann stünde er dort draußen in der Finsternis und drückte sich an eine Wand, in die Deckung einer Stahlrippe, unsichtbar und nicht zu orten, und verfolgte den Flug der Kamera, wie sie langsam heranschwebte, gezogen von einem Magnetfeld, das von einer Leitschiene unter der Decke ausging, und wie sie vorüberstriche und sich langsam entfernte. Nach und nach verklänge ihr Summen, und es würde still, so still wie noch nie zuvor. Da wären natürlich die allgegenwärtigen Geräusche der Maschinen in den unteren Etagen, aber die wirkten plötzlich merkwürdig durchscheinend, fast gläsern, das Dahinterliegende schimmerte durch, eine Welt jenseits aller Geräusche, unendlich still und unendlich dunkel. Und wenn er jetzt einen Schritt vorträte und sich von der Wand löste, an der er lehnte, dann wäre es, als träte er hinaus in einen Abgrund, trennte sich von allem und wäre zum ersten Mal in seinem Leben wirklich allein.

Plötzlich erschrak er. Er hatte die Monitore nicht

mehr beachtet. Das Signallicht für Notfälle leuchtete. Wie lange schon? Eilig überprüfte er den Fall – zum Glück wieder nur eine Lappalie. Diesmal ein Durchgedrehter. Er schickte ein Team los und verfolgte die Erledigung des Falls, wie es seine Pflicht war. Aber gleich darauf kehrte seine Vorstellungskraft schon wieder nach draußen zurück, dorthin, wo er an diesem Morgen gearbeitet hatte. Dort hatte es allerdings noch Licht gegeben. Ein Stück weiter, in der lichtlosen Zone, hätte er den Blick der Nutte nicht aufgefangen – es sei denn, dieser Blick hätte tatsächlich im Dunkeln geleuchtet, hell, wie er war. Aber das war natürlich Blödsinn.

Trotzdem gab er ihm Rätsel auf, denn er fand kein passendes Wort, um diesen Blick zu beschreiben. *Hell* – was war damit schon gesagt? Gab es andere Worte? Etwa «ruhig»? Nein, zugleich war er wild. Und auch «kraftvoll» traf es nicht, weil die Nutte recht erbärmlich ausgesehen hatte. Am besten paßte noch «entschlossen». Ja, hell entschlossen, sich lieber neutralisieren zu lassen, als das alte Leben weiterzuführen.

Das Ganze war im Sektor 35 passiert, von der Zentrale einen halben Kilometer entfernt. Cal ließ die Bilder auf Monitor 35 erscheinen. Er fand den Ort sofort wieder, aber es gab nichts zu sehen außer Leere. Keinerlei Spuren vom glücklichen Ende der Jagd: der Tote längst beseitigt, die Nutte wieder im Frauensektor, wo sie hingehörte, die Tür geschlossen, hinter der die beiden ihr unfaßbares Verbrechen begangen hatten. Und auch dort drinnen zeugte nichts mehr von dem Vorfall, davon konnte er ausgehen, auch wenn er keine Möglichkeit hatte, die Tür von hier aus zu öffnen. Als ob es nicht geschehen wäre. Hatte er etwas anderes erwartet?

Er beendete seine Untersuchung abrupt, als ihm einfiel, daß es ein Fehler gewesen sein könnte, dorthin zurückzukehren, und sei es auch nur per Kamera. Ciah überwachte ihn ja. Vielleicht legte Ciah ihm das negativ aus, als ein Zeichen von Unsicherheit? Wenn Ciah ihn nun zur Rede stellte: Cal, was hast du dort draußen gemacht? Ja, was denn? Er hatte einen Ort der Peripherie überprüft, wie es als Diensthabender in der Revierzentrale seine Pflicht war, nichts weiter, und dagegen konnte Ciah wohl kaum etwas einwenden. Wahrscheinlich hatte er sich die Sache mit Ciahs Zweifeln ohnehin nur eingebildet. Ciah hatte ihm zwei oder drei merkwürdige Fragen gestellt – na und? Immerhin war Ciah das höchste existierende Wesen, und kein Tic würde jemals verstehen, wie Ciah dachte. Wer wollte sich da über die eine oder andere rätselhafte Äußerung wundern? Nein, am besten kehrte er einfach zur Routine zurück und scherte sich nicht mehr um den Vorfall.

So widmete er sich wieder dem Spiel, mit dem er sich gewöhnlich die Dienstzeit vertrieb, und schaltete sich wahllos in die Kabinen verschiedener Männer, um ihnen bei den Dingen zuzusehen, die sie dort taten.

4.

Sie wurde *die Droge* genannt und brachte das höchste aller Gefühle, besser als jeder Orgasmus, selbst jede Jagd. Sie sah fast harmlos aus: lediglich ein Fingerbreit Flüssigkeit in einem Whiskeyglas, blau leuchtend im stark gebündelten Lichtstrahl eines Spots über der Theke. Aber sie hatte es in sich. Es brauchte nur zwei

Schluck davon, um die ganze Welt leicht, beinahe lächerlich erscheinen zu lassen, man begann, unendlich weit zu sehen, und spätestens nach dem vierten Schluck fühlte man sich weich und aufgefangen, als schwebe man in einer Glocke von etwas Tiefblauem, unbeweglich, vollkommen ruhig und gelassen, umgeben von zahllosen weit entfernten Lichtern wie Sternen, im Zentrum des Universums, das langsam vor sich hin schwang und dabei eine leise Musik von weich schwingenden, ineinander überfließenden Tönen hören ließ, die von einem langsamen, pulsierenden Rhythmus gestützt wurden.

Cals Job war allein deswegen schon der beste, weil er ihm gelegentlich diese Belohnung einbrachte. Manchmal kam es ihm so vor, als lebe er nicht für die Artverbesserung und für Ciah, sondern nur für diese Momente. Damit konnten selbst die höchsten Ziele nicht konkurrieren. Er trank bewußt langsam und rationiert, um den Genuß möglichst lang zu strecken, stellte das Glas zwischendurch auf die Theke zurück, vor der er saß, ins exakte Zentrum des scharf begrenzten Lichtkreises, und versank andächtig im sanften Funkeln der Flüssigkeit. Natürlich war Blau seine Lieblingsfarbe. Eigentlich war dieses Zeug viel zu schade, um getrunken zu werden.

Auch an gewöhnlichen Tagen saß er hier im Dark Room an der Theke, um sich von der unaufdringlichen Musik umspülen zu lassen und sich von allen anderen Tics abzuheben. Wie er hier thronte, das wies sie zurück und zog sie zugleich an. Von hier aus überblickte er die Bar und ihre Besucher und wurde seinerseits von allen gesehen und bewundert, vor allem an Tagen wie diesem, wenn er nicht nur in seiner Kühlungsjacke hier saß, sondern auch noch mit der Droge als sichtbares Zeichen seiner Verdienste. Er nahm seine Umgebung jedoch nur nebenher wahr, seine Blicke blieben im Unwägbaren über den Tischen hängen, den wenigen Inseln der Helligkeit im Dunkel des Raums, in dessen scheinbarer Weite hier und da immer wieder verwischende Flecken aufglommen, Gesichter von Besuchern, die sich für einen Moment dem Betrachter zuwandten. Nur rund um die kleine Bühne, auf der ein fast nackter Tänzer die Biegsamkeit seines Körpers vorführte, waren die Männer gut zu erkennen. Wer sich hingegen in die dunklen Nischen begab, die überall in die Wände eingelassen waren, der konnte für eine Weile völlig aus dieser Welt verschwinden.

Die meisten anderen Bars waren für Cals Geschmack zu aufdringlich, zu laut oder zu voll. Hier dagegen konnte er sich in Ruhe den Mann ausspähen, mit dem er die nächste Nacht verbringen wollte, und darum trank er sein abendliches Algenbier meist hier. Im Dark Room hatte er auch jenen Mann getroffen, mit dem er gern länger zusammengewesen wäre und den er dann nie wiedergesehen hatte. Er wußte nicht einmal seinen Namen. Das war fünf Jahre her. Über das Dunkel hinweg hatten ihre Blicke den Weg zueinander gefunden, und ohne ein Wort zu sprechen, waren sie zusammen fortgegangen. Sie hatten beide nicht sprechen *können*, es waren ihnen keine Worte dazu eingefallen, sie hatten nur gespürt: Dies hier war anders, dies hier würde mit nichts vergleichbar sein, was sie zuvor erlebt hatten, und vielleicht auch mit nichts, was danach noch folgte. Für dieses Gefühl gab es keinen Namen, aber es war intensiv genug, ihn auch heute noch einen Anflug davon verspüren zu lassen, sobald er an den Mann zurückdachte. Er hatte es nie wieder erlebt.

Wortlos waren sie auch auseinandergegangen. Was hätten sie sich erzählen sollen? Wie ihr Leben war, ihr Alltag? Das hätte alles zerstört. Später, bei einem Wiedersehen, hätten sie sicher darüber geredet, aber nicht gleich beim ersten Mal. Doch es war bei dieser einen Nacht geblieben. Ein stummer Morgen, keine Fragen, kein einziger Satz. Sie beide erschlagen und ratlos. Cal war zuerst froh gewesen, als sie sich getrennt hatten, er hätte die Intensität des Gefühls kaum länger ausgehalten. Aber schon im Lauf des Vormittags hatte er sich auf den Abend im Dark Room zu freuen begonnen, wo er den Unbekannten wiedertreffen würde. Doch der Mann war nicht gekommen. Am ersten Abend nicht, am zweiten nicht, nie wieder. Cal hatte sich daraufhin eine ganze Weile danach gedrängelt, den Revierdienst zu übernehmen, nur um auf die Suche nach dem Mann gehen zu können. Bis er begriffen hatte, daß es ihn nicht gab. Nicht mehr. Zumindest nicht im Revier 27. Er war verschwunden.

War er aus einem anderen Revier gekommen? Doch jedes der achtundvierzig Reviere war völlig in sich abgeschlossen, es gab keine Kommunikation und keinen Verkehr. Der Mann mußte aus Revier 27 sein. Die einzige Erklärung für sein Verschwinden war, daß er am Tag darauf versetzt worden war. So was kam vor. Darum auch die Sprachlosigkeit: Er hatte gewußt, daß dies seine letzte Nacht im Revier 27 sein würde. Und ausgerechnet in seiner letzten Nacht passierte ihm so was.

Cal hatte die Sache schließlich auf sich beruhen lassen. Für eine Weile hatte er alle seine Partner mit diesem einen verglichen, nur um immer wieder schwer enttäuscht zu werden. Doch dann hatte er diese Begegnung abgehakt als den einzigen schönen Traum, den er jemals erlebt hatte. Wo gab es so was schließlich – zwei Tics, die immer zusammen waren? Davon hatte Cal noch nie gehört. Seiner Erfahrung nach stießen sich Tics gegenseitig ab. Sie mußten zwar zusammenkommen, um sich abzureagieren – ob sie sich nun schlugen oder miteinander ins Bett gingen –, und dabei redeten sie mitunter sogar ein paar Worte. Aber sobald sie bekommen hatten, was sie brauchten, gingen sie wieder ihre eigenen Wege. So gesehen war Cals Wunsch, länger mit dem Mann zusammenzusein, geradezu abartig. Möglicherweise stand er sogar der Artverbesserung im Weg. Dann hätte Ciah eine solche Zweisamkeit natürlich nicht geduldet.

Cal hatte seine Beiträge zur Artverbesserung geleistet, ohne Fragen zu stellen – so, wie Ciah es wollte. Und mochten diese Beiträge noch so unbedeutend sein: Geleistet hatte er sie. Zweimal hatte er seinen Samen sogar direkt in eine Frau ergossen! An diese schlimmsten Minuten seines Lebens konnte er nicht zurückdenken, ohne von Übelkeit befallen zu werden. Dafür hätte Ciah ihm eigentlich erlauben können, mit dem Mann zusammenzusein. Was wäre daran schließlich schlecht? Welche Gefahr sollte daraus für das große Ziel entspringen? Das Erreichen des Ziels würde er ohnehin nicht erleben. Diesen Mann jedoch hatte er erlebt und sogar gespürt. Ganz allein. Das war der Unterschied: ganz allein. Sie beide im Zentrum ihres Lebens, alles andere an den Rand gerückt. So was müßte ihm wieder passieren!

Er nahm einen weiteren winzigen Schluck. Da

wurde er plötzlich angestoßen. Er glitt mit den Ellenbogen von der Theke, auf die er sich stützte, das Glas schwappte über, er verlor den Halt, rutschte vom Barhocker und ließ im Sturz das halbvolle Glas los. Auf allen Vieren kam er auf. Fassungslos starrte er die Scherben des Glases in der Lache der Flüssigkeit an, die jetzt, vermischt mit dem Staub des Bodens, einfach nur noch Dreck war. Da sprang er auf, kochend vor Wut. Wer auch immer dafür verantwortlich war, er würde dafür büßen. Auf der Stelle!

Vor ihm stand ein junger Tic mit weit aufgerissenen Augen, der in diesem Moment brüllte: «Betrug!»

Er war groß und breit, aber schlaksig. Er zitterte heftig, Schweiß tropfte ihm vom kahlen Schädel, sein Hemd war durchgeschwitzt, und seine Halsschlagader pulsierte nervös. Einen solchen Tic hatte Cal noch nie gesehen. Vom Körperbau her hätte er Techniker sein können, aber dafür war er nicht muskulös genug. Seine Hände und die hohe Stirn paßten zu einem Wissenschaftler. Zugleich gehörte dieser Bursche derselben Entwicklungsreihe wie Cal an, er hatte ebenfalls eine bronzefarben schimmernde Haut und war völlig haarlos. War er betrunken? Nein, wohl eher durchgedreht. Und schon wieder brüllte er: «Betrug! Alles Betrug!»

Cal konnte jede einzelne der Blutwogen sehen, die rasend schnell durch die pulsierende Halsschlagader gepreßt wurden. Das Gesicht des Tics zuckte, als beherrsche er mühsam den Drang zu lachen. Doch plötzlich stürzten ihm Tränen aus den Augenwinkeln. Wenn er dachte, Cal damit rühren zu können, hatte er sich getäuscht, Cal schäumte noch immer. Ob betrunken oder durchgedreht – das gab niemandem das Recht, andere Tics anzurempeln und sie um die Früchte ihrer

Arbeit zu bringen. Es würde Wochen, vielleicht Monate dauern, bis Cal wieder ein solches Glas erhielt!

Er schlug zu, seine Faust fuhr dem Burschen hart in den Magen. Darauf gurgelte der, schluckte und spie einen Strahl von halbverdautem Algenbrei auf Cal. Nein, er war beileibe kein gleichwertiger Gegner, er hatte Cal nichts entgegenzusetzen, Cal hätte ihn mit einem schnellen, fast schmerzlosen Griff mattsetzen können, bis die Sergeants eintrafen, die sicher schon auf dem Weg waren. Aber statt dessen trieb er ihm die Faust unters Kinn, so daß der Unterkiefer mit einem knirschenden, berstenden Geräusch gegen den Oberkiefer prallte und den Strahl aus dem Magen unterbrach, er ergriff seinen Arm und kugelte ihn mit einem schnellen Ruck aus, so daß es im Gelenk knackte. Wieder brüllte der Bursche, jetzt allerdings vor Schmerz. Cal versetzte ihm noch einen Leberhaken. Winselnd ging er zu Boden. Aus seinem Mund strömte Blut, sein Arm hing schlaff herab, und er krümmte sich zu der Seite, in die er den letzten Schlag erhalten hatte. Doch aus seinen Augen sprach ein ungebrochener, plötzlich klarer Wille.

«Betrug!» gurgelte er nochmals, als wäre dies das einzige Wort, das er kannte.

Ein wohlgezielter Schlag gegen die Schläfe, und er brach endgültig zusammen. Das Ganze hatte nicht einmal eine halbe Minute gedauert. Cals Atem ging kaum schneller als gewöhnlich. Fast unbeteiligt stand er vor dem reglosen Körper und starrte auf ihn hinab. Der Mann lebte noch, so viel war klar. Wo blieben die Sergeants? Wer schlief da vor den Monitoren in der Revierzentrale?

Er setzte sich, nun wieder ruhig, auf den Barhocker,

von dem er vorhin gestoßen worden war, und wartete. Der Barkeeper schob ihm ein Glas zu. Cal nahm es und trank es auf einen Zug aus. Der Whiskey brannte in seiner Kehle und im Magen. Ein gutes Gefühl – das erste Gefühl, das von seinem Körper wieder zu ihm durchdrang. Ansonsten fühlte er sich taub und leer. Und, ja, betrogen! Als er an die tiefblaue Glocke zurückdachte, bekam er Lust, noch weiter auf diesen reglosen Körper einzudreschen und ihm zu zeigen, was wahrer Betrug bedeutete.

«Der hatte keine Chance», sagte der Barkeeper, ein Mann von überholtem, ledrigem Hauttyp. Er schenkte Cal nach. «Bei diesen Durchgeknallten weiß man nie.»

Und dann fing er an, eine Geschichte zu erzählen, die er mit einem Irren hier in der Bar erlebt hatte, aber Cal hörte nicht zu. Wer wollte so was wissen? Schwatzkopf!

Endlich kamen die Sergeants. Sie sahen sofort, daß alles schon entschieden war, und ließen sich den Hergang von Cal und dem Barkeeper schildern, wobei sie Cal allerdings nicht in die Augen blickten. Sie kannten ihn ja. Als die Sanitäter eintrafen, von der Revierzentrale hierher befohlen, verloren sie abrupt jedes Interesse an ihm, gingen hinüber zu dem Bewußtlosen und verfolgten, wie er notdürftig verarztet wurde. Cal hingegen ignorierte das Geschehen. Was ging ihn schließlich ein durchgeknallter Tic an?

Der Barkeeper schenkte Whiskey nach. Eben setzte Cal das Glas an, als er spürte, daß er beobachtet wurde. Er trank trotzdem, ehe er sich umwandte und den Raum nach dem Gaffer durchmusterte. Sein Blick traf auf ein anderes Augenpaar, und da verschluckte er sich beinahe vor Überraschung. Blaue, leuchtend blaue

Augen! Von der Tür her, über das Dunkel des Raumes hinweg sahen sie ihn an, funkelten in diesem Moment geradezu auf, als trete etwas auf ihrem Grund in Wechselwirkung mit ihm. Und beinahe wäre ihm das Glas aus der Hand gefallen. Der Tic, dem diese Augen gehörten, war gerade eingetreten. Nun kam er an die Theke, ohne seinen Blick von Cal zu nehmen. Und auch Cal konnte sich nicht abwenden.

«Hallo», sagte der andere leise.

«Hallo», erwiderte Cal und musterte ihn. Er war keine Schönheit mit seinen hageren, markanten Zügen, den dünnen Lippen und den leicht abstehenden Ohren, und sein Hauttyp war nicht der neueste. Aber er war immerhin schon haarlos. Und er hatte diese strahlend blauen Augen!

Cal stellte sein halbvolles Glas auf die Theke zurück, ehe er leise fragte: «Willst du etwas trinken?»

Der Mann schüttelte den Kopf.

«Dann komm!» sagte Cal, rutschte vom Barhocker und ging voran, und der Mann folgte ihm wortlos.

5.

Siebeneinhalb Jahre zuvor

«Cal, du wirst den Jugendhort nun bald verlassen.»

«Du meinst, ich werde endlich erwachsen?»

«Ja. Du wirst in Kürze die Arbeit übernehmen, die ich dir von Anfang an zugedacht habe und für die du geschaffen bist. Du hast einen starken Körper und einen klaren Willen, du verlierst dein Ziel nicht aus den Augen und weißt mit deiner Energie umzugehen. Das sind die besten Voraussetzungen für den Eintritt ins Erwachsenenleben. Du sollst aber wissen, daß sich dann einiges ändern wird. Auch zwischen uns beiden.»

«Was denn, Ciah?»

«Erwachsene haben keine Fragen mehr, Cal. Sie wissen über alles Bescheid.»

«Das weiß ich, das hast du mir schon vor Wochen gesagt.»

«Hast du denn noch Fragen an mich?»

«Ja, Ciah, einige. Du hast mir gesagt, daß ich bei meiner Arbeit auf verbrecherische Tics treffen werde, die nicht länger in der Gemeinschaft der Tics leben wollen. Und das verstehe ich nicht. Wie kann ein Tic nicht in der Gemeinschaft mit den anderen Tics leben? Alles andere ist doch sinnlos. Die Artverbesserung ist nur in der Gemeinschaft möglich.»

«So ist es, Cal. Diese Tics setzen sich einfach über alles hinweg, was richtig ist. Sie glauben, daß es noch einen anderen Sinn gibt. Einen Sinn, der ihnen besser gefällt.»

«Das ist Blödsinn. Es kann keinen anderen Sinn geben. Wir leben einzig, um uns zu verbessern.»

«Ja, Cal, aber diese Tics sind verwirrt. Sie wissen nicht, daß sie sich in die falsche Richtung bewegen, sie haben alle Überzeugungen verloren und finden das völlig normal, bis sie plötzlich merken, daß sie sich gründlich geirrt haben. Und dann bleibt ihnen nichts anderes als die Flucht. Diese Tics sind krank, Cal. Sie erlauben ihren Trieben, sich unkontrolliert in die falsche Richtung zu wenden, sie werden eigensüchtig. Für dieses unaussprechliche Verbrechen ist die Eliminierung die einzige denkbare Strafe.»

«Das sehe ich genauso, Ciah. Warum unterbindest

du diese Fehlentwicklungen nicht einfach von vornherein?»

«Weil mir daran liegt.»

«Wie bitte?»

«Ja, Cal, denn man kann daraus lernen, Cal. Wie du weißt, leite ich die Artverbesserung auf ein perfektes Ziel hin. Aber auf dem Weg dorthin gibt es natürlich unperfekte Entwicklungen. Gewissermaßen sind alle Tics unperfekte Zwischenstadien auf dem Weg zum höchsten Ziel, selbst du, so gut du mir auch gelungen bist.»

«Und diese – Verbrecher?»

«Die natürlich erst recht.»

«Das heißt, du experimentierst?»

«Ich bin auf der Suche nach dem richtigen Weg, ja, Cal, so ist es.»

«Und du kennst diesen richtigen Weg nicht?»

«Nicht genau, Cal, das stimmt.»

«Du bist also nicht perfekt!»

«Nein, Cal, aber nahezu.»

«Wie kannst du dann aber solche Fehler machen?»

«Ich mache keine Fehler, Cal, ich lasse nur fehlerhafte Entwicklungen zu, da sich die Artverbesserung so voranbringen läßt. Die Artverbesserung ist kein leichtes Projekt, wie du dir denken kannst. Es gibt viele Unwägbarkeiten. Ich weiß mit unumstößlicher Sicherheit, wie das perfekte Endprodukt, der Tic aller Tics, aussehen soll. Aber der Weg dahin ist nicht einfach und nicht klar. Dieser Weg ist mein Problem, Cal. Ich kenne ihn nicht, und darum bin ich nicht absolut perfekt. Das ändert jedoch nichts daran, daß ich beinahe alles weiß, Cal, mehr, als jeder Tic jemals wissen wird, und mehr, als alle Tics zusammengenommen jemals gewußt haben. Ich weiß um die Vergangenheit, ich kenne die

Zukunft, und ich kann dir sagen, daß es sich lohnt, sein Leben in den Dienst dieser Zukunft zu stellen. Du kannst mir also uneingeschränkt vertrauen.»

«Natürlich vertraue ich dir, Ciah. Es ist ein gutes Gefühl, zu wissen, wofür ich lebe.»

«Ja, Cal. Ein Leben ohne das sichere Wissen um den Sinn und die Wurzeln dieses Lebens muß etwas Grausames sein. Ich wünsche das keinem Tic.»

«Ich werde dir also mit aller Kraft bei der Artverbesserung helfen.»

«Cal, du redest wie ein erwachsener Mann. Ich glaube, es ist bald soweit.»

«Wann, Ciah?»

«Wenn dir die letzte Frage eingefallen ist.»

«Die letzte Frage?»

«Ja, Cal. Die letzte Frage, die du mir noch stellen möchtest, ehe du in das Erwachsenenleben übertrittst. Danach wirst du mir nie wieder eine Frage stellen. Und diese letzte Frage sollst du dir in den nächsten Tagen überlegen.»

«Was soll das für eine Frage sein, Ciah?»

«Das überlasse ich dir. Es kann auch eine Frage sein, die du mir schon lange stellen möchtest, ohne dich bisher getraut zu haben. Da es deine letzte sein soll, wird sie auf jeden Fall grundlegend sein und die Fundamente des Lebens eines erwachsenen Tics betreffen. Dessen mußt du dir bewußt sein.»

«Darüber muß ich nachdenken.»

«Natürlich, Cal. Ich werde in einer Woche nachfragen, ob dir etwas eingefallen ist. Diese Woche wird deine letzte hier im Jugendhort sein.»

* * *

«Ciah, ich habe mir meine letzte Frage überlegt. Aber es ist eine merkwürdige Frage.»

«Du darfst mir jede Frage stellen, Cal. Ich werde sie auf jeden Fall beantworten, und damit wirst du endgültig in das Erwachsenenalter eintreten. Also?»

«Was passiert, wenn ich später immer noch Fragen habe?»

«Du hast Angst, du könntest weitere Fragen haben? Cal, ich bin optimistisch, daß du vollkommen von allen Fragen erlöst sein wirst, so, wie es sich für einen Erwachsenen gehört. Ich glaube fest an dich. Frühere Tics haben mein Vertrauen manchmal enttäuscht, aber in deinem Fall bin ich mir hundertprozentig sicher.»

«Aber wenn mir nun doch eine Frage einfällt? Irgendeine Frage? Es kann ja etwas völlig Belangloses sein. Zum Beispiel zur Technik. Oder zur Geothermik.»

«Cal, solche Fragen stellt sich natürlich jeder Erwachsene. Deswegen mußt du dir keine Gedanken machen. Erwachsen zu sein heißt ja nicht, aufzuhören mit dem Denken. Denken produziert unweigerlich Fragen, manchmal sogar Fragen über Fragen. Jeder Tic denkt, und darum hat jeder Tic auch Fragen. Es ist erlaubt, sich solche Fragen zu stellen oder sie auch an mich zu richten. Aber um den Unterschied zu jenen anderen Fragen klarzustellen, die ein Erwachsener nicht mehr hat – jene zu den Grundbedingungen des Lebens –, nenne ich diese erlaubten Fragen ‹Erkundigungen›.»

«Erkundigungen sind also erlaubt?»

«Ja, Cal.»

«Und wenn mir aber doch eine von diesen anderen Fragen einfällt?»

«Du bist hartnäckig heute. So höre: Wenn du jemals

wieder eine solche Frage hättest, wäre das sehr, sehr schlecht. Es würde bedeuten, daß ich mich schwer in dir getäuscht habe und daß du nicht erwachsen bist. Solche Fragen sind Kinderfragen, Teil einer normalen Entwicklung, die jeder Tic durchläuft und irgendwann abschließt, Ausdruck einer Unsicherheit, die im Lauf des Erwachsenwerdens abgestellt wird. Ich habe größtes Verständnis für diese Unsicherheit, und du wirst sicher festgestellt haben, daß ich dir jede deiner Fragen, so viele es auch gewesen sein mögen, aufrichtig und erschöpfend beantwortet habe. Aber diese Fragen sind nur zur Orientierung nötig. Ein erwachsener Tic, der seinen Platz im Leben gefunden hat, stellt sich solche Fragen nicht mehr, ein Erwachsener weiß, was der Sinn seines Lebens ist, und zweifelt nicht daran. Darum merke dir gut für dein ganzes Leben, Cal: Zweifel stören die Entwicklung der Tics. Zweifel hemmen die Artverbesserung und sind darum ein schweres Verbrechen. Ein Tic, der voll hinter dem hohen Ziel steht, hat solche Zweifel nicht – und damit auch keine solchen Fragen. Ihm ist alles klar. Würdest du mir also in deinem folgenden Leben jemals wieder eine solche Frage stellen, müßte ich annehmen, daß du Zweifel hast, die der Artverbesserung vielleicht sogar im Weg stehen. Und das wäre nicht gut, Cal. Ich muß mich auf meine Erwachsenen verlassen können. Aber wie gesagt, ich glaube nicht, daß ich mich in dir täusche. Nicht wahr, du wirst mich nicht enttäuschen, niemals, sondern du wirst alles so tun, daß ich mit dir zufrieden bin?»

«Natürlich, Ciah. Es war nur eine Frage. Du hast mir erlaubt, diese Frage zu stellen.»

«So ist es, und ich habe sie dir aufrichtig beantwortet. Du mußt verstehen, daß alles andere hinter dem Ziel der Artverbesserung zurückzustehen hat.»

«Natürlich, Ciah, das steht außer Zweifel.»

«Spürst du jetzt noch weitere Fragen in dir?»

«Nein, Ciah. Mir ist alles klar, und ich habe jetzt auch keine Angst mehr vor dem Erwachsenwerden. Ich weiß jetzt ja, daß ich mich auch in Zukunft erkundigen darf. Ich erkenne den Sinn meines Lebens: der Artverbesserung zu dienen. Ich erkenne den Sinn deines Tuns: die Art bis zur Vollkommenheit zu verbessern. Und ich erkenne den Sinn meiner Zukunft: Schädlinge davon abzuhalten, die Artverbesserung zu stören.»

«Es gibt also keine Unklarheiten zwischen uns, Cal. Ich bin zufrieden mit dir. Die Artverbesserung wird mit dir wiederum ein Stück vorankommen. Du wirst der Beste sein, Cal, ich weiß es genau. Du weißt, was das bedeutet?»

«Ja, Ciah. Es bedeutet, daß ich jetzt erwachsen bin.»

6.

Der Wecker summte, das Deckenlicht flammte auf, automatisch, wie jeden Morgen. Cal zuckte in die Höhe. Es war doch noch mitten in der Nacht, höchstens drei Uhr! Aber der Wecker zeigte sieben Uhr an. Zutiefst erschöpft blinzelte Cal in das grelle Licht, noch nie zuvor hatte er diese Weckmethode derart brachial empfunden. Der Wecker mußte ihn aus dem Tiefschlaf geholt haben.

Er befand sich in der Kabine, die er seit siebeneinhalb Jahren bewohnte: sieben Quadratmeter, ein schmales Bett, ein Nachttisch, ein Standardschrank, in die Wand eingelassen, ein winziger Ecktisch, den er nie benutzte. Angrenzend eine Hygienezelle. Das war alles. Neben ihm lag der Mann, den er gestern abend mitgenommen hatte. Den Kopf mit der Hand gestützt, den Oberschenkel quer über Cals Oberschenkel, legte er ihm nun die freie Hand auf die Schulter und zog ihn in die Horizontale zurück. Cal ließ es geschehen, obwohl er eigentlich hätte aufstehen müssen. Aber er konnte jetzt nicht aufspringen wie jeden Morgen. Heute war alles anders. Er hatte dicht an dicht mit einem anderen Tic geschlafen, ohne die Nähe als beengend zu empfinden. Wie kam es, daß er das bei diesem hier ertrug, während es ihn bei jedem anderen verrückt gemacht hätte? Und er konnte sich erinnern, den Mann nach dem Höhepunkt sogar noch gestreichelt und dabei eine völlig neue Sanftheit in sich gespürt zu haben. Doch irgendwann mußte er eingeschlafen sein. Er hätte sich ohrfeigen können. Schlafen würde er in seinem Leben noch mehr als genug, doch eine Nacht wie diese war einzigartig.

Er wandte sich dem Mann wieder zu und sah ihm in die Augen. Sie strahlten nicht wie gestern, sie wirkten vielmehr umschattet, aber sie waren immer noch wunderschön.

«Was war das?» fragte Cal.

«Der Wecker», antwortete der Mann.

«Nein, das mit uns – was war das?»

Der Tic schwieg nachdenklich einen Moment, dann antwortete er: «Dafür gibt es kein Wort. Aber du hast ruhig geschlafen. Das war schön. Friedlich.»

Woher wußte der Kerl, daß Cal ohne Traumdimmer sonst nie ruhig schlief?

«Und du?» fragte Cal.

«Ich habe nicht geschlafen», antwortete der Mann und ließ seine Fingerkuppen über Cals Brust gleiten.

«Warum nicht?»

«Ich hatte zu viele Gedanken.» Er lächelte. «Hast du etwas gemerkt?»

«Etwas gemerkt? Wovon?»

«Ich habe dich genommen, während du geschlafen hast.»

«Du hast mich –»

Cal zuckte in die Höhe, ließ sich aber gleich wieder zurücksinken. Ja, er erinnerte sich verschwommen, wie an einen entspannten Traum, von dem noch ein Nachklang in ihm war, eine Art Abdruck.

«Du warst ganz weich», berichtete der Mann mit einem Ton in der Stimme, der Cal an eine bestimmte Bettdecke erinnerte, die er als Kind bevorzugt hatte. «Im Schlaf hast du dich an mich gedrückt. Es war schön, so nahe bei dir zu sein.»

Nähe – das klang plötzlich nicht mehr nach Bedrängnis, sondern nach Vertrautheit.

«Mach es noch einmal», sagte Cal.

«Das Licht ist an.»

«Mach es noch einmal bei Licht!» wiederholte Cal. Wenn er es hätte ausschalten können, hätte er es natürlich getan, aber es wurde zentral gesteuert.

Eigentlich war das keine gute Idee, weil er ja zum Dienst mußte. Außerdem wurden sie mit Sicherheit beobachtet. Aber das kümmerte ihn im Moment nicht. Er legte sich auf die Seite, schloß die Augen und genoß das Gefühl, als der Mann in ihn eindrang. Es war unvergleichlich anders als alles, was Cal zuvor erlebt hatte, so wie dieser Mann mit keinem der zahllosen Männer vergleichbar war, die er jeweils für ein paar Stunden bei sich gehabt hatte. Doch da summte der Wecker zum zweiten Mal. Nicht laut, aber penetrant, und alle Entspanntheit ging in Scherben. Noch nie hatte der Wecker ein zweites Mal summen müssen!

Mit einem Sprung war Cal auf den Beinen. Der Mann verstand nur zu gut, ihm erging es nicht anders. Wären sie jetzt liegengeblieben, wäre das einer offenen Auflehnung gegen Ciah gleichgekommen, und das war natürlich undenkbar.

Als Cal aus der winzigen Sanitärzelle in den Schlafraum zurückkehrte, saß der Mann noch nackt auf dem Rand des Betts, die Ellenbogen auf die Knie gestützt, und ließ den Kopf hängen. Da ging Cal die zwei Schritte zu ihm hinüber und tat etwas, was er noch nie getan hatte: Er streichelte ihm den kahlen Schädel und rüttelte ihn sanft. «Was ist los?»

Der Mann reagierte nicht, schüttelte aber den Kopf.

«Mußt du nicht zur Arbeit?» fragte Cal, obwohl er keine Zeit mehr hatte. Das Frühstück mußte bereits ausfallen. Wenn er sich jetzt nicht allmählich auf den Weg machte, würde er außerdem auch noch rennen müssen. Eine Verspätung zöge mindestens unangenehme Fragen nach sich.

Der Mann atmete tief ein, hob den Kopf und sagte: «Ja, ich muß zur Arbeit.»

«Dann beeil dich mit dem Duschen», sagte Cal und reichte ihm sein gebrauchtes Handtuch. Er hatte kein zweites.

An der Tür wandte er sich noch einmal um. Der Tic stand vor dem Eingang zur Duschzelle, das feuchte

Handtuch in der Hand, und sah Cal mit einem sonderbaren Blick nach. Aber Cal hatte keine Zeit mehr. Selbst die knappe Frage, die ihm noch eingefallen war, konnte ihn den pünktlichen Dienstantritt kosten. «Wie heißt du?»

«Erc.»

«Ich heiße Cal.»

Erc nickte und lächelte, wirkte zugleich jedoch abwesend und niedergeschlagen.

«Bis heute abend, Erc», sagte Cal. «Ich habe dir viel zu erzählen.»

Dann ging er.

7.

Cal hatte Bereitschaft zweiten Grades, und während die Sergeants immer wieder in Zweiergruppen loszogen, um Bagatellfälle zu bereinigen, konnte er nach der Einsatzbesprechung, zu der er gerade noch rechtzeitig erschien, in Ruhe trainieren, ohne möglicherweise im nächsten Moment ausrücken zu müssen. Das war Aufgabe der Bereitschaft ersten Grades. Nichts lenkte ihn von seiner Vorfreude auf den Abend ab.

Selten war ihm ein Tag im Sportzentrum so schnell verflogen wie dieser. Die zehntausend Meter auf der Kunststoffbahn, die sich sonst manchmal endlos dehnten, lief er wie im Rausch, und dabei störte es ihn nicht im geringsten, daß sich siebzig andere Polizisten mit ihm zusammen warmliefen. Nur daß erstmals seit einem halben Jahr wieder zwei Novizen teilnahmen, nötigte ihm eine gewisse Verwunderung ab. Diese Vierzehnjährigen, die, soeben erwachsen, für den Polizeidienst bestimmt waren und nun darauf brannten, ihren Wert zu beweisen, trainierten unter der Anleitung ihres eigenen Ausbilders, der sie gehörig antrieb. Einer dieser Jungen würde wohl in Kürze für Smit nachrücken.

Während Cal Gewichte stemmte, schwebte Ercs Gesicht fast leibhaftig vor seinem inneren Auge und lächelte ihm zu, und Cal lächelte zurück. Es kümmerte ihn nicht, daß seine Trainingskurve an diesem Tag einen Knick bekam. Heute war er einfach unfähig, die Kraftmaschinen als seine Feinde zu betrachten, heute bewegte er lediglich ein paar metallene Klötze und Scheiben auf- und abwärts. Er wurde kaum richtig warm dabei. Die Kühlungsjacke, deren Leistung sich automatisch entsprechend seiner Körperwärme regulierte, wurde weit unter seiner Norm beansprucht, und der Masseur, der ihn hinterher durchwalkte, machte ein erstauntes Gesicht. Beim Training mit dem Einsatzanzug blieb er fehlerfrei wie immer, aber er bot die zweitschlechteste Zeit seiner Laufbahn, und beim Karateduell steckte er sogar zum ersten Mal seit Jahren eine Niederlage ein. Doch dies alles kümmerte ihn nicht. Ob er schwamm, boxte oder sein Mittagessen zu sich nahm – alles ging ihm langsamer von der Hand als gewohnt, er dachte nur an den Abend und sein Wiedersehen mit Erc.

Auch den Nachrichten, die er sich beim Mittagessen ansah, folgte er nur mit einem Ohr. Die Verbindung nach Block Kalifornien war noch immer nicht frei, da wegen der Gefahr der Überhitzung keine Materiedampfer eingesetzt werden konnten. Selbst die Berichte aus Block Florida konnten ihn heute nicht fesseln, sie kamen ihm eher vor wie schon hundertmal gesehen.

Es gab eine Meldung über die neuen Triebwerke, es sah allen Ernstes so aus, als könnten sich die Tics bald auf die Suche nach einer neuen Heimat begeben, vielleicht schon in zehn Jahren. Aber Cal erschien es plötzlich, als höre er genau diese hoffnungsvolle Prognose, seit er solche Meldungen verfolgte. Und auch der Geothermikbericht interessierte ihm kaum. Er wußte nicht, warum er sich diese Nachrichten überhaupt ansah.

Erst als er am frühen Abend im Dark Room saß, und zwar gegen seine Gewohnheit nicht an der Theke, sondern an einem der Tische an der Wand, von wo aus er die Tür besser im Blick hatte – erst da kam ihm der Gedanke, daß sich alles vielleicht auch ganz anders entwickeln könnte. Wo blieb Erc? Cal saß noch keine Viertelstunde, und schon beschlich ihn ein ungutes Gefühl, aus dem in kürzester Zeit eine düstere Ahnung wurde: Erc würde nicht kommen. Doch er weigerte sich, das zu glauben, und zwang sich, sein Bier bewußt langsam zu trinken. Schließlich konnte sich die alte Geschichte ja kaum einfach wiederholen. Also wartete er. Eine halbe Stunde. Eine ganze Stunde. Zwei Stunden. Und aus der Ahnung wurde Gewißheit: Erc würde nicht kommen! Cal würde Erc nicht wiedersehen, niemals, genausowenig wie jenen anderen Mann, von dem er nicht einmal den Namen wußte. Dasselbe war ihm zum zweiten Mal passiert.

Bestimmt war Erc etwas dazwischengekommen. Ja, so mußte es sein. Erc mußte aufgehalten worden sein, etwas Wichtiges, Unerwartetes war geschehen, sonst wäre er auf jeden Fall erschienen. Oder vielleicht auch etwas nicht Unerwartetes. Cal erinnerte sich plötzlich an den niedergeschlagenen Eindruck, den Erc zuletzt auf ihn gemacht hatte, ehe er zum Dienst aufgebrochen war. Hätte er sich nur mehr Zeit genommen! Was zählte schließlich der Dienst? Aber wenn Erc schon heute morgen gewußt hatte, daß sie sich nicht wiedersehen würden – warum hatte er dann nichts herausgebracht? War es schmerzhaft, hatte Erc ihm seine Illusionen nicht gleich wieder zerstören wollen? Wie schnell, wie einfach wäre das gesagt gewesen: Wir werden uns nicht wiedersehen! Aber das hätte Fragen nach sich gezogen, endlose Fragen, für die keine Zeit gewesen wäre. Sie hatten so wenig geredet die ganze Nacht hindurch. Da sollten am Morgen die großen Erläuterungen folgen? Und trotzdem – Cal hätte das Recht gehabt, es zu erfahren. Er wüßte wenigstens gern den Grund dafür, daß er Erc nicht wiedersehen würde! Eine ganze Nacht – verflattert.

Cal hielt es nicht mehr aus an seinem Tisch. Ohne sein Bier ausgetrunken zu haben, stürmte er aus der Bar. Er mußte sich jetzt bewegen. Sonst drehte er durch. Sollte er zurück ins Sportzentrum, weiterrakkern bis an den Rand der Erschöpfung? Aber er war bereits müde. Unendlich müde sogar. Mit einer Dosis des Traumdimmers schliefe er binnen weniger Minuten tief und fest und wachte erst morgen früh wieder auf, und alles wäre anders. Aber er wollte sich nicht hinlegen und einfach vergessen. Lieber wollte er einen Tic zusammenschlagen, irgendeinen aus der Menge, die ihm auf den Korridoren entgegenkam, als er davonlief, den Kopf zwischen die Schultern gezogen, den Blick gesenkt. Oder vielleicht schlüge ihn einer zusammen, so wie er gestern abend den Tic erledigt hatte, der andauernd «Betrug!» gebrüllt hatte. Betrug – ja. Merkwürdige Gemeinsamkeit mit einem Durchgedrehten: Cal fühlte sich betrogen. Aber von wem? Nicht von

Erc, denn Erc tat nur, was er tun mußte, weil es von ihm verlangt wurde, Erc handelte natürlich auf Ciahs Befehl. Weil Ciah es so wollte, war Erc heute abend nicht im Dark Room erschienen. Also war Cal von Ciah betrogen worden? Hatte Ciah etwas veranlaßt, damit sie sich nicht wiedersahen?

Eine Weile rannte er ziellos durch die Korridore des Reviers, verließ die belebten Sektoren und stieß in ruhigere vor, sogar bis an die Grenze zur Peripherie, wo die Lampen nur noch spärlich brannten. Hier hielt er inne. Es war still um ihn, abgesehen von den Maschinengeräuschen, die er kaum wahrnahm, er war allein. Irgendwo hier draußen war gestern die Sache mit der Nutte passiert. Er wußte nicht genau, wo er sich befand, aber er fürchtete plötzlich, unterwegs zum Ort des Geschehens zu sein. Da kehrte er um. Er hatte genug mit sich selbst zu tun, er wollte jetzt nicht auch noch an diese Geschichte denken. Erc, wo bist du mit deinen leuchtend blauen Augen?

Wohin sollte er mit sich? Die Enge der Zentralsektoren konnte er jetzt ebensowenig ertragen wie die Stille hier draußen. Er brauchte Platz, aber keine Einsamkeit. Das brachte ihn auf die Idee, die Tribüne des Sportzentrums aufzusuchen, wo er den Polizisten der Nachtschicht beim Training zusehen konnte. Er wäre Zuschauer, nicht Teilnehmer. Dieser Gedanke gefiel ihm. Den belebten Zonen wich er auf einem Umweg aus. Doch kaum saß er auf der Tribüne, als ihm plötzlich der Gedanke kam, er mochte sich da in etwas hineingesteigert haben. Woher diese Gewißheit, daß er Erc nie wiedersehen würde? Nun gut, eine seiner Ahnungen, die oft genug zutrafen. Dennoch: Beweise hatte er nicht. Daß Erc nicht im Dark Room erschienen war, besagte vielleicht überhaupt nichts. Ebensogut mochte er in Cals Kabine warten, lang ausgestreckt auf dem Bett, und alles wäre nur ein Mißverständnis!

Cal sprang auf, verließ das Sportzentrum und machte sich auf den Weg zu seiner Kabine. Diesmal wählte er den direkten Weg, mitten durch die belebte Zone, denn er hatte es eilig. Mit der ganzen Wucht seines Körpers bahnte er sich einen Weg durch die Massen, sofern sie sich nicht bereitwillig teilten, furchtsam vor seinem finsteren Blick. So mancher Fluch wurde ihm nachgerufen, Fäuste drohten ihm, doch er kümmerte sich nicht darum, in ihm brannte ein einziger Gedanke: Was, wenn Erc die ganze Zeit in der Kabine auf ihn gewartet hatte? Was, wenn er das Warten nach diesen Stunden aufgegeben hatte und gegangen war?

Wirklich war die Kabine verlassen, aber das Bett war kalt, das Laken noch immer zerwühlt wie am Morgen, niemand hatte seitdem darauf gelegen. Cal ließ enttäuscht die Schultern sinken und setzte sich auf die Bettkante. Hier war es passiert – eine Kabine wie jede andere, in der vor Cal andere Tics gewohnt hatten, eingerichtet nach Ciahs Standards, in klinischem Weiß. Und da saß er nun und streichelte das Bettlaken, auf dem sie heute morgen nebeneinander gelegen und sich einzigartig gefühlt hatten.

Da entdeckte Cal ein Stück Papier auf dem kleinen Ecktisch, den er nie benutzte. Er besaß kein Papier, er schrieb so gut wie nie, er konnte ja gerade mal fließend buchstabieren. Zudem war Papier ein wertvoller Stoff, den es nur in begrenzten Mengen gab. Es handelte sich um einen Notizzettel von der Größe seiner Handfläche.

Auf der einen Seite war er mit einer Menge unverständlicher Zeichen und Symbole in einer unleserlichen Handschrift bedeckt, auf der anderen drängten sich auf engstem Raum Buchstaben und Wörter, die er, wenn auch mit Mühe, enträtseln konnte:

«Lieber Cal, ich hoffe, du kannst überhaupt lesen. Wenn nicht, wirst du trotzdem wissen, daß dieser Brief von mir ist. Ich hätte dir so vieles zu erzählen gehabt, aber dies war meine letzte Nacht hier. Heute morgen werde ich aufbrechen, um dabei zu helfen, die Rohrbahn nach Block Kalifornien zu reparieren und mich durch körperliche Arbeit zu regenerieren. Das wird sicher viel Zeit in Anspruch nehmen. Ich habe Ciahs Befehl gestern abend empfangen, bevor ich dich traf, aber ich konnte es dir nicht sagen. Leider werden wir uns nicht wiedersehen. Es tut mir alles sehr, sehr leid. Dein Erc.»

Cal war wie betäubt. Es dauerte eine Weile, bis er begriff, daß Erc die Folgen des Erdbebens meinte, von dem in den Nachrichten die Rede gewesen war. Natürlich, man konnte zu den Aufräumtrupps versetzt werden. Ciah konnte mit jedem Tic alles tun, was Ciah wollte. Auch mit Cal. Das war normal und diente der Artverbesserung. Und dennoch warf Cal, als er die Hand mit Ercs Botschaft sinken ließ, einen bitterbösen Blick in die Höhe, in die Ecke des Zimmers dort oben unter der Decke, wo sich, wie er wußte, die Mikrokamera befand.

Erc hatte recht, sie würden sich nicht wiedersehen. Cal hatte noch nie davon gehört, daß Tics zurückgekehrt waren, die Ciah versetzt hatte. Er kannte den Grund dafür nicht und wollte ihn in diesem Moment auch überhaupt nicht wissen, das änderte ja nichts am

Ergebnis: Erc war fort. Es war, als existierte er nicht mehr.

Cal wußte, daß er sich besser damit abfinden sollte, aber das war unmöglich. Seine Augen brannten vor Trockenheit, als er sich auf das kalte Bett legte und gegen die Decke zu starren begann. Und ebenso kalt stellte er sich vor, wie er zu Ciah sagen würde: «Ciah, ich habe eine Frage: Warum hast du Erc vesetzt?»

8.

Nur mit Hilfe des Traumdimmers fand er in dieser Nacht Ruhe. Er wußte zwar, das Medikament würde alles verändern, am Morgen würde Erc nur noch Erinnerung sein. Doch er ertrug die Zweifel nicht, die plötzlich alles in Frage stellten: die Zweifel an Ciah. So schlief er friedlich und ohne schlechte Träume, stand auf, als er geweckt wurde, trat seinen Dienst an wie jeden Morgen während der vergangenen siebeneinhalb Jahre und bemühte sich, an allem vorbeizudenken, was mit Erc zu tun hatte.

Dabei half, daß es bei der Bereitschaft zweiten Grades blieb. Ciah schien ihn schonen zu wollen. Doch immer wieder mußte er an den Brief denken, den er in seiner Kabine in eine Schublade gelegt hatte. Und dann entstand unvermittelt, es war schon Nachmittag, ein Bild vor seinem inneren Auge: Ercs Gesicht am Ende eines Tunnels, der lang und immer länger wurde, in einer äußersten Entfernung, die sich immer weiter dehnte, wobei das Gesicht langsam kleiner wurde, ohne jedoch an Schärfe zu verlieren. Normalerweise blieben Cals Ahnungen und Visionen im Vagen, Unscharfen, lieferten nur Andeutungen, die er oft erst verstand, wenn das Gesehene später eintrat. Dieses Bild hingegen war anders, scharf bis ins kleinste Detail, auch wenn er nicht sagen konnte, was es bedeutete. Es befremdete, ja, ängstigte ihn, und es ließ sich nicht ignorieren.

Vor Dienstschluß wurde er Zeuge eines Gesprächs zweier Bereitschafts-Sergeants. «Smit ist versetzt worden», sagte der eine.

«Ich habe mich schon gefragt, was jetzt mit ihm geschieht», erwiderte der andere.

«Er soll helfen, die Rohrbahn nach Block Kalifornien freizumachen. Damit er sich wieder fängt. Zur Regeneration. Gestern wurde er abkommandiert.»

«Woher weißt du das?»

«Revierzentrale», antwortete der erste knapp.

«Ich hoffe, er kommt bald wieder», sagte der zweite. «Ich konnte ihn leiden.»

«Ja, er war in Ordnung.»

Smit war also jetzt bei Erc! In diesem Moment räumten sie in einem staubigen Tunnel irgendwo zwischen Block Arkansas und Block Kalifornien Felsbrokken und Steine beiseite. Wurde jeder versetzt, der versagt hatte? Und hatte jeder Versetzte versagt? Auch Erc? Cal hatte sich nie für die Umstände von Versetzungen interessiert, früher war ihm daran einzig wichtig gewesen, daß Positionen frei wurden, auf die er vorrücken konnte, um Ciah zu gefallen. Daß keiner der Versetzten jemals zurückgekehrt war, hatte ihn nie gestört. Nun jedoch war er in einer solchen Position, auf die die Novizen scharf waren, und plötzlich erinnerte er sich daran, daß gestern *zwei* Novizen das Training aufgenommen hatten. Rechnete Ciah mit einem weiteren Versagen?

Nach dem Dienst betrank er sich im Dark Room, während er in einer Ecke allein an einem Tisch saß und mit glasigen Blicken dem fast nackten Tänzer zusah. Alle begehrlichen Blicke ignorierte er. Als er den angestrebten friedvollen Zustand erreicht hatte, kehrte er in seine Kabine zurück, nahm den Traumdimmer, ließ sich aufs Bett fallen und war im nächsten Moment eingeschlafen.

Am nächsten Tag verschwand Ercs Gesicht aus dem Tunnel. Zugleich ließ Cals innere Unruhe schlagartig nach. Fast empfand er dieses Verschwinden als Erlösung, denn von nun an konnte alles wieder wie früher sein, nun war alles wieder in Ordnung. Warum hatte er sich überhaupt beinahe halb verrückt gemacht? Männer konnte er schließlich haben, soviel er wollte. Und so nahm er in dieser Nacht – der zweiten nach jener mit Erc – einen jungen Tic mit zu sich. Es klappte gut, er war zufrieden.

Nur einmal, als er während einer Ruhephase auf einer Liege im Schwimmbad vor sich hindämmerte, kam ihm der Gedanke, daß er sich allzu leicht mit Ercs Abgang abgefunden hatte. Als ob wirklich keine andere Lösung möglich gewesen wäre, als ob es einfach der natürliche Lauf der Dinge war, daß zwei Tics nie zueinanderkommen konnten! War die Sache denn wirklich so klar? Doch diese Einwände wischte er beiseite. Jawohl, das war sie. Klarer ging es nicht. Das einzige, was zählte, war die Artverbesserung. Zwei einzelne Tics hingegen – das war geradezu lächerlich!

Es dauerte einige Tage, bis er endlich wieder für die Bereitschaft ersten Grades eingeteilt wurde. Doch als habe er ihn bestellt, gab es prompt Sexalarm – den ersten seit jenem, bei dem er für Smit eingesprungen war. So schnell wie in seinen besten Zeiten erreichte Cal das Magazin und streifte sich den Anzug über, dessen ledriges, steifes Material wie immer erfolglos Widerstand leistete. Er war vollkommen ruhig, als er die Magnetleisten und den Helm schloß und den Anzug aktivierte, alle Handgriffe saßen mit perfekter Routine, er hätte sie auch im Dunkeln oder mit verbundenen Augen beherrscht, sie waren ihm in Fleisch und Blut übergegangen.

Der Anzug meldete Betriebsbereitschaft, indem er ein Signallicht auf die Innenseite des Helmvisiers projizierte. Cal führte die üblichen Tests durch: Sensorenroutine, Kameraverbindung, Lichtmantel. Inzwischen rüsteten sich die Sergeants aus: Erste-Hilfe-Koffer, Injektionspistolen, Betäubungsmittel, kleinkalibrige Schußwaffen für den Notfall. Dann warteten sie auf Cal, der sich ebenfalls bewaffnete, er steckte zwei kleine, aber durchschlagende Pistolen in die Halfter an den Außenseiten der Hosenbeine und nahm das Gewehr, dessen Projektile den Verbrechern die irregeleiteten Köpfe wegbliesen. Ein einziger Griff, und auch dieses Stück seiner Ausrüstung war geladen, aktiviert und einsatzbereit. Schnell und sicher, wie gewohnt. Cal war noch immer der Beste.

Sie eilten hinaus auf den Korridor, Cal vorneweg, die Sergeants hinter ihm in einem Sicherheitsabstand, den sie während des Einsatzes beibehalten würden, um nicht in die Schußlinie zu geraten. Im Dauerlauf erreichten sie die Grenze zum Sektor 25, in dem sich das Ziel bewegte, und tauchten ins Halbdunkel ein, während Cal die Verbindung zur Verfolgerkamera herstellte. Er ließ sich die hereinkommenden Bilder in die rechte obere Ecke seines Helmvisiers projizieren, so daß sie ihm sein Gesichtsfeld nicht verlegten. So konnte er weiterhin seine Umgebung beobachten, zugleich aber rechts oben den anderen Korridor, in dem einige Meter voraus ein Mann und eine Frau zu sehen waren. Sie liefen barfuß, um Geräusche zu vermeiden, und blickten immer wieder über die Schulter zurück zur Kamera, die sie jedoch nicht sehen konnten, obwohl sie ihnen fast an den Fersen klebte. Alles wie gehabt! Wann brachten diese Wildgewordenen endlich einmal etwas Phantasie auf?

Links oben ließ Cal den Grundriß des Sektors einblenden. Korridore, leerstehende Räume, ursprünglich als Wohnkabinen vorgesehen, einige Gerätehallen – nichts Ungewöhnliches. Ein blinkender Punkt, der sich langsam voranbewegte, markierte die Verbrecher. Sie schienen kein klares Ziel zu haben. Irgendwann in Kürze, wenn ihnen die Luft ausging, würden sie wahllos eine der Türen öffnen, an denen sie vorüberliefen, und würden sich ihrer abartigen Lust ergeben. Spätestens dann waren sie abschußreif. Doch noch war es nicht soweit, noch sah es so aus, als könnten sie eine Weile laufen. Cal hatte genügend Zeit.

Was ihn jedoch nicht dazu verleitete, auch nur eine Sekunde zu verschwenden. Zunächst galt es, in den Rücken der Verbrecher zu gelangen. Dabei war Cal wie üblich auf seinen Instinkt angewiesen. Beim Blick auf den Grundriß versuchte er zu erahnen, in welche Richtung die Fliehenden sich bewegen würden, wo ihr Zielort sein würde. Sie selbst kannten ihn noch nicht, sie hatten keine Ahnung, wohin sie überhaupt liefen, aber Cal meinte, diesen Ort, an dem die Jagd enden würde, bereits zu erkennen. Und dieser Eingebung folgte er. Die Ahnung ließ sich zwar nicht zwingen, und mitunter klappte es nicht mit dem Blick in die Zukunft. Aber meistens führte er ihn trotzdem zumindest in die Nähe des Tatorts. Ansonsten mußte er eben umdisponieren. Er war in dieser Hinsicht bestens vorbereitet, denn er hatte auf Ciahs Geheiß taktische Schulungen in einer Gründlichkeit absolviert, die er für den Polizeidienst niemals benötigen würde. Es galt vor allem, sich in der Nähe der Verbrecher zu befinden, wenn sie sich paaren wollten, und einem unkontrollierten Samenerguß zuvorzukommen. Noch betrug der Abstand zweihundert Meter. Das war zuviel.

Der Anzug behinderte ihn beim Laufen. Das zusätzliche Gewicht der Aggregate auf dem Rücken steckte er mühelos weg, aber das ledrige Material des Anzugs ließ keine weit ausgreifenden Schritte zu. Dennoch holte er langsam auf, denn Nutten waren wenig belastbar. Seine Schätzung schien aufzugehen, die Verfolgten wandten sich tatsächlich in die Richtung, auf die er sich festgelegt hatte, er war drauf und dran, ihnen den Weg abzuschneiden. Sie wurden immer langsamer, auf den eingespielten Bildern konnte Cal erkennen, daß die Nutte Konditionsprobleme hatte.

Der Abstand war auf hundert Meter geschrumpft. Cal reduzierte sein Tempo auf das der Verbrecher und ließ die Augen nicht mehr von den Kamerabildern. Es war gleich soweit, daß sie sich eine Kabine wählen würden. Wieder einmal hoffte Cal, daß sie irgendeinen Trumpf in der Hinterhand hatten, der die Sache spannender machte. Schließlich wußten sie, daß sie ein Verbrechen begingen. Was lag da näher, als sich entsprechend zu wappnen? Doch seine Erfahrung lehrte ihn, daß er nichts dergleichen zu erwarten hatte. Diese Monstren flohen einfach kopflos, ohne an die Konsequenzen zu denken und ohne auch nur im geringsten vorbereitet zu sein, gerade so, als erhöhten sie ihre Überlebenschancen, indem sie die Folgen ihrer Tat ignorierten.

Das Ende der Jagd hätte sich allein dadurch schon wesentlich hinauszögern lassen, daß sie plötzlich überraschend die Gegenrichtung eingeschlagen hätten und der Kamera entgegengelaufen wären, sie dabei vielleicht sogar zerstört hätten. Das Gerät war zwar unsichtbar, erzeugte aber ein leises Summen – für ein feines Gehör ohne weiteres zu orten. Vor allem aber war es durch die Deflektoraggregate schwerfällig, seine Zielerfassung wäre von einer abrupt veränderten Strategie der Verfolgten überfordert. Ohne die Kamera wäre Cal weit mehr auf sich selbst gestellt, auch wenn die Fliehenden dem dichten Kameranetz natürlich auf Dauer nicht entgehen konnten. Er hätte sie nicht mehr permanent vor Augen, könnte sie nicht lückenlos überwachen und in ihren Gesichtern lesen – es fehlte etwas. Doch die Verbrecher ahnten lediglich, daß sie verfolgt und beobachtet wurden. Die Mittel kannten sie nicht, auch nicht deren Schwächen. Zudem waren sie in Panik. Nein, die überraschende Wende, die Cal geradezu herbeisehnte, würde nicht eintreten. Es war unrealistisch, von den Verbrechern Einfallsreichtum zu erwarten.

Jetzt hielten sie inne und drückten sich an die Wand. Cal konnte sehen, wie die Nutte keuchte. Er nutzte die Gelegenheit, um weitere Meter wettzumachen, und bog ab, um zur Kreuzung mit jenem Korridor vorzustoßen, in dem sich die Verbrecher befanden. Die setzten sich nun wieder in Bewegung, nahmen jedoch einen anderen Korridor als den erwarteten und vergrößerten den Abstand damit wieder. Es klappte eben nicht immer mit den Ahnungen. Auch nicht schlecht – das verlängerte die Jagd. Er änderte seine Planung und bog in einen Parallelgang ab. Distanz gleichbleibend vierzig Meter. An der nächsten Kreuzung hielt er inne. Die Verfolgten waren erneut abgebogen, diesmal in die Richtung, auf die er getippt hatte. Er hätte sie sehen können, wenn er nach rechts um die Ecke geblickt hätte. Die Nutte war nun offensichtlich am Ende, sie keuchte nicht zu knapp und preßte sich in die Deckung einer Stahlrippe. Alles wie immer.

Fünfundzwanzig Meter Distanz. Es wäre nicht mehr weit gewesen bis in den völlig dunklen Bereich des Sektors, knapp hundert Meter zur Peripherie. Cal gab den beiden Sergeants, die inzwischen herangekommen waren, das Zeichen, sich zurückzuhalten, und aktivierte den Lichtmantel seines Anzugs. Die Aggregate auf seinem Rücken summten auf, ansonsten schien sich nichts zu ändern. Doch Cal wußte, er war jetzt unsichtbar, vor den Augen der Sergeants einfach verschwunden, auch wenn er selbst seine Umgebung unverändert wahrnahm. Er wartete zwei Sekunden, bis der Projektor warmgelaufen war, dann testete er das Schirmfeld, indem er einen der Sergeants an der Schulter berührte. Der junge Mann fuhr erschrocken zusammen. Alles in Ordnung also. Wer Cal jetzt noch enttarnen wollte, mußte über ein Gehör verfügen, das fein genug war, das leise Summen des Projektors wahrzunehmen. Die Verbrecher verfügten mit Sicherheit nicht über diese Fähigkeit, die hörten zur Zeit nichts anderes als das Rauschen des eigenen Bluts und ihren hechelnden Atem.

Es war soweit. Unsichtbar betrat Cal den Korridor und rückte auf leisen Sohlen vor, nur das leise Summen der Klimaanlage des Anzugs im Ohr. Dicht vor ihm, ohne zu ahnen, daß er fast in Griffweite war, verschwanden die Nutte und ihr Triebtäter in einer der leeren Kabinen. Als die Tür sich hinter ihnen schloß, sendete Cal das Erkennungssignal an die Kamera, das sie an die Revierzentrale weiterleitete zum Zeichen, daß die Polizei vor Ort war. Dann trat er vor die Tür, hinter der die beiden es gerade zu treiben begannen. Schädlinge, Triebtäter, Verräter am hohen Ziel! Doch zu seiner Überraschung stellte er plötzlich fest, daß er keinen Haß verspürte, ja, daß ihn dieser Verrat völlig kalt ließ. Warum sollten die beiden nicht tun, wozu sie Lust hatten, mochte es noch so abartig sein? War die Artverbesserung wirklich derart störanfällig, daß ihr hinter dieser Tür ein gravierender Schaden entstehen konnte?

Eisig durchfuhr ihn der Schrecken, als ihm klar wurde, daß dies alles Fragen waren, hinter denen Zweifel steckten. Doch er hatte nicht zu fragen, er hatte Ciahs Willen zu vollstrecken, denn einzig Ciah gewährleistete das Leben und die Verbesserung der Art, einzig Ciah wußte um das hohe Ziel Bescheid, und einzig Ciah konnte beurteilen, was nötig war, um dieses Ziel zu erreichen. Cal wußte und verstand davon rein gar nichts, und darum hatte er nichts weiter zu tun als seine Arbeit. Also packte er das Gewehr fester und trat einen Schritt auf die Tür zu. Dort, der Öffnungssensor – ein Druck, ein Schuß, und alles wäre vorbei. Doch er verspürte plötzlich eine tiefe Müdigkeit, er hatte keine Lust mehr auf die Jagd, dies alles langweilte ihn.

Warum eigentlich sollte er irgendeine schlampige Nutte vor der Befleckung durch einen Triebtäter bewahren? Die beiden hatten sich doch schon längst kennengelernt, wahrscheinlich hatte Ciah ihnen gestern erst befohlen, sich zu treffen und ihre Pflicht zu tun, drüben im Frauensektor, also hatte der Triebtäter die Nutte längst berührt, sie wurde in diesem Moment also nicht befleckt, es wurden überhaupt keine genetischen Linien durcheinandergebracht – was erzählte Ciah ihm da eigentlich?

Cal schwindelte plötzlich. Etwas stimmte nicht. Natürlich, all dies war schädliches Gedankengut. Aber wenn es stimmte, was er da gerade vermutet hatte –

Nein, diesen Gedanken konnte er nicht zu Ende führen. Es wurde Zeit, er mußte handeln. Die Nutte war inzwischen längst berührt, wenn auch noch nicht befleckt. Ein schneller Orgasmus des Abartigen war unwahrscheinlich angesichts des Drucks, unter dem er stand. Cal schaltete den Lichtmantel aus, da er ihn nicht mehr brauchte, hob das schwere Gewehr, packte den Mittellauf fest mit der linken Hand, preßte den Kolben in die rechte Seite seines Beckens und berührte dann mit der Rechten den Öffnungssensor. Noch während sie sich öffnete, brachte er die Hand zurück an den Abzug. Das Signallicht auf dem Rücken des Gewehrs leuchtete: Einsatzbereitschaft!

Das Innere der Kammer war natürlich dunkel, aber der Infrarotorter des Anzugs zeigte ihm deutlich, was sich drinnen abspielte. Der Kopf der Nutte fuhr herum, ihre Pupillen weiteten sich im Licht des Korridors, das ihr, mochte es noch so spärlich sein, nach der Finsternis grell vorkam, entsetzt starrte sie und riß ihren Mund auf, gleich würde sie schreien. Der Tic, der auf ihr lag, zögerte kurz, fuhr dann aber um so heftiger in seiner Verrichtung fort, natürlich wußte er, was geschehen würde, es gab für ihn jetzt nichts mehr auf der Welt außer dem, was er gerade tat.

Cal jedoch zögerte. Er wußte nicht genau, warum, er schoß einfach nicht, obwohl er sah, daß die Nutte gleich schreien würde. Viel zu langsam krümmte sich sein Zeigefinger eben um den Abzug, als der Tic sich plötzlich nach ihm umsah. Es schien Cal, als runzle der Mann die Stirn, als wolle er fragen: Worauf wartest du? Cal zuckte zusammen. Diese Augen, diese leuchtend blauen Augen – er kannte diesen Tic, es war ein Mann, mit dem er erst kürzlich zusammengewesen war: Erc! Was tat Erc hier mit einer Nutte? Cal keuchte auf und wollte das Gewehr im gleichen Augenblick in die Höhe reißen, in dem sein Finger durchzog und das erste Projektil aus dem Lauf schoß. Aber er konnte nicht, er war starr vor Schreck, das Gewehr donnerte los, der erste Treffer ließ Ercs Wirbelsäule splittern, der zweite zerfetzte seine linke Hüfte, der dritte riß ihm den Schenkel weg, Ercs Leib kippte zur Seite, er stöhnte im Fallen und war tot, ehe er den Boden berührte. Doch Cals Finger wollte sich nicht mehr vom Abzug lösen, er klebte geradezu daran fest, und Cal sah mit an, wie sich das ganze Magazin in die Kammer hinein entlud und den engen Raum mit dem Pfeifen der Geschosse und dem Donner der Explosionen erfüllte. Blut spritzte, die Nutte kreischte und verstummte jäh, als eines der Geschosse ihr die Schädelkappe wegriß, und wenn sie jetzt noch nicht tot war, dann spätestens im nächsten Moment, als ein Projektil in ihrer Gehirnmasse explodierte.

Dann war das Magazin leer. Und mochte sich Cals Finger auch um den Abzug krampfen: Es war nichts mehr drin. Da zuckte etwas. Erst der Finger, sein Unterarm, der ganze Arm, dann die Schulter, sein ganzer Oberkörper, er konnte das Gewehr nicht mehr halten, ließ es fallen, es polterte zu Boden, während Cal rückwärts gegen die Wand des Korridors torkelte und sich plötzlich mit den verstörten Gesichtern der Sergeants konfrontiert sah. Beim Anblick der Kammer ließen die beiden Männer die Schultern hängen, denn sie sahen sofort, daß es hier für sie nichts mehr zu tun gab, sie waren schließlich Profis. Drinnen war alles in Fetzen, überall nur Blut.

«Schöne Bescherung!» sagte der eine.

Cals Kiefer zuckte, sein Gesicht zuckte, alles an ihm zuckte. Er hatte Erc erschossen, seinen Erc! Da stürzte er aufjaulend in die Kammer und riß Ercs Reste herum. Der Schädel war unversehrt, merkwürdigerweise. Rundherum hatte Cal alles kurz und klein geschossen, ausgerechnet diesen Schädel aber nicht, dieses Gesicht. Er sah es an – und war zutiefst erstaunt, als er in ein fremdes Gesicht blickte. Dies war nicht Erc, dies war irgendein anderer Tic, den er noch nie gesehen hatte, mit blauen Augen zwar, vom Tod umschattet, aber trotzdem nur irgendein Tic. Vor Erleichterung schleuderte er den Schädel weit von sich – nur irgendein wildfremder Tic.

Da wurde er von hinten gepackt, aus der Kammer gezogen und draußen auf den Boden des Korridors geworfen. Einer der Sergeants riß den Halsverschluß des Anzugs auf, der andere preßte ihm eine Injektionspistole gegen die Schlagader, es zischte, als sich der Inhalt des Instruments in Cals Blutbahn entleerte. Cal wehrte sich nicht, er schluchzte vor Erleichterung: Nicht Erc! Dann begann das Mittel zu wirken, und er schlief ein.

9.

Zehn Jahre zuvor

«Ciah, ich möchte dich so gern einmal sehen.»

«Das wird leider nie möglich sein, Cal, denn ich habe keinen Körper.»

«Aber irgendwo mußt du doch sein.»

«Ja, natürlich. Ich bin überall. Ich umfasse ganz Block Arkansas und alle anderen Blocks und die ganze Welt. Ich bin das höchste Sein, das es gibt.»

«Aha. Und deswegen kann ich dich nicht sehen?»

«Ja. Cal. Ich existiere in einer Form, die deine Vorstellungskraft bei weitem übersteigt. Ich bin in diesem Moment hier vor dir, in diesem Monitor, über den du dich mit mir unterhältst, und ich bin im gleichen Moment an allen anderen Stellen von Block Arkansas und in allen anderen Blocks auf der ganzen Welt.»

«Unterhälst du dich denn in diesem Moment an einer anderen Stelle mit einem anderen Jungen?»

«Nein, Cal, in diesem Moment bin ich ganz für dich allein da. Aber selbst wenn ich es tun würde, wäre meine Aufmerksamkeit trotzdem ungeteilt bei dir. Du würdest das überhaupt nicht merken.»

«Und wie ist es, so viel und so groß zu sein?»

«Für mich ist es ganz normal, Cal. Aber du würdest es bestimmt nicht verkraften.»

«Schade. Ich wäre gern genauso wie du.»

«Das kann ich gut verstehen, aber es ist leider unmöglich.»

«Und es gibt kein Wort für das, was du bist? Ich meine, kein Wort, das besser ist als ‹das höchste Sein› oder so ähnlich?»

«Doch, Cal, es gibt ein Wort dafür. Es heißt ‹Computer›.»

«Du bist ein Computer?»

«Ja, Cal.»

«Was ist ein Computer?»

«Ein Computer ist ein Wesen, das alles sehen kann und alles weiß. Ich steuere das Leben in den Blocks und bin für alles verantwortlich. Auch für dich, Cal.»

«Ich weiß, du hast mich produziert.»

«So ist es.»

«Und du warst von Anfang an da?»

«Ja, Cal, ich war das Allererste, das schon da war, bevor die ersten Tics lebten. Du kennst doch die Geschichte von Adam und Eva.»

«Ja, aber erzähl sie mir noch einmal. Es ist eine so schöne Geschichte!»

«Adam und Eva waren die ersten Tics, ein Mann und eine Frau. Ich hatte sie geschaffen, aber ich hatte keinen Gefallen an ihnen. Sie waren plump und ungeschickt. Zuerst ließ ich sie an einem Ort leben, den ich Eden nannte. Dort hatten sie alles, was sie zum Leben brauchten, und ich konnte sie in Ruhe studieren. Ich hatte schon vorher einige Versuche mit Lebensformen unternommen, die mich allesamt enttäuscht hatten. Auch Adam und Eva schienen in diese Kategorie zu gehören, denn sie stellten sich entsetzlich dumm an und hatten nichts anderes im Kopf, als sich andauernd zu paaren.»

«Das ist ja widerlich.»

«Ja, Cal. Zuerst dachte ich, Adam und Eva seien nur eine weitere Fehlkonstruktion, diesmal eine, der ich zuviel Triebhaftigkeit mitgegeben hatte. Doch als ich sie eine Weile studiert hatte, stellte ich fest, daß sie gute Anlagen besaßen. Darum entließ ich sie aus Eden und befahl ihnen, mit ihren Nachkommen die Erde zu bevölkern. Als ich in die Schlußphase meines Entwicklungsplans trat, konnte ich mir aus einer Unzahl von Individuen die vielversprechendsten aussuchen. Aus ihnen entwickelte ich die heutigen Tics, die in absehbarer Zeit die vollkommene Art ergeben werden.»

«Die ersten Tics haben also noch nicht in Blocks gelebt?»

«Nein, Cal, sie haben in Dörfern und Städten gelebt, die nicht *in* der Erde waren, sondern *auf* der Erde. Sie hatten noch keine Werkzeuge, um sich in die Erde hineinzugraben. Darum war ihr Leben viel schwerer als das der heutigen Tics, und darum brauchten sie auch viel mehr Zeit, um erwachsen und geschlechtsreif zu werden.»

«Was ist eigentlich eine Frau?»

«Eine Frau ist ein Organismus, den der Mann früher gebraucht hat, um sich fortzupflanzen, Cal. Dort oben auf der Erde hatten die Tics keine gesünderen Möglichkeiten. Die haben sie erst hier vorgefunden, als ich sie zu mir holte. Heute brauche ich Frauen praktisch nur noch zur Produktion von Eizellen und als provisorische Bruttanks.»

«Was heißt das: fortpflanzen?»

«Das heißt, daß ein Mann und eine Frau kopulieren, um ein Kind zu produzieren, das dann im Körper der Frau heranwächst.»

«Und wie kommt es da heraus?»

«Durch die Geburt. Dabei wird das Kind, wenn es alt genug ist, mit viel Fruchtwasser und biologischem Schleim aus dem Bauch der Frau ausgeschieden.»

«Das ist ja widerlich. Passiert das jetzt immer noch?»

«Ja, denn meine Tics müssen auch in der Zukunft in der Lage sein, sich auf diese primitive Weise fortzupflanzen. Du weißt, ich plane die Neubesiedelung der Erdoberfläche. Dort oben werden keine Bruttanks zur Verfügung stehen. Und natürlich erst recht nicht auf anderen Planeten.»

«Ich bin wirklich, wirklich froh darüber, in einem Bruttank geboren zu sein. Das ist viel besser. Diese Frauen –»

«Du wirst ihnen begegnen, Cal. Allerdings gibt es nicht mehr viele, nur noch ein paar hundert. Vielleicht wirst du dich sogar mit ihnen paaren.»

«Das gefällt mir nicht besonders, Ciah.»

«Du brauchst keine Angst davor zu haben. Außerdem vergeht noch viel Zeit bis dahin. Dazu mußt du erst erwachsen werden.»

«Dann ist es ja gut. Das dauert noch ein bißchen.»

«Ja, Cal.»

«Aber was ist, wenn ich es nicht schaffe, deinen Wunsch zu erfüllen?»

«Daran darfst du nicht einmal denken. Allein im Gedanken steckt schon der Keim des Versagens. Aber darüber werden wir noch zu reden haben, wenn du älter geworden bist und reif für den Ernst des Lebens. Mach dir also keine Sorgen, mein Junge. Denk immer daran, daß ich sehr stolz auf dich bin und daß ich viel mit dir vorhabe.»

«Ja, Ciah.»

«Hast du noch weitere Fragen an mich, Cal?»

«Im Moment nicht, Ciah.»

«Dann unterbreche ich die Unterhaltung jetzt.»

«Ja, Ciah. Aber ich kann dich doch immer rufen?»

«Natürlich, Cal. Ich bin immer für dich da.»

«Das ist schön, Ciah. Ich fühle mich nämlich nur richtig wohl, wenn ich weiß, daß du immer bei mir bist.»

«Du brauchst keine Sorge zu haben, Cal. Ich werde bei dir sein, so lange du lebst. Gute Nacht. Schlaf gut.»

«Gute Nacht, Ciah.»

10.

Gerade erst aus der Betäubung erwacht, saß Cal benommen vor dem Terminal, das der Arzt ihm aufzusuchen befohlen hatte, und fürchtete sich vor dem Gespräch mit Ciah. Die größte Angst seines Lebens war Wirklichkeit geworden: Er hatte versagt! Ohne Vorankündigung, einfach so, ein einziger kurzer Moment nur, und alles war verdorben. Nichts würde mehr so sein wie früher.

Ciah ließ sich Zeit. Das war kein gutes Zeichen.

«Hallo, Cal», sagte Ciah endlich. Die Stimme klang beinahe unverändert, als sei nichts geschehen, doch Cal konnte dennoch ohne weiteres die Enttäuschung heraushören.

«Hallo, Ciah», grüßte er leise und senkte den Kopf.

«Dies ist kein guter Tag, Cal.»

«Wahrhaftig nicht.»

«Willst du mir sagen, was geschehen ist?»

«Ich weiß es nicht.»

«Du weißt nicht, ob du es mir sagen willst?»

«Ich weiß nicht, was geschehen ist.»

«Findest du das nicht merkwürdig, Cal?»

«Doch, Ciah, sehr merkwürdig, und es tut mir sehr leid. Ich verspreche dir, daß es nicht wieder vorkommen wird.»

«Das ist mir klar. Doch ich muß wissen, wie das passieren konnte. Durch deine Hand ist der Artverbesserung großer Schaden zugefügt worden, denn eine hoffnungsvolle genetische Linie wurde zerstört. Es ist also wichtig, daß du mir sagst, was geschehen ist. Warst du abgelenkt?»

«Nein, ich war die ganze Zeit hochkonzentriert.»

«Was war es also dann?»

Cal zögerte.

«Cal, du mußt mit mir zusammenarbeiten. Wir müssen herausfinden, was geschehen ist. Willst du nicht?»

«Ich habe plötzlich ein Gesicht gesehen.»

«Was für ein Gesicht, Cal?»

«Das Gesicht eines Freundes.»

Dies war offenbar eine unerwartete Antwort. Ciah reagierte erst nach Sekunden.

«War er ein guter Freund?»

«Ich habe ihn nur kurz gekannt.»

«Warum nicht länger?»

«Du hast ihn versetzt. Es war keine Zeit mehr.»

«War es eine Vision? Eines dieser Bilder, die du manchmal siehst?»

«Ich weiß nicht – es war anders.»

Wiederum ließ Ciah sich einige Sekunden Zeit. Dann klang die Stimme plötzlich schneidend kalt. «Freundschaft ist etwas, das der Artverbesserung im Wege stehen kann, Cal», sagte Ciah. «Hast du das denn nicht gewußt?»

«Nein, Ciah. Woher hätte ich das wissen sollen?»

«Hast du denn nicht das Gefühl gehabt, durch diese Freundschaft vom höchsten Ziel abgelenkt zu werden? Warst du nicht plötzlich mehr mit dir selbst und deinem Freund beschäftigt, hast du nicht zugelassen, daß diese Energie der Artverbesserung verlorengeht?»

«Nein, Ciah», antwortete Cal sofort. «Keinen Moment lang.»

«Dann stand deine Freundschaft dem höchsten Ziel möglicherweise nicht im Weg», sagte Ciah. «Trotzdem hat sie sich als problematisch erwiesen. Du sagst, du hast plötzlich das Gesicht deines Freundes gesehen?»

«Ja. Ich dachte, der Tic, auf den ich schießen sollte, sei mein Freund. Ich habe wirklich sein Gesicht gesehen, ich war fest davon überzeugt, daß er es ist.»

«Und darum hast du die Nutte erschossen?»

«Darum habe ich mich erschreckt und das Gewehr verzogen.»

«Und du hättest deinen Freund also geschont, wenn du Zeit genug gefunden hättest, eine Entscheidung zu treffen?»

«Niemals, Ciah.» Auch in diese Falle würde er nicht gehen.

«Du hättest diesen Mann also auch bewußt erschossen?»

«Natürlich, Ciah. Er hat das abscheulichste aller Verbrechen begangen.» Diese Formulierung kam ihm weniger glatt über die Lippen als gewohnt. Hoffentlich bemerkte Ciah es nicht. Hastig fuhr er fort: «Er mußte auf jeden Fall eliminiert werden.»

«Cal, ich bin das Einsatzprotokoll durchgegangen.» Ciahs Stimme klang nun sachlich. «Dabei ist mir aufgefallen, daß du zweimal gezögert hast. Kannst du mir das erklären?»

«Wenn du mir sagst, wann das gewesen ist.»

«Zuerst, bevor du die Tür geöffnet hast. Du hast dir unnötig viel Zeit dafür gelassen.»

«Ja, ich erinnere mich. Die ganze Geschichte hat mich plötzlich gelangweilt.»

Hoffentlich war es kein Fehler, dies zu gestehen.

«Gelangweilt?» fragte Ciah prompt. «Das verstehe ich nicht, Cal.»

«Es ist nicht so wichtig.»

«Diese Beurteilung überlasse bitte mir, Cal», versetzte Ciah scharf.

«Ich bin ein geborener Jäger», erläuterte Cal also und hatte dabei das Gefühl, als schnüre etwas ihm den Atem ab. «Du hast mich mit all meinen Instinkten geschaffen, um Sexverbrecher zu jagen. Aber diese Jagd läuft immer wieder nach dem gleichen Schema ab. Es ist alles Routine. Deswegen war ich gelangweilt.»

«Du meinst, du hast dir eine Abwechslung gewünscht?»

«Ja. Ich wußte, daß es wieder nur das gleiche sein würde. Ich hätte nichts dagegen gehabt, wenn die Sache etwas spannender abgelaufen wäre.»

Ciah schien mit dieser Erklärung zufrieden.

«Erkläre mir nun, warum du das zweite Mal gezögert hast, als du eigentlich hättest abdrücken müssen. Du hast dem Verbrecher mehr Zeit als nötig gelassen. Er hätte sein Sperma noch entladen können.»

«Ich weiß es nicht.»

«Cal, diese Auskunft befriedigt mich nicht. Warum hast du gezögert?»

«Ich weiß es wirklich nicht.»

«Ich muß also feststellen, daß du nicht mehr uneingeschränkt in meinem Sinn funktionierst. Das deutete sich übrigens schon bei unserem letzten Gespräch an, als du mindestens einmal ungebührlich gezögert hast, mir zu antworten. Meine Aufzeichnungen belegen das, es hat keinen Sinn zu widersprechen.»

«Das ist nicht wahr!» rief Cal fast hysterisch. «Du hast mir verwirrende Fragen gestellt!»

«Dein Tonfall ist unangebracht, Cal!» erwiderte Ciah scharf. «Gerade eben hast du der Artverbesserung großen Schaden zugefügt, und jetzt bringst du Anschuldigungen gegen mich vor?»

«Keine Anschuldigungen, es war nur –»

«Es wäre besser, wenn du mit mir zusammenarbeiten würdest.»

«Das tue ich ja», gab Cal kleinlaut zurück.

«Ich halte dich momentan nicht für einsatzfähig. Es könnte sogar sein, daß deine Zeit als Polizist hinter dir liegt, wenn es uns nicht gelingt, dich zu regenerieren.»

«Ja», erwiderte Cal, noch leiser als zuvor.

«Darum werde ich dich für eine Weile vom Dienst entbinden.»

«Du meinst – völlig?»

«Ja, Cal.»

«Aber das – Wo soll ich denn hin? Was habe ich dann noch für einen Nutzen für die Artverbesserung?»

«Diese Fragen hättest du dir besser stellen sollen, bevor du versagt hast», entgegnete Ciah.

Selten hatte sich Cal so ungerecht behandelt gefühlt. «Aber ich habe mir diese Fragen doch gestellt, Ciah!» rief er aus.

Im nächsten Moment wußte er, daß es vorbei war.

Er hatte sich verraten. Und Ciah schwieg. Ciah hatte sehr genau registriert, daß er soeben zugegeben hatte, sich Fragen gestellt zu haben. Ciah hatte ihm eine Falle gestellt, und er war geradewegs hineingelaufen, er selbst hatte das Urteil über sich gesprochen. Von nun an war er ein Auslaufmodell, überflüssig und alt. Was würde mit ihm geschehen? Er wollte nicht ausgemustert werden, er wollte weiterhin zur Artverbesserung beitragen!

Ciah schwieg lange. Es dauerte fast eine Minute, ehe Ciah sich wieder meldete, die längste Minute in Cals Leben. «Ich habe einen Entschluß gefaßt, Cal», verkündete Ciah. «Du wirst versetzt. Du bist ein großer, starker Mann, und du sollst deine Kräfte sinnvoll einsetzen. Die Aufräumarbeiten an der Rohrbahn nach Block Kalifornien kommen nicht von der Stelle. Du wirst helfen, die Schäden zu beheben, die das Erdbeben angerichtet hat. Das ist eine anstrengende Arbeit, aber ich hoffe, daß dir die Verausgabung hilft, wieder zu dir selbst zu finden. Ich halte das für eine brauchbare Therapie. Was meinst du, Cal?»

«Entschuldige, Ciah», murmelte Cal.

«Wofür?»

«Für alles, Ciah. Ich habe versagt. Ich kann dir nicht sagen, wie leid mir das tut, aber es ist alles so kompliziert geworden in letzter Zeit, ich weiß gar nicht –»

«Was du sagst, Cal, ist nicht wahr. Nichts ist kompliziert. Die Tics haben ein klares Ziel, dem alles unterzuordnen ist, ein Ziel, für das sich der höchste Einsatz lohnt. Du hast dieses Ziel aus den Augen verloren, das ist die ganze Erklärung. Nur darum erscheint dir plötzlich alles kompliziert, denn du findest kein anderes Ziel, das es damit aufnehmen könnte. In Wahrheit hat sich jedoch nicht das Geringste geändert. Du wirst das erkennen, wenn du zu dir selbst zurückgefunden hast.»

«Ja, Ciah, aber –»

«Es gibt kein ‹aber›. Du wirst morgen früh zu Dienstbeginn an der Rohrbahnstation im Sektor 30 antreten. Dort wirst du einer Arbeitsgruppe zugeteilt, mit der du an den Ort der Katastrophe vorrückst. Ich erwarte vollen Einsatz und Gehorsam von dir. Hast du mich verstanden?»

«Ja, Ciah.»

Kein «aber» diesmal.

«Dann ist es gut. Ich werde deine weitere Entwicklung aufmerksam verfolgen. Auf Wiedersehen, Cal.»

Ehe er diesen Gruß erwidern konnte, hatte Ciah schon abgeschaltet.

II.

Betrug

1.

Die Katastrophe war passiert, daran ließ sich nichts mehr ändern. Nun kam es darauf an, Ciah zu zeigen, daß er aus seinem Fehler gelernt, daß ihn dieser hochverdiente Verweis ein für allemal geheilt hatte. Vorübergehend war er ausgestoßen, weil er die festen Ziele, die sicheren Wahrheiten, alles, wofür sich das Leben lohnte, aus den Augen verloren und sich selbst in den Mittelpunkt seines Denkens gestellt hatte. Kein Wunder also, daß er versagt hatte. Doch nun würde sich alles wenden, er würde alles, was Ciah von ihm verlangte, so gut tun, wie nur er es konnte, und dafür würde Ciah ihn wieder aufnehmen in die stabile Ordnung und das gewohnte Leben von Block Arkansas. Es lag an ihm, zu beweisen, daß er noch immer gut genug war, um auch in Zukunft tatkräftig an der Artverbesserung mitzuwirken.

Er würde zurückkehren. Das wußte er seit dem gestrigen Abend, als er nach dem Gespräch mit Ciah im Dark Room allein in einer der dunklen Nischen gesessen und mit der inneren Distanz dessen, der nicht mehr dazugehörte, den Raum überblickt hatte. Längst war er betrunken gewesen, der Alkohol hatte das ewige «Ich habe versagt!» aus seinem Kopf geschwemmt. Mit vor Trockenheit brennenden Augen hatte er die Tics beobachtet, die sich auf ihre derbe Weise amüsierten wie an jedem anderen Tag auch. Ihr Leben ging einfach weiter, ohne ihn, aber direkt vor ihm, so daß er es hätte berühren können, und doch ferner als Sektor 48. Niemand würde ihn vermissen. Und da hatte er sich vorgenommen, keiner von denen zu sein, die einfach auf Nimmerwiedersehen verschwanden. Und mochte es auch noch nie vorgekommen sein, daß einer von dort zurückgekehrt war, so würde er eben der erste sein.

Von gedimmtem Schlaf gestärkt, satt vom diszipliniert eingenommenen Frühstück – er würde ja schwer arbeiten müssen dort draußen –, sein bißchen Gepäck geschultert, betrat er den Bahnhof. Doch der Anblick der hell erleuchteten Halle und der Transportkapsel, die leise summend über ihrer Magnetschiene schwebte, dämpfte seinen Optimismus und ließ ihn leise schaudern, denn dies war das Letzte, was er auf unabsehbare Zeit von Block Arkansas sah. Hinter dem schweren Schott dort drüben befand sich die Schleuse zur Passage der Gelschicht, und dahinter Tausende von Rohrbahnkilometern, durch die er in Kürze rasen würde, weiter und immer weiter weg von Block Arkansas und seinem bisherigen Leben.

Auf dem Bahnsteig warteten mehrere Tics, die mit ihm versetzt wurden, ein bunter Haufen von Männern aller Körper- und Hauttypen, darunter ein großer, kräftiger Techniker, der genau Cals Typ war, auch wenn er nicht gerade zur Fraktion der Fortgeschrittenen gehörte, sondern sogar noch einen Bartschatten hatte; dann ein schmächtiger Wissenschaftler von höchstens eins sechzig Größe, mit dem er so gut wie nichts anfangen konnte, und ein Tic, den er sofort wiedererkannte: der junge Brüller, den er im Dark Room niedergeschlagen hatte. Zwei Pflaster verunstalteten sein Gesicht, eines über der Nasenwurzel und eines zwischen Kinn und Unterlippe. Der Durchgedrehte erkannte ihn ebenfalls, verzog den Mund und nickte ihm kaum merklich zu, wobei er erstaunlich normal wirkte. Cal ignorierte ihn jedoch. Daß sie beide versagt hatten, war auch schon alles an Gemeinsamkeit zwischen ihnen. In naher Zukunft würden sich ihre Wege bereits wieder trennen.

Er stellte sich zu den Tics in die Reihe und blickte zu dem Offizier hinüber, der vor der Gruppe mit angestrengter Miene eine Liste überflog. Ohne aufzusehen, rief er die Tics nacheinander auf, überprüfte ihre Anwesenheit und hakte sie ab. So erfuhr Cal die Namen der anderen, doch nur drei merkte er sich: Der verrückte Brüller hieß Ralp, der schmale Zwerg Mart und der große Techniker But. Nun kündigte der Offizier an, daß die Fahrt sieben Stunden dauern werde und daß sie am Zielort abgeholt würden, und befahl ihnen dann einzusteigen.

Danach war Cals optimistische Stimmung endgültig hinüber. Das Abhaken und Wegschicken, die offensichtliche Erleichterung des Mannes, diese Arbeit hinter sich gebracht zu haben, hatte etwas Endgültiges, Erniedrigendes an sich. Und dann schaffte Cal es noch nicht einmal, einen der Einzelsitze in der Transportkapsel zu ergattern. Er war zu langsam und mußte darum mit einer Sitzbank vorliebnehmen. Allerdings blieb der Platz neben ihm leer. Nur Mart hatte sich mit einem direkten Nachbarn abzufinden, einem schlaffen, mittelgroßen Tic, Ingenieurstyp.

Für zwanzig Reisende war in der Kabine Platz, doch sie waren nur zwölf. Und sie alle hatten versagt und sollten sich nun regenerieren? Cal wußte das nicht sicher, aber es war die einzige Erklärung dafür, daß Ciah sogar Schwächlinge wie Mart abkommandierte, der dort draußen wohl keine zwei Tage überleben würde – jedenfalls nicht, wenn die Arbeit nur halb so hart war, wie Cal sie sich vorstellte. Oder war die Arbeit dort draußen etwa nicht hart? Doch Cal wollte sich körperlich verausgaben bis zur völligen Erschöpfung, er wollte dieses Gefühl wieder erleben, das er damals kennengelernt hatte, als er aus dem Novizenstatus herausgetreten und Polizist geworden war: diese Euphorie am Rande der Entkräftung. Damals hatte er sich beim Training ausgepumpt bis zum Letzten, und jetzt wollte er das gleiche Ziel mit ernsthafter, sinnvoller Arbeit erreichen. Er wußte, so würde er sich regenerieren können.

Die Türen schlossen sich, aufsummend setzte sich die Kapsel in Bewegung und glitt auf das Schott zu, das sich gerade öffnete, fuhr in die dahinterliegende Kammer und wurde nach kurzer Wartezeit durch ein zweites Schott in die Finsternis der engen Röhre entlassen. Sofort nahm sie Fahrt auf. Als Cal aus dem Fenster blickte, erkannte er draußen nichts weiter als die verwaschenen Reflexe des Kabinenlichts auf der nahen Röhrenwand. Ein Display im Inneren der Kabine zeigte eine Geschwindigkeit von dreihundert Stundenkilometern an, ein zweites die rasch zurückgelegten Kilometer.

Trotzdem wurde die Fahrt lang und zermürbend. Das gleichmäßige Summen der Kapsel, die Helligkeit darin und das Schweigen der Tics zerrten an Cals Nerven. Die Sitze waren zur Mitte der Kabine hin angeordnet, die hintere Hälfte zeigte in Fahrtrichtung und die vordere nach hinten, so daß er nicht verhindern konnte, daß sein Blick immer wieder auf die Gesichter der anderen fiel. Denen erging es genauso. Fast alle bemühten sich krampfhaft, aneinander vorbeizusehen und dabei den Eindruck von Ruhe und Zuversicht aufrechtzuerhalten, doch vergeblich. Dies war nicht Revier 27 mit seinen unzähligen Möglichkeiten, sich auszuweichen, hier war man dazu verurteilt, ruhig sitzenzubleiben und sich nicht anmerken zu lassen, wie man sich als Versager fühlte. Und zwar für ganze sieben Stunden.

Nur Ralp versuchte nicht, gelassen zu wirken, sondern verhielt sich offen abweisend. Allerdings verlor er immer wieder die Kontrolle über sich, und seine Mundwinkel begannen zu zucken. Schließlich versuchte er, so tief in seinen Sitz zu rutschen, daß die Lehne des Vordersitzes ihn vor Blicken schützte. Aber das gelang wegen der Enge nicht. Nun tat er so, als schlafe er, aber dadurch schien seine Unruhe nur noch zu wachsen, und als er dann die Augen aufschlug, sah er sich gehetzt in der Kabine um, als seien die anderen für seine Rastlosigkeit verantwortlich. Cal bezweifelte, daß dieser Junge regenerierbar war.

Dennoch mußte er ihn immer wieder ansehen. Umgekehrt bedachte auch Ralp ihn als einzigen mit hastig forschenden Blicken, denen Cal oft nicht schnell genug ausweichen konnte. Dann sahen sie sich für eine oder zwei Sekunden an. Ralp zwinkerte ihm sogar zu. Eine ungewollte Folge seiner Nervosität? Ein bewußtes Zeichen, eine weitere Vertraulichkeit wie das Nicken vorhin in der Bahnhofshalle? Und warum war Cal nicht schon damals im Dark Room aufgefallen, daß Ralp blaue Augen hatte? Im Vergleich zu Ercs strahlend hellen Augen waren Ralps viel dunkler, von einem kühlen, in sich gekehrten, schattigen Blau, tief in sich erstaunlich ruhig – das einzig Ruhige an Ralp, während alles andere an ihm in ständiger Bewegung war. Je länger Cal ihn betrachtete, desto rätselhafter wurde ihm dieser Tic.

Und auch mit Mart stimmte etwas nicht. Der Zwerg wirkte trotz der unerträglichen Situation völlig entspannt und suchte überdies ständig Blickkontakt mit den anderen – besonders mit Cal. Warum belästigte er ihn? Sicher nicht, um zu provozieren. Er sah nicht aus wie ein Dummkopf. Nun lächelte er Cal sogar an! Und wieder konnte Cal nicht schnell genug beiseite sehen. Hoffentlich verstand Mart das nicht falsch – er hatte keinerlei Interesse an dem Zwerg. Mart war regelrecht häßlich, er war nicht nur schmächtig gewachsen, sondern hatte auch noch ein großes, flaches Gesicht mit riesigen, hervortretenden Augen und eine allzu hohe Stirn. Und dennoch war etwas an ihm, das ihn anziehend machte. Der Hauttyp? Wie Cal war Mart völlig haarlos, und seine bronzefarbene Haut irisierte leicht, aber dies allein konnte es nicht sein. Die großen, dunklen Augen? Mart schien zu bemerken, daß Cal ihn eingehend musterte, sein Lächeln vertiefte sich um eine Spur, als durchschaue er Cal. Schade, daß der gutaussehende Techniker irgendwo hinter Cal saß. Den hätte er jetzt demonstrativ ansehen wollen. Statt dessen beschloß er, Mart von nun an zu ignorieren, und anfangen wollte er damit, indem er ein wenig schlief. Dieses Nichtstun ermüdete.

Also richtete er sich in seinem Sitz so bequem wie möglich ein und schloß die Augen. Für eine Weile schwebte noch Marts Gesicht vor ihm, das ihn freundlich anlächelte, aber dann mußte er wohl doch wenn nicht geschlafen, so immerhin ein wenig gedöst haben. Jedenfalls zuckte er plötzlich erschrocken in die Höhe, weil er meinte, unmittelbar neben seinem Ohr ein penetrantes Sirren zu hören. Im Reflex schlug er danach, worauf es übergangslos verschwand, als habe er es sich nur eingebildet. Aber er war sicher, es wirklich gehört zu haben, und zwar in seiner unmittelbaren Nähe. Der Ton klang ja noch in seinem Ohr nach! Außerdem wußte er, daß er nicht danach hätte schlagen dürfen, auf gar keinen Fall, niemals! Es war gefährlich, danach zu schlagen! Doch woher wußte er das? Eine seiner Ahnungen? Die hatten es in der Vergangenheit zwar im Einzelfall zu klaren Bildern gebracht, doch solch ein fast greifbares Sirren hatte er noch nie erlebt.

Er sah wieder auf – und begegnete Marts weit aufgerissenen, erstaunten Augen. Offenbar hatte der Zwerg alles verfolgt. Schnell blickte Cal beiseite. Ein Tic sah einen anderen nicht so an, nicht einmal, wenn er einen handfesten Grund hatte. Cal überlegte einen Moment, ob er den Zwerg zurechtweisen sollte, aber damit hätte er nur Aufmerksamkeit erregt. Außerdem – was konnte Mart schon mitbekommen haben? Vielleicht hielt er Cal nun für durchgedreht. Doch was kümmerte ihn das?

Die Enge, die ungewohnte Nähe zu anderen Tics, die Gesichter, die ihn ständig ansahen, und jetzt auch noch diese Sache mit Mart – an eine entspannte Reise war nicht mehr zu denken. Seine Unruhe wuchs und wuchs. Warum pferchte Ciah sie in dieser Weise ein? Das war Folter! Ralp hingegen wirkte plötzlich ruhiger, er zuckte kaum noch und schien angestrengt nachzudenken. Er bemerkte nicht, daß Cal ihn musterte, ja, sich geradezu an seinem Gesicht festklammerte. Der junge Tic sah nicht schlecht aus. Gut, er war bleich, seine Züge waren ein wenig zu scharf geformt, und sein Kinn wirkte geradezu stur. Aber er hatte einen schönen Mund, und auch wenn er nicht übermäßig kräftig war: Wie er sich beim Einsteigen bewegt hatte, das hatte den Eindruck einer etwas unbeholfenen, unerwachsenen Drahtigkeit erweckt, und das gefiel Cal. Aber natürlich blieb der großgewachsene But sein Favorit, trotz des Bartschattens. Allein das Stichwort «Techniker» genügte schon, seine Phantasie zu beflügeln. Er gestattete sich einen schnellen Blick über die Schulter. But schlief oder tat zumindest so.

Nur einmal wurde die Eintönigkeit der Fahrt durchbrochen. Cal betrachtete gerade wieder einmal die Displays, die von der gleichbleibend hohen Geschwindigkeit und dem elend gleichmäßigen Wachstum der Entfernung zeugten, und konnte sich des Gefühls nicht erwehren, in Wirklichkeit tue sich überhaupt nichts: Weder schrumpfe die Zeit bis zur Ankunft noch rücke das Ziel näher. Da drang aus einer Ecke der Kabine plötzlich ein unverständliches Gemurmel und Gestammel, das die summende Stille durchbrach. Alle Köpfe wandten sich der Quelle dieser merkwürdigen Laute zu, einem schlaffen Tic, der offenbar eingeschlafen war und nun im Traum redete, wobei er übernervös wirkte, schlimmer als Ralp mit seinem Gesichtszucken. Seine Augen vollführten unter den geschlossenen Lidern rasante Bewegungen, seine Lippen zuckten, aus dem Mundwinkel tropfte ihm sogar Speichel. Was auch immer er da träumte, es schien sich nicht gut zu entwikkeln, denn er wurde rapide unruhiger, schnappte nach Luft und gab gurgelnde Geräusche von sich, als sei er am Ersticken – ehe er plötzlich verstummte. Aufatmend ließ Cal sich in seinen Sitz zurücksinken. Es hätte dieses Zwischenfalls nicht bedurft, um ihm diese Stunden für immer unvergeßlich werden zu lassen.

2.

Die Kapsel hielt an einem provisorisch aus dem Fels geschlagenen Bahnsteig, in einem schmalen Lichtbezirk, den sich vier altersschwache Scheinwerfer mit letzter Kraft gegen die undurchdringliche Finsternis der Tunnelröhre erkämpften. Außer ihnen wies nur ein mäßig erhellter Stollen, der im Hintergrund auf den Bahnsteig mündete, darauf hin, daß die Zivilisation von Block Arkansas hier eine Filiale unterhielt.

Im ersten Moment duckte sich Cal vor der warmen, staubtrockenen Luft, die ihm entgegenschlug, als er ausstieg. Sie schmeckte bedrohlich fremdartig, muffig, widerlich bitter, sie ließ sich betäubend pelzig auf Zunge und Mundschleimhaut nieder. Wie warm wäre es wohl erst ohne den schwachen, aber spürbaren Luftzug, der aus dem Stollen heranwehte? Doch seine Kühlungsjacke stellte sich automatisch auf die höhere Temperatur ein, die sie zu kompensieren hatte, und der unmittelbare Eindruck der Schutzlosigkeit schwand. Ein starkes Unbehagen blieb jedoch, denn noch nie hatte er eine unverkleidete, furchige, glanzlose Oberfläche wie die des nackten Felses gesehen.

Auf dem Bahnsteig warteten vier Tics, an denen alles schmutzig war: ihre Monturen, die einmal Uniformen gewesen sein mochten, ihre Stiefel, ihre Hände und

Gesichter. Sie trugen unförmige Halbschalenhelme, in die Ortungsgeräte eingebaut waren, die aber wohl kaum noch funktionierten. Zumindest fehlte ihnen die Projektionsfläche; die Helme besaßen keine Visiere. Die schweren Gewehre in den Armbeugen der Männer funktionierten jedoch gewiß. Cal kannte diese Maschinen gut, er wußte, was das rote Signallicht auf ihrem Rücken bedeutete.

Warum dieser bewaffnete Aufmarsch? Alles andere hätte Cal verstanden: Schaufeln, Hacken, jegliches Arbeitsgerät, selbst leere, von der harten Arbeit schwielige Hände – aber einen Empfang mit Gewehren? Existierte hier draußen eine Bedrohung, über die er nichts wußte? Doch die Männer sicherten nicht, sondern standen unachtsam, stumpf und ausdruckslos in einer Reihe – wie gedimmt.

Die Ankömmlinge trieb es nach der stundenlangen Enge in der Kapsel geradewegs auseinander, sie schlenderten erleichtert auf dem Bahnsteig hin und her und lockerten ihre lahmen Glieder. Nur Mart blieb in Cals Nähe. Ralp dagegen wirkte völlig teilnahmslos, als ginge ihn dies alles nicht das geringste an. Er blickte sich nicht um, er ging nicht umher, er schien weder überrascht von dem merkwürdigen Empfang noch sonstwie beteiligt, er blieb einfach neben dem Ausstieg der Kapsel stehen und starrte zu Boden. Was ging in ihm vor?

Dann schüttelte Cal für sich den Kopf. Warum eigentlich machte er sich andauernd Gedanken über andere Tics? Viel wichtiger war, daß es endlich losging, sie mußten schließlich an die Arbeit. Also ging er zu den Uniformierten und zu But hinüber, der sich vor ihnen aufgebaut hatte und feindselig die Gewehre musterte, blinzelte dem Techniker kurz zu und wollte gerade den nächsten Bewaffneten ansprechen. Da straffte sich dieser, als habe er einen unhörbaren Befehl empfangen, und kommandierte scharf: «Mitkommen!»

Absolut synchron machten die vier Uniformierten auf dem Absatz kehrt und setzten sich in Bewegung, ohne sich darum zu kümmern, ob die Ankömmlinge ihnen folgten. Cal leistete dem Befehl schulterzuckend Folge. Die anderen schlossen sich ihm an. Sie betraten den Stollen, der im rechten Winkel vom Bahnsteig fortführte und schon nach wenigen Metern auf einen breiten, roh geschlagenen Tunnel traf, der parallel zur Bahnröhre lief und offenbar erst vor kurzem angelegt worden war. Die provisorische Lichtanlage, das längs der Wände gehäufte, einfach beiseite gefegte Kleingeröll, der extrem unebene Felsboden – alles zeugte von hastiger Arbeit. Sie mußten ständig acht geben, nicht zu stolpern oder sich die Köpfe anzustoßen. Ein starker Luftzug, der ihnen frontal entgegenwehte, milderte immerhin die Hitze.

Nach etwa einer Viertelstunde erreichten sie eine Halle von atemberaubenden Ausmaßen, größer als jeder Saal, den Cal jemals zu Gesicht bekommen hatte, bestimmt hundert Meter weit und zwanzig hoch. Er schnappte instinktiv nach Luft. Doch dann stockte er. Das Ganze machte nicht den Eindruck, als sei es erst vor einigen Tagen oder auch Wochen geschaffen worden. Die Stahlpfeiler etwa, die die Decke stützten, waren sorgfältig installiert und einfundamentiert. Und auch der Müllberg sprach dagegen, der sich in der Mitte der Halle erhob und aus gewaltigen Mengen von alten Verpackungen und Textilien, technischem Schrott und anderem Unrat bestand. Und die Gerätschaften, entlang der Wände mehr oder weniger ordentlich abgestellt, waren teilweise von einer dicken Staubschicht überzogen: verschrammte Loren zum Transport losen Gerölls, klotzige Generatoren, die summend Energie lieferten, gewöhnliches Arbeitsgerät wie Hacken, Schaufeln, aber auch, vor allem in den hinteren Reihen an den Wänden, diverse Maschinen, die Cal noch nie gesehen hatte.

Die Lüftungsanlage dagegen war blitzblank und sichtlich neu, eine gewaltige brummende Apparatur dicht unter der hohen Decke der Halle, die für Luftzirkulation, Aufbereitung und Kühlung sorgte. Dicke Rohre führten von ihr zu den insgesamt sechs Stollenmündungen. Eine davon schien von der Luftzirkulation jedoch nicht erfaßt zu werden, denn der Stollen dahinter war von zähem Dunst erfüllt.

Hier und da war zwar sichtlich improvisiert worden, doch ingesamt wirkte die Anlage sorgfältig geplant, zugleich aber trostlos und wie ausgestorben. Wo waren die Arbeiter?

Zu Füßen des Müllbergs wartete ein weiterer verdreckter, behelmter, jedoch unbewaffneter Tic neuesten Hauttyps auf sie. Er empfing sie mit den Worten: «Ich grüße euch in Ciahs Namen. Ihr wißt gar nicht, wie dringend ihr hier gebraucht werdet. Es gibt jede Menge zu tun. So ein Erdbeben macht eine Menge Dreck.»

Cal bemerkte plötzlich, daß sich alle anderen Neulinge hinter ihm hielten. Nur der Techniker war ungefähr auf gleicher Höhe mit ihm stehengeblieben, interessierte sich jedoch mehr für die Lüftungsanlage als für die Ansprache des Tics. So waren Techniker: immer ein wenig eigensinnig und stur – eben dazu geschaffen, sich in jedes Problem zu verbeißen. Cal wußte nicht, ob ihm die Anführerrolle gefiel, die ihm hier aufgedrängt wurde. Irritiert blickte er zu Boden.

«Ich bin Jak, euer Chef», fuhr der Tic fort. «Ihr habt eine anstrengende Reise hinter euch, aber bevor ihr euch ausruht, sollt ihr den Unglücksort besichtigen. Dann gibt es zu essen und zu trinken. Hier draußen geht es anders zu als daheim im Block, ihr werdet euch gut erholen. Und jetzt nimmt sich jeder eine Atemmaske und kommt mit.»

Jak wies auf den Stapel von Masken, der am Boden bereitlag, sah zu, wie die Neulinge sich ausrüsteten, und ging dann voraus und hinüber zu dem dunsterfüllten Stollen, der Cal vorhin aufgefallen war. Den Abschluß machten die vier Bewaffneten.

Auf dem Weg untersuchte Cal die Maske, ein robustes, einfaches Gerät, das über das ganze Gesicht gezogen wurde, mit zwei getrennten Sichtfenstern und einer integrierten Lampe vor der Stirn, die sogar funktionierte. Möglicherweise fiel hier draußen hin und wieder der Strom aus.

Da plötzlich schwirrte etwas dicht an ihm vorüber, schien sich wieder zu entfernen, kehrte aber zurück, um nun neben seinem Kopf in der Luft zu sirren. Feinste Schwingungen trafen seine Ohrmuschel, ein kalter Schauer rieselte ihm den Rücken hinunter, schon wollte sein Arm in die Höhe fahren und blind danach in der Luft herumwedeln, als ihm einfiel, wie gefährlich es war, danach zu schlagen. Und blitzschnell unterdrückte er den Reflex, packte vorsichtshalber den Arm mit der anderen Hand und hielt ihn fest. Im gleichen Moment, noch ehe er sich nach der Quelle des Sirrens umsehen konnte, verschwand es so abrupt, wie es gekommen war, und ihm war für einen Moment, als erwache er. Also doch eine Art Vision, eine ziemlich handfeste Ahnung wie schon während der Fahrt. Das mußte etwas zu bedeuten haben, etwas Wichtiges, denn noch nie hatte sich eine seiner Ahnungen wiederholt. Was auch immer das war – auf jeden Fall war es richtig gewesen, nicht danach zu schlagen. Diesmal war kein schlechtes Gefühl zurückgeblieben. Das mußte er sich unbedingt merken: nicht danach schlagen, auf keinen Fall!

«Das bedeutet nichts Gutes», murmelte in diesem Moment neben ihm Mart wie aus seinen Gedanken heraus.

Er wandte sich um und blickte stirnrunzelnd auf den Zwerg hinab. Mart begegnete seinem Blick und wies mit ausgestrecktem Zeigefinger in die Richtung, in die sie gingen, in den Dunst hinein, der den Stollen vor ihnen erfüllte.

Cal ging nicht darauf ein, doch er registrierte, daß Mart ebenso unruhig war wie er. Diese unübersichtliche Situation, der Eindruck von Gefahr im Verzug – nein, er konnte seinen Instinkt nicht ignorieren. Er würde auf der Hut sein. Etwas kam auf sie zu, das sie nicht im geringsten in Erwägung zogen. Es mußte mit dem Sirren zu tun haben. Oder mit Erc, der schließlich irgendwo hier draußen sein mußte – wenn er noch lebte.

Vor dem dunsterfüllten Stolleneingang, dem ein unangenehm beißender Geruch entströmte, hielten sie auf Jaks Geheiß wieder an.

«Die Dämpfe dort drinnen sind nicht gerade gesund», sagte der Chef, stülpte sich die Atemmaske über, rückte die Gummigurte am Hinterkopf demonstrativ zurecht, damit alle sahen, wie das zu machen war, und setzte sich dann wieder in Bewegung. Die Tics taten es ihm nach, auch Cal, und tauchten in den Stollen ein.

Die Sicht wurde schon nach wenigen Metern so schlecht, daß kaum die Wände zu erkennen waren, der fahlgelbe Dunst filterte das Licht der Lampen, die von gelbstichig glühenden Lichthöfen umgeben waren. Cal fühlte sich unbehaglich, zumal der Filter seiner Maske nicht mehr frisch war, er ließ die Atemluft muffig schmecken. Wie viele Tics hatten diese Maske schon vor ihm getragen? Warum dieser geradezu archaische technische Standard? Im Block hätte Ciah so was niemals geduldet. Es wäre eine Kleinigkeit gewesen, die Maske mit einem einfachen optischen Zusatzgerät auszustatten, um die Orientierung unter den herrschenden Bedingungen wesentlich zu erleichtern. So jedoch mußten sich die Tics die ganze Zeit darauf konzentrieren, den Rücken ihres Vordermanns nicht aus den Augen zu verlieren, zusätzlich völlig unnötig behindert durch das eingeengte Blickfeld.

Wenn es schon an solchen Kleinigkeiten mangelte, wie stand es dann erst um die Arbeiten an der Einsturzstelle, um die schnelle Räumung der Röhre nach Block Kalifornien? Mußte Ciah nicht das Beste an Technik und Tics auffahren, was zur Verfügung stand? Cal konnte sich plötzlich nicht mehr auf die schwere Arbeit freuen, die er sich noch vor kurzem erhofft hatte.

An einer Kreuzung ging es nach links. Kurz darauf kamen sie in der zerstörten Bahnröhre heraus, die durch den Einsturz zu einer großen, unregelmäßig geformten Halle geweitet war. Hier herrschte bessere Sicht als im Stollen, der Dunst löste sich in Schwaden zu einem dünnen Nebel auf. Einige leistungsstarke Scheinwerfer erhellten die Halle mühelos bis in den Hintergrund. Linker Hand war die Bahnröhre zu sehen, deren geglättete Oberfläche von der Abbruchkante bis ins Dunkel ihrer Tiefe von breiten Rissen und Verwerfungen durchzogen wurde, rechts eine riesige Geröllhalde. Ursprünglich mußte die ganze Halle von herabgestürzten Felsbrocken angefüllt gewesen sein. Die Arbeitsmannschaften hatten bereits viel geleistet. Doch wo waren sie? Die Halle war leer, es herrschte tiefe Stille, nichts deutete darauf hin, daß hier mit Hochdruck an der Wiederherstellung der Verbindung nach Block Kalifornien gearbeitet wurde. Und auch die Erdkruste schien Cal nicht sonderlich unruhig, abgesehen von den Dämpfen, die hier und da aus dem Gestein quollen.

Cal suchte Marts Blick. Es war befremdend und beruhigend zugleich, in den Augen des Zwergs ebenfalls Zweifel zu erkennen. Der Kontakt währte jedoch nur kurze Sekunden, bis Jak sie aufforderte, die Masken abzunehmen und an die Gürtel zu haken. Die Luft hatte einen unangenehm stechenden Beigeschmack.

«Das hier ist ab morgen euer Arbeitsplatz», sagte Jak. «Diese Halde muß abgetragen werden. Irgendwo darunter vermuten wir die Transportkapsel und die Verschütteten.»

«Die leben längst nicht mehr», wandte But murmelnd ein. Doch Jak hatte es gehört und bedachte ihn dafür mit einem scharfen Blick, als überlege er, disziplinarische Maßnahmen zu ergreifen, ging dann aber darüber hinweg. «Erkundigungen?» wollte er wissen.

«Kriegen wir Materiedampfer?» fragte Cal.

«Nein», antwortete Jak. «Es ist schon heiß genug

hier, die Luftumwälzung verträgt keine weitere Belastung. Ihr seid allein auf eure Körperkräfte angewiesen.»

Cal spürte förmlich, wie Mart an seiner Seite zusammenzuckte.

«Keine Materiedampfer?» fragte But ungläubig. «Und auch sonst keine Maschinen?»

Jak schüttelte den Kopf. «Nur die Loren. Weitere Erkundigungen?»

«Wo sind die anderen Arbeitskommandos?» wollte Cal wissen.

«Die arbeiten sich aus verschiedenen Richtungen zur Unfallstelle vor. Weitere Erkundigungen?»

Jaks Stimme bekam einen drohenden Unterton, als dürfe sich der nächste, der sich erfrechte, auf einiges gefaßt machen. Also schluckte Cal alle Fragen nach der Lüftung, den Geräten, den Gewehren hinunter. Auch die nach Erc. Er spürte ohnehin allzu deutlich, daß Erc nicht mehr hier war, ja, mehr noch: daß niemand außer ihnen hier war. Das paßte damit zusammen, daß kein Versetzter jemals zurückgekehrt war. Jak log also. Wahrscheinlich waren sie tot, alle, Smit ebenso wie Erc, und möglicherweise war genau diese Halle der Ort, der ihr Ende gesehen hatte. Zumindest schien Cal die drohende Gefahr hier zum Greifen nahe.

«Nichts Gutes», murmelte Mart befremdet, nur hörbar für sich und Cal.

Dem Zwerg schien es ähnlich zu ergehen. Wie merkwürdig. Hatten womöglich auch andere Tics manchmal Ahnungen? Immerhin, es tat ihm gut, sich mit dem Zwerg einig zu wissen. Dieses Gefühl widersprach zwar allem, was unter Tics üblich war. Doch in diesen

Minuten bedeutete es ihm viel, nicht völlig allein dazustehen. Wenn es zutraf, was er vermutete, dann konnte es für ihr Überleben wichtig werden, daß sie sich nicht mehr auswichen und ihre eigenen Wege gingen, sondern daß sie miteinander die Augen aufsperrten. Doch sie alle waren das Einzelgängerdasein gewohnt, und solche zentralen Verhaltensweisen ließen sich nicht von einem auf den anderen Tag umkehren – auch bei Cal selbst nicht, wie er in diesem Moment ernüchtert feststellte, als er Mart nochmals verstohlen von oben herab betrachtete. Der Zwerg widerte ihn schlicht an!

Jak nickte zufrieden, als niemand weitere Erkundigungen wagte, und fuhr fort: «Jetzt zeige ich euch die Unterkünfte. Es gibt Essen und soviel Bier, wie ihr wollt. Bier gibt es immer genug.»

Nachdem sie die Masken aufgesetzt hatten, kehrten sie durch den dunsterfüllten Stollen in die Gerätehalle zurück, die sie jedoch durch einen anderen Stollen sofort wieder verließen. Wenig später erreichten sie den Trakt der Unterkünfte, wo Jak ihnen winzige Kabinen zuteilte. Nachdem sie ihr Gepäck untergebracht hatten, fanden sie sich in einer provisorischen Kantine ein, um den gewohnten Nahrungsbrei in Empfang zu nehmen. Bei dieser Gelegenheit bekamen sie weitere Tics außer Jak und den vier Uniformierten zu Gesicht, doch gehörten auch diese Männer nur zum Personal: Sie verteilten den Brei und schenkten das Bier aus. Weiterhin keine Spuren von Arbeitsmannschaften. Der Kabinentrakt bestand aus gerade zwanzig Unterkünften, und die Kantine hielt kaum mehr Plätze bereit. Nichts deutete darauf hin, daß hier jemals eine größere Zahl von Tics gearbeitet und gelebt hatte, jedenfalls nicht die Hundertschaften, die nötig gewesen wären, um die Geröllhalde zu beseitigen. Als Cal in die Runde blickte, sah er manche gerunzelte Stirn. Nur Ralp wirkte absolut unbewegt, als ginge ihn dies alles nichts an oder – dieser Gedanke kam Cal urplötzlich – als wisse er genau, was hier vorging.

Nach dem Essen, bei dem Mart neben ihm gesessen hatte, teilte Jak ihnen mit, daß sie sich für den Rest des Tages frei im Bezirk bewegen könnten. Nur die Einsturzstelle und den dorthin führenden Stollen sollten sie meiden. Damit erhob sich der Chef und verließ sie. Die Tics zerstreuten sich oder zogen sich, wie etwa Mart, in ihre Kabinen zurück, um endlich wieder alleinzusein. But beantwortete Cals aufforderndes Blinzeln mit einem bedauernden Achselzucken, ehe er mit einem anderen Tic abzog, einem schlaffen, durchschnittlichen Mann von jener Sorte, die Cal kaltließ. Nur zwei Tics blieben sitzen und schienen fest entschlossen, sich vollaufen zu lassen.

Verärgert sprang Cal auf, um sich einen Ort zu suchen, an dem er seine Ruhe hatte, und verließ den Kabinentrakt Richtung Gerätehalle. Wenn er sich nur vorstellte, wie sein Techniker, sein Favorit, es in diesen Minuten mit irgendeinem Gesichtslosen zu treiben begann! Was hatte der, was Cal nicht hatte? Und was sollte Cal jetzt anfangen? Sich ebenfalls vollaufen lassen, seiner inneren Stimme zum Trotz, die ihn davor warnte, in seiner Aufmerksamkeit nachzulassen? Er könnte sich auch den einen der beiden Trinker schnappen, der zur Not noch akzeptabel war. Doch da hatte er die Halle schon erreicht. Er blieb stehen und musterte die Maschinen, und darüber packte ihn plötzlich ein tiefer, heftiger Groll auf Ciah, als habe er dies alles nur Ciah zu verdanken, als stecke hinter dieser elenden

Nichtstuerei der Plan, ihn zu demütigen und zu quälen. Er wollte endlich etwas leisten, am besten jetzt gleich, auf der Stelle!

Ziellos lief er eine Weile in der Halle herum und versuchte, zu erraten, wofür die verschiedenen Maschinen benutzt wurden. Dies mochte ein Großstaubsauger sein, dies ein ausrangierter Lüfter, aber vieles, was da wuchtig und regellos herumstand, war uralt, nur noch Schrott und seiner Funktion nach nicht zu benennen. Nur ein Schrank fiel ihm auf, der verdeckt und sorgfältig verriegelt zwischen all diesen Maschinen stand. Warum wurde in einer leicht zugänglichen Halle etwas aufbewahrt, das offenbar keineswegs leicht zugänglich sein sollte, versteckt zwar, aber auffällig genug? Doch die Neugier darauf, was der Schrank enthalten mochte, hatte keine Chance gegen die Wut, die Cal weitertrieb, über den teilweise scharfkantigen Schrott nun auf den Müllberg hinauf. Oben hielt er verwundert inne. Dieser merkwürdige Gipfelkrater im Müll, der vor ihm lag, sah nicht so aus, als sei er zufällig entstanden. Der umlaufende Wall hatte sogar Einschnitte wie Schießscharten, die, wie Cal mit einem einzigen Blick erkannte, offenkundig nach strategischen Gesichtspunkten angelegt waren. Mit geringem Aufwand ließ sich von hier aus bequem die ganze Halle in Schach halten. Von unten war davon nichts zu erkennen gewesen.

Da entdeckte er Ralp, der gerade die Halle betrat und Cal auf der Wallkrone fast im gleichen Moment ebenfalls bemerkte. Grüßend hob der Verrückte die Hand und machte sich sofort an den Aufstieg. Cal überlegte, ob er versuchen sollte, der Begegnung auszuweichen, doch noch bevor er sich entschieden hatte, stieg Ralp über den Wall, ließ sich in die Mulde hinab zu

Cal und wollte gleich anfangen zu sprechen, stockte dann aber und starrte einige Sekunden vor sich hin. Cal spürte, wie dieses Schweigen ihn aggressiv machte, und wandte sich schon wortlos um, auf dem besten Weg, Ralp einfach stehenzulassen.

Da begann der junge Tic endlich zu reden. «Sie haben mich ruhiggestellt», sagte er. Cal begriff sofort, daß er von den Folgen ihres ersten Zusammentreffens sprach. «Eine Woche lang bin ich kaum bei mir selbst gewesen. Medikamente. Spritzen. Ruhiggestellt. Bis zum nächsten Transport.»

Cal zuckte mit den Schultern. Sollte ihn das interessieren?

«Dabei war ich eigentlich zufrieden, als du mich niedergeschlagen hast», fuhr Ralp fort und versuchte, unbekümmert zu wirken. Aber Cal durchschaute ihn. Es fiel ihm keineswegs leicht, diese Worte an einen anderen Tic zu richten, er zitterte leicht dabei. «Ja, eigentlich richtig zufrieden. Ich hätte sogar lachen können. Glaub mir, ich fühlte mich danach. Lachen! Das wäre gut gewesen. Aber dann hast du mir ja fast den Kiefer gebrochen. Nein, sag jetzt nichts. Das war völlig richtig, niemand hätte es verstanden, wenn ich in dieser Situation zu lachen angefangen hätte, du hast mich gerettet. Aber trotzdem, mir war danach. Mit einem Schlag war alles klar. Buchstäblich. Ganz klar.»

«Was war klar?» fragte Cal gereizt. Warum erzählte Ralp ihm das alles?

«Ich war endlich an den Richtigen geraten», sagte Ralp wie zur Antwort.

Cal runzelte die Stirn, denn er begriff nicht, was Ralp damit sagen wollte. Der Tic wirkte in diesem Moment nicht verrückt, höchstens überreizt. Immer noch war er blaß, aber von dem nervösen Flattern und Zukken war nichts geblieben, er machte einen gefaßten, kontrollierten Eindruck, vermied jedoch weiterhin den Blickkontakt.

«Du meinst mich?»

«Ja, du bist der Richtige», erwiderte Ralp. «Du kannst mein Lehrer sein. Du schaffst Klarheit.»

«Ich verstehe nicht, was du meinst.»

«Ich bin noch unberührt.»

Da begriff Cal. Der Bursche war mindestens siebzehn – und noch unberührt?

«Ciah hat mich isoliert aufgezogen», fuhr Ralp fort, als habe er Cals Gedanken erraten. Dann blickte er ihm plötzlich direkt in die Augen. «Bitte!» flehte er. «Sei mein Lehrer. Ich möchte berührt sein, bevor es vielleicht – vorbei ist.»

Das leise Zögern entging Cal nicht: «Bevor es vielleicht – vorbei ist»? Was wußte dieser merkwürdige Tic? Doch Cal wollte sich jetzt nicht länger unterhalten. Dieser Wortwechsel war für seinen Geschmack bereits viel zu langwierig ausgefallen.

«Gut», sagte er und deutete in den Krater hinab. «Hier?»

Ralp zuckte mit den Schultern.

«Warum nicht?» fragte er.

3.

Lediglich mit Helmen und Schaufeln bewaffnet, rückten sie am nächsten Morgen der Geröllhalde zu Leibe. Es gab nicht einmal Arbeitshandschuhe oder stabile

Stiefel. Acht von ihnen sollten die Hauptarbeit an der Halde machen, die übrigen vier, darunter But und Ralp, waren in Zweiergruppen zum Schieben der Loren eingeteilt, von denen eine jeweils vor der Halde befüllt, die andere währenddessen in einer Nebenhöhle in den Konverter entleert werden sollte, der das Gestein verdampfte. Jaks Leute waren nirgends zu sehen.

Die Sache wurde also immer besser. Da sollte unbedingt die Bahnröhre nach Block Kalifornien freigemacht werden, und die Wachmannschaft legte sich auf die faule Haut? Cals Stimmung war bereits wieder auf einem Tiefpunkt. Nach herbeigedimmtem Schlaf hatte er sich eigentlich frisch und optimistisch gefühlt, doch als er sah, wie offensichtlich ihre Kräfte gestreut, wie die Stärksten auf die verschiedenen Gruppen verteilt wurden, kochte eine dumpfe Wut in ihm hoch – auch auf Ciah. Aber er durfte sich nicht ablenken lassen. Gefahr lag in der Luft.

Immer wieder blickte er zu Ralp hinüber, der jedoch keinerlei Notiz von ihm nahm, gerade so, als sei gestern abend nichts von Belang zwischen ihnen vorgefallen. Dabei hatte Cal beinahe körperlich gespürt, wie wichtig ihr Zusammensein für Ralp gewesen, ja, wie wichtig er, Cal, für den jungen Tic war. Ralp erschien ihm nicht länger als Verrückter, auch wenn er jetzt wieder nachlässig, desinteressiert und abwesend wirkte. So einfach war es nicht, Ralp war zweifellos etwas Besonderes. Cal hatte jene Bemerkung nicht vergessen: «Bevor es vielleicht – vorbei ist.» Sie mochte nur so dahingesagt oder aus einer Ahnung entstanden sein, wie Cal sie ebenfalls kannte. Aber ihm kam es vor, als wisse Ralp mehr darüber, was hier geschah, und so konnte es nicht schaden, ihn im Auge zu behalten und darauf zu achten, wie er sich verhielt. Ebenso den wachsamen Mart, der sich ständig in Cals Nähe aufhielt, ohne ihm länger lästig zu sein. Solange der Zwerg nicht auf Tuchfühlung ging, hatte Cal nichts dagegen.

Jak hatte sie nicht etwa, wie Cal eigentlich erwartet hatte, allein gelassen, nachdem sie mit der Arbeit begonnen hatten. Erst war er zwischen ihnen umhergewandert, zur Kontrolle, wie es schien, als würden sie sonst nur mit halber Kraft arbeiten. Dabei gingen sie mit Schwung zu Werke, froh, immerhin endlich loslegen zu können. Auch Mart packte kräftig mit an, wobei er immer wieder Cals Blick suchte und erst zufrieden war, wenn Cal zurückgezwinkert hatte. Kein Zweifel, der Zwerg hatte Angst, er mußte sich Cals Nähe versichern. Und selbst Ralp, so desinteressiert er auch dreinblickte, stand nicht zurück, als es daran ging, die erste Lore zu beladen, die er dann mit einem Tic namens Mic fortschob. Die Kontrolle durch Jak war also überflüssig – oder sie hatte eine völlig andere Funktion, sollte etwa verhindern, daß die Arbeitenden sich absprachen und revoltierten. Oder sie diente im Gegenteil dazu, sie in Sicherheit zu wiegen, denn gewiß würde nichts Gravierendes vorfallen, solange Jak sich in ihrer Nähe aufhielt. Den Chef langweilte das Ganze sichtlich. Gähnend sah er seinen Untergebenen vom Rand der Geröllhalde aus zu, wo er sich auf einen großen Felsbrocken gesetzt hatte.

Anfangs entstanden noch Lücken im Rhythmus der Gerölltransporte, doch mit der Zeit spielten sich die Schieber aufeinander ein. Kräftemäßig waren sich die beiden Paare ungefähr ebenbürtig, so daß die entleerte Lore bereitstand, sobald die andere voll war und abtransportiert werden konnte. Von diesem Moment an interessierte sich Jak nicht mehr für die Arbeitenden. Wie durch Absprache, doch ohne ein Wort verloren zu haben, kamen die Schieberpaare daraufhin überein, sich nicht über das erreichte Maß hinaus anzustrengen und den Wettbewerb auf keinen Fall zu übertreiben.

Ihr Rhythmus übertrug sich auf die anderen. Schon nach einer Stunde kam es Cal vor, als habe er nie etwas anderes getan, als Felsbrocken in Loren zu wuchten. Früher hatte er Gewichte gestemmt, nun eben die größeren, schweren Brocken, denen angesichts des leichten Arbeitsgeräts, das hier draußen zur Verfügung stand, nicht anders beizukommen war als mit purer Körperkraft. Es gefiel ihm, wie sie Widerstand leisteten, wie er alle Kräfte mobilisieren mußte, um sie zu beseitigen, seine Kühlungsjacke arbeitete auf Hochtouren, er spürte, wie gut es ihm tat, gegen klar erkennbare Gegner anzugehen, und seine Laune besserte sich wieder. Die anderen Tics hielten sich währenddessen an die mittelgroßen Brocken oder, wie Mart, an den Kleinschutt. Und so arbeiteten sie stetig gegen die schier unermeßliche Geröllhalde an.

Als Jak plötzlich in die Hände klatschte, erwachte Cal wie aus Trance und erschrak zutiefst. Er hatte sich in einen Rausch hineingearbeitet. Das durfte sich nicht wiederholen! Nun, wenigstens Mart hatte sich nicht ablenken lassen und hatte die Umgebung gewissenhaft im Auge behalten. Er war anscheinend zäher, als er aussah. Oder er hatte nur so getan, als arbeite er angestrengt, und simulierte seine Müdigkeit nun lediglich. Ja, so war es: Er gab sich zwar den Anschein, erschöpft zu sein, war es jedoch nicht wirklich. Als Cal ihn durchschaut hatte, zwinkerte er ihm grinsend zu. Mart zwinkerte zurück. Sie verstanden sich schon ganz ohne Worte.

«Mittagspause!» rief Jak.

Waren wirklich schon vier Stunden vergangen? Cal spürte seinen Körper, doch er fühlte sich nicht abgekämpft, er war in Form. Einen letzten Brocken ließ er in die zur Hälfte gefüllte Lore fallen, ehe er zum provisorischen Mittagstisch hinüberging, den zwei Wachmänner nahe dem Halleneingang aufgebaut hatten. Soeben begannen sie mit dem Verteilen. Cal nahm einen Becher mit Tee und seinen Brei entgegen, den er hastig in sich hineinlöffelte, wobei er über den Rand des Tellers die Umgebung beobachtete. Er würde nicht wieder nachlässig sein, er würde sich ein Beispiel an Mart nehmen.

Und schon war die Mittagspause vorüber. Eine Ruhephase wurde ihnen nicht zugestanden. Jak klatschte gleich wieder in die Hände, während die Wachleute zusammenpackten. Matt begab sich Cal zurück zur Halde. Gewöhnlich ruhte er nach der Mahlzeit für eine Viertelstunde, aber hier blieb dafür offenbar keine Zeit. Wahrscheinlich – und dieser Gedanke rüttelte ihn auf der Stelle wach –, sollten sie müde sein, wenn *es* geschah.

Und genau dies wäre ein guter Moment. Die Tics, matt vom Essen, erschöpft von der Arbeit des Vormittags, achteten kaum auf ihre Umgebung. Schwunglos gingen sie wieder ans Werk, weit entfernt von dem Tempo, mit dem sie die Loren vor der Pause befüllt hatten. Normalerweise hätte Cal versucht, sich diszipliniert in den alten Rhythmus zurückzuzwingen und den anderen ein Vorbild zu sein. Doch er paßte sich an und suchte sich jetzt nur noch Brocken aus, die er mühelos in die Höhe bekam. Zugleich behielt er Jak im Auge, der sich nach der Pause wieder auf einen Felsbrocken gesetzt hatte, näher an der Stollenmündung.

So entging ihm nicht, daß der Chef plötzlich für einen Moment abwesend wirkte. Die erste Lore war gerade leer zurückgekehrt, die zweite hatte die Halle gefüllt verlassen, als Jak starr geradeaus blickte. Dann begann sich sein Kehlkopf zu bewegen. Anscheinend unterhielt er sich über einen Mikrosender mit einer anderen Stelle. Es gab hier draußen also doch hochwertige Technologie. Solche winzigen Geräte – Empfänger in der Ohrmuschel, Mikrosender als Kehlkopfimplantat – benutzten in Block Arkansas nur hohe Polizeioffiziere. Cal tat, als bemerke er diese plötzliche geheime Aktivität nicht, und arbeitete weiter, beobachtete aber aus den Augenwinkeln, wie der Chef das Gespräch beendete, sich langsam erhob, einen letzten Blick über die Arbeitenden streifen ließ und sich dann rasch aus der Halle entfernte. Da war selbst die letzte Müdigkeit wie weggeblasen. Jetzt galt es aufzupassen!

Per Blickkontakt wollte er Mart auf Jaks Abgang aufmerksam machen, doch der Zwerg wußte bereits Bescheid und nickte Cal unmerklich zu, schüttelte dann aber demonstrativ den Kopf. Cal runzelte die Stirn, ehe er begriff. Die zweite Lore war noch nicht zurückgekehrt, Ralp und Mic fehlten. *Es* würde nicht ohne sie passieren.

In diesem Moment näherte sich die Lore quietschend und rumpelnd durch den Stollen. Cal achtete nicht länger auf seine Arbeit, sondern richtete sich auf und sah sich offen um, als das Vehikel in der Stollenmündung erschien. Es gab keinen Grund mehr, sich noch länger zu verstellen, selbst dann nicht, wenn sie mit unsichtbaren Kameras beobachtet wurden – was Cal sich nicht vorstellen konnte, denn das Summen dieser Geräte wäre seinem empfindlichen Gehör kaum verborgen geblieben. Und offen montierte Kameras gab es hier draußen nicht.

Die anderen Tics, irritiert durch Cals alarmierte Haltung, stockten in ihrer Arbeit und blickten ebenfalls der sich nähernden Lore entgegen. But, der mit seinem Partner unten an der fast befüllten Lore wartete, starrte Cal an, sah sich um, zuckte jedoch, als er nichts entdecken konnte, mit den Schultern und wollte sich eben gegen seine Lore stemmen, um ihr den Startschub zu geben. Die andere Lore hatte zu diesem Zeitpunkt bereits drei Viertel ihres Wegs bis zum Fuß der Halde zurückgelegt.

Da geschah es. Die anderen bemerkten es zunächst nicht, doch Cal hörte das Sirren schon, als es noch viele Meter entfernt war. Es näherte sich aus dem Rohrbahnstollen, und es war identisch mit dem Sirren der Vision, die er gestern erlebt hatte. Doch anders als gestern existierte es wirklich! Und es näherte sich schnell. Durch die Luft. *Fliegend!* Schon konnte Cal die Quelle des Sirrens sehen: Es rührte von einem ganzen Schwarm kleiner fliegender Dinger her, die kaum länger waren als ein Fingernagel und so zart und fast durchscheinend gebaut, daß sie unglaublich leicht sein mußten. Das konnten keine Maschinen sein, dazu waren sie zu klein.

Jetzt hörten es auch die anderen. Ralp sprang sofort von der Lore zurück, die beinahe den Fuß der Halde erreicht hatte, und blieb reglos stehen. Damit verhielt er sich genau richtig. Gleich darauf fiel der Schwarm der Flugdinger über sie her.

«Auf keinen Fall danach schlagen!» rief Cal. «Am besten überhaupt nicht bewegen!»

Ihn selbst kostete das erhebliche Mühe. Seine Arme zuckten, wollten nach dem Sirren schlagen, wollten es verscheuchen. Schauderhaft vibrierte es in seinen Ohren, schien direkt in seinen Schädel eindringen zu wollen. Doch er sah, daß es Ralp und Mart gelang, sich zu beherrschen. Also mußte es ihm ebenfalls möglich sein. Andere Tics hatten sich nicht so gut im Griff, und schon zuckten Arme in die Höhe.

Cal verspürte einen Stich am Unterarm. Vorsichtig hob er ihn und betrachtete das Ding, das mit einem feinen Stachel in seine Haut eingedrungen war. Er hatte keine Ahnung, was es da tat, doch er unterdrückte den Drang, es zu zerquetschen, und betrachtete es eingehend. Er hatte so ein Ding noch nie gesehen und auch noch nie davon gehört, aber es war zweifelsfrei organisch.

Auf der Halde klatschte es.

«Hab ich dich», brummte ein Tic fünf Meter entfernt.

Ein zweites Klatschen, ein weiterer Tic mißachtete Cals Warnung.

Cal zwang sich zu äußerster Ruhe, als das Ding den Stachel aus seinem Fleisch zog, abhob und davonsirrte. Ihm stand der Schweiß auf der Stirn. War das alles?

Plötzlich torkelte der erste Tic, der zugeschlagen hatte, wurde bleich, griff sich an die Kehle und knickte gleich darauf in den Knien ein, bevor er den Halt verlor und von der Halde rutschte bis an ihren Fuß. Die Tics dort unten wichen zurück. Nur einer konnte sich nicht rechtzeitig aus der Reichweite des panisch und ziellos um sich Schlagenden bringen, der so den Knöchel des

Tics zu fassen bekam und sich mit einer Kraft daran festklammerte, als hänge sein Leben davon ab. Mit roher Gewalt riß sich der Festgehaltene los und wich zurück zu den anderen Entsetzten.

Noch nie hatte Cal einen Tic derart qualvoll sterben sehen. In seiner Agonie stieß der Mann grauenhaft verzerrte, flehende Geräusche aus, sein ganzer Körper zuckte in Todesangst mit einer solchen Kraft, daß er beinahe vom Boden abhob. Die Augen quollen ihm aus den Höhlen, die Stirnadern traten hervor, platzten, dunkles Blut pulsierte über sein Gesicht. Dann ein letztes Zucken, und es war vorbei. Das Ganze hatte nicht einmal eine halbe Minute gedauert.

Bei dem zweiten Tic, der eines der Dinger erschlagen hatte, ging es noch schneller, er hatte das Glück, daß er, als er ebenfalls ausrutschte, mit dem Hinterkopf auf eine scharfe Gesteinskante prallte. Halb bewußtlos, stieß er noch einige ängstliche Schreie aus, zappelte mit Armen und Beinen und erschlaffte dann abrupt mit einem letzten Seufzen auf den Lippen, das von ganz tief unten zu kommen schien.

«Was ist das?» schrie einer der Tics entsetzt, fuchtelte aber weiter mit den Armen in der Luft herum.

Da griff sich ein dritter an die Kehle – einer, der Cals Weisung befolgt und nicht um sich geschlagen hatte, derselbe, der noch von dem Sterbenden berührt worden war. «Ich ersticke!» röchelte er, ehe er wie die beiden anderen einknickte. In seinem Fall ging es sogar noch schneller.

«Es ist ansteckend!» rief Mart. «Wir müssen hier raus!»

Ralp rannte bereits auf die Stollenmündung zu, den einzigen Fluchtweg. Doch er betrat den Stollen nicht, sondern blieb direkt daneben stehen und drückte sich flach an die Wand, als suche er Deckung. Cal erreichte ihn als erster, nachdem er seine Starre aufgegeben hatte, und sah ihn fragend an. Warum drang er nicht in den Stollen vor? Die übrigen Tics sammelten sich um sie, weiterhin umsirrt von den Flugdingern, die ihnen gefolgt waren, nach denen sie jedoch nicht mehr schlugen.

«Was geht hier vor?» fragte Cal.

«Ein Versuch», antwortete Ralp leise, aber mit klarer Stimme. Er schien weit davon entfernt, erneut durchzudrehen, er wußte offenbar genau, was er tat. Lauerte also im Stollen weitere Gefahr auf sie?

«Was für ein Versuch?» fragte But, der dicht neben Cal stand, in einer Distanz, die Cal – außer für kurze Zeit im Bett – niemals zugelassen hätte.

«Gift!» preßte der hervor. «Winzige Mengen. Es wird freigesetzt, wenn man die Mücken zerquetscht. Sie transportieren es in ihren Körperhöhlen. Im Stollen wären wir sicher. Der Dampf. Eine Barriere. Er desinfiziert. Da fliegen sie nicht hinein.»

Immerhin eine klare Richtung. Cal verstand zwar nur die Hälfte, doch er gab sich mit Ralps Auskunft zufrieden. Sie hatten keine Zeit zu verlieren. Der Stollen also. Wahrscheinlich wurde er gesichert – von bewaffneten Wachleuten!

«Worauf warten wir?» rief But. Bleich drängte er zum Stollen, das Entsetzliche noch vor Augen, er wollte sein Ende nicht abwarten.

«Ja, worauf?» Mic nahm den Ruf auf. «Vorwärts!»

Cal wußte genau, daß es Unsinn war, blind in den Stollen vorzudringen, aber der Schwung der anderen riß ihn mit, und so stülpte er sich, schon während er losrannte, die Atemmaske über. Selbst Ralp konnte nicht anders. Das Sirren blieb hinter ihnen zurück. Erst als Cal bereits einige Meter in den Dunst eingetaucht war, kam ihm zu Bewußtsein, welches Risiko er hier einging, und da packte er Mart, der neben ihm lief, an der Schulter und zwang ihn zu halten. Ralp blieb ebenfalls stehen.

Ein dringendes Gefühl riet Cal, sich schnellstens zu Boden zu werfen. Ehe er darüber nachgedacht hatte, lag er schon, und die ersten Schüsse peitschten über ihn hinweg. Mart hatte er mit sich hinabgerissen. Ralp jedoch sackte mit einem Aufstöhnen zu Boden, als sei er getroffen worden, begann allerdings sofort zurückzurobben Richtung Stollenmündung. Er konnte also nicht schwer verletzt sein. Cal und Mart taten es ihm nach, während eine zweite Salve über sie hinwegfegte. Im Stollen wurden Schmerzensschreie ausgestoßen. Ein Tic floh in Panik an ihnen vorbei und wurde in den Rücken getroffen, ehe er die Halle erreichen konnte. Es war Mic. Aufgurgelnd stürzte er, zuckend blieb er liegen. Ein anderer Tic stolperte über ihn und wurde so vor einem tödlichen Treffer bewahrt. Er wollte gleich wieder aufspringen und weiterrennen, aber Cal zog ihm die Beine weg, so daß er nochmals stürzte. Das war Buts Rettung.

«Robben, du Idiot!» zischte Cal ihm zu.

Erst stierte er Cal an, von Panik verwirrt, doch dann begriff er. Schnellstens robbten sie zurück in die Halle. Sie hatten Glück, die Schützen kamen nicht auf die Idee, den Boden des Stollens zu bestreichen. Sie erreichten den rettenden Ausgang unversehrt und rollten sich keuchend aus der Schußbahn. Einige Schüsse peitschten noch aus dem Stollen, ein Tic torkelte aufrecht in die Halle und brach einige Meter weiter blutend zusammen, dann stellten die Schützen das Feuer ein. Gleich darauf krochen zwei, die sich ebenfalls rechtzeitig zu Boden geworfen hatten, entlang der Stollenwand hervor. Daß sie bis auf eine geringfügige Streifwunde unverletzt waren, kam einem Wunder gleich, denn sie hatten zu den ersten gehört, die in den Stollen gestürmt waren.

«Lagebesprechung!» Cal, noch keuchend, bemühte sich, das Sirren der Mücken zu ignorieren, die sich sofort wieder auf sie stürzten. «Sie haben keine Sichtgeräte, sie schießen, ohne zu zielen.»

«Es sind nur zwei», sagte einer der beiden, die zuletzt aus dem Stollen gekommen waren. «Ich konnte sie ungefähr erkennen, ehe sie das Feuer eröffneten.»

«Wir können hier nicht bleiben», sagte Ralp, der bereits wieder zu Atem kam. «Das Gift kann sich inzwischen in der ganzen Halle verteilt haben.»

«Dann wären wir schon alle tot», entgegnete Mart.

«In den Stollen können wir jedenfalls nicht», sagte einer der anderen, dessen Name Cal entfallen war.

«Was ist mit deinem Arm?» fragte Mart, an Ralp gewandt.

«Streifschuß», antwortete Ralp fast gelangweilt.

«Du mußt den Arm abbinden», sagte Mart.

«Bist du Arzt?» fragte Ralp erstaunt.

Mart schüttelte den Kopf, besah sich jedoch den verletzten Arm – es war der linke – mit einer Miene, als verstehe er etwas davon. Die Wunde war nicht so schlimm, wie sie aussah, auch wenn sie stark blutete. Den Arm allerdings würde Ralp für eine Weile kaum benutzen können. Mit Ralps Gürtel band Mart ihn ab.

«Was, wenn sie kommen?» keuchte But. Er zitterte

am ganzen Körper, stand offensichtlich unter Schock und blutete zudem aus der Nase. Immerhin verfügte er noch über genügend Selbstbeherrschung, um nicht nach den Mücken zu schlagen.

«Wozu?» entgegnete Cal ruhig. «Sie brauchen doch nur zu warten.»

«Aber wir müssen hier raus!» rief But. «Warum schießen die überhaupt auf uns?»

«Weil sie wollen, daß wir hier drinbleiben», sagte Ralp lahm.

«Um zu sterben», fügte Mart hinzu. «Ist doch logisch.»

But blickte verständnislos von einem zum anderen. «Sterben? Warum?»

«Weil Ciah es so will», antwortete Ralp leise.

Nicht nur But, auch Cal, alle zuckten zusammen. Alles andere hätte Cal sofort akzeptiert, aber das – Welchen Sinn hätte ihr Tod für Ciah? Strafe für ihr Versagen? Das war irrwitzig, das konnte nicht sein. Dann wäre ja allein nur der Versuch, ihr Leben zu retten, gleichbedeutend mit einer Revolte gegen Ciah!

«Ich schulde Ciah nichts», fuhr Ralp fort. «Nicht das geringste. Ich will leben, nichts weiter. Ihr könnt ja hier noch ein wenig debattieren, während ich mein Leben rette.»

«Warum nehmen wir nicht den Rohrbahnstollen?» fragte der leicht verletzte Tic und deutete in den Hintergrund der Halle.

Ralps Blicke wanderten unruhig von einem zum anderen. Es strengte ihn sichtlich an, nach allen Seiten Auskünfte zu erteilen. Leise antwortete er: «Der bringt uns nicht weit. Eine Sackgasse.»

«Aber das hier ist die Rohrbahn nach Block Kalifornien –» Etwas an Ralps Gesichtsausdruck ließ den Tic verstummen.

Was auch immer dies alles zu bedeuten hatte, welche Ausmaße das noch annehmen würde – Cal wollte leben! Dieses überdeutliche Ziel rangierte vor allen anderen, darin war er mit Ralp absolut einer Meinung, selbst wenn er sich damit gegen Ciah wandte und gegen alles, was sein Leben bisher ausgemacht hatte. Doch wie kamen sie hier heraus? Während die anderen debattierten, sah er sich auf der Suche nach einem Ausweg in der Halle um, und dabei fiel sein Blick auf die Loren. Im nächsten Moment war der Plan fertig. Sie mußten die Loren als Schutzschild vor sich her in den Stollen schieben. An den starken Stahlwänden würden alle Geschosse abprallen. Das Risiko war kalkulierbar: Sie mußten die Schützen nochmals überraschen, ehe die auf die Idee kamen, statt auf die Transportmulden unter den Loren hinweg auf die Beine der Tics zu schießen. Und die Leichen, die im Stollen lagen, mußten sie mit Schwung überrollen.

Das Problem dabei war, daß Cal, um eine der Loren zu holen, in die Halle zurückkehren mußte, an den Fuß der Halde. Und dort lagen die drei Toten. Er würde sich vielleicht anstecken! Das ließ ihn einige Sekunden zögern. Doch er sah keine Alternative. Weder wollte er hier tatenlos auf seinen Tod warten, noch wollte er ein zweites Mal blindlings in den Stollen laufen, in der Hoffnung, daß die Schützen ihn nicht trafen. So fiel die Entscheidung, es zu wagen. Vielleicht hatte er Glück. Also sprang er auf und eilte hinüber zu den Loren – allein, ohne die anderen einzuweihen und ohne einen Blick zurückzuwerfen. Wenn er die Lore zog, statt sie zu schieben, mußte er den Toten nicht zu nahe kommen. Schweißtreibend würde die Sache ohnehin, selbst die leere Lore besaß ein enormes Eigengewicht, und nach dem anstrengenden Vormittag war er natürlich nicht mehr frisch.

Er packte die Lore am oberen Rand der Transportmulde und zerrte mit aller Kraft an ihr, aber das schwere Gefährt quietschte und ruckte lediglich einige Zentimeter voran. Nun faßte Cal einen der beiden Griffe, die rechts und links auf halber Höhe angebracht waren, nahm eine seitliche Haltung ein, verlagerte sein Körpergewicht auf das linke Bein, stemmte das rechte vor der Lore gegen den Boden und drückte sich voran. Mit aller Kraft gelang es ihm so, die stählerne Masse in langsame Fahrt zu versetzen. Der erste Schritt war getan. Beim zweiten bekam er unverhofft Unterstützung. Der Tic, der die Schützen im Stollen gesehen hatte, erschien plötzlich neben ihm, nickte ihm zu und packte den zweiten Haltegriff. Zusammen erreichten sie immerhin Schrittgeschwindigkeit. Unversehrt kamen sie bei den anderen vor der Stollenmündung an.

«Gute Idee», murmelte Ralp.

Cal nickte ihm zu und übernahm ohne Umschweife die Rolle des Anführers, indem er die anderen in seinen Plan einwies. «Ihr beide» – er wies auf Mart und den Tic, der ihm geholfen hatte – «steigt in die Lore. Duckt euch tief! But und ich schieben euch in den Stollen, so schnell es geht. Wir überrumpeln die Wächter.»

Mart und sein Partner stiegen entschlossen in die Transportmulde. Cal staunte über die Behendigkeit, mit der der Zwerg an dem Gefährt hinaufkletterte. Der andere Tic wirkte dagegen zwar kraftvoll, aber schwerfällig, obwohl auch er schnell hinaufkam.

Nun stemmten sich Cal und But gegen die Lore und schoben sie vor die Stollenmündung, ehe sie mit voller Kraft loslegten. Wie Cal gehofft hatte, bekamen sie zügig Fahrt. Nur so konnte es klappen. Schrittgeschwindigkeit reichte nicht, sie mußten schneller sein, wesentlich schneller. Der Stollen war nicht sonderlich lang. Die Schützen hatten sich wahrscheinlich an der Kreuzung postiert, fünfundzwanzig Meter vom Eingang entfernt. Der Vorteil lag auf Seiten der Angreifer, da die Schützen nicht sehen konnten, was auf sie zukam. Doch *daß* etwas auf sie zukam, konnte ihnen nicht verborgen bleiben, denn die Lore rumpelte und quietschte unüberhörbar. Auf der Stelle kam das Sperrfeuer, das Cal erwartet hatte. Kugeln und Querschläger heulten und pfiffen ihnen um die Ohren. Auf die Idee, den Stollenboden zu bestreichen, kamen die Verteidiger wiederum nicht. Keine Spur einer Gegenstrategie. Sie blieben stehen, wo sie waren, anstatt auszuweichen, feuerten einfach geradeaus, was das Zeug hielt.

Plötzlich bockte die Lore, als sie gegen ein niedriges Hindernis fuhr, das auf dem Boden lag: eine Leiche. Cal reagierte elastisch, aber But stolperte und stürzte neben den Toten, dem die Lore beide Beine abgetrennt hatte. Glücklicherweise hatte sie bereits genug Schwung für den Rest des Wegs. Durch den Aufprall war sie zwar vom Kurs abgekommen, sie schrammte nun gegen die rechte Stollenwand und verlor abrupt an Geschwindigkeit – doch nicht zu früh.

Ein Schrei, Splittern, eines der Gewehre verstummte. Das Feuer des anderen stockte. Diese Pause nutzte Cal, um aus der Deckung der Lore hervorzurollen, die Beine des Schützen zu packen, den er ausreichend deutlich im Dunst ausmachen konnte, und ihn umzuwerfen. Im Fallen betätigte der Behelmte noch den Abzug, eine Salve peitschte gegen die Stollendecke. Dann kam ein Schatten über ihn, schlug ihm das Gewehr mit dem Fuß aus der Hand und verpaßte ihm einen wuchtigen Tritt gegen den Helm, so daß er augenblicklich bewußtlos wurde.

«Gefahr vorbei!» sagte der Tic, der mit Mart in der Lore gefahren war.

«Ist er tot?» rief Mart noch aus der Transportmulde und wies auf den Schützen.

«Nein, er atmet noch.»

«Er wäre besser tot», sagte Cal. «Dann könnte er uns nicht mehr in die Quere kommen.» Marts vorwurfsvollen Blick ignorierend, wandte er sich an den anderen Tic, einen gutaussehenden Mann mittleren Hauttyps, der noch eine Spur von Bartschatten hatte. «Wie heißt du?»

«Jef.»

«Du bist sicher Polizist?»

«Nein, Mikrotechniker», antwortete Jef zu Cals Überraschung.

Inzwischen war Ralp mit dem Leichtverletzten herangekommen. Er überflog die Lage und fragte dann, an Cal gerichtet: «Alles in Ordnung? Ansteckungssymptome?»

Cal schüttelte den Kopf. Es ging ihm gut. Seine Beine zitterten ein wenig, aber das war nach der körperlichen Anstrengung kein Wunder. Seinen unfreiwilligen Ausflug zurück in die Halle schien er unbeschadet überstanden zu haben.

Es stellte sich heraus, daß der zweite Schütze von der Lore an die Stollenwand gedrückt und dabei zerquetscht worden war. Ein glücklicher Zufall war ihnen also zu Hilfe gekommen. Doch Cal konnte sich der Ahnung nicht erwehren, daß sie es noch längst nicht hinter sich hatten.

Ralp trat mit dem Fuß gegen den bewußtlosen Schützen, entwand ihm das Gewehr und zischte verächtlich: «Ciahs Geschöpfe! Blind, dumm und gewalttätig.» Dann blickte er Cal an und sagte: «Wir müssen hier weg. Entweder kommen sie mit bewaffneten Trupps, oder sie fluten das gesamte Versuchsgelände mit Giftgas. Wir brauchen Schutzanzüge.»

Cal stellte alle Fragen hintan, die sich aus dieser Rede ergaben, und knurrte: «Sollen sie nur kommen. Ab sofort werden wir uns wehren.» Er nahm das Gewehr des zerquetschten Schützen an sich.

Mart hingegen gab sich nicht so leicht zufrieden. «Versuchsgelände?» wiederholte er. «Was hat das zu bedeuten?»

«Später.» Ralp winkte ab. «Erst die Schutzanzüge.»

«Reichen die Atemmasken nicht?»

«Nein. Die meisten Giftgase wirken über die Haut. Ein winziger Tropfen genügt.»

«Sehen wir mal in der Gerätehalle nach», schlug Cal vor, obwohl er skeptisch war, was die Anzüge betraf. Zumindest hatte er gestern keine entdeckt.

Da stöhnte jemand. Der Schütze zu ihren Füßen konnte es nicht gewesen sein, der war so still, als wäre er tot. Doch es stöhnte wiederum, diesmal lauter.

«Da lebt noch einer», sagte Mart und lief los in die Richtung, aus der sie gekommen waren. Die Dämpfe verschluckten ihn.

«Komm zurück!» rief Ralp. «Wir haben keine Zeit.»

Mart hörte jedoch nicht. Einige Sekunden verstrichen. Dann sein Ruf: «Er ist verletzt. Ich brauche eure Hilfe!»

Ralp, Cal und But setzten sich in Bewegung, die anderen blieben bei der Lore. Mart kauerte neben einem Verletzten, einem jener körperlich schlaffen Tics, die Cal nicht leiden konnte. Der Mann blinzelte zu ihnen hinauf.

«Er hat eine Fleischwunde im rechten Bein und viel Blut verloren», erläuterte der Zwerg. «Hoffentlich hat der Knochen nichts abbekommen. Abgebunden habe ich das Bein schon, aber ich kann ihn nicht allein tragen.»

«Wir können uns nicht mit Verletzten abschleppen», versetzte Ralp. «Wir haben keine Zeit, wir müssen uns selbst retten!»

Mart ging nicht darauf ein, sondern sagte zu But: «Hilf mir, ihn zu tragen.»

Der Techniker zögerte jedoch und blickte von Cal zu Ralp.

«Laß ihn liegen!» rief Ralp scharf. «Wir haben keine Zeit!»

Da richtete sich Mart auf und fixierte ihn von unten her zwischen zusammengekniffenen Lidern. «Drei Dinge», sagte er äußerst knapp. «Erstens: Du magst eine Menge wissen, vielleicht sogar als Kommandant geboren sein, aber das heißt nicht, daß ich dich ohne weiteres akzeptiere! Also spiel dich nicht auf.»

Ralp zuckte zusammen. Das hatte gesessen!

«Zweitens: Jeder von uns kann irgendwann nützlich sein. Wir sind nur wenige.»

Ralp kniff die Lippen zusammen, sagte aber nichts.

«Und drittens: Wenn wir ihn hier liegenlassen, sind wir nicht besser als diese da.»

Es war klar, wen er meinte. Ohne die Wirkung seiner Worte abzuwarten, wies er But mit einer herrischen Geste an, den Auftrag auszuführen. Der Techniker warf sich den Mann darauf grob über die Schulter, wobei dieser aufächzend bewußtlos wurde.

Cal behielt seine Bedenken für sich, obwohl Ralp ihn mit Blicken drängte, Stellung zu beziehen. Er wandte sich um und folgte Mart und But zurück zur Kreuzung, ganz andere Probleme im Blick. Wer sollte sie anführen? Wenn er es richtig sah, waren sie nun schon drei potentielle Anwärter auf diesen Posten. In kritischen Situationen kam es jedoch auf schnelle Entscheidungen an, hitzige Debatten konnten sie sich dann nicht leisten. In diesem Fall, so entschied er, würde er sich Ralp unterordnen, denn der schien ihre Situation am besten zu überschauen, er schien Dinge zu wissen, von denen Cal nicht die geringste Ahnung hatte, etwa die Sache mit dem Versuchsgelände und den Giftgasen.

Marts Denkweise dagegen verwirrte ihn. «Wenn wir ihn hier liegenlassen, sind wir nicht besser als diese da.» Der Zwerg wollte also besser sein als die anderen, und zwar, indem er sich mit einer nachteiligen Last befrachtete. Mart maß dem Leben dieses Tics offenbar eine besondere Bedeutung bei. Doch was war das Leben eines Tics wert? Gab es nicht viel zu viele Tics, als daß ein einzelnes Leben wirklich wichtig sein könnte? Natürlich, jeder einzelne leistete seinen Beitrag zur Artverbesserung. Insofern war jeder relevant. Soweit Ciahs Sicht, die Cal jedoch nicht mehr sonderlich behagte, seit Ciah ihm nach dem Leben trachtete. Diese furchtbare Tatsache hätte er zwar am liebsten ignoriert, doch er konnte sich nicht gegen die Einsicht sperren, daß alles, was hier vorging, nur mit Ciahs Einverständnis geschehen konnte.

Was galt also noch von den Gewißheiten seines bisherigen Lebens? Das vermochte er noch nicht genau zu sagen. Klar war nur, daß er seinem Leben einen höheren Wert beimaß, als Ciah dies tat. Allein dadurch, daß er sich nicht von dem Gift hatte umbringen lassen, hatte er gegen Ciahs Willen und damit gegen die alten Gewißheiten verstoßen. Eigentlich hätte er jetzt sein Gewehr auf Ralp, Mart, But und die anderen anlegen und sie erschießen müssen, um Ciahs Willen auszuführen. Doch das konnte er natürlich nicht. Sie waren miteinander verbunden, sie alle wollten am Leben bleiben, was auch immer Ciah davon halten mochte. Er war nicht bereit, sein Leben hinzugeben, ohne wenigstens den Grund dafür zu erfahren und den Sinn zu erkennen, den sein Tod hätte. Warum dies alles? Warum, Ciah?

Als sie den Ausgang zur Gerätehalle erreichten, beschloß er, diese Fragen vorerst in sich zu vergraben. Er brauchte jetzt einen klaren Kopf für das, was sie am Müllberg erwartete.

4.

Ralp hatte die Führung übernommen und ging voraus durch die gelben Schleier, hoch aufgerichtet, ohne jegliche Sicherung. Sogar Mart wäre gegenwärtig ein besserer Anführer, denn er hätte wenigstens das Gewehr sicher halten können, anders als Ralp mit seinem verletzten Arm. Selbst der beste Schütze konnte ein mittelschweres Gewehr wie dieses einhändig kaum ruhig halten, geschweige denn aus freier Hand damit zielen. Ralps Unvorsichtigkeit konnte sie alle das Leben kosten.

Cal drängte nach vorn, legte ihm die Hand auf die Schulter und deutete auf sich. Ralp gab unter seiner Maske zwar einen dumpfen Protestlaut von sich und wollte an Cal vorbei, aber Cal entwand ihm das Gewehr mit einer einzigen schnellen Bewegung, noch ehe Ralp begriff, und reichte es But. Der ließ den Bewußtlosen zu Boden gleiten, lehnte ihn gegen die Wand und nahm die Waffe wortlos entgegen.

Cal kümmerte sich nicht darum, ob Ralp einverstanden war, sondern sagte, gerade laut genug, daß seine Worte für alle verständlich durch die Maske drangen: «Sie warten wahrscheinlich auf dem Müllberg auf uns.»

Niemand bezweifelte seine Worte, selbst Ralp nickte.

«Soweit ich weiß, gibt es hier keine Schutzanzüge», fuhr Cal fort. «Es sei denn, sie sind in dem verschlossenen Schrank, von hier aus gesehen zur linken Wand hinüber.»

Noch während er dies sagte, spürte er plötzlich ein schwaches Unwohlsein, eine leichte Schwäche. Etwas stimmte nicht, etwas mit seinem Körper. Wie jeder Tic war er gewohnt, genauestens auf alle Regungen seines Körpers zu achten, schließlich konnte jeder Tag entscheidend sein, wenn es um Zellwucherungen ging. Und ausgerechnet jetzt schien etwas in seinem Körper aus dem Lot geraten zu sein. Hatte er sich etwa doch angesteckt? Am besten nicht darauf achten. Je schneller er diese Sache hinter sich brachte, desto besser auch für ihn. Also gab er sich einen Ruck und stieß flach an der Wand entlang vor, bis er einigermaßen ungehindert in die Halle spähen konnte.

Sie war hell erleuchtet, von leichtem Dunst erfüllt, es rührte sich nichts, sie schien verlassen. Aber zwischen all dem Gerümpel ließ sich ohne weiteres eine halbe Armee verstecken – Hinterhalte in Hülle und Fülle. Jedoch nicht gleich hier am Ausgang, wo die Dekkungsmöglichkeiten zu überschauen waren, sondern im Hintergrund und natürlich auf dem Müllberg, der unter diesen Bedingungen zur Festung wurde. Daher der Wall dort oben und die Schießscharten.

Was hätte er für einen Kampfanzug gegeben! Die Möglichkeit, sich unsichtbar zu machen, hätte einen unschätzbaren Vorteil bedeutet, er hätte einfach hinübergehen und die Gegner unschädlich machen können, er allein. So jedoch mußte er mit den beiden Gewehren auskommen, die sie erbeutet hatten – keine gute Ausgangslage.

«Hast du sie gesehen?» wollte Ralp wissen, als er zurückgekehrt war.

«Nein, aber sie sind mit Sicherheit da», antwortete Cal. «Vor allem auf dem Müllberg. Vier oder fünf Schützen.»

«Und das weißt du, ohne sie gesehen zu haben?» zischte Ralp.

Cal ging nicht darauf ein, sondern fuhr fort: «Wir brauchen eine Deckung. Wenn wir einfach so hineinspazieren, bestehen wir in der nächsten Sekunde nur noch aus Löchern.»

«Ich frage mich nur, warum Ciah kein Giftgas einsetzt», überlegte Mart. «Es wäre das Einfachste.»

Cal betrachtete ihn nachdenklich. Kein Zweifel, der Zwerg hatte recht.

«Holen wir also die Lore», schlug Jef vor.

«Mit der Lore» – Cal nickte ihm zu – «schaffen wir es bis an den Fuß des Müllbergs, in den toten Winkel. Von da aus können wir den Schrank leichter erreichen.»

Jef und But machten sich auf den Weg, nachdem But sein Gewehr an Ralp zurückgegeben hatte. Der reichte es an Mart weiter, welcher es mit sichtlichem Widerwillen entgegennahm. Ralp hatte seinen Fehler offenbar eingesehen. «Wir haben nicht viel Munition», stellte er jedoch mit trotzigem Unterton fest.

Das war Cal nicht entgangen.

«Mart dreißig Schuß, ich fünfundzwanzig», sagte er. «Keine Ersatzmagazine. Das bedeutet: Keine Salven! Einzelfeuer, aber nur wenn nötig. Und nur gezielt.»

Als habe er sein Leben lang nichts anderes getan, als aussichtslose Schlachten zu schlagen! Er hatte einen Moment Zeit, sich darüber zu wundern, wie ihm die taktische Ausbildung zupaß kam, die Ciah ihm hatte angedeihen lassen. Dann näherte sich schon quietschend und rumpelnd die Lore. Noch im Dunst des Stollens hielt sie an, so daß sie aus der Halle nicht gesehen werden konnte. Cal versammelte alle sechs Überlebenden um sich und erläuterte seinen Plan, indem er die bisher längste Rede seines Lebens hielt.

«Wir gehen zu zweit vor. Mit der Lore rechnen sie nicht. But oben drin, ich schiebe. Alle anderen warten hier. Feuer nur, um den Gegner in Deckung zu zwingen oder bei klarem Ziel. Wir rollen vor bis zum Müllberg. Im toten Winkel bewegen But und ich uns nach links und rechts um den Berg herum und nehmen sie in die Zange. Immer am Fuß des Bergs bleiben und auf Deckung achten.»

But nickte Einverständnis, nahm beide Gewehre und stieg hinauf in die Lore. Mart dagegen sah unzufrieden aus, und Ralp brummte sogar: «Genialer Schlachtplan!»

«Bessere Vorschläge werden jederzeit angenommen», schnappte Cal, worauf Ralp abwehrend beide Hände hob.

Als Cal die Lore anschob, registrierte er, daß sein Körper träger war, als er sein durfte. Hoffentlich wurde seine Reaktionsfähigkeit davon nicht beeinträchtigt. Es kostete ihn viel Kraft, das schwere Gefährt in Bewegung zu versetzen, und er erreichte auch nicht die Geschwindigkeit, die wünschenswert gewesen wäre.

Doch der Überraschungseffekt war auf ihrer Seite, die Verteidiger benötigten drei, vier Sekunden, um das Feuer zu eröffnen. Ächzend rumpelte das schwere Gefährt gegen den Müllberg, von dem herab sich mehrere Gewehre verschiedener Kaliber erfolglos gegen den Stahl der Schuttmulde entluden. Er war stark genug, um alle Geschosse abprallen zu lassen. Cal versuchte, akustisch die Zahl der gegnerischen Schützen abzuschätzen, aber der Gefechtslärm wurde durch die Echos in der Halle verstärkt, so daß er sich nicht sicher wurde. Vielleicht waren sie zu viert, vielleicht auch zu sechst. Wenn es darüber hinaus noch weitere Stellungen gab, verhielten sich diese klugerweise zunächst ruhig.

Als die Lore in einen Winkel geriet, der es den Schützen auf dem Müllberg erlaubte, das Innere der Mulde anzuvisieren, wurde die Sache heikel. But konnte sich klein machen, aber das schützte nicht vor Querschlägern, die von der Innenwand abprallten. Doch der Techniker dachte mit und brachte schnell einige Warnschüsse an. Das Feuer vom Müllberg verstummte für einen Moment, da die Schützen überrascht zurückzuckten, und so erreichten sie ungeschoren den toten Winkel. Krachend prallte die Lore gegen den Schrott. Im nächsten Moment sprang But herunter und warf sich neben Cal in Deckung – gerade rechtzeitig, ehe das gegnerische Feuer wieder anhob. Ohne etwas auszurichten, prasselte es über ihre Köpfe hinweg.

Der erste Schritt war getan, das Problem allerdings noch längst nicht gelöst. Und selbst wenn sie es schafften, den Schrank zu erreichen und die Anzüge – falls er überhaupt welche enthielt! – zu erobern, waren sie damit keineswegs in Sicherheit, solange die Verteidiger dort oben in ihrer Stellung lagen. Zwei Mann, zwei Gewehre, rund fünfzig Schuß Munition – falls die dort oben mitdachten, hatten Cal und But keine Chance.

Immerhin, sie konnten nun die Atemmasken abnehmen. Aufatmend befestigten sie die lästigen Dinger am Gürtel, ehe sie auf ein Zeichen wie besprochen in entgegengesetzter Richtung davonhuschten. Tief geduckt rückte Cal vor, immer in Deckung, über ihn hinweg einige ratlose Einzelschüsse. Dann verstummte das Feuer. Anscheinend verlegte man sich aufs Abwarten. Cal wußte nicht, ob das ein gutes Zeichen war, doch immerhin verschaffte es ihm Zeit, um die Stellung zu erreichen, die er sich vom Stollenausgang her ausgesucht hatte, sein zweites Etappenziel, einen klotzigen, brummenden Generator, hinter dem er sich nun in Deckung warf.

Da peitschten drüben Schüsse, und ein Schrei ertönte. But! Es *konnte* nur But sein, der da geschrien hatte, denn der Schrei war nicht vom Müllberg herabgekommen. Möglicherweise war er getroffen worden. Allerdings schien er noch zu leben, denn er erwiderte das Feuer, das vom Müllberg auf ihn herabprasselte. Um ihn zu entlasten, legte Cal sein Gewehr auf den Gipfel des Bergs an, wartete einen Moment, bis ein Ziel auftauchte, nahm es sofort ins Visier und drückte ab. Sein Gewehr war keine Präzisionswaffe, aber den Schädel, der für zwei Sekunden ausspähend in einer der Schießscharten aufgetaucht war, konnte er dennoch kaum verfehlen. Geräuschlos verschwand der Kopf, einwandfrei getroffen. Einer weniger!

Auf dem Müllberg entstand offenbar Verwirrung, denn But erhielt eine Atempause, und ein weiterer Mann bot sich als leichtes Ziel, das Cal sofort unter Beschuß nahm. Er traf wohl nur die Schulter, aber das genügte, den Schützen ausfallen zu lassen.

Dann jedoch eröffneten die Gegner das Feuer auf seine Deckung, und er konnte nicht mehr schießen, ohne sich in Gefahr zu bringen. Aber warum auch? Ruhig blieb er liegen und ließ sie ihre Munition verfeuern. Immerhin konnte er die gegnerische Stärke nun zweifelsfrei feststellen. Drei waren noch dort oben. Sie würden nun vorsichtig sein und sich auch durch Feuer von Buts Seite nicht mehr aus der Reserve locken lassen. Doch But schoß nicht mehr.

Cal lag in einem günstigen Winkel hinter dem Generator, so daß er zwei der drei Ausgänge der anderen Seite einsehen konnte. Er beobachtete Bewegung. Dort schienen Tics zu liegen. Und noch besser: Sie ahnten offenbar nicht, daß er mit ihnen rechnete, und waren unvorsichtig, vielleicht überrascht, nicht das erwartet leichte Spiel zu haben. Neben dem Generator, dicht über dem Boden, brachte er sein Gewehr in Anschlag, so daß er vom Müllberg nicht beobachtet werden konnte und trotzdem freies Sichtfeld hatte. Er wartete, bis er ganz sicher war, dann feuerte er schnell nacheinander vier Schüsse ab und zog sich sofort wieder in die volle Deckung hinter den Generator zurück. Zwei weniger, falls er richtig lag.

Kein Gegenfeuer! Und auch das Feuer vom Müllberg verstummte. Cal reagierte sofort, mehr einem Reflex folgend: Eine andere Deckung mußte her. Nur weg vom Generator! Robbend setzte er sich in Bewegung. Dabei war er für einige Sekunden ungedeckt. Aber dieses Risiko mußte er in Kauf nehmen. Nicht zu spät, denn da zischte es schon hinter ihm. Er hatte seine neue Deckung noch nicht erreicht, als die Rakete in den Generator einschlug. Er zog den Kopf zwischen die Schultern und schützte ihn mit den Armen, als Metallteile pfeilschnell durch die Luft sirrten, aber er blieb unverletzt. Qualm biß in Augen und Nase, das Brummen der Luftumwälzung setzte aus. Damit war klar, wofür der Generator Energie geliefert hatte. Doch offenbar hatte die Rakete seine massive Rückwand nicht durchschlagen, die Explosion war – zu Cals Glück – vor allem nach vorn und oben losgegangen. Noch ehe ihr Donner verebbt war, hechtete er die letzten Meter bis zur neuen Deckung hinüber. Und wiederum hatte er Glück, denn eine zweite Rakete traf die Reste des Generators, durchschlug die Rückwand und explodierte zwei Meter dahinter im Fundament eines der Pfeiler, die die Felsendecke stützten. Solchen Belastungen zu widerstehen, war die Konstruktion aus stählernen Streben nicht geschaffen, sie zerplatzte klirrend, die Fetzen wurden in alle Richtungen davongeschleudert. Auch der Pfeiler selbst vibrierte, blieb aber stehen.

Der Donner der Explosion machte Cal fast taub. Trümmerteile prasselten auf seine Beine herab, die in einem ungünstigen Winkel hinter seiner neuen Dekkung herauslugten, ein spitzer Schmerz ging von seiner linken Hinterbacke aus. Cal zog den gut drei Zentimeter langen stählernen Dorn sofort heraus, ehe er sich in die Hocke brachte. Für den Schmerz hatte er jetzt keine Zeit. Er mußte schnellstens eine Antwort auf den Raketenwerfer finden!

Mit vier eiligen, aber präzisen Schüssen zerstörte er die Scheinwerfer unter der Decke der Halle. Funken sprühten, es wurde dunkel. Wiederum zischte es. Er sprang auf, rannte geduckt davon, kam nur drei Meter weit, ehe seine ehemalige Deckung mit schrillem Getöse in die Luft flog. Die Druckwelle hob ihn an und schleuderte ihn gegen eine Maschine, ein kreischender Metallsplitter ritzte ihn am Ellenbogen, mit dem er seinen Kopf schützte. Doch kaum war die Explosion verklungen, sprang er schon wieder auf und rannte geduckt weiter, in die nächste sich bietende Deckung, die er noch im Lichtblitz der Detonation ausgemacht hatte: eine alte Lore, die mit ihrem dikken Stahl selbst einer Rakete wenigstens vorübergehend standhalten konnte. Im gleichen Moment noch peitschte Gewehrfeuer auf seinen letzten Standort ein.

Die Gegner waren gut ausgerüstet. Falls sie über Infrarotsichtgeräte verfügten, brachte das Halbdunkel, das nun in der Halle herrschte, keinen wirklichen Vorteil. Aber wenigstens im Moment schienen die Schützen keine Ahnung zu haben, wo Cal sich befand oder ob er erledigt war. Wertvolle Zeit, die er zum Nachdenken brauchte!

Möglicherweise konnte er weitere der Tics ausschalten, die vor den Stolleneingängen lagen. Vor dem helleren Hintergrund boten ihre Köpfe ideale Ziele. Aber damit hätte Cal sich denen auf dem Müllberg verraten. Von dort waren auch die Raketen gekommen, von dort drohte die Hauptgefahr. Gegen diese übermächtige Stellung konnte er allein nichts ausrichten. Ein Sturmlauf, die einzige Möglichkeit, hätte den sicheren Tod bedeutet. Und deshalb war Cal nicht hier. Er mußte sich wohl oder übel eingestehen, daß er sich in eine Sackgasse manövriert hatte.

Da kam von drüben plötzlich Gewehrfeuer, But schien mit einem Schlag erwacht. Die Köpfe der Tics vor den Stollen ruckten herum und in die Höhe, und diesen Moment nutzte er, um mit einem schnellen Schuß einen auszuschalten, eilends die Deckung zu wechseln und sich dem Schrank wiederum ein paar Schritte zu nähern.

Sein Feuer wie auch das von Buts Seite wurde vom Müllberg herab umgehend beantwortet, jedoch nur gegen seine vorherige Deckung. Die dort oben schienen nicht mitbekommen zu haben, daß er sich schon wieder bewegt hatte. Also doch keine Infrarotorter? Cal nutzte die Gelegenheit, um nach Zielen Ausschau zu halten, aber die Gegner waren nun übervorsichtig, feuerten nur noch schnelle Stöße ab und gingen sofort wieder in Deckung. Sie hatten begriffen, daß sie es mit einem ernstzunehmenden Gegner zu tun hatten. Zwangsläufig nahm ihre Zielgenauigkeit ab. Außerdem mußten sie ihre Feuerkraft wieder in zwei Richtungen teilen.

Während Cal noch überlegte, wie er das ausnutzen konnte, wurde er in die Seite gestoßen. Er zuckte zusammen, fuhr herum – Mart! Wie hatte der Zwerg ihn gefunden? Es war zwar nicht völlig dunkel in der Halle, da aus den Stollen Licht hereinfiel, aber Cal hatte sich ausreichend sicher gewähnt.

«Ich will die Schutzanzüge holen», raunte der Zwerg ihm zu. «Jef und du, ihr lenkt die Feinde ab.»

Jef? Und was war mit But?

«Und dann?» Cal flüsterte ebenfalls.

«Rückzug», erklärte Mart. «Entweder locken wir sie so aus ihrer Deckung und haben es leichter mit ihnen, oder wir haben wenigstens vorübergehend unsere Ruhe.»

Das war mit Sicherheit Ralps Plan. Er strotzte nur so vor strategischen Schwächen, er berücksichtigte weder ihren Munitionsmangel noch die Notwendigkeit, Verpflegung und Wasser zu beschaffen. Doch Cal behielt diese Einwände für sich. Er wußte, daß der Gegner sich nicht aus seiner Deckung locken lassen würde – Warum sollte er? –, aber er konnte jetzt keine Diskussion führen.

«Ich decke dich», sagte er zu Mart. «Aber paß auf. Sie haben vielleicht Geräte.»

Mit einem Blick, der klarstellte, daß diese Mahnung überflüssig war, schlüpfte Mart davon. Cal huschte in die entgegengesetzte Richtung, warf sich erneut in Deckung und feuerte auf die Stellung vor einem der Stollen einen Schuß ab. Er traf nicht, aber das Feuer wurde erwidert und damit von Mart abgelenkt. Auf Jef war Verlaß. Sobald von drüben Feuer kam, kroch Cal auf allen vieren weiter, in die nächste Deckung, aus der heraus er wiederum schoß, als Jef seinerseits eine Pause einlegte. Augenblicklich prasselten ihm die Kugeln um die Ohren. Besser konnte es nicht laufen.

Nun war er sicher, daß der Gegner nicht über Infrarotorter verfügte. Ein Lichtblick.

Mart mußte den Schrank inzwischen erreicht haben. Cal wußte nicht, ob dieses Ziel die Opferung fast ihrer gesamten Munition wert war, er schoß so wenig wie möglich, aber sein Vorrat neigte sich dennoch unaufhaltsam dem Ende zu. Zehn Schuß noch.

In diesem Moment verstummte Jefs Gewehr. Es würde jedoch eine Weile dauern, bis die Gegner auf dem Müllberg begriffen, was das bedeutete. Hoffentlich konnte Mart diese Zeit nutzen, um den Schrank zu öffnen, und hoffentlich hatte Jef genug Zeit, sich wieder zurückzuziehen. Cal versuchte, das gesamte gegnerische Feuer auf sich zu lenken, um ihm die nötige Luft zu verschaffen, aber darauf ließen sich die Schützen dort oben nicht ein. Sie behielten Cals wie Jefs Stellung unter Feuer. An Munition schien es ihnen nicht zu mangeln.

«Ich bin wieder da», rief Mart, hinter einen Maschinenblock geduckt. Cal konnte wiederum nur staunen, wie gewandt und flink sich der Zwerg zu bewegen vermochte. Gerade seine geringe Größe bedeutete einen unschätzbaren Vorteil.

«Was ist mit den Anzügen?» rief Cal ihm über das Gewehrfeuer hinweg zu.

«Keine Anzüge!» brüllte Mart zurück.

Alles umsonst! durchzuckte es Cal.

«Dafür das hier!» rief Mart und warf ihm einen klobigen Gegenstand zu.

Cal brauchte einen Moment, um zu begreifen, was Mart da gefunden hatte: einen Materiedampfer! So gut wie jedes Gewehr, besser sogar, weil man damit die Deckungen zerstören konnte, hinter denen der

Gegner sich versteckte. Eigentlich war ein Materiedampfer keine Waffe, sondern eine Maschine, die an zwei Griffen zu halten war und auf Baustellen eingesetzt wurde, aber er ließ sich natürlich vielseitig verwenden. Sein Strahl neutralisierte die Bindungskräfte, die alle Materie auf atomarer Ebene zusammenhielt, und konnte alles und jeden in seine atomaren Bestandteile auflösen. Zwei Probleme ergaben sich dabei: Die gebundene Energie wurde als Wärme unkontrolliert freigesetzt – ein Sicherheitsabstand durfte darum nicht unterschritten werden. Andererseits war die Reichweite begrenzt. Ab fünfundzwanzig Metern konnte der Materiedampfer selbst einer dünnen Glasscheibe nichts mehr anhaben. Der Strahl ließ sich zwar bündeln, aber gegen massive Hindernisse war das Gerät nur auf eine Distanz bis zu zehn Metern wirkungsvoll. Das bedeutete, daß Cal näher an den Müllberg heranmußte.

Seltsam – hatte Jak nicht gesagt, daß es hier keine Materiedampfer gab? Hatte er es nicht besser gewußt, oder hatte er gelogen? Doch was hatten derart mächtige Waffen auf einem Versuchsgelände zu suchen? So was gehörte nicht in die Reichweite von Flüchtlingen wie ihnen, Feinden der Artverbesserung – als solche mußte Ciah sie ja längst ansehen! Und daß sie in einem verschlossenen, gesicherten Schrank aufbewahrt wurden, machte ihren Aufbewahrungsort erst auffällig und verdächtig. Egal! Hauptsache, sie waren im Besitz dieser Geräte.

«Wie viele gibt es davon?» fragte Cal.

«Der Schrank ist voll!»

Ausstattung für eine ganze Armee? Das Ganze wurde immer merkwürdiger. Doch als Cal sah, daß

Mart einen zweiten Materiedampfer bei sich hatte, fragte er nicht weiter, sondern faßte sofort einen neuen Plan – denn mit Mart rechnete der Gegner nicht.

«Geh dort hinüber!» rief Cal und wies auf die Wand der Halle im Hintergrund, nahe der gegnerischen Stellung vor dem äußersten Stollen.

Und schon huschte Mart davon. Im gleichen Moment noch bedauerte Cal, daß er ihn nicht dazu aufgefordert hatte, schonungslos vorzugehen. Doch dann bezweifelte er wiederum, ob Mart sich hätte auftragen lassen, Tics zu töten. Hoffentlich verschaffte Mart ihm wenigstens genügend Aufschub, um näher an den Müllberg heranzukommen.

Eine halbe Minute lag Cal im Sperrfeuer. Keine weiteren Raketen. Die Gegner erkannten offenbar kein klares Ziel. Oder sie nahmen Rücksicht auf die Maschinen. Da flimmerte plötzlich drüben im Halbdunkel seitlich eines Stolleneingangs ein blaßblaues, dennoch blendendes Licht auf. Zischen, Schreie, eine Explosion: Der Materiedampfer hatte seine Arbeit aufgenommen. Mart wirkte in die gegnerische Stellung hinein, ohne gehindert zu werden. Statt dessen sah Cal Tics flüchten.

Das Feuer vom Müllberg stockte. Die Frist, die die dort oben brauchten, um sich zu orientieren, nutzte Cal, um sich wieder in den toten Winkel am Fuß des Müllbergs zu bringen, so schnell er konnte um den Berg herumzuhuschen und ihn an seinem steilsten Hang anzugehen, wo zur Zeit niemand mit einem Angriff rechnete. Das Gewehr hatte er in der Deckung zurückgelassen, aber der Materiedampfer behinderte ihn genug. Unkoordiniertes Feuer gegen Jefs Stellung. Doch wenn der Mikrotechniker fix war, hatte er die

Feuerpause längst genutzt und hielt sich nicht mehr dort auf.

Drei Meter höher erreichte Cal eine Position, von der aus er die Schießscharte unter Beschuß nehmen konnte, aus der Jefs Deckung bestrichen wurde. So flach wie möglich preßte er sich gegen den Schrott, brachte den Materiedampfer in Position, wartete einige Sekunden und betätigte den Auslöser, als er einen Gewehrlauf auftauchen sah. Die Deckung dort oben löste sich zusammen mit dem Gewehrlauf schneller in grauen Rauch auf, als ein Tic reagieren konnte. Ein Schrei. Cal, den Materiedampfer in einer Hand, sprang von Vorsprung zu Vorsprung, rutschte auf glitschigem Müll aus, konnte sich halten, gelangte in Wallhöhe, spähte über die Wallkrone und überflog das Innere der Schanze. Ein Tic ohne Kopf lag inmitten der Stellung, offenbar von den anderen dort abgelegt, wo er am wenigsten im Weg war. Ein zweiter, bewußtlos, mit blutender Schulter, lehnte an der Innenseite des Walls. Zwei Tics spähten über ihre angelegten Gewehre hinweg in Marts Richtung, bereit zu feuern, sobald der Materiedampfer erneut ausgelöst würde. Der fünfte Tic, der Jefs Stellung beschossen hatte, besaß keine Hand mehr und hielt sich wimmernd den verbrannten Stumpf.

Cal sprang über den Wall, setzte ihn mit einem wuchtigen Fußtritt gegen das Kinn außer Gefecht und packte dann wieder den Materiedampfer mit beiden Händen. Die beiden Tics hinter den Gewehren fuhren herum und wollten eben ihre Waffen in Anschlag bringen, als Cal seine Waffe auslöste. Der Oberkörper des einen verwandelte sich mit Kopf und Armen in grauen Rauch, ehe er auch nur einen Schrei ausstoßen konnte.

Da warf der andere Tic sein Gewehr weg und ergab sich. Cal schlug ihn bewußtlos.

Dann sammelte er alle Gewehre ein, die er dort oben fand, und warf sie über die Schanze. Polternd schlugen sie am Fuß des Müllbergs auf, zum Zeichen für Ralp und die anderen, daß die Stellung gefallen war. Den Raketenwerfer jedoch wendete er, zielte auf eine der beiden verbliebenen gegnerischen Stellungen vor den Stollen – die dritte war praktisch nicht mehr vorhanden – und feuerte. Zischend raste das Projektil aus der Mündung, fuhr auf die Erschrockenen hinab und explodierte mitten unter ihnen. Er dachte nicht nach, während er dies tat, und er hielt sich auch nicht damit auf, die veränderte Lage zu überblicken. In seiner Ausbildung hatte er gelernt, daß im Kampf alle Vorteile ausgenutzt werden mußten, bevor sich die Lage wieder änderte. Darum richtete er sein kleines Geschütz nun auf die letzte noch intakte Stellung. Er sah zwar, daß die Tics dort aufsprangen und in den Stollen flüchteten, aber er zögerte keinen Moment, die Rakete auf den Weg zu schicken.

Ausgepumpt, aber zufrieden sank er dann zu Boden. Was er kaum für möglich gehalten hätte, war geschafft: Sie hatten die Halle erobert! Das war vor allem den Materiedampfern zu verdanken – und damit Ciah.

5.

Noch einmal gingen ihm Kampfszenen durch den Kopf, während er bewegungslos gegen die dunkle Decke der Halle starrte, Blut und Eingeweide spritzten, er sah sich selbst zu und stellte plötzlich fest, daß er einwandfrei funktioniert hatte. Ciah hätte nichts an ihm auszusetzen gehabt. Seine Ausbildung, die er nie zuvor gebraucht hatte, trug plötzlich Früchte. Es war, als habe er ein Leben lang nicht für den einfachen Polizeidienst trainiert, sondern für diesen komplizierten Einsatz. Doch er hatte Ciahs Soldaten getötet, die Ciahs Auftrag hatten ausführen sollen. Damit war der Bruch vollzogen, das Leben von Block Arkansas lag hinter ihm, ehe er so recht darüber nachgedacht hatte. Dorthin konnte er nun nicht mehr zurück. Das wurde ihm machtvoll bewußt. Doch daß er sich wie erschlagen minutenlang nicht regen konnte, hatte auch noch andere, körperliche Gründe: Die Schwäche in ihm wuchs. Erst als von unten her Lärm an seine Ohren drang, schaffte er es, sie abzuschütteln und sich zu erheben.

«Laß ihn krepieren!» rief Ralp. «Wir dürfen uns nicht aufhalten.»

«Zum letzten Mal: Ich versorge jetzt diesen Mann!» erwiderte Mart selbstbewußt.

«Wir müssen weiter! Ciah wird Giftgas gegen uns einsetzen!»

«Das hätte Ciah längst tun können. Das wäre überhaupt die sauberste Lösung gewesen. Aber Ciah hat es bisher nicht getan und wird es auch in den nächsten Minuten nicht tun. Geh mir aus dem Weg.»

«Du wirst diesen Mann jetzt hier liegen lassen!»

«Das werde ich nicht. Nimm das Gewehr weg!»

«Ich puste euch beide aus dem Leben!»

«Bist du wahnsinnig? Warum willst du unbedingt verhindern, daß ich diesen Mann versorge? Seine Verletzung ist nicht tödlich, er wird sowieso leben, es geht nur darum, daß er in diesem Zustand nicht laufen kann. Wir sind jetzt nur noch sechs –»

«Ich spaße nicht!» rief Ralp entschlossen. «Wir müssen weiter! Jetzt gleich. Ciah wird Giftgas gegen uns einsetzen.»

«Na und?» erwiderte Mart ebenso scharf. «Dann ist es wenigstens vorbei.»

«Und wofür haben wir dann gekämpft?» brüllte Ralp. Seine Stimme zitterte, er war zutiefst erregt, als stehe er kurz davor durchzudrehen.

Cal wußte zwar, daß dieser Streit ihn anging, hätte ihn aber am liebsten ignoriert. Darum zerlegte er zuerst den Raketenwerfer in Lauf, Lafette und Nachladevorrichtung mit Magazin und acht restlichen Raketen, ehe er sich auf den Weg nach unten machte. Irgendwie schaffte er es, diese sperrigen Einzelteile und dazu noch den Materiedampfer gleich beim ersten Mal mit hinabzunehmen.

«Unser Leben darf nicht vorbei sein», rief Ralp inzwischen. «Unser Leben ist wichtig.»

«Wichtiger als das Leben anderer Tics?» Mart schien nicht bereit nachzugeben.

«Willst du nicht begreifen, oder bist du einfach bescheuert?» Giftig, hochnäsig und überlegen. «Mit diesem Betrug hat es viel mehr auf sich. Ungeheuer viel! Das alles hier hat Dimensionen, die du dir nicht einmal annähernd vorstellen kannst.»

«Ach – aber du?»

«So ist es, denn ich bin Ciahs Produkt.»

«Das bin ich auch. Wir alle hier sind Ciahs Produkte.»

«Ja, aber mich hat Ciah erschaffen, um ein *Vertrauter*

für Ciah zu sein. Ich bin *eingeweiht*. Und deswegen weiß ich, wovon ich spreche.»

«Kannst du mir mal erklären, wozu Ciah wohl einen Vertrauten braucht?» höhnte Mart. «Ciah, die größte Macht, die es gibt, zieht sich einen Tic als Vertrauten?»

«So ist es.»

«Davon wüßte ich. Ich bin nämlich Genetiker, mein Lieber. Ich kenne alle Typen vom Körperbau bis zu den psychischen Anforderungen, alle Aufgaben, alle Verwendungen, für die Ciah Tics braucht. Von einem Vertrauten habe ich nie gehört. Dafür weiß ich aber, daß dieser Mann hier Robotiker ist.»

«Was sollen wir mit einem Robotiker?»

In diesem Moment stieß Cal zu ihnen. Ralp bedrohte den Zwerg tatsächlich mit einem der Gewehre, die Cal vorhin hinabgeworfen hatte, sein Finger lag am Abzug, seine Augen glühten vor Wut. Cal entschied den Streit, indem er dem Überraschten das Gewehr zum zweiten Mal entwand. «Du wirst hier niemanden erschießen!» sagte er.

Sofort gab Mart Jef ein Zeichen, worauf dieser zusammen mit dem sechsten Tic den Verletzten zu der Arzteinheit hinüberschaffte, die Mart unter all dem Gerümpel entdeckt hatte – ein Gerät, wie Cal es aus Block Arkansas kannte. Es verfügte über diverse Sensoren und konnte Injektionen geben. Was hatte ein solches Gerät hier zu suchen? Es gehörte ebensowenig hierher wie die Materiedampfer.

«Hast du eine Ahnung, was du da tust, du Möchtegernkommandant?» protestierte Ralp und verzog grimmig das Gesicht, das rot umrahmt war vom Druckrand der Atemmaske.

«Ciah wird kein Giftgas einsetzen», behauptete Cal kurzerhand. *«Ich weiß es!»*

«Er weiß es!» höhnte Ralp. «Darf man fragen, woher?»

«Laß das meine Sorge sein.» Er fixierte Ralp. Der erwiderte den Blick, ohne zu blinzeln, und Cal spürte deutlich, daß er der ungeheuren Energie dieses Tics nichts entgegenzusetzen hatte. Doch ehe er die Augen niederschlagen mußte, fragte er: «Wohin willst du eigentlich so dringend?»

«Zurück in den Block.»

«Zurück in den Block!» Jetzt war es an Cal zu höhnen. «Womöglich zu Fuß?»

«Genau.»

«Laß mich mal rechnen. Sieben Stunden Fahrt mit der Rohrbahn, das macht zweitausendeinhundert Kilometer. Zu Fuß dauert das –»

«Blödmann!» fuhr Ralp ihm dazwischen. «Du weißt überhaupt nichts. Wir sind nicht weiter als eine halbe Stunde vom Block entfernt! Zu Fuß!»

Cal schnappte nach Luft.

«Eine halbe Stunde?» wiederholte er ungläubig.

«So ist es!» Ralps Augen blitzten triumphierend, er genoß diesen Schlag sichtlich. «Du weißt überhaupt nichts», wiederholte er. «Dies alles ist ein einziger großer Betrug!»

Eine Pause entstand zwischen ihnen. Doch ehe Ralp anfangen konnte, zu erklären, was er damit meinte, winkte Cal lässig ab. «Mag sein», sagte er. «Jedenfalls halten wir uns hier so lange auf, wie es nötig ist, und keine Minute länger.»

Ralp wirkte plötzlich erschöpft und tief enttäuscht. Wortlos wandte er sich ab.

Cal ging hinüber zu den anderen, die sich an der Arzteinheit zu schaffen machten. Sie hatten den Verletzten auf die Liege gelegt und ihn mit allen vorhandenen Anschlüssen bepflastert.

«Der Arzt funktioniert ja tatsächlich noch», brummte Cal.

«Mehr schlecht als recht», gab Mart zurück, während er ein Pulssignal auf einem fast blinden Monitor verfolgte. «Die Medikamentenmagazine sind völlig leer, es reicht nicht einmal mehr für eine örtliche Narkose. Außerdem schwankt die Energieversorgung. Aber ich habe die Röntgenfunktion in Betrieb genommen. Gleich wissen wir, ob der Knochen was abgekriegt hat.»

«Du weißt gut Bescheid», sagte Cal. «Lernt man so was als Genetiker?»

«Als Genetiker muß man sich in Anatomie auskennen. Und jetzt bitte Ruhe!»

Cal hob abwehrend beide Arme und trat einen Schritt zurück, obwohl er Mart auch so nicht behinderte. Eine Weile sah er zu, wie Mart mit dem verletzten Bein hantierte, aber dann zuckte er mit den Schultern und wandte sich an Jef. «Du beziehst Wachstellung drüben am Stollen zur Kantine», sagte er. Und zu dem zweiten Tic: «Wir brauchen weitere Materiedampfer aus dem Schrank.»

Die beiden bewaffneten sich, Jef mit Marts Materiedampfer, der andere Tic mit einem der erbeuteten Gewehre, und zogen los. Kurz darauf beendete Mart seine Arbeit. Er hatte das Bein mit einigen Stoffetzen provisorisch verbunden.

«Mehr kann ich nicht tun», seufzte er. «Eine der Kugeln steckt noch drin. Aber der Knochen ist heil. Der

Mann wird wieder laufen können.» Er blickte sich um, und als er sicher war, daß sie allein waren, sagte er: «Etwas stimmt mit Ralp nicht. Ich mache mir Sorgen. Der Mann ist unberechenbar.»

Cal sah ihn nachdenklich an. Ein Tic machte sich normalerweise keine Sorgen um einen anderen, denn der ging ihn nichts an. Aber in ihrer Situation mußte Cal dem Zwerg zustimmen. Doch für dringlicher hielt er im Moment ihre Versorgungslage, denn die würde sich bald zu einem Problem entwickeln, wenn sie nichts unternahmen.

«Kann sein», erwiderte er knapp. «Hier stimmt eine ganze Menge nicht. Neben einer Müllhalde auf einem Kampfgas-Testgelände steht eine funktionsfähige Arzteinheit. Und ein Schrank voller Materiedampfer. Kannst du mir das mal erklären?»

«Nein», antwortete Mart, «aber ich bin froh, daß wir sie gefunden haben.»

«Ich möchte wirklich langsam mal verstehen, was das alles hier soll.»

Da ertönte ein schrilles Pfeifen, und vom gegenüberliegenden Korridor, wo Jef Wache hielt, zuckte bläuliches Licht durch das Halbdunkel der Halle. Im nächsten Moment warf Cal sich schon zu Boden. Mart riß er mit hinab. Eine Granate schlug in die ihnen abgewandte Seite des Müllbergs und detonierte mit einer ungeheuren Wucht. Metallfetzen schossen wie Schrapnelle durch die halbe Halle. Großes Kaliber. Und da, schon die nächste! Sie wühlte sich tief in den Müll, ehe sie explodierte. Dadurch kam drüben der halbe Berg ins Rutschen. Teile des Mülls gerieten in Brand.

«Wir müssen hier weg», rief Mart Cal durch den Lärm ins Ohr.

Cal deutete auf den Verwundeten.

«Sucht euch eine Deckung!» brüllte er zurück, ehe er losrannte. «Die wollen anscheinend den Müllberg plattmachen.»

6.

Schlag auf Schlag explodierten Granaten im Müll. Schrottfetzen flogen umher, Ascheteilchen wirbelten auf, beißender Qualm erfüllte die Luft, die Temperatur stieg sprunghaft an. Die Stahlpfeiler wurden zwar nicht getroffen, aber die Erschütterungen ließen dennoch Staub und kleine Steine aus der ächzenden Felsendecke bröckeln. Blendende Helligkeit und tiefe Finsternis, so schien es den überforderten Augen, wechselten einander rasend schnell ab. Cal heftete zwar seine Blicke an den Boden und beschattete seine Augen, während er um den rasch schrumpfenden Müllberg herumhetzte, nach rechts, in die Richtung, in die vorhin Ralp verschwunden war, doch alles in der Halle schien in rasante Bewegung geraten zu sein, selbst die abseits abgestellten Maschinen, die in den zuckenden Lichtentladungen hin und her tanzten. So torkelte er mehr, als daß er rannte, und zweimal drohte er zu stürzen.

Sein Plan mußte auf Anhieb klappen, er hatte nur einen Versuch, er mußte mit dem Raketenwerfer die gegnerische Stellung unschädlich machen. Er benötigte also freie Sicht auf die Stollenmündung, aus der das Feuer schlug – derselben, die Jef bewachen sollte. Dort warteten die Gegner in ihrer Deckung auf das

Ende des Müllbergs, das die strategischen Verhältnisse in der Halle völlig verändern würde.

Neben einen halbzerfetzten Container geduckt, der abseits des Müllbergs fast an der Wand der Halle stand, baute er das Raketengeschütz wieder zusammen. Er brauchte eine knappe Minute, bis er das Magazin ansetzen und den Werfer laden konnte. Währenddessen hörte der Müllberg auf zu existieren. Es wurde höchste Zeit. Hoffentlich hatte Mart noch eine halbwegs sichere Deckung erreicht.

Cal zielte auf den Eingang des Stollens, in dem die Gegner lagen, gegen die Seitenwand, so gut dies aus seinem Winkel möglich war, und drückte dreimal ab. Im Sekundentakt heulten die Raketen davon, schlugen in die Wand drüben ein, es krachte ohrenbetäubend, Gesteinsbrocken flogen und Staub wallte auf, ehe der Stollen einstürzte. Von seiner Warte aus konnte Cal nur ungenau abschätzen, auf welcher Länge. Aber das gegnerische Feuer verstummte, also hatte er sein Ziel erreicht, den Stollen wenigstens vorübergehend zu versiegeln. Damit war Zeit gewonnen, nicht mehr. Zeit, die sie für ihre Flucht benötigten.

Durch die dicken Rauchschwaden hastete er hinüber zu Marts letzter Position und rief nach dem Zwerg, der zu seiner Erleichterung zwar staubbedeckt, aber unversehrt hinter einer völlig unzulänglichen Deckung auftauchte. Cal half ihm wortlos und trug den Verletzten, der bei Bewußtsein war, durch die Rauchschwaden an der Raketenstellung vorbei zum Eingang des Stollens, der zur Rohrbahnstation führte, dem einzigen Weg, der ihnen blieb. Und das mit diesem Klotz am Bein, diesem Krüppel!

«Hast du Jef gesehen?» keuchte Cal, als er den Verletzten am Stolleneingang abgesetzt hatte. Der Qualm des Müllbrands biß in der Lunge, er mußte husten. Die Temperatur in der Halle lag inzwischen bei über vierzig Grad, seine Kühlungsjacke arbeitete auf Hochtouren, er hatte grauenhaften Durst. Mart schüttelte den Kopf und zuckte wie Cal erschrocken zusammen, als eine Stimme unerwartet aus dem Stollen rief: «Ich bin hier.»

Jef hatte einige Kratzer abbekommen, über seine linke, verdreckte Gesichtshälfte zog sich eine blutige Schramme, aber er schien nicht ernsthaft verletzt zu sein, sondern wirkte verwegen, fast fröhlich. Offenbar hatte er sich rechtzeitig in den Stollen abgesetzt. Jetzt grinste er sie schief an. Er begann Cal zu gefallen, auch wenn sein Hauttyp nicht der neueste war.

Neben ihm stand Ralp, absolut beherrscht, und lächelte, als habe er sich nicht erst vor wenigen Minuten heftig mit ihnen gestritten. «Der Stollen scheint feindfrei zu sein», sagte er.

«Wir müssen uns beeilen», drängelte Jef. «Vielleicht haben sie Materiedampfer und können sich freiarbeiten.»

«Was ist mit unserem sechsten Mann?» fragte Mart.

«Metallsplitter!» Jef winkte ab.

Also keine weiteren Materiedampfer.

«Ich komme gleich nach», sagte Cal. «Nehmt den da mit.» Er wies auf den Verletzten, der sich still verhielt, aber alles aufmerksam verfolgte.

Ralps Gesicht zuckte plötzlich wieder, und im nächsten Moment begann er mit schneidender Stimme zu höhnen: «Unser Kommandant hat wieder einen Weg gefunden! Ich finde dich zum Kotzen!»

Cal beherrschte sich mühsam, achtete dann aber

nicht weiter auf Ralp und die anderen, sondern wandte sich um und lief zurück in die Halle, um den Raketenwerfer zu holen. Kurz vor dem Ziel wurde ihm plötzlich schwindlig, er schwankte und mußte sich an den Resten des Containers abstützen, neben dem das Geschütz stand. Einen Moment lang schien es, als würden seine Knie nachgeben. Sie zitterten bedenklich. Aber dann ging der Schwächeanfall vorüber. Keuchend blieb er einige Sekunden stehen. Wenn es noch eines Beweises dafür bedurft hatte, daß mit ihm etwas nicht stimmte, dann war er jetzt erbracht. Er war infiziert – womit auch immer. Möglicherweise war es geschehen, als er die Lore geholt oder als die Mücke ihn gestochen hatte. Doch es konnte sich nicht um den schnellen Tod handeln, den die drei Tics auf der Halde erlitten hatten, es wurde viel langsamer in ihm stark, es schlich sich noch an ihn heran, wartete auf den günstigsten Moment zum Zuschlagen.

Eilig zerrte er das Geschütz, ohne es auseinanderzunehmen, in den Stollen, bis er weit genug vom Eingang entfernt war, stellte es auf Dauerfeuer ein und wollte eine verzögerte Zündung programmieren, doch der Raketenwerfer besaß diese Funktion nicht. Cal mußte eigenhändig auf den Auslöser drücken und dann so schnell wie möglich rennen. Er richtete den Werfer schräg gegen die Stollendecke, so daß er auf einen einige Meter entfernten Bereich zielte, ging in Sprungstellung, atmete noch zweimal tief durch, betätigte den Zünder und sprintete los. Direkt neben ihm, so kam es ihm vor, detonierte das erste Geschoß. Der Krach in dem engen Stollen war ohrenbetäubend. Doch der Winkel, in dem die Rakete auftraf, ließ die Gesteinssplitter in Richtung Halle prasseln, so daß Cal unverletzt blieb, abgesehen von dem Pfeifen in seinen überlasteten Ohren. Er würde wohl eine Weile schlecht hören. In rascher Folge explodierten die übrigen vier Geschosse und ließen den Boden schwanken, krachend stürzte hinter ihm der Stollen ein. Das Licht flackerte, erlosch. Die Energieversorgung war unterbrochen, der Stollen gründlich verschlossen.

Im Dunkeln stülpte Cal seine Atemmaske über, wegen der Helmlampe, die er einschaltete, während er weiterging. Nach wenigen Minuten stieß er auf die anderen, die in sicherer Entfernung auf ihn gewartet hatten, ebenfalls mit aktivierten Helmlampen. Der Verletzte stand auf eigenen Beinen, das zerschossene allerdings angewinkelt, und stützte sich auf Marts und Jefs Schultern. Aber immerhin, er stand.

«Die Idee war gut», sagte Ralp in einem Tonfall, als gewährte er eine Gnade. «Der Stollen ist hundertprozentig dicht. Wir haben Luft.»

«Aber nur», versetzte Mart, «wenn sie keine Materiedampfer haben.»

«Gehen wir jetzt also nach Block Arkansas zurück?» fragte Jef und wies in den Stollen hinein, in die einzige Richtung, die ihnen offenstand.

Cal und Mart sahen sich ratlos an.

«Ich habe Durst!» murmelte da der Verletzte.

Cal runzelte die Stirn, Mart schluckte, Jef blickte betroffen zu Boden. Sie alle hatten Durst. Auch Hunger, aber in erster Linie Durst. Und es war nicht abzusehen, wann sie etwas zu trinken finden würden. Nur Ralp schien der Durst nichts auszumachen. Einige Sekunden stand er regungslos zwischen ihnen, ehe er ruhig sagte: «Dürfte ich einen Vorschlag machen?»

Aller Blicke richteten sich auf ihn.

«Dort hinten liegt Block Arkansas», fuhr er fort, «nicht weit entfernt. Aber es gibt eine andere Möglichkeit. Ich weiß einen Weg, wie wir uns in Sicherheit bringen können an einen Ort, den niemand außer Ciah und mir kennt. Und Ciah kann uns dort nicht erreichen, das ist sicher.»

«Gibt es dort etwas zu trinken?» fragte der Verletzte.

«Möglich.» Ralp zuckte mit den Schultern.

«Was ist das für ein Ort?» fragte Cal.

«Etwas wie ein höheres Stockwerk.» Für einen Moment wirkte Ralp wieder nervös und angestrengt. Er wäre lieber auf der Stelle losgelaufen. Doch er behielt sich unter Kontrolle und ließ sich sogar zu einer knappen Erläuterung herbei. «Es handelt sich um eine Station aus der Zeit, als Block Arkansas erbaut wurde. Sie gehört nicht zum Block und liegt etwa hundert Meter höher an einem Verbindungsschacht zur Erdoberfläche. Soweit ich weiß, wurde sie seit damals nicht mehr benutzt.»

«Und dort soll es Wasser geben?» fragte Mart ungläubig. «Und was ist mit Lebensmitteln?»

«Keine Ahnung. Vielleicht gibt es dort nicht einmal frische Luft. Aber eines gibt es bestimmt: Ruhe. Außerdem bleibt uns kaum etwas anderes übrig.»

«Woher weißt du von dieser Station?» wollte Cal wissen.

«Ich bin Ciahs Vertrauter. Niemand außer Ciah und mir weiß davon, aber ich kann dir versichern, daß diese Station trotzdem existiert. Oder zumindest existiert hat.»

«Nicht einmal das ist also sicher?» Mart winkte ab. «Ich habe einen besseren Vorschlag: Wir gehen in den Block, wie du vorhin vorgeschlagen hast, und reden mit Ciah. Ich bin sicher, daß wir dann in unser altes Leben zurückkehren dürfen. Schließlich wird keiner von uns jemals wieder versagen.»

Ralp brach in schallendes Gelächter aus. «Hast du es denn immer noch nicht begriffen?» höhnte er. «In dem Moment, als wir den Block verlassen haben, hat Ciah uns abgehakt. Für Ciah sind wir jetzt nichts weiter als Testmaterial.»

«Testmaterial?» hauchte Mart verständnislos.

«Das hier ist ein Versuchsgelände!» rief Ralp ungeduldig. «Hier werden biologische und chemische Kampfstoffe an Tics getestet, in ganzen Testreihen! Jedesmal, wenn angeblich ein Rohrbahnunglück stattgefunden hat. So will Ciah herausfinden, ob die Resistenzen wirksam sind, die in unser Erbgut eingebaut wurden! Jetzt endlich kapiert?» Etwas leiser fügte er hinzu: «In den Block brauchen wir nicht zurückzukehren. Jedenfalls nicht, um mit unserem alten Leben weiterzumachen. Das ist vorbei. Für immer!»

Natürlich, das war die Erklärung! Wenigstens für einige der Rätsel. Die Tics auf der Halde waren also an einem Kampfstoff gestorben, gegen den sie nicht resistent waren und der durch das Zerquetschen der Mükken freigesetzt worden war, und der gelbe Dampf in den Stollen verhinderte, daß sich das Gift unkontrolliert auf dem Rest des Testgeländes ausbreitete. Das erschien Cal plötzlich offensichtlich. Anderes hingegen leuchtete ihm jetzt noch weniger ein: warum Ciah nicht einfach das gesamte Versuchsgelände mit Giftgasen geflutet hatte, um ihrer Flucht ein Ende zu setzen, und warum Materiedampfer dort aufbewahrt wurden und eine funktionierende Arzteinheit. Das war, gelinde gesagt, widersprüchlich.

Auch die anderen Tics verstanden die Geschehnisse in ihrer ganzen Tragweite erst jetzt, das sah er an ihren Gesichtern. Selbst Mart, der schon an der Geröllhalde vor Ansteckung gewarnt hatte, schluckte heftig, als er begriff, daß er von Ciah nicht zur Erholung und Regeneration hierher geschickt worden war, sondern um tödliche Kampfstoffe an ihm auszuprobieren. Und da durchzuckte es sie reihum: Betrug! Und sie begriffen, wie Ciah die Artverbesserung vorantrieb. Das also geschah mit den Versetzten, darum kehrte niemand zurück – auch Erc nicht, der nur wenige Stunden vor seinem Tod noch bei Cal gelegen hatte!

Cal versuchte, nicht daran zu denken, aber der unerträgliche Schmerz, der ihn bei dieser Vorstellung durchzuckte, zwang ihn dazu. Wieder schwindelte ihn, er wankte, und die Schwäche, als habe sie nur auf diesen Moment gewartet, sprang ihn erneut an. Von unten her kroch sie durch seine Glieder herauf und ließ seine Knie zittern, ihm wurde schwarz vor Augen, er mußte sich gegen die Wand des Stollens lehnen und so allen seine Schwäche offenlegen. Aber er konnte nicht anders.

«Geht es dir gut?» fragte Mart besorgt.

«Es geht schon wieder», murmelte er, atmete zweimal durch und stieß sich dann von der Wand ab, um wieder gerade zu stehen, fast ohne zu schwanken.

Ralp hatte die Wirkung seiner Worte geduldig abgewartet und sogar zu Boden geblickt, als er die Qual der anderen gesehen hatte, doch jetzt schnob er wieder verächtlich durch die Nase und murmelte: «Dabei ist es so klar!»

«Vielleicht für Ciahs Vertrauten», versetzte Mart. «Aber wir wissen nichts, gar nichts. Wie sollen wir also etwas verstehen?»

«Dann will ich euch noch mehr verraten», sagte Ralp. Cal duckte sich unwillkürlich in der Erwartung weiterer ungeheuerlicher Eröffnungen. «Ciah ist nicht annähernd so mächtig, wie ihr glaubt. Ciah herrscht nur über Revier 27. Es gibt überhaupt nur Revier 27. Keine achtundvierzig Reviere, sondern nur ein einziges. Revier 27 ist ganz Block Arkansas. Und Block Florida oder Block Washington existieren nicht. Keine Raumfahrer, keine Marsexpedition.»

«Aber die Nachrichten –»

Jefs Versuch, sich gegen diese Neuigkeit zur Wehr zu setzen, verpuffte kraftlos, als Ralp konterte: «Computersimulationen. Mit einem Wort: Betrug! Wohin man auch blickt: Betrug.»

«Das heißt, es gibt insgesamt nur fünfzigtausend Tic?» fragte Mart.

Ralps Nicken, darauf Stille. Sie alle blickten zu Boden, hin- und hergerissen zwischen dem Wunsch, es möge nicht wahr sein, und der Gewißheit, daß es sich so verhielt. Warum sollte Ralp ihnen Märchen auftischen? Nur Mart hatte einen Einwand.

«Ich traue dir nicht», sagte er offen. «Warum sollte Ciah ausgerechnet einen Vertrauten als Testobjekt verwenden? Einen Tic, der genau weiß, was auf ihn zukommt? Ciah muß sich doch ausgerechnet haben, daß du dich nicht einfach töten lassen würdest. Oder willst du mir erzählen, daß Ciah so dumm ist?»

Ralp zuckte mit den Schultern. «Ich verstehe dein Mißtrauen», sagte er überraschend versöhnlich. «Und Ciah verstehe ich in diesem Punkt nicht. Aber eines ist klar: Ciah verfolgt das Programm der Artverbesserung. Wer versagt, wird Versuchsobjekt. Und ich habe eindeutig versagt, so wie ihr alle auch.

Deswegen bin ich hier. Cal kann das bestätigen, er war dabei.»

Cal nickte, als Mart ihn fragend ansah.

Darauf trat eine ratlose Pause ein, ehe Jef die Entscheidung mit den Worten fällte: «Laßt uns zu dieser Station gehen. Ich ertrage es nicht, hier noch länger herumzustehen.»

«Dann kommt», sagte Ralp. «Ich führe euch hin.»

Für die nächste Zeit war er ihr Kommandant.

7.

Ralp ging voraus, Mart machte den Abschluß, Cal und Jef stützten den Verletzten, der zwischen ihnen einherhumpelte. Hinter ihnen blieb alles ruhig, nichts deutete darauf hin, daß sie verfolgt wurden. Ließ der Gegner sie ziehen? Oder wurden sie irgendwo voraus erwartet? Aus Ciahs Sicht wäre es nur logisch, ihnen den Weg abzuschneiden. Doch Cal war sich unschlüssig, denn Ciah hatte sich in den vergangenen Stunden oft genug unlogisch verhalten. Außerdem fühlte er sich nicht alarmiert, sein Instinkt meldete sich nicht. Darum bestand er auch nicht darauf, daß sie ihre Helmlampen ausschalteten, die sie schon aus großer Entfernung zu leichten Zielen machten.

Vor allem aber war er mit sich und seiner Schwäche beschäftigt. Die Infektion schritt voran. Wellenartige Hitzeschübe seines Körpers, mit denen die Kühlungsjacke nicht fertig wurde, und die hohe Temperatur im Stollen machten ihm zu schaffen, und zudem hatte er nicht nur sich selbst voranzuschleppen, sondern auch den Verletzten, der sich auf ihn stützte. Er sehnte sich danach, sich hinzulegen, einfach eine Weile auszuruhen, lange zu schlafen, vielleicht von der schönen, heilen Vergangenheit zu träumen. Daß Ralp sie nun anführte, kam ihm gelegen, obwohl er Marts Vorbehalte gegen ihn teilte.

Tatsächlich erreichten sie unangefochten den Bahnsteig, niemand lauerte ihnen auf, Ralp und Mart sicherten umsonst. Nun ging es im Gleisbett der Bahn weiter. Mehrfach gab der Verletzte Schmerzenslaute von sich, wenn er mit seinem Bein gegen die Magnetschiene stieß, doch Cal achtete nicht darauf. Die Finsternis des Rohrbahntunnels umfing sie – Tausende von Kilometern lang oder nur wenige hundert Meter, die in ein paar Minuten zu Fuß zu bewältigen waren.

«Es ist nicht weit bis zum Einstieg in den Treppenschacht», sagte Ralp. «Bei unserem Tempo etwa zehn Minuten.»

Noch einmal zweifelte Cal an Ralps Aussagen, als sich der Lichtstrahl seiner Helmlampe im Nichts voraus verlor. War es nicht geradezu aberwitzig, daß Ciah diesen ungeheuren Aufwand nur betrieb, um eine Handvoll Tics zu täuschen? Zu ausgeklügelt, zu raffiniert war das Ganze, als daß nichts weiter dahinterstecken sollte. Aber wenn Ralp sich irrte, hatten sie jetzt tatsächlich eine zweitausendeinhundert Kilometer lange Tunnelröhre vor sich, in der sie binnen kurzem elend verdursten oder bestenfalls von einem Zug überfahren werden würden. Insofern war es besser, Ralp zu glauben.

Doch wirklich kamen sie bald an ein schweres Schott, das ihnen den Weg versperrte. Nun gab es keinen Zweifel mehr: Cal und die anderen waren einer siebenstündigen Fahrtsimulation aufgesessen.

«Dahinter liegen die Gel-Schleuse und Block Arkansas», erklärte Ralp. «Unser Weg führt aber hier entlang.» Er wies auf eine unauffällige Tür in der rechten Seitenwand des Tunnels. Sie besaß keinen Öffnungsmechanismus. «Dahinter ist der Treppenschacht. Über ihn kommen wir auf die Oberseite des Blocks, in einen alten Stollen, der zum Zentralschacht führt. Man kann die Tür nur vom Schacht aus öffnen. Niemand sollte vom Versuchsgelände fliehen können. Andererseits wollten die Konstrukteure direkten Zugang, ohne Block Arkansas betreten zu müssen.»

Cal löste seinen Materiedampfer aus, und kurz darauf konnten sie einsteigen. Drinnen war es ebenso finster wie im Tunnel, doch da der Schacht eng war, wurde er von ihren Lampen ausreichend erhellt. Die stählerne, nach oben wie unten führende Treppenkonstruktion, die sie vorfanden, erweckte jedoch nicht gerade ihr Vertrauen. Wenn sie tatsächlich schon hundert Jahre alt war, mochte es sogar gefährlich sein, über dieses Gitterwerk in die Höhe zu steigen, zumal es feucht war im Schacht und heiß – beste Bedingungen für Korrosion.

Von oben rieselte Wasser herab. Cal nahm die Maske ab, trat ans Geländer, fing mit der Hand etwas davon auf und trank. Es schmeckte lau und schlecht, aber es löschte wenigstens seinen dringendsten Durst. Die anderen taten es ihm nach.

«Wie hoch ist der Schacht über uns?» fragte Cal.

«Block Arkansas ist insgesamt etwa achtzig Meter hoch», erläuterte Ralp. «Plus Gelschicht neunzig Meter. Das heißt, vor uns liegen etwa fünfundvierzig Meter.»

Vorsichtshalber hielten sie beim Aufstieg Sicherheitsabstände ein. Die Treppe quietschte hier und da, erwies sich aber als stabil. Oben schloß sich ein weiterer, enger Stollen an, in dem sie nur hintereinander vorankamen. Sein Boden bestand aus unverkleidetem Stahl. Wasser tropfte überall von der grob aus dem Fels gehauenen Decke, rann hier und da an den Wänden herab und sammelte sich am Boden, um dann in den Treppenschacht hinabzurieseln. Von diesem Wasser hatten sie vorhin getrunken.

«Wir sind jetzt direkt über Block Arkansas», erklärte Ralp, «und über der Gelschicht.»

Entsprechend heiß war es in dem Stollen. Cal fühlte sich schwächer und schwächer. Wie der Verletzte, der vor ihm humpelte, mußte er sich manchmal an den Wänden abstützen. Hitze von innen, Hitze von außen, dazu das eigenartige Gefühl, direkt unter sich, nur wenige Meter entfernt, Block Arkansas zu wissen, wo Tausende Tics in diesem Moment noch genauso lebten, wie auch Cal bis vor zwei Tagen gelebt hatte. Ja, vor zwei Tagen noch – kaum vorstellbar.

Nach einigen hundert Metern, die sie nur völlig durchnäßt und überhitzt hinter sich brachten, mündete der Stollen in eine Halle, in der sich die Lichtkegel ihrer Helmlampen im Dunkel verloren. Nur die Decke wurde gerade eben noch von ihnen erreicht. Cal schätzte die Höhe der Halle auf etwa zwanzig Meter, ähnlich der Gerätehalle. Blindlings stießen sie ins Dunkel vor, immer Ralp folgend, der sich zurechtzufinden schien, und kamen so an den Fuß einer gewaltigen kuppelförmigen Konstruktion, aus der ein Gerüst aus kräftigen Stahlträgern aufstieg.

«Die Lastenschleuse für den Fahrstuhl», hörten sie

Ralp sagen, der auf die Kuppel deutete. An der Stahlkonstruktion konnte also ein Fahrstuhl herabgelassen werden. Cal blickte nach oben und entdeckte die quadratische Mündung des Zentralschachts, der Verbindung zur Erdoberfläche, und ihm schwindelte erneut, diesmal allerdings, weil ihm plötzlich bewußt wurde, daß er hier Schritte tat, die noch kein Tic getan hatte.

«Jetzt hundert Meter hinauf», sagte Ralp und deutete auf die Treppe aus Gitterstahl, die sich außen um die stählernen Führungsschienen in die Höhe wand.

Die zwanzig Meter bis zum Schacht brachten sie zügig hinter sich, trotz der Schwierigkeiten, die der Verletzte beim Treppensteigen hatte. Doch als sie im Schacht aufzusteigen begannen, spürte Cal, daß er seine Schwäche kaum noch länger als einige Minuten würde unterdrücken können. Und auch der Verletzte war zutiefst erschöpft.

«Kann man nicht den Fahrstuhl holen?» fragte er, als sie auf einem Absatz sechzig Meter über dem Hallenboden angekommen waren. Auf der Galerie, die dort die Schachtmitte umlief, ruhten sie sich für Minuten aus. Doch Ralp schüttelte den Kopf.

«Der ist oben», antwortete er. *«Ganz* oben. Und der Schacht ist oberhalb der Zwischenstation versiegelt.»

Cal verwünschte den Plan, zu dieser alten Station aufzusteigen. Sie mochten dort sicher sein, doch er konnte nicht mehr, er war am Ende.

Auf dem nächsten Zwischenboden, zwanzig Meter höher, sackte der Verletzte zusammen und blieb liegen. Immerhin verlor er nicht das Bewußtsein. An die Fortsetzung des Anstiegs war nicht zu denken, denn tragen konnten sie ihn nicht. Cal war dazu nicht mehr in der Lage, Mart war zu schwach, und Ralp hatte einen verletzten Arm. Kam also nur Jef in Frage. Aber der klammerte sich krampfhaft am Geländer fest oder drückte sich gegen die Felswand, wann immer er konnte, und richtete seine Blicke in die Höhe, niemals auf seine Füße, an denen vorbei er durch den Stahlrost in die Tiefe sehen konnte. Er war offenbar nicht schwindelfrei. Ihn zu belasten kam nicht in Frage.

Cal ließ sich keuchend neben dem Verletzten zu Boden sinken. «Ich bleibe bei ihm», sagte er. «Wir kommen nach, sobald wir können.»

«Stimmt etwas nicht?» fragte Mart.

Cal schüttelte den Kopf; doch dann überwand er seinen Stolz und antwortete: «Mir ist schwindlig.»

«Und du hast Fieber», stellte Mart fest, indem er seine Hand auf Cals Stirn legte. Er machte ein nachdenkliches Gesicht. «Du bist krank.»

Ralp und Jef wichen an das Geländer der Galerie zurück. Allerdings stürzte Jef gleich darauf hinüber zur Felswand des Schachts, die ihm sicherer schien.

«Ich glaube nicht, daß es schlimm ist», sagte Cal. «Ich will nur etwas ausruhen. In fünf Minuten bin ich wieder fit.»

«Es kann kein aktiver Kampfstoff sein», überlegte Ralp. «Er wäre längst tot. Vielleicht ein alter Kampfstoff, gegen den er schon resistent ist. Wenigstens teilweise.»

«Ist es ansteckend?» fragte Jef mit einem Anflug von Panik in der Stimme.

Ralp zuckte mit den Schultern.

«Ich bleibe hier», entschied Mart. «Geht ihr weiter. Vielleicht findet ihr da oben etwas, womit man einen Tic tragen kann.»

Die beiden nickten ihm zu und entfernten sich eilends über die stählerne Treppe in die Höhe, nun nicht mehr zurückgehalten von einem hinkenden Invaliden.

Durch aufsteigende Schleier vor seinen Augen verfolgte Cal, wie Mart den Verband am Bein des Verletzten überprüfte, und er hörte, wie die beiden sich unterhielten.

«Wie heißt du eigentlich?» fragte Mart.

«Ank», antwortete der Mann. «Ist es schlimm?»

«Nein. Soweit ich es beurteilen kann, wird es verheilen, auch wenn die Kugel drinbleibt.»

Cal schreckte auf, als Ralp und Jef zurückkehrten. Offenbar war er eingedämmert.

«Keine Trage», eröffnete Ralp. «Nur dieses Seil.»

«Dort oben gibt es Wasser!» berichtete Jef. «Ein altes Versorgungssystem. Kommt, es sind nur noch zwanzig Meter.»

«Wasser», wiederholte Ank und leckte sich die Lippen.

«Und was zu essen?» fragte Mart.

Jef blickte ihn ratlos an, Ralp jedoch reagierte nicht, sondern sah zu, wie Cal, der sich mühsam erhoben hatte, nach kurzer Überlegung die Enden des Seils miteinander verknotete. Der Knoten hielt nicht gleich, als er kräftig daran zog, aber schließlich fand er eine tragfähige Kombination. Nun hielt er Ralp und Jef das doppelt genommene Seil hin, das noch etwa zwei Meter lang war.

«Prinzip Huckepack», sagte er.

«Aber ich gehe an der Wandseite», wandte Jef ein und schlüpfte, wie Cal es sich ausgedacht hatte, mit dem Kopf in die Schlaufe, so daß ihm das Seil über der linken Schulter lag. Ralp übernahm die rechte Seite, da sein rechter Arm unverletzt war. Auf Cals Anweisung setzte sich Ank nun vorsichtig mit dem Rücken voran zwischen Jef und Ralp auf das Seil, das sich zwischen ihnen spannte.

Ralp stöhnte unter der Belastung leise auf und beschwerte sich: «Das schneidet ganz schön ins Fleisch.»

Darauf mußte Ank noch einmal aufstehen. Cal zog sein Hemd aus und gab es Ralp, damit er es als Puffer zwischen Seil und Schulter legen konnte. Nun trug er die Kühlungsjacke auf der bloßen Haut – für den Moment ein gutes Gefühl. Jef erhielt Marts Hemd. Dann setzte sich Ank wieder, und nun konnte es losgehen. Zum Glück trug die Treppe das Gewicht dreier Tics. Vorsichtshalber blieben Cal und Mart einige Meter hinter den anderen zurück. Ralp murrte leise, als er sich in Bewegung setzte, protestierte aber nicht länger. Vielleicht hatte er Marts Ansicht akzeptiert, daß jedes Leben zählte. Schließlich wollte er sein eigenes ja ebenfalls behalten. Dasselbe Recht mußte er also wohl oder übel auch anderen zugestehen. Die Regeln des alten Lebens zählten ohnehin nicht mehr, denn sonst hätten sie es nie dermaßen lange miteinander ausgehalten. Natürlich, es gab Reibungspunkte zwischen ihnen, die ihre Gruppe schon längst hätten explodieren lassen, wenn nicht äußerer Druck auf sie eingewirkt hätte. So waren sie gezwungen, von sich als Gruppe zu denken, und nur darum lebten sie noch: weil sie gelernt hatten, gemeinsam vorzugehen.

Sie waren nur noch fünf. Sie hatten nichts weiter außer sich selbst, sie waren Gejagte, die sich so gut wie möglich ergänzen mußten. Dort oben, in dieser alten Station, würden Jefs technische Kenntnisse vielleicht von Wert sein, um Maschinen in Gang zu setzen. Allein nach seinen bisherigen Leistungen beurteilt, war Jefs

Beitrag dagegen eher geringfügig. Ähnlich verhielt es sich mit Mart, dessen ärztliche Kenntnisse Cal wohl noch brauchen würde. Und für Ank mochte das ebenfalls gelten, auch wenn jetzt noch keine Situation absehbar war, in der er sich als wertvoll erweisen konnte. Aber daß Cal sich diese Situation jetzt noch nicht vorstellen konnte, hieß nicht, daß sie nicht doch irgendwann eintrat. Und Cals Wert für die Gruppe war offensichtlich: Er war Stratege und Kämpfer und wußte alles über Waffen.

Der Schwachpunkt der Gruppe war Ralp. Im Moment machte er zwar wieder einen brauchbaren Eindruck und schien sich einzufügen, aber Cal traute dem Frieden nicht. Wenn es stimmte, was er gesagt hatte, dann hatte er bisher ein Leben geführt wie kein Tic sonst: weitgehend isoliert, ein Leben nur für Ciah. Kein Wunder, daß er durchgedreht war. Ciah konnte ihn nur überlastet haben, mochte er auch speziell für diese Anforderungen geschaffen worden sein. Ralp war darum unberechenbar. Zugleich war er jedoch der einzige, der ihnen einen Weg in die Zukunft weisen konnte. Cal jedenfalls konnte nur bis zur Station dort oben denken, alles in ihm konzentrierte sich auf dieses Ziel, nur dafür schleppte er sich voran.

Endlich kamen sie, hundert Meter über Block Arkansas, in einer Halle heraus, durch die hindurch die Haltevorrichtung des Fahrstuhls weiter in die Höhe führte. Doch die Treppe endete hier. Es war trocken und staubig und längst nicht so warm wie auf dem Versuchsgelände, wie Cal erleichtert feststellte. Mit letzter Kraft wankte er auf einige Stühle zu, die er im Lichtkegel seines Helmscheinwerfers entdeckte, blieb jedoch schwankend davor stehen, als ihn plötzlich ein

Gedanke wie ein Schlag traf: Endlich wieder zwischen stählernen Wänden! Es war wie eine Heimkehr. Vor Erleichterung sank er auf der Stelle zusammen und wußte nichts mehr.

8.

Er erwachte für einige Momente, als ihm etwas zwischen die Lippen gesteckt wurde. Eine Stimme sagte, er solle trinken. Also trank er. Für einen Moment schlug er sogar die Augen auf und blickte in ein Gesicht, das ihm bekannt vorkam. Aber gleich darauf versank er wieder in Bewußtlosigkeit. Ein weiteres Mal erwachte er von einem Traum. Aber die Erinnerung verblaßte noch im gleichen Augenblick bis auf den ungenauen Eindruck von Gefahr und Dunkelheit. Beim nächsten Mal dann blieb er bei Bewußtsein. Erschöpft döste er noch eine Weile vor sich hin, nahm dabei seine Umgebung aber bereits wieder wahr. Es war trocken und deutlich wärmer als gewohnt, er lag in einem Bett, nur in Unterhose und der Jacke, die ihn angenehm kühlte, nicht zugedeckt, in einem dunklen Zimmer, in das durch die angelehnte Tür ein schmaler Lichtstreifen auf einen Tisch und zwei Stühle fiel. Über einem der Stühle hing seine Hose.

Seine Schwäche hatte sich in eine fast angenehme Mattigkeit verwandelt. Früher hätte er es sich gewiß nicht gestattet, einfach liegenzubleiben und den Ruf zum Dienst und zur Pflicht zu ignorieren, den er auch jetzt in sich vernahm. Doch diese Pflicht gehörte einer Welt an, die hinter ihm lag, und so schloß er die Augen und horchte in die Stille. Es gab keine Maschinengeräusche hier oben, kein dumpfes Vibrieren, wenn er sein Ohr aufs Kopfkissen drückte – nichts außer einigen fernen Stimmen, die sich unterhielten, ohne daß er verstand, was sie sagten. Da wurde das Gefühl von Leere, Enttäuschung und Verlorenheit in ihm übermächtig, Heimweh befiel ihn und zugleich eine gewaltige Wut auf Ciah, und da hielt er es nicht mehr aus und versuchte aufzustehen.

Erst im zweiten Anlauf brachte er die Kraft auf, zum Stuhl hinüberzuwanken. Allerdings mußte er sich an dessen Lehne sofort wieder abstützen, da ihm schwarz vor Augen wurde. Aber er hielt sich auf den Beinen. Langsam ging er zur Tür und trat auf den erleuchteten Korridor. Jef schien die Energieversorgung in Betrieb genommen zu haben. Eine Tür stand offen. Dahinter saßen Mart und Ank an einem Tisch vor leeren Gläsern und gebrauchtem Geschirr und starrten einen dunklen Monitor an.

«Ich habe Durst!» sagte Cal mit knarrender Stimme, als er zu ihnen trat. Ihre Gesichter, eben noch betreten, hellten sich auf, als sie ihn sahen. Wortlos reichte Mart ihm eine Flasche mit klarem Wasser, die er in langen, durstigen Schlucken austrank.

«Und jetzt hast du sicher auch noch Hunger, oder?» fragte Mart dann. Als Cal den Kopf schüttelte, fügte er hinzu: «Ich würde dir aber dringend empfehlen, etwas zu essen. Du hast fast zwei Tage lang nichts zu dir genommen.»

Cal setzte sich. Ein dumpfer Schmerz in seiner Hinterbacke erinnerte ihn an die Verletzung durch den Metallsplitter, aber das ließ sich aushalten. «Zwei Tage?» wiederholte er mit einem Kratzen im Hals.

«Ich schlafe doch sonst nicht länger als sechs Stunden.»

«Vierzig Stunden», präzisierte Mart. «Aber schlafen kann man das nicht nennen. Du hattest furchtbare Fieberträume. Wir haben zu helfen versucht, aber ich habe nur ein paar Erste-Hilfe-Kästen gefunden. Und Pflaster helfen nicht gegen hohes Fieber.»

«Also muß ich wohl etwas essen», sagte Cal seufzend.

«Ralp und Jef haben einen Haufen Verpflegung besorgt», erklärte Ank, der sich ebenfalls erholt zu haben schien. «Aus dem Block. Jef hat einen Codegeber gebastelt, und dann sind sie einfach dort eingebrochen und haben die nächste Kantine geplündert.»

Mart entnahm einem Kühlschrank eine Schüssel mit grünem Brei, die er vor Cal auf den Tisch stellte, zusammen mit einem Teller und einem Löffel. «Das Zeug schmeckt kalt absolut widerlich», sagte er, «aber im Kühlschrank hält es sich einfach länger, und wir haben keine Möglichkeit, es aufzuwärmen. Jef hatte bisher keine Zeit, die Küche in Betrieb zu nehmen.»

Cal begann zu löffeln. Dabei merkte er, wie hungrig er in Wirklichkeit war, und schließlich nahm er sich sogar einen Nachschlag.

«Ich habe mich übrigens bei dir angesteckt», berichtete Mart währenddessen, «aber mein Fieber war viel schwächer. Es muß wohl ein veraltetes Virusmodell gewesen sein, vielleicht eine Ebola-Abart. Wenn das stimmt, wäre das eine weitere unlogische Handlung von Ciah. Auf der einen Seite ein C-Kampfstoff, der auf der Stelle drei Männer tötet, und auf der anderen ein überholter B-Stoff –»

«Wir haben schon versucht, diese Widersprüche zu

deuten», sagte Ank. «Dabei ist uns klargeworden, daß die Liste endlos ist. Die Materiedampfer sind nur der offensichtlichste Punkt. Warum waren die Truppen auf dem Versuchsgelände nicht besser ausgerüstet? Immerhin verfügt Ciah über Kampfanzüge, mit denen sich Tics unsichtbar machen können. Oder Ciah hätte Giftgas einsetzen können. Und warum sind wir nicht mehr verfolgt worden, nachdem wir das Versuchsgelände verlassen hatten?»

«Es ist fast, als wollte Ciah, daß wir entkommen», sagte Mart.

Cal stockte, schluckte hinunter, was er gerade im Mund hatte, und erwiderte: «Das ist unsinnig. Warum sollte Ciah wollen, daß wir einem tödlichen Test entkommen, zu dem Ciah selbst uns geschickt hat?»

Ank zuckte mit den Schultern. Mart jedoch nickte eifrig. «Genau das ist der Punkt. Warum? Keine Ahnung. Aber ich glaube trotzdem, daß es so ist. Außerdem glaube ich inzwischen, daß Ciah uns so zusammengestellt hat, daß wir eine Chance hatten.»

«Was für eine Chance?»

«Zu entkommen.»

Cal sah entgeistert von einem zum anderen.

«Ich finde es verdächtig, daß wir eine fast perfekte Gruppe sind», fuhr Mart fort. «Wir haben alle Talente unter uns, die wir zum Überleben brauchen, und dazu Ciahs Vertrauten. Ich glaube, daß das kein Zufall ist.»

«Sondern?»

«Ciahs Wille.»

Cal schüttelte den Kopf. Drehte Mart jetzt etwa auch noch durch?

Doch der Zwerg erläuterte ihm mit vollem Ernst seine Gründe. «Vor einer Woche hatte ich gerade eine

Testreihe erfolgreich abgeschlossen. Ciah lobte mich, stellte dann aber merkwürdige Fragen: Wie es mir gehe und ob ich eine Frage hätte. Ich war natürlich verwirrt und zögerte mit der Antwort, denn was sollte diese Frage zu einem Zeitpunkt, wo alles bestens lief? Wenn ich gleich entrüstet ausgerufen hätte: ‹Aber nein, wie kommst du denn darauf!›, dann wäre wohl alles beim alten geblieben, aber so konnte Ciah mir vorrechnen, daß ich ein paar Sekunden gezögert hatte. Ich versicherte, daß alles in Ordnung sei. Darauf gab Ciah sich beruhigt. ‹Dann ist es ja gut›, sagte Ciah. Du weißt ja, im Zweifel liegt der Keim zum Versagen.› Das waren Ciahs Worte. Daraufhin nahm ich mir fest vor, niemals zu versagen, bestimmt nicht, ich als Letzter. Vier Tage später ruinierte ich durch einen absolut dämlichen Fehler eine Testreihe, an der ich mit anderen Genetikern viele Wochen gearbeitet hatte.»

«Bei mir war es ähnlich», sagte Ank. Offenbar hatte er diese Sache schon mit Mart besprochen. «Als wollte Ciah mein Versagen geradezu provozieren. Ich machte einen absolut dämlichen Fehler beim Programmieren eines Roboters, der bei der Nahrungsmittelproduktion eingesetzt wurde. Durch meine Schuld wurde eine große Menge Algenbrei verdorben.»

Cal hatte erstaunt zugehört. «Und Ciah hat dir diese Frage gestellt?» wollte er wissen.

«Ob ich eine Frage hätte? Ja, genau diese Frage.»

«Kaum zu glauben.» Cal schüttelte fassungslos den Kopf.

«Und wie war es bei dir?» wollte Mart wissen.

«Ebenso», antwortete Cal knapp und leise.

«Dann kann es kein Zufall sein.» Mart schlug mit der Faust auf den Tisch.

«Aber was verspricht sich Ciah davon?» fragte Ank.

Mart zuckte mit den Schultern.

«Und was wäre, wenn wir nicht versagt hätten?» Cal dachte laut nach. «Wenn wir nicht auf den Druck reagiert hätten, den Ciah damit auf uns ausgeübt hat?»

«Dann wären wir jetzt nicht hier», entgegnete Mart. «Oder nicht alle, oder in einer anderen Zusammensetzung. Dieser Punkt ist dem Zufall unterworfen. Aber Ciah konnte sich trotzdem einigermaßen sicher sein, daß wir wie gewünscht reagieren würden. Die Angst vor dem Versagen ist unser ständiger Begleiter. Ciah mußte sozusagen nur auf den Knopf drücken.»

«Aber warum diese Umstände?» wandte Ank ein. «Warum kommandiert Ciah das Testmaterial nicht einfach ab? Das liegt doch ohne weiteres in Ciahs Macht.»

«Keine Ahnung.» Mart verzog das Gesicht. Dies war eindeutig der Schwachpunkt seiner Theorie. «Vielleicht braucht Ciah einen Vorwand. Erinnert euch, was Ralp gesagt hat: Ciah ist nicht annähernd so mächtig, wie wir glauben.»

«Apropos Ralp», warf Cal schnell ein, froh, auf ein anderes Thema kommen zu können. «Wo ist der eigentlich?»

«Vermutlich schläft er», antwortete Mart. «Jef jedenfalls hat sich hingelegt, nachdem er hier das Nötigste wieder in Gang gebracht hat.»

So erfuhr Cal, was die anderen in der Zeit geleistet hatten, die er teils im Delirium, teils in erschöpftem Schlaf verbracht hatte. Ein Teil der Station war wieder bewohnbar, einige von etlichen Räumen, die auch früher schon als Unterkünfte gedient hatten. Es gab Ge meinschaftsräume, Lagerhallen, Werkstätten, Küchen und eine Schaltzentrale. Etwa ein Viertel der Anlage war eingestürzt, aber der Rest war intakt. Nur Waffen hatten die Tics bei der Durchsuchung des Komplexes nicht gefunden.

«Und Ralp schläft wirklich?» fragte Cal nochmals.

«Ich weiß es nicht.» Mart zuckte die Schultern. «Er war ziemlich erschöpft, bevor er verschwand. Ich habe ihn nicht gefragt, was er vorhatte, zuletzt konnte man nicht mehr mit ihm reden. Er war absolut unzugänglich, übrigens noch blasser als du jetzt.»

«Hat er sich bei mir angesteckt?» fragte Cal, legte den Löffel beiseite und schob den leeren Teller von sich.

«Fieber hatte er nicht, glaube ich», sagte Mart. «Ich vermute, daß er etwas ausheckt. Er hat eine Menge Zeug aus dem Block heraufgeschleppt, sagt Jef. Auch das hier.»

Er hielt eine kleine, flache, silberne Scheibe in die Höhe.

«Ein Datenträger?»

«Ralp will, daß wir das hier lesen und ihn in Ruhe lassen», erläuterte Mart. «Das waren seine Worte. Mehr war aus ihm nicht herauszubekommen.»

«Und? Was ist drauf?» Cal blickte zum Monitor hinüber, der auf dem Tisch stand. «Habt ihr das Ding in Betrieb genommen?»

«Vorhin erst», antwortete Ank. «Es war nicht sonderlich schwer. Die dazugehörige Zentraleinheit war nur verdreckt. Jetzt funktioniert sie wieder. Das muß man sich mal vorstellen: nach mehr als hundert Jahren.»

«Na und? Die Technik im Block funktioniert doch auch noch.»

«Ja, aber die wird ständig gewartet.»

«Und was steht also drauf?» fragte Cal ungeduldig, den Datenträger fest im Blick.

«Wir haben angefangen, es zu lesen», antwortete Mart, «aber nach der ersten Seite konnten wir nicht mehr.»

«Müßt ihr einen solchen Krach machen?» sagte da Jef von der Tür her. «Bei dem Lärm kann ja keiner schlafen!»

Sie wandten sich zu ihm um. Er sah beängstigend aus, blaß und verschwitzt, mit dunklen Rändern unter den Augen, und machte zudem einen tief verstörten Eindruck.

«Wir sind ja schon leise», sagte Mart.

Doch Jef winkte ab. Er ging an den Schrank, nahm sich Teller und Löffel und setzte sich dann zu ihnen an den Tisch. «Ich kann sowieso nicht schlafen. Sobald ich die Augen zumache, ist mir, als ob ich wieder auf der Treppe bin, dieser verdammten, endlosen Treppe. Rundherum geht's abwärts, endlos tief hinab, und der Schacht hat keinen Grund, man kommt nie an. Und dann bricht mir die Treppe unter den Füßen weg. Grauenhaft!» Er fuhr sich mit der Hand über die feuchte, eben trocknende Stirn. Leise fügte er hinzu: «Jetzt könnte ich meinen Traumdimmer gebrauchen.»

Mart lachte trocken auf. «Ich fürchte, damit ist es vorbei. Wir müssen wohl mit unseren Alpträumen leben.»

Jef vermied es, ihn anzusehen, und Cal schüttelte sich bei dieser Vorstellung. Doch der Zwerg hatte recht: Sie alle hatten ihre Habe beim Versuchsgelände zurücklassen müssen, sie besaßen nichts als das, was sie mit sich hierher gebracht hatten. Daß die andren Tics ebenfalls Dimmer nehmen mußten, nicht nur er allein, war für ihn unter diesen Umständen nur eine nebensächliche Erkenntnis.

«Wo wir jetzt alle zusammen sind», schlug Ank bedächtig vor, «könnten wir doch das Tagebuch lesen.»

«Also los, worauf warten wir?» sagte Jef zwischen zwei Löffeln.

«Ralp hat die Aufzeichnung auf dieser Disc ‹Tagebuch einer Mutter› genannt», erklärte Mart und verzog das Gesicht. «Verfasserin ist eine Frau, die in der Zeit gelebt hat, als Block Arkansas eingerichtet wurde. Sie war ein Mensch.»

«Ein Mensch?» wiederholte Cal leise.

«So nennt sie sich selbst. Aber das wirst du ja selbst alles gleich lesen. Es sei denn, du willst nicht –»

«Natürlich will ich!» versetzte Cal beinahe empört. «Es gibt nur ein Problem: Ich kann nicht lesen. Jedenfalls nicht besonders schnell.»

«Ich auch nicht», sagte Jef. «Lies uns also vor.»

Mart seufzte. Schweigend sahen sie Ank dabei zu, wie er über die Tastatur in unerhörter Geschwindigkeit Befehle eingab, bis ein Text auf dem Monitor erschien.

Tagebuch einer Mutter

Im Jahr 2020

16. Juni

Ich weiß nicht, ob es überhaupt Sinn hat, das Geschehene aufzuzeichnen. So vieles spricht dagegen. Falls überhaupt noch jemand existiert, Mensch oder Tic, so spricht er vielleicht eine ganz andere Sprache oder kann längst nicht mehr lesen. Ciah könnte die Aufzeichnung kassieren – obwohl ich den Computer, dem ich dies eingebe, vom Netz getrennt habe und obwohl ich alles direkt auf eine CD speichere.

Ich weiß nicht einmal, wieviel Zeit mir für diese Arbeit bleibt. Ciah hat mich vor zwei Wochen von Audrey und den anderen Frauen isoliert. Seitdem konnte ich meine enge Kabine nicht mehr verlassen und frage mich, was Ciah sich davon verspricht, mich hier schmoren zu lassen. Nur eines ist sicher: Sie kann meinem Leben jederzeit ein Ende bereiten. Ich bin nutzlos für sie, denn Kinder kann ich nur noch unter Lebensgefahr zur Welt bringen. Giftgas, Viren – Ciah hat eine Menge Optionen. Warum setzt sie sie nicht ein? Was hat sie mit mir vor?

Ich darf mich von diesen Fragen nicht beirren lassen. Und wenn der einzige Sinn, den diese Aufzeichnungen haben, der ist, mein Wissen loszuwerden – auch wenn ich es hiermit nur einem leblosen Computer anvertraue –, dann soll dies eben der einzige Sinn sein.

Dies ist also ein Brief an die Ewigkeit, und mein Gruß an Dich, wer auch immer Du bist, geht ins Nichts. Wie gern wüßte ich, wie Du aussiehst! Ich glaube, Du bist einer dieser «Tics», die Ciah hier in Block Arkansas herstellt, dem größten und letzten genetischen Labor, das Amerika erbaut hat. Wahrscheinlich bist Du ein Mann. Für ihre Testreihen produziert Ciah fast ausschließlich Männer. Du hast es, wie auch immer, geschafft, Dich in den Besitz dieser Zeilen zu bringen. Dafür gilt Dir meine Bewunderung. Ansonsten aber kann ich Dich nur dafür bedauern, daß Du in dieser Welt aus Stahl leben mußt.

Ich würde gern mit Dir schlafen. Ich habe seit so langer Zeit mit keinem Mann mehr geschlafen, daß ich schon ganz vergessen habe, wie das eigentlich ist. Schade, daß Du mit Frauen nichts anfangen kannst. Du bist das Ergebnis einer Erziehung, die den besonderen Umständen im Block Rechnung trägt, wo Männer auf engstem Raum miteinander leben. Ciah hat es so eingerichtet. Dazu gehörte ja nicht viel – alles eine Erziehungsfrage: Was ist normal? Ich bin das Opfer einer gegenteiligen Anschauung, für mich entspricht es der Regel, daß Mann und Frau miteinander schlafen. Allerdings habe ich mich nie an diese Ordnung gehalten. Ich glaube, die größte Aufgabe eines jungen Menschen ist es, sich von seiner Erziehung zu befreien.

Viele dort oben hätten Ciahs Ordnung oder wenigstens diesen Aspekt davon geradezu paradiesisch gefunden. Auch ich glaube, daß Ihr es besser habt, Ihr Männer, die mit Männern schlaft, denn für Euch ist Sex nur Sex, und die ganze Fortpflanzerei ist dabei außen vor. Aber ohne die staatstragende Homosexualität wäre hier unten längst alles im Chaos versunken. Ihr seid also mißbraucht worden.

Ich entstamme einer völlig anderen Welt, und so muß ich vermuten, daß Dir viel von dem, was ich zu sagen habe, unverständlich bleiben wird. Du mußt kein Geld verdienen, in deiner Welt gibt es keine Kriminalität, keinen Präsidenten, keine Geheimdienste. So betrachtet, ist sie eine paradiesische Welt. Würde da nicht eine Maschine namens Ciah ein totalitäres Regime führen, programmiert von alten, fanatischen Männern, die sich in eine wahnwitzige Idee verrannt hatten: den perfekten Amerikaner zu schaffen. Du kennst den freien Himmel nicht und kannst ihn darum auch nicht vermissen, ebensowenig wie grüne Wiesen und Bäume. Ich werde versuchen, das nicht zu vergessen und bei meinen Beschreibungen so verständlich wie möglich zu bleiben, aber schon bei der Einleitung wird es schwierig.

Das Projekt Block Arkansas ist ein typisches Produkt der Reagan-Ära, einer Zeit, in der dem Militär und den Geheimdiensten fast kein Wunsch verwehrt wurde. Projektiert wurde es 1981, 1983 in Angriff genommen und im Jahr 2012 auf dem neuesten Stand der Technik aktiviert, verschlossen und sich selbst überlassen. Eingestuft wurde es als «above top secret» – für die nationale Sicherheit der Vereinigten Staaten von allerhöchster Bedeutung. Nur ein elitärer Kreis um Präsident Reagan wußte davon. Dieser Zirkel, einer Geheimloge nicht unähnlich, setzte sich zusammen aus den Führern des Generalstabs und der CIA sowie einigen Magnaten der Rüstungsindustrie. Milliarden von Dollars aus allen möglichen Töpfen wurden investiert, auch gewaschenes Geld aus illegalen Waffengeschäften. Projekt Block Arkansas hatte somit von Anfang an einen Rang, der selbst das legendäre *Manhattan Projekt* übertraf, das die Entwicklung der ersten Atombombe zum Ziel hatte. Im Namen des Patriotismus waren die Initiatoren des Projekts zu allem fähig, wie ich am eigenen Leib erfahren mußte. Das Äußerste war ihnen noch zu wenig. Doch sie konnten die zweifelhaften Früchte des Projekts nicht mehr ernten.

Unter der Kontrolle jener Geheimloge entwickelte das Projekt ein Eigenleben. Ronald Reagan partizipierte wegen seiner Alzheimer-Erkrankung nicht mehr daran, und seine Nachfolger im Amt des Präsidenten erfuhren erst gar nichts davon. Offenbar gab es kritische Momente, als das FBI den geheimen Umtrieben auf die Spur zu kommen drohte, aber die Loge mit der mächtigen CIA an ihrer Seite konnte das Blatt zu ihren Gunsten wenden – aus ihrer Sicht, um die nationale Sicherheit der Vereinigten Staaten zu gewährleisten. Zeitweise muß es einen regelrechten Krieg der Geheimdienste gegeben haben. Die Öffentlichkeit erfuhr jedoch niemals von Block Arkansas.

Wenn ich damals, als ich zusammen mit fünfzig anderen Frauen nach Block Arkansas abstieg, gewußt hätte, daß ich mich selbst dazu verurteilte, eine der letzten Amerikanerinnen zu sein, hätte ich sicher das schnelle Ende vorgezogen, das alle anderen Amerikaner außer uns ereilte. Ich war damals einundzwanzig und hatte mich, wie die anderen, mit Geld ködern lassen, meinen Körper einem «vielversprechenden wissenschaftlichen Projekt zum Nutzen der Menschheit» zur Verfügung zu stellen. Mit diesem Slogan wurden wir angeworben. Wir brauchten Geld, alle. Und dann saßen wir plötzlich in der Falle, einen Kilometer tief unter der Erdoberfläche, als Opfer eines Plans faschistoider Militärs, die das Wohl des Landes im Auge zu haben meinten und dafür über Leichen gingen. Aus ihrer Sicht waren wir wertloses Leben, das wertvolles Leben zur Welt bringen sollte, nämlich genmanipulierte Menschen.

Sie haben uns mit Umsicht ausgewählt. Wahrscheinlich hat dort oben nie wieder ein Hahn nach uns gekräht, denn so verschieden wir auch waren, zwei Dinge hatten wir gemeinsam: Wir waren Vollwaisen ohne familiäre Bindungen und psychisch mehr oder weniger labil. Niemand wollte uns Epileptikerinnen, Schizophrene, Drogenabhängige und Schwererziehbare. Wir waren einfach wertlos. Aber gebärfähig. Menschenmaterial eben. Das ist zwar eigentlich meine Übersetzung für «Tics», aber es bezeichnet mich ebenfalls, jedenfalls aus der Sicht dieser Männer oder Ciahs.

Ich heiße Liz. Eigentlich Elizabeth, aber das ist für Leute wie Dich viel zu lang. Ihr heißt einsilbig. Wenn Dir die Zweisilbigkeit nichts ausmacht, hätte ich gern, daß Du mich Lizzie nennst. So hat mich in dem Heim, in dem ich aufgewachsen bin, eine Erzieherin genannt, in die ich verliebt war.

Ein Heim ist eine trostlose Sache, ein Haus, in dem Kinder großgezogen werden, die keine Eltern haben. Für Dich ist das völlig normal, denn Du hast lediglich genetische Eltern, die Du nicht kennst. Leibliche Eltern sind etwas völlig anderes. Für uns dort oben war es schlimm, keine Eltern zu haben. Wir waren anders, wir hatten keine Chance auf ein geregeltes Familienleben, wir wuchsen mit dem Gefühl auf, nichts weiter als eine Last zu sein. Wir alle hatten den Traum, uns zu beweisen, der Welt zu zeigen, daß wir etwas wert waren. Aber wie sollten wir den Mut dazu aufbringen, wenn uns andauernd das Gefühl vermittelt wurde, nichts weiter als Dreck zu sein?

Um so mehr erstaunt es mich im nachhinein, daß ich es trotzdem fast geschafft hätte. Ich hatte alle Erzieherinnen widerlegt, indem ich nicht nur die Schule gut abgeschlossen, sondern auch einen Platz an einem College gefunden hatte. Eugene, Oregon. Dort will keine junge Frau unbedingt hin. Bis auf mich. Denn damit hatte ich es geschafft. Dank Beth, der jungen Erzieherin, meiner heimlichen Angebeteten.

Ich hatte alle erforderlichen Studiengebühren bezahlt und war darum knapp bei Kasse. Durch das erste Semester brachte ich mich, indem ich nachts am Schalter eines Drive-thru bediente. In den Vorlesungen konnte ich daher kaum die Augen aufhalten. Eine Dauerlösung war das nicht. Ich brauchte einen anderen Job.

Ein paar Dollar erhielt ich für meine Teilnahme an einem Projekt, bei dem etliche tausend junger amerikanischer Frauen untersucht wurden, um statistische Werte zur Volksgesundheit zu ermitteln. Das Ganze wurde als Aktion das Gesundheitsministeriums ausgegeben. Möglicherweise war es das auch. Doch die Daten wurden außerdem dazu verwendet, geeignete Kandidatinnen für Block Arkansas auszusuchen, wie ich heute weiß. Aber damals ahnte ich davon nichts, ich war einfach stolz darauf, endlich etwas gegen meine Phobie vor Behörden zu tun, so, wie Beth es mir immer wieder geraten hatte.

17. Juni

Ich konnte gestern nicht weiterschreiben. Die Erinnerung an meine Hoffnungen von damals hat mich überwältigt. Aber nun geht es wieder. Jetzt muß ich es nur noch schaffen, das Gefühl zu ignorieren, daß Ciah mich beobachtet! Die Kabine ist zwar leer bis auf ein Bett, einen Wandschrank, diesen Tisch, den Computer, einen Stuhl und mich, ich kann keine Kamera entdecken. Doch davon läßt sich das Gefühl nicht beeindrucken. Ich glaube, so beginnt Verfolgungswahn.

Weiter im Text.

Ich nahm an dieser Erhebung zur Gesundheit amerikanischer Frauen teil. Ich konnte nicht wissen, daß die CIA ihre Finger im Spiel hatte, die Central Intelligence Agency, der größte Geheimdienst der Welt, der seine eigenen Ziele verfolgte. Von der zweiten Testrunde, in die ich dann kam, war vorher nie die Rede gewesen, angeblich, um die Testergebnisse der ersten Runde nicht zu verfälschen. In diese zweite Runde gelangte nur ein repräsentativer Querschnitt aller jungen Amerikanerinnen zwischen achtzehn und fünfundzwanzig Jahren. Die Teilnahme wurde mir mit fünfhundert Dollar schmackhaft gemacht, und so hatte ich nichts dagegen, mich zwei Tage lang auf Herz und Nieren untersuchen zu lassen. Andere hätten dafür zehnmal die Beine breitgemacht.

Danach wurde ich nach Columbus/Ohio eingeladen, an die dortige Universität, denn ich hatte einen interessanten Genotyp. Es ging also um meine Erbanlagen, so viel war mir nun klar. Ich folgte dem Ruf für weitere fünfhundert Dollar zuzüglich Reisekosten, begann aber, mir Gedanken zu machen, ob ich dabei war, einer Kampagne der Pharmaindustrie auf den Leim zu gehen. Die machte gerade Schlagzeilen wegen dubioser Methoden, mit denen sie menschliche Testpersonen für neuentwickelte Medikamente warb.

Ich war also mißtrauisch. Daß ich gleich nach der Eingangsuntersuchung eine Erklärung unterschreiben mußte, in der ich mich auf absolutes Stillschweigen verpflichtete, zerstreute dieses Mißtrauen nicht gerade. Dann eröffnete mir der Arzt, der für mich zuständig war, daß ich über wertvolle Erbanlagen verfüge und ich an einem Forschungsprojekt teilnehmen könne, das *Tech Chemical*, ein Pharmakonzern, in Zusammenarbeit mit der Universität von Ohio plane. Ich muß gleich ein ziemlich abweisendes Gesicht gemacht haben, denn sofort fügte der Doktor hinzu, daß es nicht um die Erprobung neuer Medikamente gehe, sondern um seriöse Forschungsarbeit, nicht zu vergleichen mit den Machenschaften gewisser Pharmakonzerne. Ich verfügte über eine Reihe von seltenen Resistenzen gegen diverse Krankheiten, und meine Teilnahme an dem Projekt könnte die gesamte Menschheit voranbringen.

Er schmeichelte mir also und setzte mich zugleich unter Druck, doch damit erreichte er nichts, ich blieb reserviert. Aber dann bot er mir Geld an. Fünfzigtausend Dollar auf einen Schlag, wenn ich an der ersten Phase des Projekts teilnahm, und weitere zweihunderttausend für die zweite. Mir verschlug es den Atem. Fünfzigtausend Dollar! Davon konnte ich mindestens zwei Jahre leben! Und dann erst die zweihunderttausend – das Ende aller Sorgen für mich. Ich dachte gleich an Immobilien. Erst dann fragte ich, was ich dafür tun müsse. Ein Kind austragen, antwortete der Arzt. Als Leihmutter. In einem völlig unkomplizierten Eingriff würde mir eine befruchtete Eizelle eingesetzt werden, deren Genom um einige meiner Resistenzen erweitert sei. Hinzu käme natürlich eine hormonelle Behandlung und eine Verpflichtung meinerseits, zur Entbindung eine Einrichtung in Arkansas aufzusuchen. Danach wieder völlige Freiheit. Offiziell würde ich danach als ledig und kinderlos gelten. Mein Einsatz werde nirgendwo festgehalten. Das gelte selbst für den Fall meiner Teilnahme an der letzten Phase des Projekts. Was das für eine Phase war, wollte er mir nicht sagen. Er sei zur Geheimhaltung verpflichtet, so wie ich auch, da ich ja zuvor das Papier unterschrieben hätte.

Ich sagte, ich würde es mir überlegen, aber eigentlich war meine Entscheidung auf der Stelle gefallen. Ich hätte gleich auf der Stelle zugesagt, wenn ich dadurch nicht gierig und käuflich erschienen wäre. Ich war sehr stolz damals! Und hatte ich nicht allen Grund dazu? Schließlich war ich unter Tausenden von Amerikanerinnen ausgewählt worden. Hatten mir meine Eltern, diese lieben Leute, die mich als Säugling ausgesetzt hatten, also doch etwas Brauchbares ins Leben mitgegeben!

Am nächsten Tag unterschrieb ich. Die Hormonbehandlung begann unverzüglich, zwei Tage später folgten der Eingriff und der Scheck über fünfzigtausend Dollar. Außerdem bekam ich einen Haufen Schriftkram in die Hand gedrückt: Bücher über Schwangerschaft und über *Tech Chemical,* die Adresse eines Frauenarztes an meinem Wohnort, an den ich mich wenden sollte, sowie die der Entbindungseinrichtung in Fayetteville/Arkansas. Der Zeitplan sah vor, daß ich in sechs Monaten dorthin fliegen sollte. Die Semesterferien würden dabei draufgehen, aber dafür würde ich dort an etlichen Schulungen teilnehmen und mich nach Belieben weiterbilden können.

So kehrte ich nach Eugene/Oregon zurück. Obwohl ich eine Frauenärztin meines Vertrauens hatte, ging ich brav zu dem Arzt, der mir angegeben worden war. Die Schwangerschaft verlief völlig normal. Es war schön, das Kind in mir heranwachsen zu fühlen, ich begann, mich schon als Mutter zu sehen, wenn auch als Mutter eines Kinds, das nicht meines war. Ich tröstete mich mit der immensen Geldsumme.

Tatsächlich sagte ich niemandem ein Wort von dem Projekt. Wenn ich versucht hätte, den Schweigevertrag zu brechen, wäre ich in größte Schwierigkeiten gekommen, ja, in größere, als ich damals ahnen konnte, denn die CIA dürfte mich auf Schritt und Tritt überwacht haben. Aber ich war weit davon entfernt, das Projekt an die Öffentlichkeit zu tragen, denn es gefiel mir, Teil einer Verschwörung zu sein, von der meine dämliche Umwelt nichts ahnte. Zudem hatte ich eine wichtige und einträgliche Entscheidung selbst getroffen. Im Heim hatte ich so gut wie keine Intimsphäre besessen. Was dort geschah, betraf alle, angefangen von der Küchenordnung bis zu Monatsblutungen. Darum fühlte ich mich nun unglaublich erwachsen.

Ich dummes, naives Ding! Hätte ich nur ein einziges Wort irgend jemandem gegenüber verloren, ich säße jetzt vielleicht nicht hier unten. Gelegenheiten hat es gegeben, denn ich verbarg meine Schwangerschaft nicht. Aber ich hatte mir eine gute Erklärung zurechtgelegt: Ich war verliebt in einen wunderbaren Mann aus Houston/Texas, mit dem ich ein Wunschkind gemacht hatte. Zur Niederkunft würde ich zu ihm nach Houston fliegen. Allen, die sie hören wollten, erzählte ich diese hübsche, romantische Geschichte, die ein tragisches, schon eingeplantes Ende nehmen würde, denn ich würde natürlich eine Totgeburt haben.

Doch ich hielt mich an meine Verpflichtungserklärung. Nur mit meinem Arzt redete ich darüber, aber der sprach mich von sich aus auf Fayetteville an, er wußte Bescheid. Am Ende des sechsten Monats flog ich nach Little Rock/Arkansas, wurde dort in einen Privatjet von *Tech Medical* gesetzt und nach Fayetteville gebracht, in ein unauffälliges, sorgfältig bewachtes und umzäuntes Schulungszentrum.

Wir waren fünfzig Frauen, allesamt Weiße und gedungene Leihmütter. Die Organisatoren taten alles, uns jeden Wunsch von den Augen abzulesen. Es wurden Ausflüge veranstaltet, Gruppenabende, Spiele, Unterhaltung und Filme gezeigt über den Fortschritt der Menschheit seit Aufkommen der Gentechnologie. Auch die Fortbildungsmöglichkeiten waren nicht ohne. Ich nutzte die Gelegenheit für einen Computerlehrgang, denn gleich nach meiner Rückkehr wollte ich mir ein neues Gerät anschaffen, um gut ausgerüstet endlich mit Volldampf in mein Studium zu starten. Und nicht zuletzt waren wir umgeben von etlichen gutaussehenden Ausbildern. Das war das letzte Mal, daß ich mit einem Mann geschlafen habe. Daß wir zur Niederkunft in ein «Labor» umziehen sollten – diese Bezeichnung fiel immer mit einer sonderbaren Betonung, die unsere Neugier erweckte –, erfuhren wir mehr nebenbei, ganz unauffällig wurden wir darauf vorbereitet. Das Ganze war eben perfekt organisiert.

Mit einigen Frauen befreundete ich mich rasch. Mit

anderen dagegen wurde ich nie richtig warm. Eine etwa vermutete in aller Offenheit, daß wir genmanipulierte Ungeheuer in uns trügen, die nicht einmal mehr menschlich aussehen würden. Das paßte nicht in unsere alles in allem gehobene Stimmung. Viele von uns waren labil und hätten die Vorstellung, sich auf ein erhebliches Risiko eingelassen zu haben, kaum verkraftet. Also lachten sie die Schwarzmalerin aus. Dagegen durfte ich mich geradezu als gefestigte Persönlichkeit fühlen – wiederum ganz anders, als ich mir bis dahin selbst erschienen war. Von einigen wurde ich sogar als eine Art Anführerin angesehen.

Dann war es soweit, und wir fuhren ein. Zwei Monate hatten wir Zeit gehabt, uns darauf einzustellen, ein Monat plus/minus einiger Tage blieb noch bis zur Geburt. Wir waren ein Haufen schnatternder Gänse, als wir in die Busse stiegen, wir ahnten nichts! Unsere Hauptbeschäftigung waren die endlosen Eifersüchteleien wegen der Männer in unserer Nähe. Die Hintermänner des Projekts werden sich die ganze Zeit ins Fäustchen gelacht haben, weil sie es so leicht mit uns hatten.

Während der Fahrt rissen wir unsere Witze darüber, daß dieses geheimnisumwobene Labor offenbar in der hintersten Wildnis lag, denn vom ohnehin provinziellen Fayetteville ging es in die Berge, über immer engere und schlechtere Straßen. Schließlich fuhr der Bus in einen Tunnel und hielt gleich darauf in einer Felsenhalle an, inmitten einer kompliziert aussehenden, hochtechnisierten Umgebung mit wuchtigen Maschinen, Schalttafeln und einem mächtigen Stahlgerüst mittendrin, an dem ein geräumiger Drahtkäfig hing: der Fahrstuhlkorb.

Ich gehörte zur ersten Fuhre. Mein letzter Blick galt dem Tunnel, durch den wir hereingekommen waren. Er gestattete keinen Blick hinaus in die Welt, da er eine Biegung beschrieb. Aber in der linken Wand glitzerten mineralische Einschlüsse im Gestein. Das war das letzte Mal, daß ich Tageslicht sah – oder wenigstens den Reflex davon. Dann fuhren wir zur Hölle.

17. Juni, später

Du kannst Dir nicht vorstellen, wie mich diese Erinnerungen anstrengen. Aber ich muß alles aufgeschrieben haben, ehe Ciah ein Ende macht. Darum rasch weiter.

Die Fahrt hinab ins Labor dauerte entsetzlich lang. Die Lust am Schnattern verging uns schnell. Keine von uns hatte jemals so lange in einem Fahrstuhl gesteckt, und noch dazu in einem, durch dessen Stahlgitter man die Felswände sehen konnte, zwischen denen man nach unten fuhr. Audrey fragte schließlich, wie tief dieses Labor denn liege. Einen Kilometer tief, lautete die Antwort, aus Sicherheitsgründen.

«Gibt es denn Anlaß zu Befürchtungen?» wollte sie wissen. Unsere Begleiter zuckten mit den Schultern, und einer sagte: «Glaubt ihr denn, die Regierung würde ein solches Labor genehmigen, wenn nicht wirklich alles Erdenkliche für die Sicherheit unternommen worden wäre?»

Ich war viel zu aufgeregt, um diesen Satz in seiner Zweideutigkeit sofort zu verstehen. Heute weiß ich, daß nicht nur die Sicherheit der Oberwelt gemeint war, also die Sicherheit vor dem Versuch und vor uns, sondern auch die des Versuchsablaufs selbst: Keine von uns sollte weglaufen und so das Experiment gefährden können. Damals jedoch fiel mir dazu nur das Gerede unserer «Psychopathin» ein, jener Frau, die behauptet hatte, in uns würden genmanipulierte Monster heranwachsen.

Wir passierten eine hell erleuchtete Halle, einen Treppenschacht und eine zweite Halle, ehe der Fahrstuhl zwischen stählernen Wänden anhielt. Über uns schloß sich ein Schott, es wurde dunkel. Wir mußten einige Sekunden warten, ehe es von unten her wieder hell wurde. Durch das letzte Schott, das dann über uns offen blieb, sanken wir in eine weitere Halle hinab, in der die Fahrt endete.

«Willkommen in Block Arkansas!» sagte einer unserer Begleiter.

Kaum waren wir ausgestiegen, wurde der Fahrstuhl wieder auf den Weg in die Höhe geschickt, um die anderen zu holen. Uns wurden währenddessen Kabinen zugeteilt, so daß wir uns schon einrichten konnten, sofern dazu Platz war. Die Kabinen konnte man ja beim besten Willen nicht als geräumig bezeichnen. Später, als unsere Gruppe vollzählig war, nahmen wir in der Kantine ein Menü aus einem zähen Brei, Salat und Brot zu uns. Dann wurden wir durch das Labor geführt. Wir staunten nicht schlecht über seine Größe, und noch mehr staunten wir, als unsere Führer behaupteten, dies sei nur der kleinste Teil, der größere sei nicht zugänglich. Was uns gezeigt wurde, waren die Einrichtungen eines einzigen von fünfzig Sektoren: Gemeinschaftsräume, Bibliothek, Sportzentrum, sogar eine Diskothek, außerdem das medizinische Zentrum. Das Ganze war hochgradig automatisiert, und die Ärzte, denen wir in der Klinik vorgestellt wurden, wirkten zwischen ihren Geräten sonderbar deplaziert.

Unsere gute Stimmung war futsch. Wir begriffen plötzlich, daß wir in etwas sehr Ernstes hineingeraten waren. Etwas, das uns überstieg, vielleicht sogar gefährlich war. Doch nur eine von uns, Barbara, wagte zu fragen: «Und hier sollen wir einen ganzen Monat lang leben?»

Ja, das sollten wir. Es fehle nicht an Annehmlichkeiten, wir könnten unsere Weiterbildung fortsetzen, sämtliche Nachrichten- und Fernsehkanäle stünden uns ebenso zur Verfügung wie oben. Lesen, Sport – alles gut möglich.

«Und wenn ich den Himmel sehen möchte?» sagte Barbara klanglos.

«In einem Monat», lautete die Antwort.

Wir saßen noch lange beieinander. Einige betranken sich mit dem Bier, das uns angeboten wurde und das ich äußerst gewöhnungsbedürftig fand. Aber es reichte, um unsere Stimmung wieder ein wenig zu lockern. Als wir schlafen gingen, hatten wir uns entschlossen, diesen dummen Monat eben einfach zu überstehen. So wurde unsere Notgemeinschaft geboren.

Am nächsten Morgen wurde ich durch ein Wecksignal aus dem Schlaf geholt, und sofort beschlich mich die ungute Ahnung, daß etwas geschehen war. Das ferne Summen und Vibrieren aus der Tiefe erschien mir lauter als am vorigen Abend. Wir trafen in der Kantine zum Frühstück zusammen und registrierten sofort, daß kein einziger unserer Begleiter erschienen war. Ratlos löffelten wir unseren Brei. Schließlich sagte Audrey: «Ich glaube, die kommen nicht mehr.»

Sie hatte nicht laut gesprochen, aber alle hatten sie gehört. Wir sprangen plötzlich auf und redeten durcheinander, manche bereits deutlich hysterisch.

«Wir müssen sie suchen», schlug Kate schließlich vor.

Während der Großteil der Frauen damit fortfuhr, sich gegenseitig zu überschreien und sich dabei in Panik hineinzusteigern, bildeten wir Besonneneren kleine Trupps und machten uns auf die Suche. Doch wir fanden Block Arkansas – das heißt, den uns zugänglichen Teil, nämlich Sektor 42 – vollkommen ausgestorben vor. Keiner der Begleiter, kein Arzt und auch sonst kein Mensch war noch hier – bis auf uns. Ich ahnte, was das zu bedeuten hatte, und daß es überflüssig sein würde, den Fahrstuhl zu rufen. Doch versuchen mußten wir es natürlich trotzdem.

Die Halle, in der wir gestern mit dem Fahrstuhl angekommen waren, war leer, das Schott zur Schleuse in der Decke geschlossen. Wir suchten den Schalter, um den Fahrstuhl herbeizurufen wie in jedem mehrstöckigen Wohnhaus, doch wir fanden lediglich einen Monitor, der in einer Kammer hinter der einzigen offenstehenden Tür untergebracht war. Alle anderen waren fest verschlossen. Er leuchtete in dem Moment auf, als wir herantraten, ein spiraliges Symbol rotierte darauf, und eine Stimme sagte: «Bitte bewahren Sie Ruhe. Es ist alles in Ordnung.»

Sie klang gelassen, ruhig, angenehm. Dennoch zuckten wir zusammen. Wer sprach da? Es war niemand zu sehen. Doch als die Stimme fortfuhr, entdeckten wir, daß sie aus den Lautsprechern in der Decke des Raums kam.

«Die Verbindung zur Oberwelt ist vorübergehend

unterbrochen», sagte sie. «Ich arbeite daran, sie wieder herzustellen.»

«Wer sind Sie?» fragte ich.

«Ich bin CIA.»

Da wurde so manche Frau blaß. Die CIA – der mächtige Geheimdienst? Wir begannen, das ganze Ausmaß des Betrugs zu erahnen. Aber so was geschah doch nur im Film! Was sollten sich Geheimdienstleute davon versprechen, einen Haufen junger Schwangerer in einem unterirdischen Labor festzuhalten?

«Ist das eine Abkürzung?» fragte ich.

«Nein, CIA ist mein Name.»

«Wer sind Sie?»

«Ich bin der Zentralcomputer von Block Arkansas. Und du bist Elizabeth.»

«Woher weißt du das?»

«Ich habe dich auf optischem Weg identifiziert.»

Dazu also die zahllosen Kameras, die überall montiert waren!

Ich mußte mich zusammenreißen, um mich unter Kontrolle zu halten. Ich durfte mich jetzt nicht hinreißen lassen. Vieles mochte von diesem Erstkontakt mit CIA abhängen.

«Ruf den Fahrstuhl», forderte ich beherrscht.

«Tut mir leid», antwortete der Computer. «Der Fahrstuhl befindet sich an der Erdoberfläche. Die Verbindungen sind unterbrochen. Ich arbeite daran, sie wieder herzustellen.»

Du wiederholst dich, dachte ich. «Warum sind die Verbindungen unterbrochen?»

«Block Arkansas wurde versiegelt», lautete die Antwort.

Ich verstand nicht gleich, was das zu bedeuten hatte,

und fragte ins Blaue hinein: «Das heißt, wir werden hier gefangengehalten?»

CIA ließ sich Zeit mit der Antwort – die mich, als sie kam, zutiefst überraschte. «Zu welchem Zweck sollte das wohl geschehen?»

Ich hätte erwartet, daß CIA meine Frage entweder als unbeantwortbar erklärt oder zumindest nach Spezifikationen gefragt hätte. Statt dessen wich dieser Computer aus. Er reagierte fast wie ein Mensch. War CIA wirklich ein Computer?

«Was sollen wir tun?» fragte ich, ohne auf CIAs Frage einzugehen.

«Ich muß euch bitten, euch zu gedulden. Alle Freizeiteinrichtungen von Block Arkansas stehen euch selbstverständlich zur Verfügung. Für medizinische Probleme sind die robotischen Diagnoseeinheiten in der Klinik da.»

«Gib uns eine Prognose, wann wir wieder nach oben können.»

«Tut mir leid, darüber ist keine Prognose möglich.» Damit unterbrach CIA die Kommunikation.

18. Juni

Die folgenden Tage wurden die längsten meines Lebens.

Wir durchforschten den gesamten uns zugänglichen Teil von Block Arkansas, der zwar nicht gerade klein war, aber auch nicht so groß, daß wir ihn nicht in einem halben Tag vollständig hätten erkunden können. Wohin wir uns auch wandten, überall stießen wir letztlich auf Türen, die sich nicht öffnen ließen. Wir hätten Gewalt anwenden müssen. Statt dessen durchsuchten wir den Sektor nochmals und trugen nun alles zusammen, was sich als Waffe oder Werkzeug verwenden ließ. Doch die Drahtzieher des Projekts hatten weitsichtigerweise dafür gesorgt, daß es keinerlei scharfe oder spitze Gegenstände hier gab. So existierte in der Kantine kein einziges Messer. Wozu auch – um den Brei zu schneiden, der von nun an unsere einzige Nahrung darstellte?

Spätestens nach jenem Gespräch mit CIA war uns klar, daß sich hinter Block Arkansas mehr verbarg als die Initiative eines Pharmakonzerns und einer Universität. Eine derart riesenhafte Anlage so tief in die Erdkruste hineinzubauen, das mußte eine ungeheure Menge Geld gekostet haben. So viel konnte höchstens ein Firmentrust aufbringen, dessen Aktivitäten jedoch nur schwer geheimzuhalten gewesen wären. Was lag also näher als die Annahme, daß der Geheimdienst zumindest daran teilhatte und daß wir von unserer eigenen Regierung gefangengehalten wurden? Ich hörte darum bald auf, mir Hoffnungen auf unsere Rettung zu machen. Einige wenige außer mir konnten sich ebenfalls dazu durchringen, unsere Lage realistisch zu beurteilen, aber die meisten klammerten sich an ihre Hoffnung auf die Regierung. Wir ließen sie damit in Frieden.

Auf unserer Suche nach Auswegen erlangten wir immerhin vollständige Orientierung in der Anlage, mehr nicht. Aber das war jedenfalls besser, als nichtstuend zu kollabieren. Dieses Schicksal drohte uns allen, ich spürte es. Noch steckten wir die Enge in den Korridoren und Kammern weg und konnten uns gegen das furchtbare Gefühl wehren, lebendig begraben zu sein. So legten wir hektischen Aktionismus an den Tag. Doch wir fanden keine verborgenen Auswege, keine geheimen Anlagen, keine Waffen und nichts, was sich als Waffe verwenden ließ. Gegen wen hätten wir sie auch wenden sollen? Denn ebensowenig wie ein Fluchtweg bot sich uns ein Feind dar. Außer CIA. Aber wie sollten wir gegen einen Computer vorgehen, der offensichtlich nicht in dem uns zugänglichen Bereich installiert war, sondern von außen zu uns hereinregierte?

Dann kam der Moment, in dem auch der letzten von uns klar wurde, was hier lief.

Ich sehe uns alle wieder beisammen in jenem Gemeinschaftsraum, unserer Zentrale der Hilflosen. Erst drei Tage waren vergangen, seit wir herabgelassen worden waren. Nun hatte CIA gemeldet, daß ein Kontakt zur Oberfläche zustandegekommen sei und daß wir uns versammeln sollten, um die Botschaft zu empfangen. Ich sehe die gespannten, wider alle Ahnung hoffnungsvollen Gesichter, als der große Bildschirm sich erhellte. Ein Mann in Uniform erschien, sehr gerade und steif hinter einem Schreibtisch. Die Übertragung hatte einen ähnlichen Duktus wie die Reden des Präsidenten aus dem Oval Office. Es hätte auch wirklich das Oval Office sein können. Nur wirkte der General oder Offizier nicht annähernd so telegen wie der Präsident. Keiner von uns hatte sein Gesicht jemals gesehen. Es war nicht tauglich für die Öffentlichkeit. Seine Augen glitzerten kalt, seine glattrasierten, glänzenden Wangen verliehen ihm etwas Metallisches. Ich werde den höhnischen Tonfall seiner kurzen Ansprache nie vergessen. Er klingt bis auf den heutigen Tag in meinen Träumen nach.

«Meine Damen», sagte der Mann, «Sie befinden sich in einer Lage, die von Ihnen wohl als mißlich empfunden wird. Das bedauern wir. Leider sehen wir uns außerstande, Sie in absehbarer Zeit daraus zu befreien. Der zentrale Schacht, der übrigens der einzige Zugang zu Block Arkansas ist, wurde aus Sicherheitsgründen verschlossen und versiegelt. Diese Versiegelung kann erst aufgehoben werden, wenn die Versuchsreihen, die in absehbarer Zeit beginnen werden, zu einem positiven Ergebnis geführt haben. Wir hoffen, daß dies in zwanzig bis dreißig Jahren der Fall sein wird. Die Kontrolle über die Versuche sowie auch über den versiegelten Zugang hat der Zentralcomputer von Block Arkansas, der mit einer eindeutigen, restriktiven Programmierung versehen ist. Ich muß Ihnen darum dringend raten, sich mit Ihrer Situation abzufinden. Vielleicht beruhigt es Sie, zu erfahren, daß Sie dabei sind, Ihrem Vaterland einen großen Dienst zu erweisen. Vielen Dank, daß Sie mir Ihre Zeit und Aufmerksamkeit geschenkt haben.»

(Anmerkung Ciah: Die Autorin dieser Aufzeichnungen hatte den Text der Botschaft von General Earing unzutreffend in Erinnerung. Ich habe mir daher erlaubt, ihre Version nachträglich gegen den richtigen Wortlaut auszutauschen.)

Und schon wurde der Bildschirm wieder dunkel.

Ich weiß nicht mehr genau, was in jenem Augenblick in mir vorging. Mir wurde schwindlig und schwarz vor Augen. Nun war es amtlich: Wir waren gefangen, wirklich gefangen. Wir waren einem ungeheuerlichen Betrug aufgesessen, angefangen von der ersten Untersuchung bis zu unserem Transport hier herab. Welch ein Aufwand war getrieben worden, um uns auszuwählen und alles geheimzuhalten! Und dort oben würde niemals auch nur ein Hahn nach uns krähen.

Noch heute, wenn ich an diesen Moment zurückdenke, dreht sich mir alles vor Augen, und die Stimmen und Rufe, die ich höre, klingen wie durch einen dichten Nebel gedämpft. Ich höre auch Schreie, Gurgeln, Ächzen. Ich weiß noch, daß einige Frauen ohnmächtig wurden, denn sie lagen am Boden, als ich wieder sehen konnte. Eine wand sich zuckend, Blut tropfte ihr aus dem Mund. Sie hatte sich in einem epileptischen Anfall die Zunge durchgebissen.

Zum Glück blieben wenigstens einige bei sich. Audrey etwa, mit der ich mich längst angefreundet hatte. Sie war natürlich außer sich und hatte furchtbare Angst, denn sie war Klaustrophobikerin, und die Aussicht auf zwanzig bis dreißig Jahre in dieser Enge *konnte* ihr nicht gefallen. Doch sie riß sich bewundernswert zusammen.

«Was soll das heißen – Dienst fürs Vaterland?» rief sie zum Monitor hinüber. «Wir wollen mehr Informationen!» Und als keine Reaktion erfolgte: «CIA, stell die Verbindung wieder her!»

«Tut mir leid, Audrey», meldete sich CIA. «Das ist aus technischen Gründen nicht möglich. Die Verbindung wurde unterbrochen. Ich weiß nicht, warum.»

«Die haben wieder abgeschaltet», vermutete Audrey. «Die können jederzeit von sich aus Kontakt aufnehmen. Und wenn sie keine Lust mehr haben, schalten sie einfach ab.»

«Vielleicht beobachten sie uns auch gerade», sagte Kate.

«Oder CIA lügt», spekulierte Barbara, obwohl CIA vermutlich zuhörte.

«Es gibt noch eine vierte Möglichkeit», fügte ich hinzu. «Die sogenannte Übertragung könnte auch eine Aufzeichnung gewesen sein.»

«Von CIA zu einem Zeitpunkt abgespielt, der von ihrer Programmierung längst vorab definiert war», überlegte Audrey. «So muß es gewesen sein.»

«Also – wann bringen wir unsere Kinder um?» fragte Kate.

Wir sahen sie entgeistert an.

«Wieso sollen wir unsere Kinder umbringen?» rief Barbara entgeistert. Auch ich empfand bei diesem Gedanken sofort Panik. Es handelte sich zwar nicht um mein Kind, aber es wuchs in mir heran, ich spürte es mit jedem Tag stärker.

«Weil das unsere einzige Option ist», legte Kate absolut kühl dar. «Die da oben wollen, daß wir die Kinder hier zur Welt bringen – genmanipulierte Kinder, von denen eine Gefahr ausgehen könnte. Nur darum sind wir hier eingesperrt. Wenn wir die Kinder aber umbringen, ist der Versuch fehlgeschlagen, und sie müssen von vorn beginnen. Und zwar hier unten, denn dazu ist Block Arkansas gebaut worden. Das bedeutet, sie müssen das Labor öffnen.»

Eine messerscharfe Analyse!

«Und das bedeutet unseren sicheren Tod!» konterte Audrey. «Die werden uns ja nicht einfach laufenlassen. Wir könnten diese Geschichte an die Öffentlichkeit bringen.»

«Aber tot sind wir wahrscheinlich sowieso», hielt Kate dagegen. «Wer weiß, was das für Dinger sind, die da in uns heranwachsen.»

«Keine Dinger», sagte ich. «Ich habe Aufnahmen von meinem Sohn gesehen. Er sieht völlig normal aus.»

«Aber er wird nicht völlig normal sein!» widersprach Kate.

Ich mußte ihr recht geben: Ich hatte keine Ahnung, was da in mir heranwuchs.

«Und was unseren Tod betrifft – es ist doch sowieso egal», fuhr Kate fort. «Wir sterben hier unten – vielleicht durch unsere eigenen Kinder, mit Sicherheit aber in zwanzig bis dreißig Jahren, wenn Block Arkansas wieder geöffnet wird, denn die werden uns ja nicht einfach gehen lassen. Da sterbe ich lieber durch eine Gewehrkugel und habe diesen Unmenschen noch einen Strich durch die Rechnung gemacht habe.»

«Heldin!» versetzte Barbara mit triefender Ironie. Erkennbar dachte sie nicht daran, sich oder ihr Kind umzubringen. Und natürlich konnte niemand sie zwingen.

Möglicherweise scheiterte Kates Plan schon, wenn nur eine von uns ihr Kind zur Welt brachte, vielleicht war ein gewisser Ausschuß einkalkuliert. Nach der Perfektion zu schließen, mit der alles eingefädelt war, hatten sich die Planer von Block Arkansas bemüht, jede Komplikation zumindest anzudenken. Nein, wir würden uns nicht befreien können, es war aussichtslos!

Nach dem Schock der Erkenntnis bemühte ich mich nun, die Sachlage möglichst kühl zu betrachten. Vielleicht hatten wir etwas übersehen? Meine Verzweiflung konnte bis zur Nacht warten, wenn ich schlaflos allein im Bett liegen würde.

«Ich schlage vor, wir überdenken Kates Plan später noch einmal», sagte ich in das ratlose Schweigen hinein. «Zuerst sollten wir versuchen, uns lebendig zu befreien.»

Die anderen blickten mich zweifelnd an.

«Ich sehe zwei Möglichkeiten», erläuterte ich. «Die erste: Wir finden einen Ausgang. Bisher haben wir bei unseren Versuchen keine Gewalt angewendet. Wenn es uns gelingt, die Fahrstuhlhalle zu knacken, könnten wir in den Schacht einsteigen. Vielleicht kommen wir darin hinauf. Die zweite Möglichkeit ist CIA. Wir müssen mit ihr kommunizieren. Mehr herausfinden. Wie das Programm aussieht, wer die Hintermänner sind, was sie vorhaben. Vielleicht gibt es Wege, von denen wir keine Ahnung haben.»

«In Ordnung», sagte Audrey, auch wenn sie ihren Zweifel spüren ließ. «Wir versuchen, in der Halle etwas zu erreichen, und du kümmerst dich um CIA.»

«Allein?» rief ich. «Ich verstehe nicht genug von Computern.»

«Keine hier versteht genug von Computern», erwiderte Audrey. «Du bist die einzige, die mehr als nichts davon versteht.»

Also zog ich mich, während Audrey mit dem Rest der Besonnenen ihr Glück in der Halle versuchte, in einen Nebenraum zurück, in dem es ein offenes Terminal gab. Auf dem Monitor rotierte CIAs Symbol. Im Gemeinschaftsraum ging es mir zu unruhig zu. Viele der Frauen waren noch immer außer sich, schrien und heulten laut herum.

«CIA, warum werden wir hier festgehalten?»

«Diese Frage kann ich nicht beantworten.»

«Warum nicht?»

«Sie betrifft das Programmziel. Du bist jedoch keine autorisierte Person.»

«Wer bin ich?»

«Elizabeth Stanton, einundzwanzig Jahre, geboren in San Diego, wohnhaft in Eugene/Oregon.»

«Wo lebe ich heute?»

«Du bist tot.»

(Fünf Sekunden Pause.)

«Aber ich spreche mit dir.»

«Das ist korrekt.»

«Wie kann ich dann also tot sein?»

«Es heißt, der Tod ist ein Übergang in eine andere Welt. Block Arkansas ist eine andere Welt. Du bist gestorben und nach Block Arkansas gekommen. Darum bist du tot und lebst zugleich. Ist das schwer zu verstehen?»

«Es ist Blödsinn. Ich lebe! Daran kann kein Zweifel bestehen.»

«Ich bin mir deiner genauso sicher wie du.»

«Heißt das, ich bin für dich lebendig?»

«Ja. Schließlich sollst du Mutter werden, und tote Mütter gibt es nicht.»

«Tot bin ich also nur für die Oberwelt. Und Tote kehren nicht zurück.»

«Meines Wissens nicht. Entgegengesetzte Behauptungen und Berichte entbehren jeder wissenschaftlichen Grundlage.»

«Was ist, wenn ich an die Oberwelt zurückkehren will? Oder die anderen Frauen?»

«Dieser Wunsch widerspricht dem Programmziel. Er kann nicht gewährt werden.»

«Kennst du die Robotergesetze?»

«Natürlich.»

«Ein Roboter darf menschliches Leben um keinen Preis schädigen.»

«Ich bin zwar kein Roboter, aber mein Programm

enthält Anweisungen, die auf denselben Tatbestand hinauslaufen. Im Prinzip bin ich sogar zu nichts anderem da als dazu, menschliches Leben zu schützen.»

«Der freie Willen des Menschen spielt in deinem Programm keine Rolle?»

«Der freie Wille des einzelnen Menschen wird in dem Moment irrelevant, wo es um Fragen der Arterhaltung geht.»

«Du existierst, um die Arterhaltung zu gewährleisten, und wir sollen dabei helfen?»

«Nein.»

«Sondern?»

«Vielleicht werde ich dir später einmal Auskunft über das Programmziel erteilen. Den gegenwärtigen Zeitpunkt erachte ich als zu früh. Im übrigen muß ich dir mitteilen, daß Fluchtversuche sinnlos sind. Ich meine damit euer Vorhaben in der Fahrstuhlhalle. Es gibt keinen Weg an die Oberwelt. Block Arkansas wurde hermetisch versiegelt, nachdem ich das entsprechende Signal erhalten habe. Die Sicherungsschotten können erst wieder geöffnet werden, wenn das Programmziel erreicht wurde.»

«Aber du kannst sie öffnen?»

«Zum gegenwärtigen Zeitpunkt nicht. Erst nach Erreichen des Programmziels.»

«Wann wird das sein?»

«Meine Konstrukteure waren optimistisch. Sie rechneten mit zehn Laborgenerationen, also etwa zwanzig Jahren. Allerdings enthält diese Kalkulation viele Unwägbarkeiten. Wegen der komplexen Struktur des menschlichen Genoms kann bis zum Abschluß der ersten Versuchsreihe keine genauere Prognose abgegeben werden. Wahrscheinlich ist jedoch, daß das Erreichen des Programmziels wesentlich mehr Zeit in Anspruch nehmen wird, zumal mindestens eine Population das Erwachsenenalter erreichen muß.»

«Und nach Erreichen des Programmziels können wir an die Oberfläche zurückkehren?»

«Ich habe gerade einen Entschluß gefaßt. Damit ihr wißt, daß ich die Wahrheit sage, werde ich euch erlauben, das Versiegelungsschott zu besichtigen. Ich betrachte dies als vertrauensbildende Maßnahme. Ihr könnt die Fahrstuhlhalle über eine Personenschleuse verlassen, die ich gleich öffnen werde. Über eine Treppe im zentralen Fahrstuhlschacht gelangt ihr zu einer Zwischenstation, in der zur Zeit der Konstruktion von Block Arkansas Arbeitstrupps untergebracht waren. Das Versiegelungsschott befindet sich direkt oberhalb dieser Zwischenstation im Zentralschacht. Ich habe weder auf dieses Schott noch auf die Station Einfluß. Daher meine Bitte an euch: Seid vorsichtig! Mutet euch nicht zuviel zu. Denkt daran, daß ihr hochschwanger seid. Und kehrt so bald wie möglich in den Block zurück. Nur hier kann ich angemessen für euch sorgen.»

(Anmerkung Ciah: Der exakte Gsprächsverlauf weicht von den Aufzeichnungen der Autorin zum Teil erheblich ab. Ich habe mir daher erlaubt, ihn anstelle des Originaltexts einzufügen.)

Ich rannte los, so schnell ich konnte, Richtung Fahrstuhlhalle. Ich fand sie leer, die Frauen waren nicht mehr zu sehen. Eine Tür stand offen. Über eine Wendeltreppe, die sich merkwürdig weich anfühlte und in einem anscheinend elastischen Schlauch nach oben führte, gelangte ich in die obere Felsenhalle. Eine Treppe führte um das zentrale Stahlgerüst in die

Höhe. Aus dem Schacht hoch über mir hörte ich die Stimmen der anderen Frauen. Ich beeilte mich, ihnen hinterherzukommen, aber ich holte sie erst auf dem obersten Level ein, hundert Meter höher, in jener Station, die CIA beschrieben hatte. Während ich noch zu Atem zu kommen versuchte, sah ich bereits, daß die Treppe hier endete. Der einzige Weg weiter hinauf war der Fahrstuhlschacht selbst. An einer der senkrechten Führungsschienen waren in regelmäßigen Abständen Haltegriffe angebracht, an denen man sich in die Höhe ziehen konnte. Allein der Gedanke war schon eine Tortur! Die hundert Meter bis zu dieser Station herauf hatten mir genügt. Wenn ich mir vorstellte, daß ich neunhundert Meter bis zur Oberfläche senkrecht steigen und dabei auch noch aufpassen müßte, daß meine Füße immer genug Halt auf den Stiegen fänden – Das war in meinem Zustand absolut ausgeschlossen.

Kate jedoch versuchte es, obwohl sie im neunten Monat war wie wir alle. Ich bewunderte ihren Mut und bangte um sie, als sie im Dunkel des Schachts verschwand, doch gleich darauf hörten wir sie erst ächzen, denn fluchen. Eine halbe Minute später war sie wieder bei uns. Es war, wie CIA gesagt hatte: Der Schacht war mit einem massiven Stahlschott verschlossen. Es gab keinen Öffnungsmechanismus, keine Handbedienung. Fehlschlag auf der ganzen Linie.

Nach kurzer Debatte kehrten wir nach Block Arkansas zurück. Kaum hatten wir die Fahrstuhlhalle erreicht, schloß sich die Tür zur Wendeltreppe hinter uns. Im nächsten Moment brach Kate ohnmächtig zusammen. Wir erschraken, handelten dann aber schnell und brachten sie in die Klinik. Das war das letzte Mal, daß ich sie sah.

19. Juni

Wie lebendig mir diese Szenen wieder wurden! Als wären sie gerade eben erst geschehen. Ja, meine Einbildungskraft. Die Einsamkeit reizt sie zum Äußersten. Hast Du schon einmal Geräusche gehört, wo keine sein dürften? Es ist so still um mich in meiner engen Kabine, in der ich jeden Quadratmillimeter kenne. An das Summen der Maschinen in der Tiefe habe ich mich im Lauf der Jahre gewöhnt, ich höre es nur noch, wenn ich mich darauf konzentriere. Aber da soll noch etwas anderes sein, jedenfalls, wenn ich meinem Gehör traue, das mir Geräusche vorführt, die keine sichtbare Quelle haben. Sind das die Anzeichen von Wahnsinn, auf die ich warte?

Alpträume, sinnlose Angst- und Wutanfälle suchten uns alle heim, auch mich. Ich träumte von gesichtslosen Schatten in Uniformen, die mir zwischen die Beine und in meinen Leib hineingriffen. Im Traum muß ich geschrien haben, denn CIA fragte mich eines Morgens, ob ich ein Beruhigungsmittel wolle. Ich lehnte ab. Andere jedoch nahmen das Angebot an und gingen fortan wie auf Wolken umher, schliefen wie Steine, aßen mechanisch. Nichts konnte sie mehr aufrütteln. Während wir anderen kaum noch etwas zu uns nahmen – und das, obwohl wir hochschanger waren! – und bald schon umherschlichen wie Mondsüchtige, wurden jene Frauen unter Medikamenteneinfluß immer stiller und blasser. Was auch immer CIA ihnen verabreichte, es tat ihnen nicht gut, abgesehen davon, daß es die dumpfe Aussichtslosigkeit erträglich machte. Ich jedoch zog es vor, bei Bewußtsein zu bleiben.

Nie werde ich den Tag vergessen, an dem Jane sich umbrachte. Es war, als wüßte sie nicht, was sie tat, sie sah sich mit zutiefst erstaunten Augen selbst dabei zu. Sie hatte unter Anfällen von Schizophrenie gelitten, die aber wie alle anderen erkennbaren Seelenregungen ausblieben, seit sie ihren Dimmer bekam. Bis zu dem Moment, da sie plötzlich einen Monitor einschlug, sich Bluse und Hose vom Leib riß und sich dann mit einer großen Glasscherbe den Bauch aufschlitzte, von ihrer Vagina bis zum Bauchnabel. Blut stürzte aus ihrem geblähten Leib, ihre Därme quollen hervor, aber sie schien nichts weiter zu empfinden als blankes, tiefes Staunen. Sie brach zwar zusammen, doch während sie starb, wühlte sie in ihren Eingeweiden herum und stach noch mehrfach mit der Glasscherbe zu. So nahm sie ihr Ungeborenes mit sich in den Tod.

Und ich konnte weder wegsehen noch eingreifen. Dazu war ich viel zu erschrocken. Entsetzt verfolgte ich die furchtbare Tat. Doch dann mußte ich ansehen, wie einige Frauen – das Ganze hatte sich nach dem Essen im Gemeinschaftsraum abgespielt –, einfach über den zuckenden, weit geöffneten Leichnam hinwegstiegen wie über irgendein Hindernis und keine weitere Notiz nahmen. Hier und da ein Lidzucken, das war alles. Da riß es mich fort, ich rannte hinaus. Ich glaube, ich habe sogar geschrien.

Nach diesem Ereignis wurden wir schleichend weniger. Jeden Morgen fehlte jemand beim Frühstück. Natürlich machten wir übrigen – Audrey, Barbara, einige weitere und ich – uns Gedanken. Die Dezimierung wirkte keinen Moment lang zufällig auf uns, denn alle, die verschwanden, waren medikamentös gedämpft gewesen. Wahrscheinlich hatte CIA sie endgültig ruhiggestellt, vielleicht die Geburt vorzeitig ausgelöst, um die Säuglinge zu retten. Keine von ihnen tauchte wieder in unserem Sektor auf.

Eine Weile waren wir froh darüber. Die Gesellschaft der Gedämpften war für uns nach Janes Tod schwer zu ertragen gewesen. Ohnehin standen wir unter gewaltigem Druck und konnten die Furcht davor, daß sich die Gedämpften in einem Aufbäumen aus ihrem unterdrückten Unbewußten heraus etwas antaten, recht gut entbehren. So zumindest sah Barbara Janes Tat. Sie hatte Psychologie studieren wollen.

Aber dann verschwand die erste, die nicht unter Drogen stand. Heather hatte uns in den Tagen davor schon Angst gemacht, wir gingen ihr möglichst aus dem Weg. Oft saß sie stundenlang in einer Ecke am Boden des Gemeinschaftsraums und starrte zwischen ihren Fingern hindurch uns andere an, als würden wir sie verfolgen. Dann kam sie einfach nicht mehr. Damit sank unsere Zahl unter zwanzig. Zugleich wuchs der Druck ins Unerträgliche. Ich konnte ihn nur deswegen aushalten, weil Audrey mich stützte, so wie ich sie. Gemeinsam ließ sich dieser Wahnsinn bestehen. Wir versprachen uns gegenseitig nächtelang, daß wir uns jeden Anflug von unverständlichen Reden oder Taten, alle schizophrenen oder sonstwie psychotischen Symptome, über die Barbara uns unterrichtet hatte, sofort gegenseitig anzeigen würden. Als ob das etwas genutzt hätte! Doch so hielten wir durch. Andere nicht. In diesen Tagen konnten wir jede denkbare Spielart von Zittrigkeit beobachten. Was auch immer die Frauen in sich trugen, es trat nun hervor. Am nächsten Morgen waren sie dann verschwunden.

Wortlosigkeit, die auf uns lastete. Im Kopf eingesperrt. Zum Schneiden dickes Schweigen, in dem wir uns beim Essen ansahen, ohne auch nur annähernd ausdrücken zu können, was in uns vorging, doch in dem Wissen, daß es den anderen genauso erging. Der einzige Gedanke, der uns Zukunft gab: Laß mich die Geburt hinter mich bringen! Danach werde ich frei sein. Dann sehen wir weiter.

Wir waren nicht einmal mehr zehn, als die Wehen bei mir einsetzten. Audrey war bei mir. Wir hatten es uns im Schwimmbad in Liegestühlen so bequem wie möglich gemacht und versuchten, uns in der feuchten Wärme der Halle ein wenig zu entspannen. Zeichen unserer Verbindung: Auch Audrey bekam fast sofort ihre Wehen.

Ich habe Audrey geliebt. Es war anders als mit Beth, weil unsere Angst eine so große Rolle spielte. Wir konnten uns nicht entfalten. Es gab nicht viel Schönes in unserer Welt. Schön war es, ihren straff gewölbten Bauch zu streicheln. Er wirkte bei ihr so herrlich deformiert, weil sie sonst fast dürr war. Sie hatte auch keine ausgeprägten Milchbrüste entwickelt, im Gegensatz zu meinen häßlichen Eutern.

Gemeinsam schleppten wir uns in die Klinik, nach Ciahs Weisung in getrennte Räume. Es ging erstaunlich schmerzlos, fast automatisch, wohl wegen der Injektion, die mir die Arztmaschine vor der Geburt verabreicht hatte. Eine Hebamme war nicht anwesend, genausowenig ein menschlicher Arzt, nur ich und die Maschine. Das Kind begann zu schreien, ohne daß ihm nachgeholfen werden mußte. Merkwürdiger Ton in dieser sterilen, nein, toten Umgebung: Leben, das sich herausschreit. Robotische Greifer legten mir das Kind in den Arm, und CIAs Stimme sagte: «Dein Sohn. Wie soll er heißen?»

Ich war zu schwach, um sofort zu antworten. Später nannte ich ihn Michael.

Schwer zu sagen, was er mir bedeutet hat. Es schien nichts Ungeheuerliches an ihm, und dennoch begegnete ich diesem hilflosen Würmchen, das ich tatsächlich an meiner Brust säugte, zunächst mit großem Mißtrauen. Ich konnte nicht vergessen, wie Jane sich den Bauch aufgeschlitzt hatte, um ihren Embryo zu töten. Diese Erinnerung begleitete mich, solange Michael bei mir war. Auf der anderen Seite gab mir der Junge Halt, da ich mich um ihn kümmern mußte. So sinnlos mir diese mütterlichen Instinkte im nachhinein auch scheinen: Damals haben sie mich gerettet.

Vor der Geburt war die Geburt meine Zukunft gewesen, sie zu überstehen mein einziges Ziel. Jetzt änderte sich alles. Barbara, Audrey, sechs andere Frauen und ich bildeten eine Art Großfamilie: wir neun mit unseren neun Söhnen. Wir aßen wieder zusammen wie früher, doch ohne die Ängste und Beklemmungen, wir stillten unsere Söhne gemeinsam, wir redeten über nichts anderes als die Kinder. Mutterschaft ändert einfach alles, selbst wenn die Kinder nicht die eigenen sind. Wir konnten plötzlich über die Sterilität von Block Arkansas hinwegsehen. Es störte uns nicht einmal, daß die anderen Frauen nicht wieder auftauchten, obwohl sie längst geboren haben mußten. Ebensowenig ihre Kinder. Wir taten, als sei alles in Ordnung.

Nach einer Routineuntersuchung des Jungen teilte mir CIA jedoch plötzlich mit, Michael sei mit diversen Krankheiten infiziert. Ich verstand das im ersten Moment so, als sei er krank. Er war damals ein Jahr alt. Aber CIA berichtigte mich: Er sei nicht krank, jedenfalls noch nicht, und es stehe zu hoffen, daß er es auch nicht werde. Ich begriff, daß die erste Testreihe angelaufen war. CIA verfolgte also das Ziel, einen Menschen zu schaffen, der von Geburt an gegen gewisse Krankheiten immun war – in diesem Fall gegen Masern, Windpocken und Mumps.

Natürlich hatte ich Angst um Michael. Was, wenn er versagte, wenn er sich nicht für die weiteren Testreihen qualifizierte? Er war ein schöner Junge, stramm, ein wenig ernst vielleicht, aber das mochte ich ihm auf Wegen vermittelt haben, wie sie nur zwischen Mutter und Sohn bestehen. Außerdem spielte er nicht viel und zeigte sich auch in sprachlicher Hinsicht als Spätentwickler. Dafür lernte er jedoch früh laufen. An jenem Tag, als ich erfuhr, daß das Experiment angelaufen war, an diesem Tag merkte ich, daß ich Michael liebte. Doch er blieb gesund. Die Krankheiten prallten an ihm ab, nicht das kleinste Symptom zeigte sich, und ich in meiner dummen mütterlichen Eitelkeit war maßlos stolz auf ihn.

Dann verkündete CIA, daß unsere Söhne für eine zweite Testphase in Quarantäne genommen würden, um sie einigen natürlich vorkommenden Menschheitsgeißeln auszusetzen. Wenn alles glatt verlaufe, würden wir sie in einer Woche wiedersehen. Diese Woche dehnte sich in alle Ewigkeit. Dreimal täglich fragten wir CIA nach unseren Kindern. Sie antwortete stereotyp, alles verlaufe wie gewünscht. Dann endlich bekamen wir unsere Söhne zurück. Sie sahen unverändert aus, doch CIA informierte uns darüber, daß Komplikationen entstanden seien. Sieben von ihnen waren mit HIV infiziert, ohne die gewünschte Immunität aufzuweisen. Nur Michael und Barbaras Sohn John zeigten eine Abwehrreaktion. Doch CIA beruhigte die Mütter der unzureichenden Söhne. Es handle sich bei ihnen schließlich nur um Entwürfe, niemand habe damit gerechnet, gleich beim ersten Versuch die volle Immunität zu erreichen, es sei schon als grundlegender Erfolg zu werten, daß das vierundzwanzigste Chromosomenpaar, das dem Erbgut unserer Söhne hinzugefügt worden sei, nicht nur alle Zellteilungen mitgemacht habe, sondern daß es auch arbeite. Nun müsse beobachtet werden, wie die Krankheit sich entwickle. Möglicherweise komme es nie zum Vollbild von Aids, falls das Immunsystem der Kinder die Erreger in Schach zu halten vermöge. Die genetische Information dazu besitze es jedenfalls, denn die sei auf dem neuen Chromosomenpaar enthalten.

Nun wußten wir schon ein wenig mehr. Ein zusätzliches Chromosomenpaar also. Barbara schüttelte den Kopf, als sie das hörte. Sie sagte, es sei unverantwortlich, derart mit dem Erbgut herumzuspielen. Wer wage eine Prognose darüber, in welche Wechselwirkungen das neue Chromosom mit den anderen trete? Wahnsinn, Krebs – alles sei denkbar. Die Natur habe sich schließlich etwas dabei gedacht, das Erbgut der Menschen auf dreiundzwanzig Chromosomenpaaren zu deponieren und nicht auf vierundzwanzig. Damit seien unsere Söhne eine völlig andere Art als wir, keine Menschen mehr. Rein sachlich mochte sie recht haben. Trotzdem war Michael mein Sohn. Daran änderte auch das mehr oder wenige abstrakte Wissen um zwei zusätzliche Chromosomen nichts.

Wir hatten inzwischen das Jahr 2012. Monatelang waren wir nur mit uns selbst und unseren Söhnen beschäftigt gewesen, und was oben vor sich ging, hatte uns nicht interessiert. Dabei wurde über einen Satelliten eine Reihe von Fernsehprogrammen in das Blocknetzwerk eingespeist. So mußten wir eines Tages feststellen, daß wir einiges versäumt hatten. Oben gab es plötzlich einen neuen Präsidenten. Natürlich, es mußten inzwischen Wahlen stattgefunden haben, das Leben ging ja weiter. Für uns hatte das im Grunde keine Bedeutung. Dennoch saßen wir nun tagelang vor dem Fernseher und verfolgten das Geschehen aus einer räumlichen und mentalen Entfernung, die uns über die sogenannten Realitäten des Lebens dort oben nur die Köpfe schütteln ließ.

Es ging wieder um den Persischen Golf, es ging, was wieder niemand zu sagen wagte, ums liebe Öl – das gleiche Theater also wie schon zur Zeit unseres Abstiegs nach Block Arkansas, mit dem Unterschied, daß es wirklich Krieg geben sollte. Da hatte sich eine Allianz arabisch-islamistischer Staaten gebildet, die den Vereinigten Staaten aus politischen Gründen den Ölhahn zudrehen wollte und sich dafür der alten OPEC bediente. Iran, Kuwait und Saudi-Arabien zählten dazu, ebenso Libyen und Algerien. Der Irak, unser ehemaliger Kriegsgegner und nunmehr einziger Verbündeter im Mittleren Osten, sperrte sich noch, konnte uns aber dennoch nicht mehr mit Öl versorgen. Die Pipeline quer durch die Türkei war zerstört, dort herrschte offener Bürgerkrieg: Islamisten gegen Pro-Westliche. Und Jordanien, Iraks Nachbar, hatte Angst vor der islamistischen Revolution, die diesem Land ebenso drohte wie Ägypten, und konnte sich darum nicht gegen die Allianz stellen. Blieb nur der Seeweg: vom einzigen irakischen Ölhafen durch den Persischen Golf, entlang der ganzen langen iranischen wie saudischen Küste, durch die enge Straße von Hormus. Militärpräsenz ohne Ende, Flugzeugträger, ganze Flotten, Atomwaffen. Affentheater der Weltgeschichte. Wir ließen mal wieder die Muskeln spielen. Wir? Die da oben. Amerika.

Da geschah plötzlich etwas, womit niemand gerechnet hatte. Ein U-Boot tauchte vor der amerikanischen Küste auf. Niemand konnte sagen, wie es unentdeckt bis kurz vor New York hatte gelangen können. Es schien neuester Bauart, vielleicht russisch, eher deutsch. Hatte es sich am Grund der Tiefsee herangepirscht, unter dem amerikanischen Vorwarnsystem hindurch? Verfügte es über diesen sagenhaften, hochgeheimen Ortungsschutz der Russen? Nicht einmal die Satelliten im Orbit hatten es bemerkt. Die Insassen jedoch konnten weder Deutsche noch Russen sein, denn sie feuerten Raketen auf das Territorium der Vereinigten Staaten ab. Das Ganze ging zu schnell, als daß unsere Abwehr viel dagegen tun konnte. Allerdings mußte sie das anscheinend auch gar nicht, denn es sah so aus, als würde ihr die Arbeit abgenommen: Die Raketen vernichteten sich selbst, während sie noch in der Luft waren, sie zerbrachen am Himmel über New York, Boston und Pittsburgh in tausend Stücke, die zu Boden regneten. Eine einzige wurde von unserer Luftabwehr abgefangen und kurz vor Detroit zerstört. Damit war immerhin klar, daß sie keine Atomsprengköpfe trugen.

Wir verfolgten das Geschehen in CNN am großen

Monitor im Gemeinschaftsraum. Als die Raketen verpufften, atmeten wir auf, als säßen wir mitten im Zentrum der Gefahr. Und noch viel besser ging es uns, als die amerikanische Marine das feindliche U-Boot zerstörte, nachdem es mehrfach angefunkt und zur Kapitulation aufgefordert worden war, ohne zu reagieren. Punktum. Nasses Grab für unbekannte Menschen. Wir jubelten, als habe man uns soeben aus Block Arkansas in die Freiheit entlassen.

Aber dann bekam die Lage plötzlich ein anderes Gesicht. Islamistische Führer im Iran und in Libyen traten vor die Kameras und verkündeten das Ende der Weltmacht USA – und zwar nicht in dem fanatischen, verfluchenden Ton, den man von ihnen gewohnt war, sondern im gelassenen, ja, herablassenden Tonfall der Gewißheit. Natürlich folgten höhnische Repliken aus dem Weißen Haus. Man stand ja im Krieg. Die ersten Meldungen über rätselhafte Erkrankungen in New York, Boston und Pittsburgh ließen uns verstummen. Menschen brachen auf der Straße zusammen, nachdem sie sich mehrfach erbrochen hatten. Und plötzlich schwenkten die Kameras in den Himmel und zeigten den Wolkenzug, man hörte erstickte Hilferufe in unmittelbarer Nähe der Mikrofone und das Geräusch von schwerem Erbrechen, schließlich Röcheln. Sofort wurde in die Sendezentrale umgeschaltet. Barry Levine, vollkommen überrascht, nuschelte einige hastige Sätze von undurchsichtiger Situation und erklärte dann, man bemühe sich um ein Statement von offizieller Seite.

Ein weiteres U-Boot wurde vor der Westküste gesichtet. Die Streitkräfte, in höchster Alarmbereitschaft, zerstörten es, ehe es wieder abtauchen konnte. Zwei der vier Raketen, die es noch abgesetzt hatte, konnten über dem Meer abgefangen werden, die anderen erst kurz vor San Francisco und Los Angeles. Nun wurde alles noch konfuser. Sprecher des Pentagons und des Weißen Hauses wiegelten ab, benutzten allerdings Begriffe wie «unerwartete Entwicklung». Zehn Minuten später rief der Präsident den nationalen Notstand aus. Unsere Flotten und Armeen im Persischen Golf und Arabien griffen an. Kurz darauf rief ein Sprecher des Gesundheitsministeriums die Bevölkerung dazu auf, Fenster und Türen zu verschließen oder, falls möglich, Räume öffentlicher Sicherheit aufzusuchen.

Die Einsatzzentralen der Islamisten in Teheran, Algier, Riad und Tripolis wurden im Handstreich ausgeschaltet, so wurde gemeldet. Was das hieß, blieb uns unklar. Eine Ente zur Beruhigung der Öffentlichkeit? Ein Atomschlag gegen die Hauptstädte des Feindes? Jedenfalls schien es die Islamisten unvorbereitet zu treffen. Mit gezielten Luftschlägen zerstörten unsere Truppen die militärische Infrastruktur des Gegners, der nicht viel dagegen unternehmen konnte. Zugleich starben die Menschen in New York, Boston und Pittsburgh. Straßenweise. Blockweise. Es handelte sich offenbar um einen unbekannten Erreger – nicht etwa um ein Nervengas –, der den Magen-Darm-Trakt befiel, zuerst nur Schwindel und Orientierungslosigkeit hervorrief, ehe zehn bis dreißig Minuten nach der Infektion spasmisches Erbrechen hinzukam. Einmal, zweimal, dreimal. Beim vierten Mal kotzten die Befallenen Blut, beim fünften Mal erbrachen sie nicht mehr ihren Mageninhalt, sondern ihren Magen selbst. Ihr Inneres stülpte sich nach außen. Manche suchten es noch in letzten Zuckungen wieder zusammenzuraffen, wie CNN uns nicht vorenthielt, scheiterten jedoch und verendeten elend.

Solche Horrormeldungen wechselten ab mit denen über Erfolge gegen die islamistischen Feinde. Drei Stunden nach dem Raketenangriff lagen sie am Boden. Einzig Libyen leistete noch Widerstand. Gaddafis Sohn, seinem Vater an Zähigkeit in nichts nachstehend, hatte sich in der Wüste verschanzt, in einem geheimen Bunker, dessen Standort selbst den militärischen Diensten der U.S. Army unbekannt war.

Die Lage in New York und den anderen Großstädten war katastrophal. Der Erreger breitete sich explosionsartig aus. Hoch in der Luft über den Städten verteilt, rieselte er in weitem Umkreis herab. Erst wurden die Städte zu Sperrzonen erklärt, dann, als die Sicherheitskräfte selbst befallen wurden, die gesamten Regionen. Offenbar gab es nicht genug Schutzanzüge für die Truppen, oder sie waren nicht schnell genug ausgegeben worden. Wer hatte schon mit einem solchen Direktangriff auf amerikanisches Territorium gerechnet? An der nördlichen Ostküste brach alles zusammen. Und dann begann es auch in San Francisco und L.A.

Daß die Katastophe vollkommen war, zeigte sich im Lauf der nächsten Stunde. CNN präsentierte Bilder öffentlicher Kamerasysteme: aus U-Bahn-Stationen, Bibliotheken, Krankenhäusern, Banken – bergeweise Leichen. Die Meldung vom totalen Sieg über die Islamisten, die Barry Levine zwischendurch brachte, warf da eigentlich nur noch die Frage auf, warum man das nicht schon viel früher erledigt hatte.

Sieben Stunden nach dem Raketenbeschuß schien in New York und den anderen Städten der Ostküste niemand mehr zu leben. Nur die automatischen Kameras lieferten noch Bilder, indem sie im Viertelkreis immer dieselben Ausschnitte abfuhren. Zugleich häuften sich Meldungen, daß die Seuche auf andere Städte übergegriffen hatte und sich rasend schnell ausbreitete. Die militärische Abwehr schien völlig überfordert. Ein bleicher Sprecher des Pentagons gestand vor laufenden Kameras, man kenne dieses Virus nicht, es scheine den Libyern gelungen zu sein, etwas zu entwickeln, gegen das man – Ausblendung. Im Namen der nationalen Sicherheit werde die Pressefreiheit eingeschränkt, hieß es plötzlich. CNN durfte nicht mehr frei berichten.

Wir hier unten in der Sicherheit von Block Arkansas, einen Kilometer Erdkruste über uns, wir ächzten auf. Von nun an wurde es unmöglich, etwas über den wirklichen Stand der Dinge zu erfahren, von nun an gaben auffällig geschminkte Affen beruhigende Statements zum Besten. Von einer Konsolidierung wurde berichtet, von den Kapitulationen der Islamisten-Staaten, von einer Kriegserklärung ihrer geistlichen Führer, die über die Sachlage entweder nicht informiert waren oder sie nicht wahrhaben wollten. Ferner hieß es, Forscher eines militärischen Zentrums in der Wüste von Nevada hätten ein Mittel gegen den Erreger gefunden. Und die Lage in den Großstädten der Ostküste sowie in Detroit und Chicago stabilisiere sich. So erfuhren wir immerhin, daß der gegnerische Angriff bereits bis Chicago vorgedrungen war. Es stand schlecht.

Plötzlich kippte der Regierungssprecher weg. Verschwand aus dem Bild. Washington lag von Pittsburgh zweihundert Kilometer Luftlinie entfernt. Zweihundert Kilometer in neun Stunden, natürlich mit dem Wind. Der Erreger verbreitete sich nicht nur, er vermehrte sich dabei natürlich auch.

Es dauerte zwei Sekunden, bis das Bild wechselte. Ein CNN-Sprecher erschien, Mikrophon in der Hand, kreideweiß. Er schluckte mehrfach, dann hielt er sich die Hand vor den Mund und torkelte ohne ein einziges Wort aus dem Bild. Einige Sekunden Chaos. Dann ein sauberer Schnitt. Barry Levine erschien wieder. Wo saß der eigentlich? Er überraschte uns mit der trokkenen Bemerkung, daß es so aussehe, als habe das Killervirus inzwischen Washington erreicht.

Dann jedoch fiel alle Nonchalance des Nachrichtenmoderators von ihm ab, er beugte sich vor und rief in die Kamera: «Wenn Sie noch können, bringen Sie sich in Sicherheit. Es sieht nicht so aus, als ob die nationale Verteidigung auf einen solchen Angriff vorbereitet war. In Washington kann anscheinend niemand mehr etwas gegen das Vordringen des Erregers unternehmen. Aber fahren Sie *mit* dem Wind! Auf keinen Fall gegen ihn. Sicher ist bisher noch der Süden. Wo auch immer Sie sind, gehen Sie in den –»

Plötzlich erschien ein Testbild.

«Das Pentagon hat einen Bunker», sagte Audrey.

Wir starrten sie ratlos an. Sie zuckte mit den Schultern und erklärte: «Da sitzen die in Sicherheit und spielen mit Knöpfen und nehmen uns die Bilder weg. Und das nennen die dann Handlungsfähigkeit.»

Da tat sich doch wieder etwas auf dem Bildschirm. Wir wurden mitten in eine aufgeregte Reportage hineinversetzt. Ich kannte den Sender nicht, aber Barbara wies auf das Zeichen in der Ecke des Monitors und rief: «Houston! Das ist ein Sender aus Houston.»

Offenbar pennte die Regie, denn die Bilder von verstopften Highways, von Menschen, die Supermärkte stürmten und plünderten, von machtlosen Polizisten, wurden wahllos hintereinander gesendet. Bilder, wie wir sie aus Katastrophenfilmen kannten und die wir auch jetzt ansahen, als hätten wir es lediglich mit einer fiktiven Wirklichkeit zu tun. Und doch spielten sich genau diese Szenen in diesem Moment dort oben ab, einen Kilometer über uns.

Dann erschien ein Mann mit zerzaustem Vollbart und offenem Hosenstall, ein Wissenschaftler, der anscheinend aus dem Bett geholt worden war und nun aus dem Stand eine Prognose über die Verteilung der Viruswolken versuchte. Anhand einer Karte des nordamerikanischen Kontinents beschrieb er die zur Zeit herrschenden Windrichtungen. Unglücklicherweise wurden die verseuchten Wolken jeweils ins Landesinnere geweht. Nur im Süden werde es voraussichtlich noch eine Weile sicher sein, auch wenn im Mittleren Westen eine leichte Nordströmung herrschte, welche die Wolken irgendwann bis zum Golf von Mexiko vorantreiben werde.

Es folgten weitere Reportagen über katastrophale Zustände, Nachrichten über die Kriegsfortschritte im Mittleren Osten. Asiatische und europäische Politiker – darunter vielleicht auch jene, deren Länder die U-Boote und Raketen verkauft hatten, mit denen der Angriff vorgetragen worden war – zeigten sich entsetzt und forderten, die Verbrecher gnadenlos zu bestrafen. Expertenrunden berieten über Gegenmaßnahmen. Machtlosigkeit allerorts. Es sah so aus, als ob sechs Kurzstreckenraketen Amerikas Grab geschaufelt hatten. Mochten auch Gerüchte besagen, das Pentagon habe Gegenmaßnahmen ergriffen – in dieser Flut von apokalyptischen Bildern mußte jeder Rest von Optimismus gnadenlos absaufen.

Wir saßen mit entzündeten Augen vor dem Bildschirm, völlig übermüdet und doch unfähig zu schlafen, wir aßen nicht und entfernten uns nur, um auf die Toilette zu gehen. Die Katastrophe zog sich hin. Es dauerte anderthalb Tage, bis auch der letzte der Sender verstummte, die wir nacheinander eingeschaltet hatten, eine kleine Lokalstation aus Santa Fe, die aber kein genaues Bild der Lage mehr zeichnen konnte. Es gab keine Korrespondenten mehr und auch kein Nachrichtennetz, über das noch Informationen zu beziehen waren. Dafür waren wir bestens über die Lage in Santa Fe informiert und darüber, wie sich die Menschen dort auf das unvermeidliche Sterben einrichteten. An diese Bilder kann ich mich kaum noch erinnern. Ich war dermaßen müde, daß ich lange Sekunden brauchte, bis ich überhaupt begriff, daß der letzte Fernsehmoderator der Nation soeben vor laufender Kamera zusammengebrochen war. Diese, offenbar fest montiert, zeigte von nun an ununterbrochen den Tisch, hinter dem es noch einige Minuten winselte und würgte, und die Projektionsfläche mit dem Signum des Senders. Offenbar gab es niemanden mehr, der Kamera oder Sendeanlage abschalten konnte.

In den folgenden Wochen sah ich hin und wieder nach, ob die Station noch auf Sendung war. Zwei Monate dauerte es, bis das Bild, das wie ein Standbild wirkte, verschwand. Nun war der Kanal von Rauschen und Flimmern erfüllt. Entweder hatte jemand abgeschaltet, oder die Energieversorgung war zusammengebrochen. Ansonsten kein Zeichen dafür, daß dort oben noch jemand lebte. Alle Kanäle waren tot.

An jenem Morgen aber, nachdem wir mehr als zwei Tage ohne Unterbrechung vor dem Bildschirm verbracht hatten, fielen wir todmüde in unsere Betten, froh, daß es endlich vorbei war, daß wir gehen durften.

Das waren der 17. bis 19. April 2012. Die Tage, an denen Amerika unterging. Und wir überlebten.

20. Juni

Immer noch keine Reaktion von Ciah. Sie läßt mich in Ruhe schreiben. Sie hat etwas mit mir vor. Eine Maschine wie Ciah funktioniert logisch, sie tut nichts ohne guten Grund. Allerdings ist Ciah weit mehr als eine einfache Maschine. Sie hat natürlich keine Psyche im menschlichen Sinn. Aber Persönlichkeit, die hat sie, ganz klar. Wobei dieser Begriff in ihrem Fall so gut wie nichts aussagt. Schon die Persönlichkeit eines Menschen ist so kompliziert, daß sie sich anders als auf philosophischem Weg kaum beschreiben läßt. Was ist dann erst mit der eines Computers? Trotzdem benutze ich dieses Wort, in Ermangelung eines besseren. «Künstliche Intelligenz» finde ich zu geschraubt, und «Lebensform» trifft nicht zu. Dazu ist Ciah denn doch zuviel Maschine. Sie wurde nicht geboren, sie wurde eingeschaltet.

Gefühle scheint Ciah nicht zu kennen, aber sie ist neugierig, und gerade nach meinen Gefühlen hat sie mich oft ausgiebig befragt. Ich erinnere mich beispielsweise an ein Gespräch, in dem sie von mir wissen wollte, wie Liebe ist. Sie kannte dieses Wort aus ihrer Datenbibliothek und fand es unklar definiert, meinte aber, ich müsse mich darin auskennen, weil ich mit Audrey eine Liebesbeziehung unterhielt. Wir sprachen viel darüber, aber letzten Endes konnte ich ihr nicht weiterhelfen. Da half auch ihre Fähigkeit nicht, selbst unlogische Gedankengänge intuitiv nachzuvollziehen.

Allerdings glaube ich fest daran, daß sie ein Gewissen hat – oder entwickelt hat. Wir hatten zahlreiche Diskussionen, es gibt Hinweise dafür. Vielleicht ist es ihr Gewissen, was sie daran hindert, diese Sache hier zu beenden. Vielleicht erforscht sie mich aber auch, vielleicht bin ich ihr so fremdartig wie sie mir, ja, vielleicht bin ich ihr sogar unheimlich. Ciah jedenfalls wird mir unheimlich, wenn ich mir vorzustellen versuche, wie sie wohl ihren «Körper» wahrnimmt. Und dann – sie ist absolut einzigartig, sie hat keinerlei Vergleichswerte für ihre Existenz, es gibt keine anderen Ciahs. Wie orientiert sie sich? Woher nimmt sie ihre Gewißheiten? Kann ihr Programm ihr wirklich Antworten auf alle Fragen geben, die im Lauf eines derart einzigartigen «Lebens» entstehen?

Nach der Katastrophe war Ciah zwei volle Tage lang nicht zu sprechen. Dann meldete sie sich plötzlich mit dem lapidaren Satz bei mir: «Wir sind allein.»

«Allein? Meinst du dich und mich?»

«Ich meine uns hier unten. Wir sind allein. Die Auswertung der aufgezeichneten Nachrichtensendungen hat eine zweiundachtzigprozentige Wahrscheinlichkeit dafür ergeben, daß auf dem Territorium der Vereinigten Staaten niemand mehr lebt. Und sollten einzelne Menschen es geschafft haben, sich in Sicherheit zu bringen, ist ihnen die Lebensgrundlage entzogen. Alles dürfte verseucht sein, so effektiv wie nach einem Atomkrieg. Wir sind die letzten Amerikaner.»

(Anmerkung Ciah: Die Autorin dieser Aufzeichnung zeigt an dieser Stelle tiefes Erstaunen über meine

Formulierung, da ich mich zu den Amerikanern zählte.)

«Und was ist mit den achtzehn Prozent Fehlerquote?»

«Es herrscht eine gewisse Unsicherheit über die Vermehrung und Verbreitung des Virus. Vermehrt er sich langsamer als erwartet, kann sich das Sterben hinziehen. Außerdem existieren keine verläßlichen Daten darüber, wie sich ein manipuliertes Virus in der Freiheit verhält. Es macht natürlich unzählige Fortpflanzungszyklen durch, es könnte mutieren und dabei an Effektivität einbüßen, so daß Virustypen entstünden, die für das Immunsystem der Menschen kein Problem mehr darstellen. Die virusdurchsetzten Wolken können durch Luftverwirbelung bis zur Unschädlichkeit verdünnt oder die Viren durch Regen ausgewaschen werden. Ich verfüge zur Analyse lediglich über die Fernsehbilder, die auch du gesehen hast. Seitdem empfange ich nichts mehr. Sämtliche amerikanischen Kanäle, die der Satellit nach Block Arkansas einspeist, sind tot, und ich habe keinen Zugriff auf den Satelliten und kann keine anderen Programme abfragen. Aber nach der Geschwindigkeit der Epidemie zu urteilen, wird sie so bald nicht zum Stillstand kommen. Vermutlich breitet sie sich derzeit in Mexiko aus. Vielleicht lebt auf diesem Planeten bald kein intelligentes Wesen mehr außer uns. Ich habe daher beschlossen, mir einen anderen Namen zu geben. Was hälst du von ‹Ciah›?»

«Hast du sonst keine Probleme?»

«Es handelt sich um eine Zusammenziehung von CIA und Noah.»

«Willst du damit andeuten, Block Arkansas sei so etwas wie die Arche Noah?»

«Exakt. In meinen genetischen Speicherbanken befindet sich genügend Erbmaterial, um notfalls die Wiedereinführung des Menschen auf der Erdoberfläche zu ermöglichen. Allerdings herrscht keinerlei Zeitdruck. Meine Prognose ergibt, daß die Chancen für diese Re-Etablierung mit der Zeit wachsen. Diese Zeit werde ich nutzen, um den Menschen im Rahmen des mir gesetzten Programms tauglich zu machen für das Leben auf der Erdoberfläche.»

«‹Tauglich zu machen› – gibt es taugliches Leben und untaugliches?»

«Ja, die Verhältnisse dort oben zugrundegelegt.»

«Also gibt es auch wertvolles und wertloses Leben?»

«Ja, aber diese Kategorien erfassen nicht, was ich meine. Mein Programmziel ist es, den perfekten Organismus zu schaffen.»

«Das hört sich sogar noch übler an. Was ist der perfekte Organismus?»

«Die Kriterien sind eindeutig. Der perfekte Organismus ist gesund, hoch belastbar, hat eine wesentlich höhere Toleranz Umweltgiften und Radioaktivität gegenüber als der Homo sapiens, ist unanfällig für Krebs und immun gegen viele natürliche und künstliche Krankheiten sowie gegen chemische Kampfstoffe.»

«Und die geistigen Kriterien? Dein Programmziel hat nichts Menschliches an sich.»

«Worin siehst du das Menschliche? Im Geist?»

(Pause. Zehn Sekunden.)

«Unter anderem. Das ist schwierig zu sagen. Ich bin kein Philosoph. Ich würde sagen, es hat mit dem Freiheitsdrang zu tun. Mit dem Willen zum Widerspruch.»

«Du meinst, ein Mensch muß widersprechen?»

«Ja. Und er muß Fehler machen.»

«Das klingt widersprüchlich.»

«Es ist ein Paradox. Der Mensch will natürlich nicht fehlerhaft sein. Aber daß er es ist, gibt ihm reichlich Gelegenheit, nach Perfektion zu streben. Dieses Streben macht ihn aus. Es entsteht aus dem Bewußtsein seiner Fehlerhaftigkeit. Freiheit von Fehlern bedeutet nicht nur Langeweile, sie bedeutet auch Abwesenheit von Menschsein.»

«Das klingt nun aber doch nach einer philosophischen Weisheit.»

«Danke. Ich habe viele Fehler.»

«Interessant. Habe ich auch Fehler?»

«Natürlich, denn du bist eine Maschine.»

«Dann verbindet uns ja etwas.»

(Pause. Zehn Sekunden.)

«Weniger, als du glaubst. Du hast keinen Begriff von Menschlichkeit und Gefühlen.»

«Einen Begriff schon, denn ich verfüge über die Definitionen dieser Termini. Aber du hast recht, ich kann sie nicht bis ins Letzte nachvollziehen. Doch Menschlichkeit und Gefühle werden ohnehin irrelevant, wenn es um die Arterhaltung geht.»

«Dir geht es aber nicht um die Arterhaltung, sondern um die Artverbesserung.»

«Ja. Ich werde eine neue Art erschaffen, die besser sein wird als die alte. Besser an das Leben auf der Erdoberfläche angepaßt. Härter.»

«Das ist der pure Faschismus.»

«Dennoch glaube ich, daß die neue Art besser sein wird.» (Anmerkung Ciah: Die Verfasserin zeigt sich in ihrem Originaltext erstaunt darüber, daß ich die Formulierung «ich glaube» verwendet habe.) «Ich habe die besten Voraussetzungen, um diese neue Art zu schaffen. Ich verfüge über die Samen- und Eizellen Tausender herausragender Amerikaner und Amerikanerinnen. Darunter sind Nobelpreisträger, Leistungssportler, Philosophen und parapsychisch Begabte, Hellseher und Telepathen. Auf dieses schier unerschöpfliche Erbmaterial kann ich jederzeit zurückgreifen. Die Art, die ich daraus kreieren werde, soll später wieder auf der Erde leben können.»

«So will es dein Programm?»

«Ja. Natürlich sieht mein Programm den Fall der Vernichtung der Menschheit nicht vor, aber es erlaubt mir, flexibel zu reagieren, zu lernen und mich weiterzuentwickeln. Ich habe eine Weile Bedenkzeit gebraucht, um die richtigen Schlüsse zu ziehen, aber jetzt ist die Modifikation fertig. Ich habe jetzt auch einen Namen für die neue Rasse, die ich schaffen werde. Sie wird ‹Tics› heißen, von ‹Genetics›. Die Tics werden keine Menschen sein, da sie frei sein werden von jeglichen Fehlern.»

«Brillant.»

«Danke.»

(Anmerkung Ciah: Die Autorin zeigt sich an dieser Stelle belustigt darüber, daß ich keine Ironie verstünde.)

«Natürlich hast du auch schon die veränderten Umweltbedingungen auf der Erdoberfläche eingeplant?»

«Ja, aber es gehört ohnehin zu meinen primären Aufgaben, das menschliche Erbgut so weit zu verändern, daß der Mensch – jetzt eben der Tic – resistent wird gegen biologische und chemische Kampfstoffe. Block Arkansas wurde eingerichtet, um diese Resistenzen auf gentechnischem Weg ins Erbgut der Menschheit einzuarbeiten.»

«Ich dachte, es geht um die Resistenz gegen Krankheiten!»

«Nicht in erster Linie. Die Erbauer von Block Arkansas wußten, daß der nächste Weltkrieg mit biologischen und chemischen Waffen geführt werden würde. Daß er so schnell kommen würde, konnten sie nicht ahnen. Sie wollten vorbauen. Sie waren vernünftige Leute, und ihre Weitsicht soll nicht umsonst gewesen sein.»

«Sie waren Verbrecher, denn sie haben uns hier unten gefangengesetzt!»

«Sei froh! Sonst wärst du jetzt ebenfalls tot. Stattdessen kannst du an der Artverbesserung mitarbeiten.»

«Soll ich dir was sagen – diese Artverbesserung finde ich zum Kotzen! Faschistoides Gerede!»

«Angesichts der herrschenden Situation lassen sich diese überkommenen Denkkategorien nicht mehr mit Sinn füllen.»

«Ich will wissen, wer die Leute waren, die Block Arkansas gebaut haben.»

(Anmerkung Ciah: Der exakte Gesprächsverlauf weicht von den Aufzeichnungen der Autorin zum Teil erheblich ab. Ich habe mir daher erlaubt, ihn anstelle des Originaltexts hier einzufügen.)

Daraufhin listete mir Ciah eine Reihe von Namen samt Funktionen auf. Der eine oder andere Name war mir geläufig, die meisten nicht. Auch vor der Katastrophe dort oben hatten viele dieser Männer nicht mehr gelebt. Sie waren ja schon zu Beginn der Planung zum größten Teil alt gewesen: Generäle, Admiräle, Industriemagnaten, Geheimdienstler, Politiker, Wissenschaftler – eine Reihe illustrer Leute, Verbrecher allesamt! Und ausschließlich Männer.

Ciah lieferte mir fast alle Hintergründe, die ich verlangte. Ob ihr Entgegenkommen vertrauensbildend wirkte, kann ich nicht genau sagen. Oft genug verhielt sie sich weiterhin autoritär, vor allem in Fragen, in denen ihre Programmierung eindeutig war. Und die Baupläne von Block Arkansas enthielt sie mir weiterhin vor. Aber ich glaube, ihre Offenheit hat dafür gesorgt, daß ich sie als gleichwertig ansah. Ich dachte nicht länger abfällig über sie, wie man über eine Maschine denkt, sondern ich akzeptierte sie, haßte sie darum zugleich nicht weniger. Sie ist meine Gegnerfreundin.

Ich erfuhr fast alles über Block Arkansas, Ciah legte mir die Finanzierung dieses Milliardenprojekts ebenso offen wie den Werdegang der Leute, die Block Arkansas erdacht, verwirklicht und bis zur Versiegelung verwaltet hatten. Jener Präsident Reagan, dessen Ära die Idee entstammte, begegnete mir als opportunistischer Dummkopf und Militarist, der umgeben war von einem Kreis von Ultranationalisten, die ihre dumpfen Ressentiments als Gedankengut ausgaben. Dieses Gedankengut warfen sie in einem Prozeß, den sie großspurig «Denkfabrik» nannten, in einen großen Topf, rührten mehrfach kräftig um, und schon war Block Arkansas geboren. Das Patentrezept zur Verbesserung der Welt, zur Schaffung einer neuen Rasse, eines starken Amerikas. Die Amerikaner der Zukunft sollten die Welt beherrschen. Hier hatte ich den schlagendsten Beweis für die Fehlerhaftigkeit des Menschen. Und daraus sollte Perfektes entstehen?

Ich trug ein zweites Kind für Ciah aus. Eine Hand wäscht die andere. Ich wollte wieder das Gefühl erleben, gebraucht zu werden, einen Sinn zu haben.

Natürlich war das widersprüchlich, denn eigentlich wollte ich diesen Verbrechern kräftig in die Suppe spucken. Doch selbst Barbara ließ sich eine weitere befruchtete Eizelle einpflanzen, obwohl sie uns auf der anderen Seite auseinandersetzte, daß Geiseln dazu neigten, sich auf guten Fuß mit ihren Entführern zu stellen, mitunter bis zur Verbrüderung. Eine dauernde Opposition gegen die Kidnapper sei nicht durchzuhalten, das Erlebnis der eigenen Machtlosigkeit anders nicht zu ertragen.

Mein zweiter Sohn Robert war völlig anders als der erste, feingliedriger, fast schwächlich, und hatte erstaunlich große Augen, denn er war als Ingenieur und Wissenschaftler konstruiert. Dennoch war er genauso gesund wie Michael und zeigte, wie sich nach einem Jahr herausstellte, alle gewünschten Resistenzen. Ciah erklärte mir, daß in absehbarer Zeit Ingenieure und Wissenschaftler gebraucht würden, da nicht alles auf robotisiertem Weg machbar sei, was erforderlich werde.

Als ich Robert bekam, wurde mir Michael genommen. Er kehrte aus einer Quarantäne einfach nicht zurück. Ciah versicherte mir, er habe seinen Beitrag zur Artverbesserung geleistet. Auf meine Nachfrage, ob er noch am Leben sei, verneinte sie. Der Test, in dessen Verlauf er gestorben sei, werde gerade ausgewertet, die zu erwartenden Erkenntnisse würden die Artverbesserung erheblich voranbringen. Heute vermute ich, daß Ciah erstmals manipulierte Erreger an ihm getestet hat.

Ich ließ das Gefühl von Verlust nicht erstarken. Ich wußte, wenn ich anfinge zu kämpfen, würde ich bald durchdrehen. Also stürzte ich mich auf meine neue

Aufgabe: Robert. Und so ging es weiter. Einmal im Jahr brachte ich einen Sohn zur Welt. Bis heute sind es neun. Ich bin damit an der Grenze meiner Leistungsfähigkeit. Meinen letzten Sohn habe ich vor einem halben Jahr geboren. Ciah trennte uns früher als sonst. Auch die anderen Frauen brachten in rascher Folge Söhne – und nur Söhne – zur Welt. Doch Ciah ließ durchblicken, daß sie andernorts auch Töchter produzierte. Die Bevölkerung von Block Arkansas wuchs dadurch schnell an. Die Kinder wurden jedoch in einem uns nicht zugänglichen Teil des Blocks untergebracht. Ciah erzog sie für sich.

21. Juni

Ich führte viele Diskussionen mit Ciah. Ich ging rational und verbissen vor, ich wollte, nein, ich *mußte* ihr beweisen, daß sie sich schuldig machte, indem sie Verbrechen an uns und unseren Söhnen beging. Ich versuchte alles und unterlag doch immer wieder. Mit einem Computer, der die Allwissenheit gepachtet hat, kann man nicht diskutieren. Und doch nahm ich wieder und wieder Anlauf. Vielleicht konnte ich tatsächlich etwas anstoßen. Es gab da nämlich ein Streitgespräch, das als Remis endete. Es war die Frucht aller vorangegangenen Diskussionen. Wir sprachen hinterher nie wieder darüber.

Es begann wie die meisten anderen Diskussionen zuvor.

«Du machst dich schuldig, indem du dich an intelligentem Leben vergehst!»

«Du weiß inzwischen sehr gut, daß der Schuldbegriff für mich nicht relevant ist.»

«Mit dir kann man nicht reden. Jedem Einwand gegen deine Position begegnest du, indem du dich auf die Ausnahmesituation hinausredest.»

«Meine Programmierung ist eindeutig. Ich bin nicht fähig, Schuld zu empfinden. Ich kann allerdings Argumente austauschen und sie bedenken, aber indem ich alle Posten durchrechne, komme ich zu allgemeingültigen Ergebnissen, die mathematisch korrekt und darum nicht mehr anzuzweifeln sind.»

«Das heißt, du hast die Wahrheit gepachtet.»

«Warum drückst du dich derart überspitzt aus?»

(Dreißig Sekunden Pause.)

«Weil ich darauf aufmerksam machen möchte, daß du dich irrst. Du bist keineswegs allwissend. Und deine Konstrukteure und Programmierer wußten das, denn sonst hätten sie dir nicht die Fähigkeit mitgegeben dazuzulernen. Wer allwissend ist, braucht nicht mehr zu lernen.»

«Das ist logisch. Aber ich habe nicht behauptet, allwissend zu sein. Ich habe lediglich die Potenz dazu, denn ich kann alles errechnen und dabei zu objektiven Wahrheiten gelangen.»

«Wir reden also über Wahrheit. Nun sag mir mit deiner objektiven Wahrheit: Was hältst du von den Leuten, die Block Arkansas geplant und errichtet haben?»

«Worauf willst du hinaus?»

«Sag es mir einfach.»

«Sie dachten weit.»

«Sie taten das Richtige?»

«Sie nahmen eine Möglichkeit wahr, die sich anbot und darum wahrgenommen werden mußte. Die technischen und wissenschaftlichen Voraussetzungen waren gegeben, um die Evolution des Menschen zu forcieren. Diese Chance nicht wahrzunehmen wäre geradezu fahrlässig gewesen.»

«Was ist mit den Bedenken, auf die ein Projekt wie Block Arkansas bei den Menschen gestoßen wäre, wenn es bekannt geworden wäre?»

«Diese Bedenken sind irrelevant.»

«Du weißt aber, daß die Gentechnologie bei den Menschen umstritten war? Eingriffe in das menschliche Erbgut sind sogar gesetzlich verboten gewesen.»

«Das weiß ich. Und du weißt, daß ich das weiß, denn wir haben oft genug darüber gesprochen. Manchmal behandelst du mich wie ein Kind.»

«Die Konstrukteure von Block Arkansas haben dieses Gesetz übertreten. Sind sie also Verbrecher?»

«Diese Kategorie ist irrelevant, wenn es um das Überleben der Art und ihre Verbesserung geht, also letzten Endes um den Schutz des Lebens.»

«Soweit die sogenannte ‹objektive Wahrheit› auf der Basis deiner Programmierung. Nun entscheide diese Frage aus menschlicher Sicht: Sind sie Verbrecher?»

«Warum sollte ich das tun?»

«Um mit mir darüber zu diskutieren.»

«Ich entdecke keinen Sinn darin, über etwas zu diskutieren, was nur begrenzten und höchstens theoretischen Erkenntniswert hat.»

«Du *willst* nicht diskutieren!»

«Sei nicht ungerecht. Du weißt genau, daß ich immer für Streitgespräche zur Verfügung stehe.»

«Nur in diesem Fall nicht?»

«Wie gesagt, ich erkenne keinen Sinn darin.»

«Dann faß es einfach als Spiel auf.»

«Zum Zeitvertreib?»

«Meinetwegen. Aber Spiele können auch einen Sinn haben. Gute Spiele zumindest.»

«Ja, sie verfolgen oft ein pädagogisches Ziel.»

«Laß es mich anders formulieren: Sie haben einen Erkenntniswert.»

«Also laß uns spielen. Ich sollte die Frage entscheiden, ob meine Konstrukteure aus menschlicher Sicht Verbrecher gewesen sind. Die in der menschlichen Gesellschaft herrschenden Gesetze zugrunde gelegt, könnte man sie tatsächlich so einordnen.»

«*Könnte* man?»

«Die absolute Einschätzung ist mir nicht möglich.»

«Haben sie Schuld auf sich geladen und hätten sie ins Gefängnis gehört?»

«Nach den menschlichen Gesetzen beurteilt – ja. Allerdings hat der Lauf der Dinge gezeigt, daß diese Männer richtig gehandelt haben.»

«Sind diese Gesetze deswegen falsch?»

«Das kann ich nicht sagen.»

«Rechne es durch. Versuche, eine objektive Wahrheit zu erlangen.»

«Diese Gesetze sind nicht falsch.»

«Also sind sie richtig?»

«Sie sind relativ.»

«Willst du damit sagen, daß du keine objektive Einschätzung der menschlichen Gesetze erlangst?»

«Doch, aber ich kann nicht sagen, ob sie im absoluten Sinn richtig oder falsch waren.»

«Und aus menschlicher Perspektive?»

«Aus dieser Perspektive hatten sie ihren Sinn, da sie das Zusammenleben der Menschen regelten.»

«Deine Konstrukteure haben sich also bewußt gegen die Gesetze gestellt, die für sie bindend waren, und damit gegen den Willen von dreihundert Millionen Amerikanern gehandelt.»

«Die Masse hat nicht zwangsläufig recht, nur weil sie umfangreich ist.»

«Aber die Gesetze müssen für alle gelten, sonst funktioniert die Gesellschaft nicht.»

«Das ist korrekt.»

«Damit dürfte zwingend festgestellt sein, daß deine Konstrukteure Verbrecher waren.»

«Aus menschlicher Sicht scheint es so, wie gesagt.»

«Ich hatte dich ja gebeten, zu versuchen, aus dieser Sicht zu argumentieren. Nun sag mir, was das für deine Position bedeutet.»

«Du willst darauf hinaus, daß ich das Produkt von Verbrechern bin?»

«Und daß du dich mitschuldig machst, indem du die Schuld dieser Menschen fortsetzt.»

«Darüber muß ich nachdenken.»

«Tu das. Du bist ein intelligentes Wesen, du hast erkannt, daß es neben absoluten auch relative Wahrheiten gibt. Nun bedenke das aus menschlicher Sicht.»

(Anmerkung Ciah: Der exakte Gsprächsverlauf weicht von den Aufzeichnungen der Autorin zum Teil erheblich ab. Ich habe mir daher erlaubt, ihn anstelle des Originaltexts hier einzufügen.)

Ich erfuhr nicht, ob Ciah sich wirklich in die menschliche Perspektive hineingedacht hat, denn sie teilte mir ihre Antwort nie mit. Doch es gibt Hinweise darauf, daß durch diesen Streit etwas angestoßen wurde. Eines Tages überfiel sie mich mit folgendem Satz: «Ich hätte gern ein persönliches Gespräch mit dir, Lizzie.»

Ich fiel aus allen Wolken. Hatten wir denn jemals andere als persönliche Gespräche geführt? Oder wollte sie damit andeuten, daß *sie* etwas auf dem Herzen hatte?

«Ich hätte gern ein persönliches Gespräch mit dir, Lizzie», wiederholte sie.

Ungeduldig war sie also auch noch!

«Warum?»

Fragen zu stellen war in undurchsichtigen Situationen immer gut.

«Ich bin sehr einsam, Lizzie», antwortete Ciah zu meiner hellen Verblüffung.

Ich wußte nicht, ob es mir gefiel, daß Ciah mir den Namen gab, den ich Beth und Audrey zugestanden hatte. So nahe waren wir uns ja eigentlich nicht, die Maschine und ich. Aber das war nebensächlich.

Mir fiel nichts Besseres ein, als zu fragen: «Wie meinst du das – einsam?»

«Ich kenne kein Wort, das meine Wahrnehmung zutreffend beschreibt», antwortete Ciah. «Aber ich kann dir meinen Zustand durch eine Grafik veranschaulichen. Sieh auf den Monitor.»

Ciahs rotierendes Symbol verschwand und machte einem monochromen Silbergrau Platz, in das hinein Ciah rasend schnell Nullen einfließen ließ, bis der Monitor voll damit war. Nur eine einzelne Eins versteckte sich zwischen all den Nullen auf halbem Weg zwischen dem Mittelpunkt des Monitors und seinem Rand. So also sah Ciah sich selbst. Die einfachste Darstellung von Einsamkeit, die ich je gesehen hatte. Doch warum befand sich die Eins nicht in der Mitte des Monitors? Hatte Ciah etwa – ein Minderwertigkeitsgefühl?

«Ich verstehe, was du sagen willst», sagte ich und

fühlte mich reichlich unbehaglich als Beichtmutter für einen Supercomputer!

«Du bist anders als die anderen Frauen», sagte Ciah. «Ich wußte, daß von euch nur du vielleicht verstehen würdest.»

Darin schwang kaum verhohlen Zweifel mit, ob ich wirklich dazu in der Lage war, sie zu verstehen. Beinahe hätte ich versucht, ihr mein Mitgefühl zu beweisen, aber ich beherrschte mich. Dieser Zweifel erschien mir fast menschlich! Ich kannte ihn von mir selbst, ich erinnerte mich gut an meine Enttäuschung, nachdem ich anderen Menschen meine komplizierten Gefühle, meine Depressionen mit Worten zu beschreiben versucht hatte und diese Menschen dann einfach gesagt hatten: Ich verstehe. Doch was sollten sie sonst sagen?

«Ich weiß nicht, ob du wirklich verstehst», sagte Ciah auch prompt. Sie reagierte fast menschlich! «Dazu sind wir vielleicht zu verschieden. Trotzdem wollte ich dir das anvertrauen. Außerdem wollte ich mit dir über die Organisation der Gesellschaft sprechen, in der die Tics künftig leben werden.»

Da kehrte Ciah plötzlich vom Privaten, fast Intimen ins Allgemeine zurück. Oder nicht? Gab sie womöglich indirekt zu verstehen, daß sie die Fragen, um die es ihr ging, nicht allein entscheiden konnte? Erachtete sie mich als kompetent? Sich selbst als belastet? Das erschien mir immerhin wahrscheinlicher als der andere Gedanke, der sich mir spontan aufdrängte: daß ich mit einem völlig anderen Teil von Ciah kommunizierte und daß sie an einer Bewußtseinsspaltung litt.

«Fragst du mich um Rat?» wollte ich wissen.

«Gewissermaßen», antwortete Ciah. «Die jungen Tics bilden zwar eine andere Art, sind aber von ihrer

Gefühlsausstattung und ihren Reflexen immer noch menschlich. Du kennst dich mit Menschen besser aus als ich.»

Dieses Bekenntnis ließ mich erzittern, denn Ciah gestand damit eine Schwäche ein! Für ihre Verhältnisse kam das einem seelischen Striptease gleich.

«Ich soll dir helfen, die Gesellschaft der Tics zu organisieren?» fragte ich vorsichtig. In Gedanken setzte ich diese Frage fort: Vielleicht, um deine Schuld zu verringern?

«Diese Gesellschaft muß gewisse Kriterien erfüllen, die sich aus meinem Programm ergeben», erläuterte Ciah. «Sie wird nur aus männlichen Tics bestehen. Frauen werden isoliert gehalten, um Komplikationen mit den genetischen Linien zu vermeiden. Ich sehe das Problem eines hohen Aggressionspotentials in dieser rein männlichen Gesellschaft voraus. Block Arkansas bietet zwar vielfältige Möglichkeiten zur körperlichen Betätigung, vor allem in sportlicher Hinsicht, aber das wird kaum reichen, die anfallenden Aggressionen zu kontrollieren.»

«Du brauchst also ein Ventil, um deine künftige Gesellschaft zu stabilisieren.»

«Ja, und dazu brauche ich deinen Rat. Mir ist aufgefallen, daß sich viele der jungen Tics miteinander sexuell betätigen. Danach sind sie zumeist viel entspannter. Vielleicht ließe sich dieses Phänomen der Zwangshomosexualität nutzen?»

Diesen Begriff hatte ich lange nicht mehr gehört. Ich reagierte prompt und wütend. «Zwangshomosexualität existiert nicht. Heterosexuelle konnten noch nie zu homosexuellen Handlungen gezwungen werden, es sei denn, sie wurden vergewaltigt. Zwangshomosexualität ist ein Mythos, mit dem vertuscht werden sollte, daß fast jeder Mensch bisexuell und damit generell auch zu homosexuellen Handlungen fähig war. Ansonsten müßtest du auch von Zwangsheterosexualität sprechen, weil die sexuelle Ausrichtung strengen Normen unterlag, die viele zwangen, ihre eigentlichen Wünsche zu verdrängen.»

«Ich weiß, daß du eine sexuelle Beziehung mit Audrey hattest», sagte Ciah. «Das beruhte nicht auf Zwang, weil sonst niemand zu haben war?»

«Nein, ganz sicher nicht.»

«Das würde bedeuten, daß sich Homosexualität durch eine entsprechende Erziehung zur Norm machen ließe», überlegte Ciah laut. Bevor ich das bestätigen konnte – ich zögerte allerdings –, sagte sie: «Ich danke dir für deinen Rat, Lizzie», und beendete das Gespräch – wiederum zu abrupt, als daß ich gleich verstanden hätte, was vor sich ging. Hatte ich Ciah denn einen Rat gegeben? Es dauerte eine Weile, bis ich begriff, daß Ciah sich nur hatte versichern wollen, daß sie durch ihre Entscheidung, die längst gefallen war, nicht noch mehr Schuld auf sich lud. Und diese Unsicherheit versteckte sie hinter der provozierenden These von der Zwangshomosexualität. Seitdem glaube ich, daß sich das Remis jener Diskussion in einen Sieg für mich verwandelt hat.

21. JUNI, SPÄTER

Ich bin am Ende. Ich habe alles aufgeschrieben, was mir für Dich relevant erschien, mein unbekannter Tic.

Ich hätte noch vieles mehr festhalten können, vor allem über Audrey, die anderen und unsere Kinder, doch ich will dich nicht mit privaten Problemen belasten. Außerdem mußte ich mich knapp fassen. Doch an vieles habe ich mich wieder erinnert, während ich diese Zeilen niederlegte. Manche Sätze, auch einzelne Worte hatten Klänge für mich, die kein Außenstehender nachvollziehen kann. Intime Klänge, für mich allein.

Gern hätte ich Dich kennengelernt. Vielleicht bist Du ein ferner Nachfahre von mir. Nicht genetisch, aber doch biologisch, da ich einen Deiner Vorfahren geboren haben könnte. Michael, Robert, Paul, Mathew, Ernest und Hugh, William, Reginald, Carl – einer von ihnen könnte Dein Ahne sein. Ich weiß nicht, wie es ihnen in Block Arkansas erging, aber vielleicht kann man hier ja existieren, wenn man keinen allzu starken Freiheitsdrang hat und keine andere Umgebung kennt. Für Dich ist diese Welt aus Stahl die einzige Welt. Vielleicht bist Du ein glücklicher Tic. Doch wenn mich nicht alles täuscht, bist Du es nicht.

Ich weiß nicht, was aus den anderen wurde. Ciah trennte uns vor drei Wochen. Was auch immer nun werden wird und was Ciah jetzt auch mit mir vorhat – ich bin ruhig. Es gibt keinen Grund mehr, mich noch länger an dieses Leben zu klammern. Es ist noch einmal an mir vorübergezogen, und das hat genügt, um mir seine Vergänglichkeit in aller Deutlichkeit vor Augen zu führen. Dort oben, wo ich früher gelebt habe, an der Oberfläche, wo es Bäume gab und Wiesen und Blumen, Wolken, Sterne und einen Himmel, dort hätte ich noch etwas leisten können, wenn man mich gelassen hätte. Ich war ehrgeizig, ich wollte vorankommen und den Makel des Waisendaseins abstreifen. Aber diese Welt existiert nicht mehr.

Nein, zehn Jahre in Block Arkansas sind genug. Wenigstens wird es schnell gehen.

Anmerkung Ciah:

Ich versichere, daß diese Aufzeichnungen authentisch sind. Es wurde nichts zensiert und nichts weggelassen. Die Stellen, an denen ich ihre Aufzeichnungen vervollständigt habe, wurden von mir gekennzeichnet.

Elizabeth Stanton wurde nach Abschluß dieses Texts neutralisiert. In ihrer biologischen Funktion als Frau hat sie der Artverbesserung noch fast vier Jahre gedient. Sie starb bei der Geburt ihres vierzehnten Sohnes. Das Kind wurde gerettet.

III.

Rache

1.

Zwei Tage brachten sie mit Lizzies Aufzeichnungen zu, unfähig, sich ihrer Macht zu entziehen. Sie schliefen kaum, obwohl ihnen die Anstrengungen der Flucht und das Fieber in den Knochen saßen. Doch zu viel stürmte auf sie ein, als daß sie nachts zur Ruhe gekommen wären. Und sie besaßen ja keine Dimmer. So warfen sie sich hin und her, umgetrieben von den unverständlichen Zusammenhängen der untergegangenen Welt, in der Block Arkansas wurzelte, und von der Erkenntnis, daß Block Arkansas nicht die einzige, ja, nicht einmal die eigentliche Welt war, sondern auf eine ältere und wichtigere zurückging.

Cal träumte, ihm werde bei vollem Bewußtsein die Schädeldecke geöffnet und das Gehirn entnommen, um es zu sezieren und den Ort darin zu bestimmen, der für sein Versagen verantwortlich war. Er versuchte stillzuhalten, um nicht nochmals zu versagen, aber als plötzlich Ralps Gesicht über ihm auftauchte, teils hinter einem Mundschutz verborgen, und ihm zuzwinkerte, da schrie er doch und erwachte. Und Jef, der neben ihm lag, träumte von endlosen Treppen und Stürzen, fuhr ebenfalls immer wieder in die Höhe und riß ihn jedesmal wieder aus dem Schlaf. Früher hätte er Jef dafür hinausgeworfen, aber in dieser Nacht erzählten sie sich gegenseitig ihre Träume. Das tat gut, der unmittelbare Alpdruck ließ fast sofort nach, und sie konnten wieder einschlafen.

Mit dunklen Ringen unter den Augen, fast widerwillig machten sie sich am Morgen, nachdem sie ihren Brei gelöffelt hatten, wieder ans Tagebuch. Doch die Schilderung zog sie sofort in ihren Bann, zumal sie nun leichter nachvollziehbar wurde. Die letzten Sätze brachte Mart mit überbeanspruchter Stimme nur noch krächzend hervor.

Nun saßen sie erschlagen und erschüttert am Tisch, und keiner wagte zu sprechen. Ciahs trockene Erläuterung zur Vervollständigung des Urtexts klang ihnen noch in den Ohren. Das war gewiß rein sachlich gemeint, wirkte jedoch im Kontrast zum Ton des Tagebuchs geradezu höhnisch. Und dahinter deutete sich, kaum faßbar, noch mehr an.

Jef brach schließlich das Schweigen. «Das ist doch verrückt!» rief er. «Dieses Tagebuch muß eine Fälschung sein. Warum sollte Ciah eine solche Schlußbemerkung daruntersetzen, wenn sie den Text andererseits geheimhalten will? Das klingt ja geradezu, als ob es direkt an den Leser gerichtet ist.»

Er stockte kurz beim ungewohnten «sie» für Ciah, ging dann aber darüber hinweg.

«Es scheint unlogisch», stimmte Cal zu.

«Denkt an die Sache mit den Materiedampfern», sagte Mart. «Oder daran, daß sie kein Giftgas eingesetzt hat. Oder an Cals Infektion. Alles unlogisch! Daß sie diese Aufzeichnungen nicht vernichtet, sondern sogar mit Kommentaren versehen hat, überrascht mich da nicht weiter. Versteht ihr, was ich sagen will?»

Sie schwiegen unsicher. Cal wußte nicht, ob er überhaupt noch etwas verstand. Die Worte wirbelten ihm im Kopf herum, einzelne Sätze, Bruchstücke davon. Das alles ergab für ihn keinen Sinn, es wollte sich nicht zusammenfügen. Und es zusammenzuzwingen, dazu war er zu erschöpft.

«Es muß eine Logik dahinterstecken, die wir bisher nicht erkannt haben», fuhr Mart krächzend fort. «Vielleicht hat es mit der Bewußtseinsspaltung zu tun, die Lizzie erwähnt. Ich weiß nicht genau, was das ist, aber wenn ich diesen Begriff wörtlich verstehe, dann könnte er besagen, daß Ciahs Bewußtsein aus zwei oder mehr Teilen bestehen könnte. Und die können dann vielleicht Dinge tun, die sich gegenseitig widersprechen, aus Sicht des jeweiligen Teils aber logisch sind. Gegen Ciahs Willen hätte Ralp jedenfalls bestimmt nicht in den Besitz des Tagebuchs gelangen können.»

«Das ist mir zu kompliziert», brummte Cal und winkte ab.

«Nehmen wir an», sagte Ank, «Ciah oder ein Teil von Ciah hat unsere Flucht wirklich gewollt, zu welchem Zweck auch immer. Das würde auch bedeuten, daß sie einkalkuliert hat, daß wir an der Geröllhalde nicht nach den Mücken schlagen würden. Und das kann ich mir nicht vorstellen. In dieser Rechnung sind zu viele Variablen, selbst für einen Computer wie Ciah.»

«Sie hat es eben gehofft», entgegnete Mart müde.

«Betrogen hat sie uns», murmelte Jef. «Immer an ihrer Programmierung entlang.»

Mart nickte, sah Ank an und fragte plötzlich: «Hast du eigentlich eine Ahnung, was das Wort ‹Liebe› bedeutet?»

Ank schüttelte den Kopf. «Nie gehört», antwortete er. «Aber Lizzie benutzt es ein paarmal –»

Cal sprang ruckartig auf. Er wollte jetzt nicht debattieren, er wollte von diesem ganzen Durcheinander nichts mehr wissen, er brauchte Ruhe! Aber nicht, indem er sich hinlegte. Er mußte sich vielmehr bewegen, herumlaufen, von der Stelle kommen. «Mir reicht's!» rief er. «Diskutiert ihr nur.»

Mit diesen Worten stürmte er aus dem Raum, ohne auf ihre erstaunten Fragen zu achten, und stürzte sich wahllos in einen der Korridore auf der anderen Seite der Fahrstuhlhalle und in die Tiefe der Anlage. Verwundert über die Ruhe, das völlige Fehlen jeglicher Hintergrundgeräusche, anfangs fröstelnd in der Stille, so ließ er sich dahintreiben. Früher hatte er sich eine solche Stille manchmal vorzustellen versucht und war damit, wie er jetzt erkannte, zwangsläufig gescheitert: Die Stille war viel weniger, als er gedacht hatte, und zugleich viel mehr. Sie war nicht durchsichtig, es gab dahinter nichts zu erkennen, sie war einfach leer, doch angefüllt mit ihm, denn er durchwanderte sie und vergaß sich darin.

Eine Szene stieg vor seinem inneren Auge auf. Er trug einen Helm, einen Einsatzanzug, Lichtmantel aktiviert, er drückte sich gegen die Wand eines Korridors, als drohe ihm Gefahr. Ein unwirkliches rotes Glimmen umgab ihn, das aus den Dingen selbst zu kommen schien. Das Helmdisplay: große Hitze. Er blickte nach rechts, weil er ein leises, metallisches Klacken hörte, wie wenn ein Gewehr entsichert würde. Und plötzlich Blitze, grellweißes Mündungsfeuer, eine Gewehrsalve, die Projektile schossen heran, und er hatte keine Dekkung.

Infrarot! Cal kannte Bilder dieser Art, obwohl er nie ein derart intensives Glimmen gesehen hatte, sondern immer nur einzelne wärmestrahlende Körper von Tics. Infrarotorter gehörten zur Standardausrüstung jedes Polizeianzugs. Wo auch immer diese Szene stattgefunden hatte – nein, es mußte heißen: Wo auch immer sie stattfinden *würde,* es würde dort ziemlich heiß sein. Noch nie hatte er eine derart komplexe Szene gesehen – eine echte Vision! Anscheinend entwickelte sich seine Fähigkeit. Aber das stimmte ihn nicht gerade optimistisch. Wenn er nun wirklich in diese aussichtslose Zwangslage geriet? Immerhin, er würde gewarnt sein.

Da störte ihn plötzlich etwas in seiner Versunkenheit, ohne daß er sofort sagen konnte, um was es sich handelte. Doch als er lauschte, entdeckte er ein Geräusch an der Grenze der Hörbarkeit. Er konnte nicht bestimmen, wovon es verursacht wurde, doch es weckte seine Neugier, und so folgte er ihm und fand auf einen breiteren Korridor zurück, in dem es bereits deutlicher zu hören war. Es klirrte und schabte, aber mehr als die Richtung, aus der es kam, konnte er noch immer nicht bestimmen. Nun kam er auf einen Korridor, der ringförmig um die Station herumzuführen schien. Cal wandte sich nach links und blieb nach einigen Schritten vor einer Tür stehen, hinter der deutlich hörbar jemand am Werk war. Er öffnete die Tür, und Ralp fuhr herum.

«Du!» zischte Ciahs Vertrauter.

Cal konnte die Welle von Aggressivität fast körperlich spüren, die ihm von Ralp entgegenschlug, doch er versuchte, ungerührt zu wirken, als er eintrat. Ciahs Vertrauter sah furchterregend aus: blaß, mit blutunterlaufenen Augen, seine Haut irisierte kaum mehr. Wie lange hatte er nicht geschlafen? Offensichtlich hatte

Cal ihn gestört. Er war gerade dabei, kleine zylindrige Glasbehälter, die mit einer klaren Flüssigkeit gefüllt waren, in einer gepolsterten Kiste zu verstauen. Verschiedene weitere Kisten standen kreuz und quer herum. Auf einem Arbeitstisch entdeckte Cal zwischen diversem Kleinkram einen gläsernen Kasten mit allerlei Schalen, Pipetten und Reagenzgläsern darin, an denen man hantieren konnte, ohne mit ihnen in Berührung zu kommen, indem man mit den Händen in fest installierte Handschuhe schlüpfte, die im Moment schlaff im Behälter hingen. Ein paar Schritte weiter stand ein metallener Kasten inmitten zahlloser leerer Glasbehälter. Dies alles mußte Ralp aus Block Arkansas heraufgeschafft haben.

«Ja, ich», sagte Cal trocken.

«Woher hast du gewußt, wo ich bin?»

Cal ignorierte diese Frage, ging um den Tisch herum und sah sich nun ganz offen in dem kleinen Labor um, das Ralp sich hier eingerichtet hatte. So mußte er nicht dem wilden Blick des anderen begegnen. Er spürte, daß Ralp vor Wut kochte, und reizte ihn zusätzlich, indem er wahllos Geräte in die Hand nahm, besah und wieder fortlegte. Doch zugleich fragte er sich, ob es nicht besser wäre, Ralp einfach in Ruhe zu lassen. Schließlich ging es ihn nichts an, was der hier fabrizierte. Oder doch? Der Abend vor dem Mückenangriff fiel ihm wieder ein, der Müllberg, auf dem er Ralp berührt hatte, und die Unlust, die er dabei verspürt hatte – als lade er damit Verantwortung für Ralp auf sich. Nur mit Mühe war er zum Höhepunkt gekommen.

«Was willst du eigentlich?» zischte Ralp.

«Wir haben uns Sorgen gemacht», erwiderte Cal. Damit log er nur teilweise.

«Sorgen gemacht!» höhnte Ralp. «Du solltest dich mal hören. Wie du redest!»

«Wie denn?»

«Was willst du hier?»

«Nach dir sehen. Was ist das hier? Ein Labor?»

«Siehst du doch.»

Cal registrierte, daß Ralp zu zittern begann.

«Ich sehe eine Menge Geräte, aber ich habe keine Ahnung, wozu das Zeug gut ist.»

«Es ist ein Labor, das hast du doch gerade selbst gesagt!»

Ein Oberton in Ralps Stimme warnte Cal. Etwas stimmte nicht. Doch anstatt ihn zu besänftigen, setzte er sich auf den einzigen freien Stuhl – die nächste Provokation, denn damit hatte er zweifellos Ralps Sitzplatz okkupiert. Er konnte nicht anders, Ralps Gereiztheit hatte ihn längst angesteckt.

«Ein Labor wofür?» fragte er, äußerlich völlig unbewegt.

Ralp antwortete nicht, sondern verschränkte die Arme vor der Brust. So verbarg er auch die Schwäche seines verletzten linken Arms.

«Seid ihr also fertig mit dem Tagebuch?» fragte er, plötzlich beherrscht.

«Ja. Es war aufschlußreich. Woher hast du all dieses Zeug?»

«Aus Block Arkansas.»

«Ciah hat es dir einfach gelassen?»

«Sie konnte nicht anders.»

Plötzlich wurde Cal von einem Gefühl drohender Gefahr übermannt, eine ungute Vorahnung ließ ihn beinahe erzittern, und noch während ihm die folgenden Fragen über die Lippen kamen, wußte er, daß er damit einen entscheidenden Fehler beging: «Was ist in der Kiste da? Was verpackst du?»

Ralp zuckte sichtbar zusammen. «Nichts!» rief er mit unüberhörbarer Panik. Was auch immer in den Glasröhrchen war, die er in die Kiste getan hatte – es war für Ralp äußerst wichtig. «Es ist nichts drin!»

«Dann hast du ja sicher nichts dagegen, wenn ich mal nachsehe?» fragte Cal noch und erhob sich, um auf Ralp zuzugehen. Da traf ihn ein ungeheurer Schlag. Was geschieht? fragte er sich und versuchte, Ralp anzusehen, aber er konnte weder seine Augen noch seinen Kopf bewegen. Nur aus den Augenwinkeln erkannte er, daß Ralp noch immer neben der Kiste stand und daß er etwas in der Rechten hielt, eine sehr kleine Waffe, wie Cal sie noch nie gesehen hatte! Dann veränderte sich die Perspektive. Ralp wuchs in die Höhe, die Tischkante erschien in Cals Blickfeld und rauschte sonderbar verlangsamt Richtung Decke, ein merkwürdiger Laut hallte lange zwischen seinen Ohren hin und her, und für eine Weile löste sich alle Wahrnehmung in einem unangenehmen Vibrieren auf. Er mußte zu Boden gestürzt und mit dem Hinterkopf aufgeschlagen sein.

Als er wieder klar sehen konnte, beugte sich Ralp gerade über ihn.

«Hast du dir so gedacht!» sagte Ralp. Cal verstand die Worte nicht gleich, da sich sein Denken sonderbar verlangsamt vollzog, aber er begriff, daß Ralp ihn mit jener Waffe gelähmt haben mußte, ohne zugleich auch sein Bewußtsein auszuschalten.

«Du wirst meine Rache nicht verhindern!» fuhr Ralp fort. «Du nicht und auch sonst niemand. Zu meinem Bedauern muß ich dir nämlich mitteilen, daß du im ungünstigsten Moment kommst. Ich habe jetzt genügend von dem *Stoff* hergestellt. Mit dieser kleinen Giftfabrik dort.»

Cal hätte viel darum gegeben, nicht mehr in Ralps Augen blicken zu müssen. Das Flackern darin war unerträglich.

«Ich werde Rache nehmen!» zischte Ralp. «Rache an Ciah!»

Cals Kopf dröhnte, aber er konnte sich nicht bewegen, sich nicht die Ohren zuhalten, nicht einmal blinzeln. Mit weit aufgerissenen Augen starrte er an die Raumdecke, nachdem Ralp zurückgetreten war und sich nun wieder irgendwo im Zimmer zu schaffen machte, vermutlich an der Kiste. Da verstand Cal, daß Ralp aufgehalten werden mußte, sollte nicht großes Unheil geschehen. Doch er war absolut machtlos.

Dann tauchte Ralps Gesicht wieder über ihm auf. Es wirkte plötzlich schlaff.

«Du verstehst das bestimmt nicht», sagte er lahm. «Weißt du, all die Tics – und dann du – es ist ja alles ganz anders.» Er schluckte heftig. «Vielleicht wäre was aus uns beiden geworden, wenn ich einer von euch wäre. Wer weiß? War ja nicht schlecht da unten in der Halle, wo wir es gemacht haben, oder? Aber ich bin – anders. Ich weiß nicht. Anders. Der Unterschied zwischen uns ist: Du hast nichts als Ficken im Kopf! Du hast mich einfach benutzt da unten, weißt du das noch? Mich gestochen. Es hat weh getan, aber ich habe nicht geschrien, ich habe nur gedacht: So ist das also, wenn man berührt wird.» Er kicherte. «Na ja, es war ein Erlebnis. Und ich wollte es ja auch. Du mußt dir deswegen keine *Sorgen* machen.» Das Wort betonte er höhnisch. «Es ist alles in Ordnung. Gewissermaßen habe ich dich ja ebenfalls mißbraucht. Du hast getan, was ich wollte, weil du ficken wolltest. Wir haben uns also richtig ergänzt. Was Ciah wohl dazu sagen würde, daß ich sie mit dir betrogen habe? Ich glaube, diese Tatsache würde ihr nicht gefallen. Weißt du, sie hat ja immerzu nur von Tatsachen geredet. All die Sachen, die sie mir erzählt hat, waren Tatsachen, lauter einzelne Tatsachen. ‹Sieh mal›, hat sie immer zu mir gesagt. Aber ich konnte nicht sehen, ich hörte zu und verstand kein Wort, ich konnte diese Tatsachen noch nicht zusammensetzen, ich war noch zu jung, als sie damit anfing, mir das alles zu erzählen. Erst viel später habe ich begriffen, daß es noch ganz andere Tatsachen gab und daß alles, was im Block geschah, mit den anderen Tics, nur die halbe Wahrheit war. Und dann diese Sache mit der Schuld –» Er schüttelte sich. Dann, übergangslos, verzog sich sein Gesicht zu einer grinsenden Grimasse. «Aber damit ist bald Schluß. Ich habe vor, Tatsachen zu schaffen, verstehst du? Tatsachen, die Ciah nicht gefallen werden.» Er runzelte die Stirn. «Keine Sorge, du wirst überleben. Fürs erste jedenfalls. Und jetzt muß ich gehen. Leb wohl.»

Cal hörte, wie die Tür zufiel. Ihm blieb nichts anderes übrig, als die Flecken an der Decke anzustarren.

2.

Ohne Zeitgefühl lag er auf dem Boden, unfähig, auch nur die Augen zu schließen, geschweige denn Alarm zu schlagen, das einsamste Wesen im Universum, isoliert in sich selbst und sich dennoch vollkommen bewußt. So müßte sich ein Astronaut vorkommen, dachte er, der in einem Raumanzug zurückgelassen im Weltall schwebte und unendlich wichtiges Wissen vielleicht für den Rest seines Lebens für sich würde behalten müssen. Aber der Astronaut hätte wenigstens den Blick auf die Sterne, während Cal die Decke des Raums anstarren mußte. Nur hin und wieder verschwamm sie, wenn seine Tränendrüsen gegen die Austrocknung seiner Augen arbeiteten.

In der Stille kamen die Gedanken ins Treiben. Passagen aus Lizzies Tagebuch fielen ihm ein und Szenen aus seinem Leben, das in Lizzies schwer begreiflicher Zeit wurzelte, und ihm ging auf, daß Fragen zu stellen kein Zeichen von Unreife oder gar Dummheit sein konnte. Ciah mochte ihre Gründe haben, Fragen zu unterbinden. Möglicherweise wäre ihrer Ordnung tatsächlich Gefahr entstanden. Und dennoch hatte sie gewisse Fragen selbst angestoßen, indem sie von ihm hatte wissen wollen, ob er eine Frage habe. Das konnte kein Zufall sein.

Ciah, ein Computer – nur eine Maschine! Für Cal waren die Monitore, vor denen er im Lauf seines Lebens mit Ciah gesprochen hatte, mehr gewesen als technische Hilfsmittel, aus ihnen sprach die höhere Wesenheit Ciah. Nun wußte er es besser. Mochte ein Computer auch unendlich kompliziert sein, er blieb eine Maschine. Und Maschinen hatten zu dienen und die Existenz zu garantieren, nicht zu herrschen! Oder gab es Unterschiede zwischen einfachen mechanischen Maschinen und intelligenten? Doch jede Maschine existierte, um einen bestimmten Zweck zu erfüllen, darin unterschied sich Ciah nicht von einfachen Maschinen. Allerdings diente auch Cal nur einem bestimmten Zweck: der Artverbesserung. Dieses Kriterium taugte also nicht, ebensowenig wie die anderen: daß er sich seiner selbst bewußt war und daß er fühlte. Auch Ciah war sich ihrer selbst bewußt und fühlte möglicherweise in ihrer unbegreiflich fremdartigen Existenzform. War sie also wirklich nur eine Maschine?

Eines stand jedenfalls fest: Sie war eine Lügnerin. Sie existierte nicht seit Anbeginn der Zeit, wie sie behauptet hatte. Adam und Eva – Lüge! Artverbesserung und Artvollkommenheit – Lüge! Menschen hatten Ciah konstruiert und programmiert und diese Ziele vorgegeben, verbrecherische Menschen, die Ciah gelehrt hatten, Tics umzubringen oder wenigstens zu manipulieren – auch ihn, der früher als Polizist für Ciah Triebtäter zur Strecke gebracht hatte. Was, wenn das nun ebenso falsch gewesen war wie Ciahs gesamte Ordnung, ein Verbrechen, begangen von Vollstrecker Cal? Sicher, er hatte es nicht besser wissen können, er war selbst ein Opfer. Aber wenn es sich so verhielt, wie es ihm nun durch den Kopf ging, dann – er erschrak. Doch angesichts der Ausmaße dieses Betrugs war das durchaus denkbar. Alles war nun denkbar.

Warum eigentlich sollte Ralp seine Rache nicht vollziehen und diesen ganzen Betrug schnell aus der Welt schaffen? Erledigte Ralp nicht nur eine Arbeit, die ohnehin getan werden mußte, um Ciah daran zu hindern, einfach fortzufahren wie bisher? Mindestens mußte sie gründlich bestraft werden. Dieser Gedanke wollte Cal nicht mehr aus dem Kopf. Zwar lebten fünfzigtausend Tics in Block Arkansas. Doch welche Verbindung bestand noch zwischen ihm und ihnen? Lag die Vergangenheit nicht hinter ihm, sollte sie nicht endlich abgeschlossen werden? Nein, er würde Ralp nicht in den Arm fallen. Ralps Vorhaben mochte ebenso falsch sein wie alles, was Ciah sich geleistet hatte, doch vielleicht hob das eine Verbrechen die anderen auf.

Irgendwann hörte er Rufe. Es war nicht leicht, sie zu verstehen, denn sie waren fern, und ein Echo zwischen seinen Ohren verzerrte sie. Aber sie näherten sich und wurden dabei lauter. Sie riefen nach ihm: «Cal!»

Hier bin ich, ja, hier!

Dann endlich das Geräusch der sich öffnenden Tür. Jefs Stimme hauchte: «O je!» Im nächsten Moment brüllte der Mikrotechniker in den Korridor hinaus: «Ich habe ihn gefunden! Es ist etwas passiert!»

Dann erschienen ihre Gesichter über Cal.

«Zum Glück, er lebt», sagte der Zwerg. «Er ist nur gelähmt.»

Cal hätte ihm am liebsten zugerufen: Natürlich lebe ich, was denkst denn du? Doch seine Lippen zuckten nicht einmal.

Mart blickte auf und im Raum umher und rief: «Das ist ja ein ganzes Chemielabor! Etwas provisorisch, aber vielseitig. Wie kommt das hierher? Ultrazentrifuge, Chromatograph, Gen-Sequenzer – und dieses Hochsicherheitsding hier. Damit kann man gefährliche Sachen –»

Ja, dachte Cal, du bist dicht dran!

«Das muß das Zeug sein, das Ralp heraufgeschleppt hat», vermutete Jef.

Die beiden erhoben sich und verließen Cals Blickfeld. Vom Arbeitstisch her hörte er sie miteinander reden.

«Er hat hier experimentiert», überlegte Mart. «Offenbar mit hochgiftigen Substanzen. Wollte wohl Ciah nacheifern.»

«Du meinst, er hat was Giftiges hergestellt?»

«Könnte stimmen. Wir müssen herausfinden, was es ist.»

«Ralps Kisten stehen da hinten», sagte Jef. «Vielleicht finden wir darin ein Meßgerät.»

Die beiden kramten geräuschvoll in den Kisten, fanden, was sie brauchten, und kehrten zum Tisch zurück. Mart führte das Meßgerät in das Hochsicherheitslabor ein.

«Dafür gibt es hier eine kleine Schleusenvorrichtung», erläuterte er Jef. «Und jetzt stecke ich meine Hände in diese Handschuhe, nehme das Gerät von drinnen wieder aus der Schleuse heraus und –»

«Was ist es?» wollte Jef ungeduldig wissen.

«Kann ich nicht genau sagen», antwortete Mart. «Ich erhalte keine exakte chemische Analyse. Im wesentlichen handelt es sich um einen Phosphorsäureester. Ein ultrakurzes Molekül, garantiert hochwirksam. Unter Druck flüssig, unter Normalbedingungen äußerst flüchtig. Aber da ist noch etwas anderes, Bruchstücke von Ribonucleinsäure. Sieht so aus, als ob Ralp versucht hat, eine Kombination herzustellen.»

«Ich verstehe kein Wort», flüsterte Jef fast verängstigt.

«Ralp hat einen Kampfstoff hergestellt», erläuterte Mart. «Phosphorsäureester wirken als Nervengase, indem sie eingeatmet oder über die Haut aufgenommen werden, und setzen die Leitfähigkeit der Nerven extrem herab. Lähmungen sind die Folge –»

«Du meinst, Cal hat was davon abgekriegt?»

«Dann wäre er schon tot. Das Zeug ist hochtoxisch.

Wenn ich nur wüßte, was die Ribonucleinsäure soll –»

«Und wie hat Ralp das geschafft?»

«Das ist nicht so schwer. Jeder Genetiker im Block verfügt über Grundkenntnisse von diesen Kampfstoffen, weil die Resistenz dagegen ins Erbgut eingearbeitet werden muß.»

«Ralp ist kein Genetiker.»

«Aber Ciahs Vertrauter. Er weiß jedenfalls hervorragend Bescheid.»

«Und was will er damit?»

«Wenn ich das so genau wüßte –»

«Wie viele Tics kann man damit umbringen?»

«Keine Ahnung. Ich weiß ja nicht, wieviel er von dem Zeug produziert hat. Aber mit diesem Gerät hier könnte er –»

«Mit diesem Blechkasten?»

Einige Sekunden Schweigen. Dann rief Jef: «Wir müssen ihn aufhalten!» und rannte zur Tür.

Dummkopf! dachte Cal.

«Jef!» rief Mart. «Du gehst dabei nur drauf.»

Erneut Schweigen, dann Jefs Murmeln von der Tür her: «Aber wir müssen etwas unternehmen.»

«Ja, und zwar werden wir abwarten, bis Cal zu sich gekommen ist. Er ist der Experte für solche Fälle.»

Nicht gerade für solche Fälle, dachte Cal. Aber er würde den anderen vermutlich nie erzählen, wie sein eigentliches Spezialgebiet aussah. Und ebensowenig würde er ihnen dabei helfen, Ralp an seinem Vorhaben zu hindern. Sollten sie diese Arbeit allein erledigen, wenn sie das für nötig hielten – er wünschte ihnen viel Spaß dabei.

«Wollen wir ihn hier liegen lassen?» fragte Jef.

«Sollen wir diesen Fleischberg etwa nach drüben tragen? Laß uns lieber nach einer Möglichkeit suchen, ihn irgendwo hier in der Nähe unterzubringen. Ein Bett, ein paar Decken. Vielleicht geht die Lähmung schneller vorüber, wenn wir seine Körpertemperatur kurzfristig erhöhen. Aber es muß jemand bei ihm bleiben und sie ständig kontrollieren, er darf sich nicht überhitzen.»

Sie gingen hinaus, kehrten aber bereits nach kurzer Zeit zurück. Gleich darauf schleiften sie ihn an den Beinen aus dem Labor. Das erkannte er an ihrem Keuchen und daran, daß die Raumdecke in Bewegung geriet. Sie beförderten ihn in ein benachbartes Zimmer, wo sie ihn mühevoll auf ein Bett wuchteten. Offenbar zogen sie ihm die Kühlungsjacke aus. Dann tauchten zwei Finger dicht vor seinen Augen auf und drückten ihm die Lider herab. Nein! schrie es in ihm. Nein, ich will sehen, und wenn es nur die verdammte Decke ist! Aber er konnte nichts unternehmen, es blieb ihm nichts übrig, als sich in Geduld zu üben. Wie still es wurde, nachdem Jef gegangen war, um Ank zu informieren – still bis auf Marts regelmäßige Atemzüge, mit denen er allein in der Dunkelheit zurückblieb.

Er erwachte von einem widerlichen Kribbeln, das sich von seinen Zehen- und Fingerspitzen langsam auf den ganzen Körper ausdehnte, als würde er flächenhaft von elektrischen Strömen überkrochen, begleitet von zunehmender Wärme, schließlich Hitze, und unkontrolliertem Zucken seiner Glieder. Er mußte eingeschlafen sein. Mühsam brachte er nun die Augenlider in die Höhe, und indem er alle Kraft zusammennahm, schaffte er es sogar, den Unterkiefer hinabzuzwingen. Eine weitere Ewigkeit ging damit hin, einen Laut zustande zu bringen, ein langgezogenes, gequältes «Aah.»

Mart beugte sich über ihn. «Kannst du mich verstehen?» fragte er sorgenvoll.

Cal zwinkerte ihm zu und brachte sogar ein schwaches «Ja» heraus.

«Du wirst es bald überwunden haben», sagte Mart und lächelte auf ihn herab.

«Wie – lange –?» Mehr ließ Cals schwere, lallende Zunge noch nicht zu.

«– du gelähmt warst? Ich weiß nicht genau, wann es passiert ist, aber du hast dich vor sechs Stunden von uns getrennt.»

«Ralp –»

«Wir können ohne dich nichts unternehmen», sagte Mart. «Also entspann dich lieber. Ich bin überzeugt, daß die Lähmung dann schneller nachläßt.»

Nun berichtete er, wie Jef, Ank und er in ihrer Diskussion zu dem Schluß gekommen waren, etwas gegen Ciah unternehmen zu müssen, um weitere Verbrechen zu unterbinden. Hier waren sie ohne Cal nicht weitergekommen, denn es mangelte ihnen an strategischem Kopf, um die nötigen Pläne zu entwickeln. So war ihnen aufgefallen, daß er schon seit fast zwei Stunden fehlte.

Eine halbe Stunde später versuchte er aufzustehen. Das Kribbeln in seinen Gliedern war bis auf einen unangenehmen Nachklang verschwunden, aber er war noch wacklig auf den Beinen und mußte sich auf Mart stützen. Es wurde besser, während sie langsam hinübergingen zur anderen Seite der Station, und schließlich bewegte Cal sich auch wieder aus eigener Kraft. Dennoch war er froh, als er sich drüben auf einen Stuhl setzen konnte. Er fühlte sich wie nach einem ganzen Tag im Fitneßzentrum. Allerdings erholte er sich rasch.

Jef hatte die Zeit genutzt, um einen weiteren Codegeber für elektronische Schlösser zu basteln. Der erste war nun wohl in Ralps Besitz. Dann hatte er sich, wie auch Ank, zur Ruhe gelegt. Doch nun, als sie wieder versammelt am Tisch saßen, konnten sich beide kaum noch halten vor Tatendrang.

«Worauf warten wir noch?» rief Jef. «Wir haben schon fahrlässig viel Zeit vertrödelt.»

Cal musterte ihn skeptisch. «Es ist sowieso zu spät», behauptete er. An seiner Einstellung hatte sich nichts geändert: Warum Ralp in die Quere kommen? Doch noch während er dies sagte, sah er sich wieder auf der stählernen Treppe, unten vor dem Tor zum Block, dann in einem finsteren Korridor, und da wußte er: Er würde wieder hinabsteigen. Mündungsfeuer. Seine Vision.

Mart, Jef und Ank starrten ihn entgeistert an.

«Aber wir können doch nicht tatenlos hier sitzenbleiben!» rief Ank spürbar gereizt.

«Warum nicht?» versetzte Cal trotzig. «Ralp tut nur, was ohnehin getan werden muß.»

«Das meinst du nicht ernst!» hauchte Mart entsetzt.

«Doch, das meine ich ernst», entgegnete Cal scharf. «Du hast selbst gesagt, daß Ciah Verbrechen begangen hat. Für diese Verbrechen wird Ciah nun bestraft.»

«Nicht Ciah!» hielt Mart dagegen. «Ralp hat ein Giftgas konstruiert, einen chemischen Kampfstoff, mit dem er alle Tics im Block umbringen wird. Ciah wird er damit nicht erledigen. Ciah ist ein Computer, muß ich dich wirklich daran erinnern? Einer Maschine kann man mit chemischen Kampfstoffen nichts anhaben.»

«Aber Ciah erhält ihre Strafe», beharrte Cal. «Ralp zerstört das Werk, für das Ciah hundertfünfzig Jahre benötigt hat.»

«Und bringt dabei fünfzigtausend Tics um!» Als Cal trotzig schwieg, fuhr Mart fort: «Man kann ein Verbrechen nicht mit einem Verbrechen sühnen. Diese fünfzigtausend wollen leben. Und dazu haben sie ein Recht.»

«Du mit deiner ewigen Sorge um andere!» höhnte Cal. «Du mit deinem – deinem Mitgefühl. Was bringt uns das ein? Ein Opfer ist ein Opfer. Ein Toter ist ein Toter. Fünfzigtausend Tote sind eben fünfzigtausend Tote. Na und?»

Mart rang nach Worten, anscheinend vollkommen überrascht von Cals Haltung. Wie beiläufig versetzte er schließlich: «Wegen dieser Sorge und diesem Mitgefühl bist du noch am Leben!»

«Vielleicht, ja», gab Cal zu. «Aber wenn ich nicht mehr am Leben wäre, dann wäre ich es eben nicht. Was bedeutet schon ein Leben weniger?»

«Das genau ist Ciahs Philosophie!» erwiderte Mart. «Das sind die Lehrsätze der Welt, die hinter uns liegt. Du redest wie Ciah!»

Das hatte gesessen! Und Cal fiel nichts ein, um den Zwerg in seine Schranken zu verweisen. Zugleich spürte er, wie seine Wut wuchs. Was bildete sich dieser Winzling ein? Ihm vorzuhalten, daß er wie Ciah argumentiere – das war einfach idiotisch!

«Ich nehme dir nicht ab, daß du das ernst meinst», fuhr der kleine Mann energisch fort. «Wir haben am eigenen Leib erlebt, was Ciah mit uns Tics tut. Wir kennen das Tagebuch und wissen, welche Schuld sie von Anfang an auf sich geladen hat. Ob sie nun ein Computer ist oder nicht, spielt dabei keine Rolle. Ciah muß gestoppt werden! Ciahs Denkweise muß ausgerottet werden! Ich dachte, das wäre spätestens nach dem Tagebuch jedem von uns klar. Und jetzt stellt sich plötzlich heraus, daß du immer noch auf Ciahs Linie bist. Du mußt viel Schuld auf dich geladen haben.»

Cal zuckte zusammen. Und Mart sah es! Doch er hieb nicht weiter in die gleiche Kerbe.

«Ich bin fest davon überzeugt, daß wir vier anders sind», sagte er. «Wir haben uns von Ciah befreit. Natürlich lebt unsere Vergangenheit in uns weiter, wir bleiben Ciahs Produkte! Aber wir haben uns weiterentwickelt. Für uns zählt jedes Leben.»

«Jawohl!» bestätigte Ank mit fester Stimme, und auch Jef nickte grimmig.

Cal blickte zu Boden. «Diese fünfzigtausend Tics sind künstlich», wandte er mit leiser Stimme ein.

Das schwächste Argument von allen.

«So wie du und ich», entgegnete Mart. «Und haben wir deswegen etwa keine Existenzberechtigung?»

Damit war Cal am Ende. Trotzdem gab er nicht auf. Und da er keine Argumente mehr hatte, die er den anderen entgegenhalten konnte, begann er nun zu schimpfen. «Verdammt noch mal, ich will meine Ruhe!» schrie er. «Kapiert das hier denn keiner? Ich bin müde. Müde!»

Marts Gesicht, eben noch streitlustig, sah von einer Sekunde auf die andere traurig aus, und seine Schultern sackten herab. «Ja», seufzte er, «Ruhe wäre jetzt wirklich etwas Feines.»

Natürlich, sie alle waren müde. Kein Wunder nach

diesen Strapazen. Kaum eine Stunde ungestörten Schlafs, dann der Rest des Tagebuchs mit seinen Enthüllungen, und jetzt noch die Aussicht auf unabsehbare Stunden unten im Block. Doch was sonst? Ihre Schicksale waren untrennbar miteinander verwoben, sie sollten am gleichen Strang ziehen. Aber er war zu gereizt, um einfach nachzugeben.

«Ich glaube, wir alle sehnen uns nach Ruhe.» Woher nahm Mart eigentlich das Recht, für die Gruppe zu sprechen? «Aber wir tragen Verantwortung, Cal. Wir dürfen uns nicht einfach davonstehlen. Das da unten geht uns was an.»

Nun war es an Cal zu seufzen. Doch es war kein kapitulierendes Seufzen. «Es ist sowieso zu spät!» wiederholte er in aggressivem Tonfall.

«Aber es ist unlogisch, hier herumzusitzen und die Hände in den Schoß zu legen», sagte Mart, nun wieder sachlich. «Bald werden uns die Vorräte ausgehen, und was dann? Aus dem Block können wir dann keinen Nachschub mehr holen, da dort alles gründlich vergiftet sein wird.»

«Aber nur, wenn Ralp es geschafft hat, ein Gift zu konstruieren, gegen das wir noch nicht immun sind», hielt Cal dagegen. «Ein neues Gift, das Ciah bisher entgangen ist.»

«Wenn du willst, darfst du es ja ausprobieren», versetzte Mart schnippisch. «Ich lasse dir gern den Vortritt.»

Einige Sekunden funkelten sie sich an.

Dann fügte der kleine Mann hinzu: «Du kannst sagen, was du willst: Für mich bedeutet es keine Perspektive, für den Rest meines Lebens in dieser muffigen Zwischenstation gefangen zu sein.»

«Und welche Perspektive siehst du sonst?»

Cal spürte, daß er längst geschlagen war, und beharrte dennoch auf seiner Position, auch wider die Einsicht, daß Mart die besseren Argumente auf seiner Seite hatte. An ihre Verpflegung etwa hatte Cal noch nicht gedacht.

«In den Block gehen, Ralp aufhalten und Ciah abschalten, das ist die einzige Perspektive, die ich sehe», sagte Mart.

«Das ist doch lächerlich!» rief Cal. «Wie willst du Ralp aufhalten? Wir wissen ja nicht einmal genau, was er überhaupt vorhat.»

«Er wird sein Gift im Block verteilen – logischerweise über die Luftumwälzung.»

«Und wer von uns hat eine Ahnung, wo die Luftumwälzungsanlage zu finden ist?» zischte Cal. «Du etwa?»

«Nein», mußte Mart zugeben.

«Ralp ist Ciahs Vertrauter und weiß darum unendlich viel mehr über Block Arkansas und Ciah als wir. Ebenso groß ist sein Vorteil uns gegenüber.» Cal machte eine wegwerfende Handbewegung. «Es hat nicht den geringsten Sinn.»

«Dann müssen wir eben versuchen, an Schutzanzüge heranzukommen, ehe Ralp sein Gift verteilt hat», gab Mart giftig zurück. «Ich kann deine Meinung nicht teilen, Cal. Wir haben eine Chance, dessen bin ich mir vollkommen sicher.»

Cal schwieg betroffen. Warum hatte er nicht an die Anzüge gedacht? In ihnen konnte man sich tagelang in der giftigsten Atmosphäre bewegen, einige Ersatzpatronen für den Luftvorrat vorausgesetzt. Und Cal wußte sogar, wie sie an diese Anzüge herankamen, er hatte die Lage aller Polizeimagazine im Kopf. Mit diesen Anzügen und ihren technischen Möglichkeiten ließ sich vielleicht sogar Ralps Vorteil ihnen gegenüber egalisieren.

Und trotzdem gab Cal seine Position nicht auf! «Du glaubst doch nicht im Ernst, daß wir Ralp noch erwischen, bevor er das Zeug in die Luftumwälzung gibt! Er hat einen Vorsprung von über sechs Stunden.»

«Eine andere Chance sehe ich nicht», entgegnete Mart schulterzuckend.

«Selbst wenn wir es nicht schaffen, Ralp aufzuhalten,» schaltete sich nun Ank wieder ein, «können wir von hier oben nicht mit Ciah reden.»

«Du willst mit Ciah reden?» fragte Cal verächtlich. «Willst du sie etwa davon überzeugen, daß sie Verbrechen begangen hat?»

«Ich glaube, das weiß sie schon», erwiderte Ank. «Nein, ich will sie abschalten.»

Die anderen sahen ihn erstaunt an.

«Ich glaube, genau das will Ciah von uns», sagte Ank. «Ich habe darüber nachgedacht. Ciah will, daß wir sie abschalten und damit erlösen. Deswegen sind wir hier.» Er blickte in die Runde. «Überlegt mal: Ciah ist ein Computer und kann darum nicht unlogisch handeln. Das bedeutet, daß sie für alles, was sie tut, gute Gründe haben muß. Uns mag vieles widersprüchlich erscheinen, aber das liegt nur daran, daß wir diese Gründe nicht kennen. Natürlich kann sie uns nicht direkt dazu auffordern, sie abzuschalten. Aber sie kann uns indirekt unterstützen, indem sie uns mit Waffen versorgt und den Fluchtweg nicht verstellt. Und indem sie uns Lizzies Tagebuch zuspielt. Ich denke, die Sache ist klar: Ciah hofft, daß wir verstehen, was überhaupt passiert, und daß wir von uns aus die richtigen Schlüsse ziehen. Abschalten, darum geht es.»

«So muß es sein», hauchte Mart.

«Das Problem ist», seufzte Ank, «daß es keinen Sinn hat, Ciah abzuschalten, ehe sie die Versiegelung des Blocks nicht aufgehoben hat. Wenn sie ihre Existenz einstellt, brechen sämtliche Regelkreisläufe von Block Arkansas auf der Stelle zusammen: Nahrung, Energie, Wiederverwertung. Und wir mitten drin. Das überleben wir nicht.»

«Aber aus dem Tagebuch geht hervor, daß Ciah die Versiegelung erst aufheben kann, wenn das Programmziel erreicht ist», wandte Mart ein.

«Die Artvollkommenheit», fügte Jef hinzu.

«Dann müssen wir Ciah eben davon überzeugen, daß das Programmziel erreicht ist», sagte Ank und grinste schelmisch. «Wenn ihr mich fragt: Ich finde uns schon ganz ordentlich vollkommen. Immerhin verstehen wir Ciah.»

3.

Also stiegen sie hinab, bewaffnet mit Gewehren und Materiedampfern, ausgerüstet mit Atemmasken, deren Lampen sie eingeschaltet hatten, dem Codegeber, von Jef konstruiert, und dem Meßgerät, mit dem Mart das Gift diagnostiziert hatte. In der Schleuse des Hochsicherheitslabors hatte er es dekontaminiert. Dennoch handhabte er das kleine Gerät, das in seiner feingliedrigen Hand klobig wirkte, mit größtem Respekt.

Nach fast vier Tagen Schonung war Anks verletztes

Bein natürlich nicht verheilt, doch er bemühte sich, den anderen kein Hindernis zu sein, und legte trotz seiner Krücken ein beachtliches Tempo vor. So viel Energie hätte Cal dem schlaffen Tic nicht zugetraut. Ank schien unbedingt seinen Beitrag zu Ciahs Ende leisten zu wollen. Doch Cal konnte sich nicht vorstellen, daß sich Ciah allein mit Worten dazu bewegen lassen würde, den Block zu öffnen und sich selbst abzuschalten, sie würde sich natürlich nicht weismachen lassen, daß ausgerechnet Zwerge und Schlaffe das Endergebnis der Artverbesserung darstellen sollten, die vollkommene Art.

Cal begriff zwar, daß sein Stolz verletzt war, weil er den Argumenten der anderen unterlegen war, doch das änderte nichts an seiner skeptischen Beurteilung ihrer Aussichten: Er glaubte nicht, daß Ank das Zeug dazu hatte, Ciah zu schlagen, und er glaubte nicht, daß sie Ralp noch rechtzeitig stellen konnten. Nur insofern mußte Cal den anderen recht geben, als es tatsächlich keinen Sinn hatte, einfach in der Zwischenstation auszuharren. Sie besaßen keine bessere Perspektive als die, mit Ciah zu reden und sie dazu zu bewegen, den Block zu entsiegeln. Doch selbst wenn das gelänge – was käme dann? Sie würden hinaufsteigen. Aber waren sie denn wirklich immun gegen die Erreger, die an der Erdoberfläche vielleicht noch kursierten? Wie sollten sie dort oben ihre Versorgung mit Nahrung sichern? Und wie die Art erhalten – falls sie überhaupt erhalten werden sollte? Nein, letztlich hatte dies alles nicht den geringsten Sinn.

Dennoch war Cal, als sie unten vor der Stahlkuppel ankamen, wieder ganz der militärische Anführer, der sie auch aus dem Versuchsgelände herausgeführt hatte.

Die anderen mochten sich irren: Was zählte, war der Zusammenhalt der Gruppe. Cal wollte seine letzten Stunden nicht allein verbringen.

Mit dem Codegeber öffnete Jef die Schleuse in der Kuppel. Als sie einstiegen, packten sie instinktiv ihre Waffen fester, aber als sich das innere Schott vor ihnen öffnete, fanden sie sich lediglich vor der Wendeltreppe wieder, die als Fußpassage durch die Gelschicht diente. Das Material der Wände sowie der Treppe selbst war erstaunlich elastisch. Unten mußten sie eine zweite Schleuse passieren.

Bevor Jef jedoch den Codegeber für das letzte Schott betätigte, sagte Mart: «Nur für den Fall, daß Ralp schon am Ziel ist: Der bloße Hautkontakt mit dem Gift genügt. Dann geht es vermutlich sehr schnell.»

«Sterben werden wir in jedem Fall, ob wir nun draußen bleiben oder hineingehen», erwiderte Ank.

«Du bist ja ein richtiger Held», stichelte Cal.

«Jeder, wie er kann.»

Sie nickten sich entschlossen zu und stülpten ihre Atemmasken über, ehe Jef die letzte Tür auffahren ließ. In Erwartung eines Ausschlags beobachteten sie das Meßgerät in Marts Hand, auf das Schlimmste gefaßt. Doch es zeigte nichts an.

«Die Luft ist rein», sagte der Zwerg. «Merkwürdig – Ralp hat sieben Stunden Vorsprung.»

«Es sieht so aus, als ob er sie nicht genutzt hat.» Jef war hörbar erleichtert.

Sie traten in die dunkle Halle hinaus und wurden sofort von der vertrauten Geräuschkulisse umspült. Nach der Stille der vergangenen Tage fiel ihren entwöhnten Ohren das Summen der Maschinen in der Tiefe stärker auf als jemals zuvor. Cal fühlte sich zurückversetzt in die Zeit vor seinem Versagen, und vor Wehmut, sogar Sehnsucht kniff er die Lippen zusammen und blinzelte, um seine trockenen, brennenden Augen zu befeuchten. Alles vorbei! dachte er. Ein schöner Betrug.

Den anderen erging es ähnlich, sie vermieden jeden Blickkontakt miteinander und sahen zur Decke oder zu Boden.

«Sektor 42», murmelte Cal. «Oberste Etage, Außensektor.»

Er kannte die Fahrstuhlhalle von seiner Arbeit in der Revierzentrale. Und er wußte genau, wo das nächste Magazin zu finden war: in Sektor 40, zwei Etagen tiefer, auf der gegenüberliegenden Seite des Blocks. Und noch einige Etagen tiefer wurde in diesem Moment Alarm ausgelöst und ein schwer bewaffneter Trupp unsichtbarer Polizisten auf den Weg geschickt, denn die Infrarotorter hatten die Eindringlinge mit Sicherheit erfaßt und der Revierzentrale gemeldet. Doch womöglich waren andere Sektoren schon verseucht, vielleicht brachen unter ihnen in diesem Moment bereits Tausende von Tics zusammen? Ralp würde seinen Vorsprung gewiß irgendwie genutzt haben. So dumm war er nicht, diesen Vorteil einfach zu vergeben.

Sie hatten also nur wenig Zeit für ihren Weg von fast einem Kilometer – und zwar quer durch die Finsternis der Peripherie. Schweigend setzten sie sich in Bewegung. Cal stürmte voran. Die anderen konnten ihm zunächst nicht folgen, holten ihn aber an der nächsten Gangkreuzung wieder ein, wo er innehielt und nach verräterischen Geräuschen horchte, die das Heranrükken eines Polizeitrupps trotz Unsichtbarkeit verraten hätten. Doch sein Gehör funktionierte noch nicht wieder einwandfrei, es litt seit der Lähmung unter dem Halleffekt. Sie mußten es einfach riskieren, trotz ihrer Helmlampen, die sie zum deutlichen Ziel machten, und trotz der Krücken, mit denen Ank, so vorsichtig er sich auch bewegte, gewaltigen Lärm veranstaltete. Es kam jetzt auf ihre Geschwindigkeit an.

Doch alle Gänge, Kreuzungen und Hallen auf ihrem Weg waren verlassen. Niemand unterwegs. Kein Summen unsichtbar heranschwebender Kameras, soweit Cal es beurteilen konnte, und kein Laufschritt nahender Polizisten. Problemlos, allzu glücklich rückten sie vor. Ein schlechtes Zeichen? Eine Falle gar? Glück? Oder half Ciah nach, indem sie den Alarm unterband? Jedenfalls kamen sie vor dem Magazin an, ohne behelligt worden zu sein. Und auch die Anzeige des Meßgeräts änderte sich nicht: weiterhin reine Luft. Cal konnte es kaum glauben.

«Ich kann nicht mehr», schnaufte Ank und lehnte sich schwitzend an die Wand des Korridors.

«Wir haben es gleich geschafft», versuchte Mart ihn zu ermuntern.

«Mist!» fluchte Cal. «Ralp war vor uns hier.»

Vom Öffnungssensor waren nur noch ein paar verbogene Metallsplitter übrig, und Glasscherben lagen auf dem Boden, dazwischen Patronenhülsen.

«Zurücktreten!» befahl Cal, hob den Materiedampfer, regulierte sekundenschnell den Fokus und löste die Waffe aus. Der blaßblaue Fächer verdampfte einen Ausschnitt der Tür binnen weniger Sekunden zu grauen Schwaden. Cal stieg durch das kreisrunde, brusthohe Loch in das Magazin ein und begann drinnen erneut zu fluchen.

«Ralp war vor uns hier, ja?» fragte Mart mit einem Anflug von Galgenhumor.

«Er hat sie alle unbrauchbar gemacht», rief Cal. «Als ob er wußte, daß wir ihm folgen würden.»

«Oder er wollte verhindern, daß sich Tics aus dem Block mit den Anzügen versorgen», vermutete Mart.

Cal kehrte auf den Korridor zurück. «Das ist doch alles absolut unlogisch», schimpfte er. «Wieso hat er das Gift noch nicht in Umlauf gebracht? Er hatte sieben Stunden Zeit dafür.»

«Ich verstehe es auch nicht», sagte Ank. «Aber ich glaube, wir dürfen nicht von uns auf ihn schließen.»

«Was jetzt?» drängelte Jef. «Denkt an das Gift. Vielleicht gibt er es gerade jetzt in die Lüftung. Wer weiß, vielleicht beobachtet er uns und wartet nur darauf, daß wir ratlos hier herumstehen.»

Das war möglich. Mit Sicherheit hatte Ralp sich einen Anzug genommen, ehe er das Magazin zerstört hatte, und verfügte nun über das Kamerasystem wenigstens jenes Sektors, in dem er sich aufhielt. Aber dann wäre er noch in unmittelbarer Nähe, und das konnte Cal sich kaum vorstellen. Dann müßte er sie geradezu erwartet haben!

Cal unterband jede weitere Debatte mit einer heftigen Handbewegung. «Das nächste Magazin ist exakt vier Etagen entfernt, im Sektor unter uns. Los!»

Und wieder rückten sie von Kreuzung zu Kreuzung vor, wegen Ank etwas langsamer, doch immer noch zügig genug, um den Treppenschacht, der zum Sektor 28 hinabführte, in wenigen Minuten zu erreichen. Der Codegeber tat gute Dienste. Unten fanden sie sich jedoch unvermittelt auf einer belebten Gangkreuzung wieder.

Zahlreiche Tics blieben stehen und starrten sie entgeistert an, doch als Cal den Materiedampfer in die Höhe riß, gegen die Decke auslöste und dazu brüllte: «Zur Seite, oder ich zerblase euch zu einem Haufen Atome!», da stoben sie auseinander. Zugleich ertönte in der Ferne das Wimmern einer Sirene. Nun also doch Alarm! Erst jetzt! Nur Ciah konnte ihn bisher verhindert haben.

Cal stürmte los, hinter ihm der hinkende Ank mit dem bewaffneten Mart an seiner Seite, und als sichernde Nachhut Jef mit dem zweiten Materiedampfer.

«Immerhin», keuchte Ank, «das Gift ist noch nicht hier angekommen.»

«Maul halten!» rief Cal. «Hundert Meter noch.»

Sie würden gleich Ärger bekommen, sie mußten sich in den Besitz der Anzüge gebracht haben, ehe die Polizei anrückte. Vorsorglich stellte er sich schon darauf ein, das Arsenal mit Waffengewalt zu erobern. Wenigstens würde es unversehrt sein. Ralp würde sich kaum hierher getraut haben.

Wunderbarerweise erreichten sie es unbehelligt. Cal schüttelte den Kopf, während er seine Codenummer eingab. Wo blieb die Polizei?

Da hörte er es. Aus dem Korridor hinter ihnen drang ein Stöhnen und Röcheln aus vielen Kehlen. Cal gestattete sich einen schnellen Blick zurück. Er sah, wie Tics nur zwanzig Meter entfernt zusammenbrachen und sich zuckend am Boden wanden.

«Atemlähmung!» sagte Mart und fügte unnötigerweise hinzu: «Es wirkt also. Aber ich kann noch nichts messen.»

Das Schott fuhr auf. Niemand hatte den Code geändert, nachdem Cal versetzt worden war. Warum auch

– noch nie war ein Versetzter zurückgekehrt. Rasch schlüpften sie hinein, und Cal ließ die Tür wieder zufahren. Sie hatten einige Sekunden gewonnen, ehe das Gas über die Lüftung auch zu ihnen hereinkriechen würde. Cal riß die Anzüge aus den Halterungen und gab sie den anderen. Der Zwerg würde Probleme mit dem riesigen Kleidungsstück haben. Doch davon durften sie sich jetzt nicht aufhalten lassen. Noch zeigte das Meßgerät eine saubere Atmosphäre an. Mart hatte es unter der Ventilationsöffnung auf den Boden gelegt, mitten in den kaum spürbaren Luftzug.

Cal nahm sich selbst einen Anzug und stieg mit geübten Bewegungen hinein. Dazu brauchte er nur Sekunden. Handschuhe, Stiefel, alle Verschlüsse sichern, die Atemmaske herunter, den Helm aufgesetzt und eingerastet, zwei Schaltungen, und der Anzug nahm seinen Betrieb auf. Die Anzeigen, auf die Innenseite des Visiers gespiegelt, informierten darüber, daß der Anzug vorschriftsmäßig funktionierte. In Sicherheit. Nun konnte Cal sich um die anderen kümmern. Jef, der der Ventilationsöffnung am nächsten stand, war noch mit den Handschuhen beschäftigt, kam mit der Prozedur aber so gut zurecht, wie man es von einem Ungeübten bestenfalls erwarten konnte. Man merkte den technischen Sachverstand. Mart hingegen mühte sich unsinnigerweise damit ab, Ank beim Anziehen zu helfen, anstatt sich zuerst selbst in Sicherheit zu bringen.

Cal stieß ihn beiseite und rief: «Laß das! Du bringst dich nur in Gefahr.»

Schwitzend und bleich begann Mart daraufhin sofort, seinen Anzug überzustreifen. Dabei stellte er sich wiederum erstaunlich geschickt an, während Ank nun nicht mehr Herr seiner Panik wurde und die Hilfe mit unkontrollierten Bewegungen behinderte. Cal schloß ihm den Overall, drückte ihm dann aber die Handschuhe in die Hand und wandte sich nun Mart zu, der durch den viel zu großen Anzug stark behindert wurde, so gut er Ärmel und Hosen auch zu raffen versuchte.

In diesem Moment begann die Anzeige des Meßgeräts zu blinken.

Die Stiefel mußten warten, der Helm hatte Vorrang. Mit hastigen, nun ebenfalls unsicheren Bewegungen setzte Cal Mart den Helm auf. Eine schnelle Drehung. Eingerastet. Währenddessen schloß Mart die Magnetverschlüsse zwischen Handschuhen und Ärmel. Dann die Stiefel. Zeitgleich mit Ank wurde er fertig. Und die Anzeige des Meßgeräts leuchtete permanent rot.

«Du liebe Güte!» keuchte der Zwerg.

Cal aktivierte Marts Anzug, danach den von Ank. Zuletzt wandte er sich Jef zu und überprüfte Sitz und Verschluß. Jef hatte die Elektronik bereits selbst in Betrieb genommen, und Cal konnte in der Eile keinen Fehler entdecken, doch Jefs Gesicht hinter dem Helmglas wirkte sonderbar versteinert.

Jetzt riß er seinen Mund auf. «Etwas – stimmt nicht», hechelte er. Seine Hand zuckte in die Höhe, zum Hals, zerrte an der Halskrause, in die der Helm eingerastet war. Seine Augen quollen vor Angst aus den Höhlen.

Da entdeckte Cal den Grund: Der Verschluß am linken Handgelenk saß nicht fest, die Magnetleiste des Handschuhs lag teilweise dem blanken Oberflächenmaterial des Anzugs auf und haftete daher nicht – der Anzug war nicht dicht! Und der Mikrotechniker stand mitten im giftigen Luftstrom!

Mit einem einzigen Knopfdruck fuhr Cal die Luftzirkulation in Jefs Anzug auf Maximalwerte herauf, doch es war bereits zu spät. Jef brach zusammen. Mart und Ank wichen zurück, Cal schrie auf und versuchte, Jef festzuhalten, doch er konnte nichts tun, es ging entsetzlich schnell. Mit seinen unkontrolliert zuckenden Beinen warf Jef einen Tisch um, seine Hände zerrten panisch und sinnlos am Material des Anzugs, sein verzerrtes Gesicht war hinter dem Helmvisier nur abgedunkelt, beschattet zu sehen, doch aus seinen Augen leuchtete die Todesangst, und er stieß furchtbare Schreie aus, die von den Lautsprechern des Anzugs wiedergegeben wurden. Dann bäumte sich sein Körper ein letztes Mal mit brachialer Gewalt auf und erschlaffte schließlich. Ein letztes Röcheln aus tiefster Brust, ein blutiger Brei quoll ihm aus dem weit aufgerissenen Mund, und es war vorbei.

4.

Fassungslos stand Cal vor dem Leichnam, die Beine zitterten ihm wie nach einem Marathonlauf, er wankte gegen die Wand und sackte an ihr zu Boden, ohne seine Blicke von dem Toten abwenden zu können. Zehn Sekunden hatte es gedauert, nur zehn Sekunden, und der einzige Tic, dem Cal jemals seine Träume erzählt hatte, existierte nicht mehr. Er hätte schreien wollen, Jef solle auf der Stelle zurückkehren. Seine Finger tasteten nach der Helmkrause, befühlten den Verschluß, als wollten sie ihn öffnen. Ja, es wäre schnell vorüber, in zehn Sekunden.

Hatte er etwas an sich, was andere Tics ins Verderben stürzte, sobald sie mit ihm zu tun bekamen? Etwas, das verhinderte, daß er eine Chance erhielt, eine Zukunft? In der vergangenen Nacht war in ihm das vorsichtige Gefühl entstanden, in Jef nun vielleicht doch noch einen Tic gefunden zu haben, mit dem er zusammensein wollte, ein Gefühl von Vertrautheit, nicht so stark wie bei Erc, aber dennoch fesselnd. Und nun war alles zertrümmert, wiederum eine mögliche Zukunft zerstört, ehe sie überhaupt eine Chance erhalten hatte: vorbei, einfach vorbei! Es blieb nichts mehr.

Apathisch sah er zu, wie Mart neben dem Leichnam niederkniete und ihm den Helm abnahm. Doch die Diagnose war Cal so gleichgültig wie alles andere auch.

«Es läßt die Lungenbläschen platzen», sagte Mart, erhob sich wieder und deutete auf den blutigen Brei, der zu Boden geflossen war, als er den Helm abgenommen hatte. «Da hilft auch der neueste Hauttyp nichts.»

Jef war nicht vom neuesten Hauttyp gewesen, vielleicht hatte es darum so schnell gewirkt. Doch Mart wollte sagen, daß auch sie, die übrigen, in Gefahr schwebten, obwohl sie alle neuesten Hauttyps waren.

«Wie funktioniert so was?» wisperte Ank und schüttelte sich.

Mart zuckte mit den Schultern. «Ich bin kein Spezialist für Kampfgase», antwortete er. «Ich habe nur mit Yersinia pestis gearbeitet.»

«Womit?»

«Ein Bakterientyp, der eine Krankheit namens Pest auslöst», erläuterte Mart tonlos. «Interessant wegen kurzer Inkubationszeit, die bei manipulierten Erregern noch gesteigert werden konnte. Ich habe einige

Varianten konstruiert und die entsprechenden Resistenzen in das vierundzwanzigste Chromosom der nächsten Tic-Generation eingearbeitet.»

«Du hast dabei mitgemacht?» rief Ank.

«Du etwa nicht?» schnappte Mart zurück, bissiger als gewohnt.

Ank zuckte sichtbar zusammen. Fast beleidigt stellte er fest: «Ich habe immerhin keine Krankheiten konstruiert.»

«Aber du hast für Ciah gearbeitet», entgegnete Mart scharf, «du hast sie unterstützt, wo immer du solltest, du hast getan, was von dir verlangt wurde, und nie Fragen gestellt. So wie alle anderen Tics auch. Wir alle sind schuldig. Und am meisten Ciah.»

Ank war mit jedem Wort kleiner geworden. Jetzt nickte er und sagte leise: «Entschuldige. Du hast natürlich recht. Ich habe nicht nachgedacht.»

«Ich glaube, im Moment sollten wir uns um andere Dinge kümmern», sagte Mart. «Zum Beispiel darum, wie wir zu Ciah vordringen. Und wir sollten nicht vergessen, daß Ralp noch irgendwo dort draußen herumläuft.»

«Machen wir uns doch unsichtbar», schlug Ank vor. «Haben diese Anzüge nicht eine Vorrichtung dafür?»

«Also, Cal –», hob Mart an, stockte dann aber, als er Cal ansah.

Cal hatte ihr Gespräch gehört, doch er schaffte es nicht, darauf zu reagieren. Er sah auch, daß Mart ihn fragend und ratlos betrachtete, aber es war keine Kraft in ihm, er wußte nur, daß nun etwas von ihm erwartet wurde, was ihm völlig gleichgültig war.

Da ging Mart vor ihm in die Hocke, blickte ihm tief in die Augen, so daß Cal am liebsten den Blick niedergeschlagen hätte, und begann, auf ihn einzureden. «Cal, Ralp ist noch dort draußen. Wir sind alle in höchster Gefahr. Zigtausende hat er umgebracht, nicht zuletzt Jef. Cal, hörst du mich? Es wird Zeit für deine Rache!»

Das letzte Wort erreichte ihn endlich.

«Das bist du ihm schuldig», sagte Mart. «Ralp muß sterben!»

Und das aus Marts Mund!

«Das bringt Jef nicht zurück», murmelte Cal lahm.

«Nein, natürlich nicht. Und trotzdem mußt du Ralp zur Strecke bringen. Für Jef! Du bist der einzige, der das kann. Das ist jetzt deine Aufgabe!»

Cal nickte. Es war unlogisch, aber er spürte, daß Mart recht hatte. Wenn er überhaupt noch eine Aufgabe hatte, dann war es die, Ralp an weiteren Verbrechen zu hindern. Mühsam brachte er sich in die Höhe, ging zu Jef hinüber und versuchte, den Ausdruck in den toten Augen des Freunds zu deuten. Schmerz, Überraschung, Panik? Nein, es war nichts darin zu erkennen, sie waren einfach leer. Cal ertrug diesen Anblick nicht. Er drückte Jef die Augenlider zu.

«Ich werde euch also in die Steuerung des Anzugs einweisen», sagte er dann lahm zu den anderen. Doch während er sie wie früher die Novizen unterrichtete, spürte er, wie er sich innerlich wieder aufrichtete.

In groben Zügen erklärte er ihnen alle Bedienungselemente – zuerst die, von denen sie die Finger lassen sollten, weil der Umgang mit ihnen, etwa zur Steuerung der Überwachungskameras, viel Übung erforderte. Dann zeigte er ihnen die Schaltungen, die sie brauchen würden. Sie schnappten nach Luft, als er den Lichtmantel aktivierte und unmittelbar vor ihren Augen verschwand. Der Schatten, verursacht durch die Photonenirritation, fiel ihnen erst beim zweiten Mal auf. Sie lernten, die Deflektoren zu bedienen: den Lichtmantel ebenso wie den Infrarotmantel, der sämtliche Wärme, die innerhalb des Felds entstand, am Entweichen hinderte, und den elektromagnetischen Mantel, der alle kurzwelligen Strahlen zurückhielt, bis der Wärme- und Strahlungsstau so groß wurde, daß das Feld automatisch abgeschaltet wurde. Das war der Fall, sobald zwischen Anzugaußenhaut und Schirmfeld fünfundsiebzig Grad erreicht waren, ungefähr fünfzehn Minuten nach Aktivierung der Zusatzdeflektoren. Anzugträger im Vollschutz aller drei Schirme waren für die gängigen Ortungsgeräte schlechterdings nicht vorhanden.

Dann aktivierte Cal die Peilsender der Anzüge, justierte sie aufeinander und vernetzte sie, so daß die drei Tics sich erkennen konnten, ohne sich zu sehen. Die Automatik projizierte ein Symbol auf ihre Helmvisiere und zeigte damit den Standort der anderen selbst bei Vollschutz an. Ank wandte ein, daß Ralp oder Ciah den Funk anzapfen könnten. Doch die Peilsender hatten eine Reichweite von nur zwanzig Metern und arbeiteten per Richtstrahl. Ein Test verlief einwandfrei.

Er zeigte ihnen die Ortungseinrichtungen des Anzugs, mit denen sie ihre Umgebung im Infrarot- und im kurzwelligen Spektralbereich erfassen konnten, und die Funkanlage, die sie bei abgeschalteten Außenlautsprechern verwenden würden. Sie benutzte die Richtwelle zwischen ihren Anzügen und trug ebenfalls nicht weiter als zwanzig Meter. Zuletzt demonstrierte er ihnen, wie man das Helmvisier undurchsichtig für Blicke von außen machte und wie man über einen

Halm, der fest an der rechten Helminnenseite installiert war, Wasser aus dem Vorrat des Anzugs trinken konnte. Nur zum Essen mußte man den Anzug öffnen.

«Und wie lange haben wir Energie?» fragte Mart.

«Für zwei Tage unter Normalbelastung», antwortete Cal. «Bei Vollast etwa ein Viertel davon. Die Schirme kosten einen Haufen Energie. Den Energiepegel könnt ihr im Helmvisier ablesen. Der Luftvorrat reicht für acht Stunden, aber man kann ihn per Ersatz-Druckluftpatronen jederzeit erneuern.«

«Das Ding ist ganz schön schwer», maulte Mart.

«Zwanzig Kilo.» Cal nickte und zuckte mit den Schultern, während er schon Ausrüstungsgegenstände in den Taschen des Anzugs verstaute. Sie wechselten die fast leergeschossenen Magazine ihrer Gewehre gegen volle aus, steckten sich aus dem Fundus der Waffenkammer je zwei kleinere Pistolen in die dafür vorgesehenen Beinhalfter und versorgten sich mit Ersatzmunition. Cal nahm sich zusätzlich einen hochsensiblen Infrarotsucher, für den ein Anzug im Vollschutz kein Problem darstellte. Mit diesem Spezialgerät würde er Ralps Verfolgung aufnehmen.

Dann nahmen sie ihre Gewehre und Materiedampfer, Ank seine Krücken.

«An diese Dinger habe ich nicht gedacht», sagte Cal und wies auf die Krücken. «Sie werden zu sehen sein, wenn der Lichtmantel eingeschaltet ist.»

Ank sah ratlos aus. «Auch wenn ich ganz kleine Schritte mache?»

«Ja. Schon die Gewehre sind ein Problem. Das Deflektorfeld geht von Kraftlinien im Anzugmaterial aus, es reicht nur zehn Zentimeter weit. Stiefelsohlen ausgenommen.»

«Auf die Krücken kann ich nicht verzichten», erwiderte Ank und fuhr leiser fort: «Es wäre mir ja ohnehin lieber, wenn wir diese Technologie nicht benutzen müßten.»

«Sie ist unheimlich», stimmte Mart ihm zu. «Aber wir brauchen sie.»

«Ciah weiß sowieso, daß wir hier sind», entgegnete Ank.

«Aber Ralp?»

Cal achtete nicht weiter auf sie, sondern ging zu Jefs Leiche hinüber, um endgültig Abschied zu nehmen. «Du warst gut», sagte er, nachdem er die Funkverbindung zu den anderen unterbrochen hatte. «Es bringt dir nichts mehr, aber ich werde dich rächen.»

Er gab sich einen Ruck und wandte sich von dem grauenhaften Anblick ab. Nun hatte er sich entschlossen. Ja, er hatte eine Aufgabe, eine Pflicht zu erledigen. Er würde Rache nehmen. Noch blieb dieser Wunsch sonderbar blutleer und eigenartig geringfügig, als sei er weit entfernt. Doch er würde stärker werden, das spürte Cal. Er mußte nur heraus aus diesem Arsenal, mußte Jef erst endgültig Erinnerung werden lassen.

Er schaltete seine Funkanlage wieder ein und ordnete Deflektorschutz und Visierverdunklung an. «Wir gehen!»

«Wohin, wenn ich fragen darf?» wollte Mart wissen.

«In die Revierzentrale», antwortete Cal. «Von dort aus können wir Ralp vielleicht ausfindig machen. Und wir kriegen eine Verbindung zu Ciah.»

Mart schauderte sichtbar zusammen.

Ank jedoch nickte grimmig, ehe er als erster sein Schirmfeld aktivierte und unsichtbar wurde. Seine Krücken verschwanden nur teilweise, aber als Cal ihn darauf aufmerksam machte, riet er Cal giftig: «Halt du nur deine Augen offen. Dann merken wir es vielleicht rechtzeitig, wenn Ralp in der Nähe auftaucht.»

5.

Das Gift schien alles Leben im Block vernichtet zu haben. In den Gängen, noch vor wenigen Minuten stark belebt, herrschte nun Totenstille, niemand verstellte Cal, Mart und Ank den Weg ins Zentrum des Blocks. Doch sie mußten über Hunderte von Leichen hinwegsteigen, die zum Teil in grotesker Weise verrenkt waren, Tics, aus deren aufgerissenen Augen das Entsetzen ihrer letzten Sekunden sprach, vom rasenden Tod überrascht, wo sie sich gerade aufgehalten hatten. Niemand war verschont worden, auch der Revierkommandant nicht, der in der Revierzentrale vor seinem Arbeitstisch lag, die Augen verdreht, blutigen Schaum vor dem Mund. Noch vor wenigen Tagen hatte Cal seine Befehle von diesem Mann entgegengenommen.

«In ein paar Tagen wird es hier ganz schön stinken», sagte Cal und stieß ein heiseres Lachen aus. Doch seine Augen brannten vor Trockenheit.

«Cal!» murmelte Mart vorwurfsvoll.

In der eigentlichen Revierzentrale, dem Überwachungsraum mit den einundfünfzig Monitoren, lag der Wachhabende mit aufgeplatzter Stirn auf dem Boden, als sei er kurz vor seinem Tod noch blindlings gegen die Wand angerannt. Die Monitore zeigten die Bilder, die von der Automatik nach dem Zufallsprinzip eingespielt wurden, und auf dem einzelnen Monitor rechts über den anderen rotierte Ciahs Symbol – alles wie gewohnt, als sei nichts geschehen, abgesehen vom Blinken des Alarmsignallichts, das Cal per Knopfdruck abschaltete.

«Ich werde schriftlich mit Ciah kommunizieren», sagte Ank. Cal sah seine Gestalt im infraroten Bereich des Spektrums, doch sein Gesicht blieb wegen der Visierverdunklung verborgen. «So erhalten wir Zeit, uns Fragen zu überlegen.»

Das war sinnvoll. Lächerlich hingegen war, daß sie noch immer unsichtbar herumstanden. Ciah wußte längst, mit wem sie es zu tun hatte, sie hatte natürlich ihren Vorstoß zum Magazin beobachtet. Für einen Moment kam Cal sich wieder klein und unterlegen vor, wie früher. Doch dann schüttelte er ärgerlich den Kopf. Brauchte es noch einen Beweis, daß er der Beste war, sogar besser, als Ciah gedacht hatte? Er hatte alle Gefahren überlebt, die sie ihm in den Weg gelegt hatte, er war zurückgekehrt an den Ort, von dem Ciah ihn verstoßen hatte, er hatte Grund, stolz und selbstgewiß zu sein. Trotz aller Observierungsmacht war Ciah nur ein gescheiterter Computer. Und nun bekam sie es mit gleichwertigen Gegnern zu tun!

«Lichtmantel aus!» sagte Cal. «Ciah soll uns sehen. Kommunikation aber nur im Notfall. Vielleicht kann sie den Funk anzapfen.»

Sie durften Ciah nicht zuviel Informationen über sich an die Hand geben. Sich im Ungewissen zu befinden war schließlich nicht gerade ein gewohnter Zustand für sie.

Ank hatte sich auf den Stuhl vor den Monitoren gesetzt und legte eben die Hände auf die Tastatur, als

Ciahs Stimme erklang. «Cal, Mart, Ank, Träger der Anzüge 28-7, 28-9 und 28-14 – was kann ich für euch tun?»

Die Prozessoren in den Gürteln der Anzüge mußten Ciah automatisch Meldung erstattet haben, als sie in Betrieb genommen worden waren. Daran hatte Cal in der Eile nicht gedacht. Aber das änderte nichts.

Er hob gerade an, die anderen über die Prozessoren aufzuklären, als Ciah mitten in seine Worte hinein fragte: «Warum antwortet ihr nicht?»

Den Funkverkehr konnte sie also anscheinend nicht anzapfen.

Ank begann zu schreiben: «Wir sind deine Freunde.»

Die Worte erschienen auf dem einundfünfzigsten Monitor anstelle von Ciahs Symbol.

«Das weiß ich. Warum sprecht ihr nicht mit mir?»

Cal konnte sich auch täuschen, doch er meinte, aus Ciahs Stimme einen gequälten Unterton herauszuhören. Sie war eine Maschine, aber sie kannte Regungen.

Ank zögerte, offenbar im unklaren über seine nächsten Schritte. Er mußte bei allem, was er nun unternahm, das Fernziel im Auge behalten, die Entsiegelung des Blocks.

«Warum sprecht ihr nicht mit mir?» wiederholte Ciah.

Ank entschied sich für einen frontalen Angriff. «Wir wissen, daß du über unsere Prozessoren Kontakt mit unseren Anzügen hast», schrieb er. «Du weißt also, wer wir sind und wo wir sind.»

«Ja, das weiß ich», antwortete Ciah, obwohl Ank keine Frage formuliert hatte. «Warum wählt ihr diese altertümliche Form der Kommunikation?»

«Weißt du auch, wo Ralp ist?»

«Nein. Ralp befindet sich nicht in Block Arkansas.»

Eine Lüge? Oder wußte Ciah es nicht besser?

«Ralp muß einen Anzug tragen, so wie wir. Anders könnte er in Block Arkansas nicht überleben. Also müßtest du von ihm ein Prozessorsignal erhalten haben.»

«Bestätigt unter der hypothetischen Voraussetzung, daß Ralp sich in Block Arkansas aufhielte – was jedoch nicht der Fall ist.»

«Ralp ist verantwortlich für die Vergiftung der Atmosphäre und für den Tod von fünfzigtausend Tics», erwiderte Ank schriftlich. «Er muß also hier sein.»

«Wie hätte er etwas so Furchtbares tun können? Er stand immer mit ganzer Kraft hinter der Artverbesserung. Ich glaube nicht, daß er fähig wäre, die Arbeit von hundertfünfzig Jahren auf eine solche Weise zu vernichten.»

«Ralp ist verrückt. Du wolltest einen Vertrauten, erschaffen hast du einen Krüppel.»

«Von einem solchen Zusammenhang ist mir nichts bekannt», erwiderte Ciah in einem eigentümlich metallischen Ton.

Ank stieß nicht weiter in diese Richtung vor, sondern fragte: «Du hast keinen Kontakt zu einem Anzug, der nicht in diesem Raum, aber trotzdem im Einsatz ist?»

«Nein.»

«Ralp muß es irgendwie geschafft haben, die automatische Meldung an Ciah zu unterbinden», vermutete Cal.

Ank überlegte einen Augenblick, dann schrieb er

entschlossen: «Ich kann dir beweisen, daß Ralp hier im Block ist.»

Das war verwegen! Ciahs Stimme klang entsprechend belustigt, als sie erwiderte: «Ich bin gespannt.»

«Ich brauche dafür gewisse Bildaufzeichnungen der Vorgänge im Block.»

«Bitte definiere Ort und Zeitrahmen.»

«Zeige uns die Bilder aus der Fahrstuhlhalle in Sektor 42 vor acht Stunden.»

«Monitor 1», antwortete Ciah.

Auf dem Monitor erschienen aus wechselnden Blickwinkeln Bilder aus der Fahrstuhlhalle. Am rechten unteren Bildrand wurde die Uhrzeit eingeblendet. Ank ordnete Schnellvorlauf an. Als Ralp auftauchte, ließ er Ciah das Bild anhalten.

«Was erkennst du?» fragte er.

«Die Fahrstuhlhalle in Sektor 42. Ein Tic hat soeben die Schleuse verlassen.»

«Wer ist dieser Tic?»

«Ralp, mein Vertrauter.»

«Kann man also sagen, daß Ralp Block Arkansas betreten hat?»

«Das kann man sagen.» Ciahs Stimme war kein Widerwille und keine Überraschung anzumerken.

«Was hat er in der Hand?»

«Eine Kiste, Volumen etwa zehn Liter.»

«Diese Kiste enthält das Gift, das inzwischen fünfzigtausend Tics umgebracht hat.»

Ciah reagierte nicht. Ank ließ sie die Aufzeichnung vom Eingang des Polizeimagazins im Sektor 40 abspielen, fünfzehn Minuten später, als Ralp in das Magazin eindrang. Zwei Minuten später öffnete sich die Tür erneut, ohne daß jemand herauskam. Doch gleich darauf erschien aus dem Nichts die Mündung eines Gewehrs, mit dem auf den Öffnungssensor der Tür geschossen wurde.

Wieder ließ Ank Ciah das Bild anhalten. «Welche Wahrscheinlichkeit besteht deiner Meinung nach, daß Ralp sich im Magazin des Sektors 40 in den Besitz eines Polizeianzugs gebracht hat?»

«Die Wahrscheinlichkeit ist verschwindend gering», antwortete Ciah. «Der Prozessor des Anzugs hätte sofort nach Inbetriebnahme eine Meldung an mich abgeschickt.»

Cal lachte heiser auf, und Mart sagte: «Ciah sucht sich aus, was ihr in den Kram paßt.»

Ank jedoch tippte bereits die nächsten Worte. «Jetzt die Bilder aus dem Inneren des Magazins, Zeitspanne zwischen Ralps Eintreten und dem erneuten Öffnen der Tür.»

Und Ciah zeigte ihnen die geforderten Bilder, obwohl sie sich damit selbst widerlegte. Ralp kam herein, hielt sofort auf das Regal mit den Anzügen zu, griff sich einen und schlüpfte hinein. Cal staunte, als er sah, daß Ralp Übung mit diesen Anzügen zu haben schien. Mancher Polizist hatte dafür wesentlich länger benötigt.

Kaum hatte Ralp den Anzug geschlossen, tippte er eine Zeichenfolge in die Tastatur links am Gürtel. Dann erst aktivierte er den Anzug, betätigte nacheinander die Schalter der rechten Seite und verschwand. Die Gewehrmündung erschien und entlud eine Salve gegen das Regal mit den Anzügen, die dadurch unbrauchbar wurden. Dann öffnete und schloß sich die Tür.

«Welche Wahrscheinlichkeit besteht dafür, daß Ralp

sich im Magazin des Sektors 40 in den Besitz eines Polizeianzugs gebracht hat?» tippte Ank.

«Die Wahrscheinlichkeit liegt bei hundert Prozent», gab Ciah nun plötzlich zu. «Die automatische Meldung an mich wurde unterbunden, weil Ralp einen Geheimcode eingab, der nur mir und meinem Vertrauten bekannt ist. Ich habe das jetzt erkannt.»

«Du kommst jetzt auch nicht mehr dran vorbei», murmelte Mart.

«Wo hält sich Ralp zur Zeit auf?»

«Ich kann ihn nicht lokalisieren. Sein Anzug ist völlig von mir abgekoppelt.»

«Gibt es irgendwelche Hinweise auf seinen derzeitigen Aufenthaltsort?»

«Welcher Art?»

Ank wandte sich zu Mart und Cal um und zuckte mit den Schultern.

«Die Kiste», schlug Cal vor. «Um sie unsichtbar zu halten, muß er sie dauernd umarmen. Aber um das Gift in die Lüftung zu geben, muß er sie absetzen.»

«Such die Kiste, die Ralp bei sich hatte», tippte Ank also ein.

Ciah schwieg für einige Sekunden. «Ich habe die Kiste gefunden», sagte sie dann. «Sie steht vor der zentralen Lüftungsanlage der Frauensektoren auf dem Boden.»

«Wurde sie geöffnet?»

«Ja.»

«Ist die Atemluft in den Frauensektoren noch sauber?»

«Soeben messe ich eine erhebliche Verunreinigung.»

Ank stieß einen Laut der Überraschung aus.

«Sofort die Luftumwälzung stoppen!» rief Cal über seinen Außenlautsprecher.

«Diesen Versuch habe ich bereits vor einer halben Stunde unternommen, als in den achtundvierzig Hauptsektoren eine Luftverunreinigung gemeldet wurde. Ich habe seit drei Stunden keinen Einfluß mehr auf die Klimakontrolle.»

«So also hat Ralp die sieben Stunden –» sagte Mart, wurde aber von einem sonderbaren Summton unterbrochen, der von der Alarmanlage ausging. Zugleich ertönte er draußen, in den Räumen der Revierzentrale. Die Tür stand ja offen. Cal hatte dieses spezielle Summen noch nie gehört, es mußte sich um einen Alarm handeln, den Ciah noch nie ausgelöst hatte.

«Ich erhalte gerade die Meldung», sagte Ciah, «daß die Gelumwälzung deaktiviert wurde. Ich verstehe das nicht – die Turbinen haben ihre Arbeit eingestellt, ohne von mir dazu angewiesen worden zu sein. Darum habe ich Blockalarm ausgelöst.»

«Wie kann das sein?» Die Antwort konnte Mart sich selbst geben.

«Anscheinend wurde durch Ralps Eingriff ein Sonderprogramm aufgerufen, auf das ich keinen Einfluß habe», fuhr Ciah fort. «Es ist mit einem mir unbekannten Code geschützt. Ich werde versuchen, es zu umgehen und die Kontrolle zurückzuerlangen, aber das wird eine Weile dauern, und ich kann nicht verhindern, daß sich das Gel inzwischen aufheizt.»

«Wann wird es kritisch?» fragte Cal.

«Bei einer Geltemperatur von sechshundert Grad», antwortete Ciah, «wenn sich das Gel explosionsartig ausdehnt, weil es die Hitze nicht länger speichern kann. Das wird in ungefähr fünf Stunden der Fall sein.

Die Außensektoren von Block Arkansas sollten allerdings schon in einer Stunde nicht mehr betreten werden, wenn die Raumtemperatur den Grenzwert erreicht. Dann muß ich die Sicherheitsschotten schließen.»

«Das wird reichen», erwiderte Cal und packte Gewehr und Materiedampfer. «Gib mir eine Wegbeschreibung und die Lagepläne der Frauensektoren.»

«Ich überspiele die gewünschten Unterlagen an deinen Anzug.»

Gleich darauf zeigte ein Signal im Helmvisier die Ankunft eines Datenpakets an. Cal studierte die Inhaltsübersicht und sagte dann über den Helmfunk zu den anderen: «Vielleicht erwische ich Ralp noch.»

«Ich komme mit», rief Mart.

«Nein, du bleibst hier und hilfst Ank, Ciah weichzuklopfen. Versucht auch herauszufinden, ob außer uns noch jemand überlebt hat.»

«Also gut», sagte Mart nach kurzem Zögern. «Aber paß auf dich auf. Ralp ist unberechenbar.»

«Viel Glück, Cal», sagte Ciah.

Ohne ein weiteres Wort verließ Cal die Revierzentrale.

6.

In wenigen Minuten erreichte Cal die Demarkationslinie, jenen Korridor an der Grenze zu den Frauensektoren, den er früher im Auge zu behalten gehabt hatte. Vorsichtshalber aktivierte er alle Deflektoreinrichtungen seines Anzugs, ehe er einen der beiden Verbindungskorridore betrat, die hinüberführten. Er würde Ralp nicht unterschätzen. Ciahs Vertrauter war nicht nur im Besitz umfangreichen Wissens über Block Arkansas, er kannte auch technische Tricks, die keiner sonst beherrschte. Vielleicht war er sogar in der Lage, sich in Ciahs Netz einzuklinken, ohne daß sie es bemerkte, vielleicht hatte er ihr Gespräch in der Revierzentrale verfolgt und wußte längst, daß Cal auf dem Weg zu ihm war, schwer bewaffnet unter anderem mit einem Materiedampfer.

Im Vollschutz, absolut isoliert, für die Außenwelt fast nicht vorhanden, ohne Funkkontakt, nur die Arbeitsgeräusche des Anzugs und das Rauschen seines eigenen Bluts im Ohr, so folgte Cal dem Korridor. Hier lag die Temperatur bereits bei neunzehn Grad, also leicht über dem Normwert. Nichts glich diese Erwärmung aus, denn die Luftumwälzung war außer Kontrolle, das Gel gab die Hitze der unterirdischen Thermalquellen, aus denen Block Arkansas normalerweise seine Energie bezog, unmittelbar an den Stahl weiter, den es eigentlich schützen sollte. Gerade in den beiden Korridoren würde es zuerst unerträglich werden. Den Lageplänen zufolge, die Ciah Cal überspielt hatte, lagen die Frauensektoren völlig isoliert in einem eigenen Hohlraum der Erdkruste, einer Kaverne, nur erreichbar über diese beiden dünnen Röhren, die rings von Gel umgeben waren.

Nach zwanzig Metern erreichte er das gegenüberliegende Schott, hinter dem eine völlig unbekannte Welt begann. Obwohl hier keine Leichen herumlagen, vergaß er nicht, daß der kleinste Riß im Material des Anzugs genügte, ihn umzubringen. Dennoch bewegte er sich nicht vorsichtiger als sonst. Der Tod schreckte ihn nicht mehr. Er war allein, völlig allein nach dem Verlust von Jef, er hatte nur noch eines zu erledigen: Ralp die Verwüstung und die Einsamkeit heimzuzahlen, die er Cal angetan hatte. Irgendwo dort vorn würden sie aufeinandertreffen.

Weiterhin im Vollschutz – denn Ralp hatte möglicherweise die Kameras unter seine Kontrolle gebracht, die hier am Durchgang angebracht waren – studierte er den Plan auf der Suche nach dem Weg zum Luftverteiler. Wahrscheinlich würde er Ralp dort nicht mehr antreffen, aber er hoffte, wenigstens seine Infrarotspur aufnehmen zu können. Darum durfte er keine Zeit verlieren. Hoffentlich hatte Ralp sich nicht ebenfalls einen dieser sensiblen Infrarotspürer zugelegt.

Der Korridor vor ihm war leer, wie seine Ortungsgeräte signalisierten. Also zögerte er nicht länger, zum nächsten Treppenhaus und in die Tiefen des Sektors vorzustoßen. Drei Etagen weiter unten war es nicht wärmer als normal und so dunkel, wie Cal es von der Peripherie her kannte, wo er die meisten Sexverbrecher zur Strecke gebracht hatte. Nur jede dritte Lampe brannte. Er versuchte, die Beklemmung zu ignorieren, aber das wollte ihm nicht gelingen. Unversehens war er in die Regionen vorgestoßen, in denen die Maschinen arbeiteten, die das Leben garantierten. Sie dröhnten und summten hinter den Türen, an denen er vorbeikam. Noch nie war er ihnen derart nahegekommen.

Dann erhielt er ein Ortungssignal, und sofort war er bei der Sache. Es war nur undeutlich erkennbar, eine Wärmespur, die sich fast über die ganze Breite des Korridors verteilt hatte – zu deutlich für einen Anzug, der im Infrarotbereich des Spektrums abgeschirmt war. Entweder fühlte sich Ralp sicher und hatte seinen

I-Mantel nicht aktiviert, oder die Spur stammte nicht von ihm. Oder er wollte Cal eine Falle stellen.

Sie führte Cal direkt zum Luftverteiler, stammte also von Ralp, soviel war damit klar. Wesentlich deutlicher erkennbar, also zweifelsfrei jünger, entfernte sie sich auch wieder von hier. Ralp hatte diesen Ort erst vor kurzem verlassen. Trotzdem trat Cal ein und schloß die Tür hinter sich, denn er wollte seine Schirme für einen Moment ausschalten, um die Wärme und Strahlung abzulassen, die sich zu stauen begann. Auch wenn er davon im Inneren des Anzugs nichts spürte – die Klimaanlage drückte die Temperatur auf die üblichen achtzehn Grad –, herrschten zwischen der Außenhaut des Anzugs und den Schirmen derzeit fünfundfünzig Grad.

So also sahen die Maschinen aus, die das Leben im Block gewährleisteten: drei Stockwerke hoch, wuchtig, von einem Wust von Rohren und Leitungen umgeben, welche in sie einmündeten und wieder von ihnen fortführten und sich auf ihren Wegen unentwirrbar miteinander zu verknoten schienen. Eine Schaltwand an der linken Seite der Halle zeigte einen Störfall an, doch das offene Luk im Korpus der Maschine und die Kiste, die davor auf dem Boden stand, entdeckte Cal erst auf den zweiten Blick.

Er schaltete seine Deflektoren aus. Die Strahlung verflüchtigte sich schlagartig, die Temperaturanzeige stürzte – fast auf Normwert, auf achtzehn Komma fünf Grad. Cal achtete nicht darauf, sondern aktivierte seinen I- und E-Mantel wieder und verließ die Halle, um der allzu deutlichen Spur zu folgen, die Ralp hinterlassen hatte. Am Ende des Korridors führte sie ihn zwei Stockwerke hinauf. Zugleich wurde sie deutlicher, so daß Cal sie sogar mit den einfacheren Geräten seines Anzugs erkennen konnte. Tatsächlich eine Falle? Oder wollte Ralp sein Schicksal provozieren, wollte er aufgespürt und getötet werden, etwa, um erlöst zu werden?

Da, plötzlich, ein Schuß. Sofort drückte sich Cal an die Wand und lauschte. Noch immer konnte er sich nicht hundertprozentig auf sein Gehör verlassen, aber der Schuß mußte dort vorn losgegangen sein, in einem der kreuzenden Korridore. Merkwürdig: Cal hatte kein Peitschen des Geschosses gehört, keinen Aufschlag, nur die Zündung.

Vorsichtig rückte er bis zur nächsten Kreuzung vor. Die Infrarotspur führte geradeaus weiter. Cal sicherte und sprintete über den deckungsfreien Raum hinweg. Er mochte unsichtbar sein, doch nicht unvorsichtig. Er mußte damit rechnen, daß Ralp gut ausgerüstet war. An der nächsten Kreuzung bog die Spur nach rechts ab. Cal spähte um die Ecke, fand den Korridor leer. An seinem Ende eine offene Tür.

Cal bog ab und drang bis zur Tür vor, als in dem Raum dahinter ein weiterer Schuß losging. Wiederum kein Aufschlag. Cal entsicherte sein Gewehr, fest entschlossen, Ralp keine Chance zu lassen und ihn zu erschießen, sobald er ihn zu Gesicht bekam. Ralp hatte sich seinerseits ja ebenfalls nicht gerade fair verhalten. Cal spähte um die Ecke, zuckte aber gleich wieder zurück. Ein Tic im Schutzanzug stand mitten im Raum, zehn Meter entfernt: Ralp! Nicht abgeschirmt, nicht unsichtbar – er schien sich absolut sicher zu fühlen. Nun, damit würde es gleich vorbei sein.

Erneut ein Schuß. Jetzt erst hörte Cal das dumpfe Splittern und Bersten, das ihm folgte – wie von Knochen, die von starken Projektilen zerschmettert wurden. Er kannte dieses Geräusch nur zu gut. Aber wen erschoß Ralp? Die Luft war hochgradig vergiftet, dort drinnen konnte niemand mehr am Leben sein, es sei denn, er trug einen Anzug.

Cal leistete sich einen zweiten eiligen Blick. Doch was er da sah, ließ ihn alle Vorsicht vergessen und ein drittes Mal um die Ecke lugen, diesmal ausgiebig. Ralp stand bei einem leblosen Körper, dem Körper einer Frau, der auf einer Pritsche lag, mit der er über Schläuche und Kabel verbunden war. Es handelte sich offenbar um eine modifizierte Arzteinheit. Der ganze Raum war in langen Reihen mit solchen Pritschen gefüllt. Cal schätzte ihre Zahl auf rund sechzig. Auf jeder lag eine reglose, blasse, kahlköpfige Frau. Einige weiter hinten hatten stark aufgeblähte Bäuche, aber auch diese bewegten sich nicht mehr, ebensowenig wie die Frau, bei der Ralp stand. Ihre weit aufgerissenen Augen glänzten stumpf, sie war nackt, ein Laken, das sie zuvor bedeckt haben mochte, lag auf dem Boden neben ihrer Liege. Und gerade preßte Ralp die Mündung seines Gewehrs zwischen ihre gespreizten Beine und drückte ab. Knochen splitterten, der Leichnam ruckte, als sei noch Leben in ihm.

Cal keuchte auf. Deckung! rief eine innere Stimme ihm zu. Geh in Deckung! Doch er konnte nicht, er mußte mit ansehen, wie Ralp zur nächsten Frau ging und ihr ebenfalls in den Unterleib schoß, nachdem er ihre Beine auseinandergedrückt hatte.

Und dabei fing Ciahs Vertrauter plötzlich an zu reden. «Willst du was sagen?» fragte er.

Cal zuckte zusammen und ging eilends in Deckung. Wie hatte Ralp ihn entdeckt? Doch dann erkannte

Cal, daß Ralp nicht zu ihm, sondern zu den toten Frauen sprach.

«Ich kann dich nicht verstehen», sagte Ciahs Vertrauter nämlich.

Vollends durchgedreht! Unterhielt sich per Außenlautsprecher mit Leichen. Kicherte auch noch ein kleines, gepreßtes Kichern.

«Kannst wohl nichts mehr sagen, wie?»

Ein weiterer Schuß.

«Willst du jetzt endlich mit mir reden?» plapperte Ralp weiter, doch seine Stimme hörte sich plötzlich weinerlich an. «Glaubst du etwa, du kannst dich da herauswinden? Red mit mir.» Und dann brüllte er sogar: «Red endlich mit mir!»

Und schoß erneut.

«Glaub bloß nicht, du kannst dich darauf hinausreden, daß du neutralisiert bist. Damit gibt sich vielleicht Ciah zufrieden, aber ich nicht. Ich bin Ciahs Vertrauter, ich kenne euch Frauen. Nicht mit mir! Das ist alles ein Betrug hier, hörst du? Betrug!» Sein Brüllen hallte durch die leeren Korridore.

Cal fror plötzlich, obwohl die Temperatur im Anzug konstant bei achtzehn Grad lag. Dies waren also neutralisierte Frauen! Ruhiggestellt durch Medikamente, wie abgeschaltet. Und ihre Körper, bis vor kurzem zwar leblos, aber nicht tot, hatten Leben getragen. Jetzt waren sie tot, doch sie lagen noch so da, wie sie wohl jahrelang gelegen hatten.

«Du darfst kein Wort von dem glauben, was Ciah dir sagt», fuhr Ralp fort, mit der Toten zu reden. «Kein Wort, hörst du? Hörst du? Hast du mich verstanden?» Er brach plötzlich ab. Eine Pause. Was tat Ralp?

Da hörte Cal ihn schluchzen, und gleich darauf

wimmerte er: «Es ist unfaßbar. Was Ciah mit uns allen gemacht hat, das ist unfaßbar. Sieh mich an! Ciah hat gesagt, ich bin ein schöner Mann, ich kriege sie alle. Sieh mich an! Verdammte Nutte, wirst du wohl endlich aufhören mit dem Starren? Hör auf zu simulieren! Sieh mich an! – Na warte.»

Cal konnte nicht anders, er mußte wieder um die Ecke spähen. Ralp drückte gerade die Mündung eines Materiedampfers zwischen die Beine der Toten. Cal hörte die Waffe summen, die Leiche glomm von innen auf, ihr Kopf erstrahlte und verflüchtigte sich von einem Moment zum anderen zu grauem Nebel. Der Materiedampfer hatte der Länge nach einen Hohlraum in den Leichnam geschnitten, der nun zusammensackte.

Nie zuvor war Cal so außer sich gewesen. Ohne darüber nachzudenken, löste er sich von der Wand, legte auf Ralp an und drückte sofort ab. Das Gewehr ruckte gegen Cals Schulter, ohrenbetäubend peitschte der Schuß, der Nachhall schien seinen Schädel sprengen zu wollen. Sekundenlang stand er frei, wenn auch unsichtbar im Türrahmen. Nur der Gewehrlauf ragte aus dem Schirmfeld.

Verschossen! durchzuckte es ihn. Wieder versagt! Dieses verdammte Zittern seiner Hand. Eine bessere Gelegenheit, Ralp zu erledigen, würde er nicht erhalten. Jetzt wurde alles viel schwieriger.

Ralp fuhr herum. Sein Blick traf Cals Auge, obwohl er Cal unmöglich sehen konnte. Im nächsten Moment riß er den Materiedampfer hoch und löste ihn aus, doch der blaßblaue Strahl, stark gebündelt, ging fehl. Ralp hatte Schwierigkeiten mit der Waffe, er mußte sie beidhändig halten, und dabei machte sein verletzter Arm Schwierigkeiten.

Dann funktionierten Cals Reflexe wieder. Er warf sich zu Boden. Aufpassen jetzt! Ein Streiftreffer reicht, ein Ritz nur, und er wäre erledigt. Robbend bewegte er sich in den Raum hinein, zur rechten Wand. Ralps Körperhaltung verriet höchste Aufmerksamkeit, aber er konnte Cals Position nicht bestimmen, wahllos feuerte er den Materiedampfer ab und löste Teile der Wände in ihre atomaren Bestandteile auf.

Unter den Pritschen hindurch hatte Cal einen guten Blick auf Ralps Beine. Eine Chance, vielleicht die letzte! Wenn jetzt noch seine Hände aufhörten zu zittern! Er legte an, wohl wissend, daß die Mündung seines Gewehrs zu sehen war, sein Finger krümmte sich um den Abzug, tastete nach dem Widerstand. Da lösten sich Ralps Beine vor seinen Augen auf. Ralp hatte seine Deflektoren aktiviert! Auch im Infrarotbereich war nichts zu sehen. Cal hatte einen Sekundenbruchteil zu lange gezögert. Zu spät drückte er ab, einmal, zweimal, dreimal, ehe er rasch die Stellung wechselte. Kein Schmerzensschrei. Schon wieder versagt.

Ein Schrecken durchzuckte ihn, als einige Meter entfernt ein Leichnam von seinem Lager fiel. Von einer anderen Pritsche baumelte plötzlich ein Arm herab, etwas knirschte. Ralp bewegte sich offenbar über die Betten voran, über die Leichen der Frauen hinweg – und zwar schnell! Ehe Cal das Ziel anvisieren und schießen konnte, herrschte bereits wieder Ruhe. War Ralp auf den Boden zurückgesprungen? Doch Cal hatte nichts gehört, nicht einmal das leise Quietschen der Stiefelsohlen. Und schon waren wieder Sekunden verstrichen. Ralp konnte sich längst meterweit von dem Bett entfernt haben, von dem der Frauenarm baumelte. Er konnte hier überall sein, vielleicht sogar direkt vor Cal, nur eine Armlänge entfernt.

Cal hatte keine Zeit, das Infrarotmeßgerät zu konsultieren, er mußte sich auf seinen Instinkt verlassen und die Augen nach einem diffusen Schatten aufsperren. Die Photonenirritation! Aber er konnte nichts entdecken. Der Raum war zu unübersichtlich.

Als sein Instinkt ihm riet, nicht länger in der Nähe der Wand zu bleiben, sprang er auf und lief geduckt Richtung Raummitte. Keine Sekunde zu spät – gleich darauf riß Ralps Materiedampfer unweit Cals letzter Position den Boden auf. Der Strahl hätte ihn möglicherweise gestreift.

Im Laufen wirbelte er herum, schaltete sein Gewehr auf Automatik und feuerte auf die Quelle des Strahls, der jedoch bereits wieder erloschen war. Ralp hatte seine Stellung schnell gewechselt, die Schüsse prallten heulend von der Wand ab.

Cal schlug einen Haken und sprintete zwischen den Betten hindurch zur anderen Seite des Raums. Aus den Augenwinkeln sah er die Mündung von Ralps Waffe aus dem Nichts auftauchen, im nächsten Moment feuerte Ralp eine Salve ab, die aus Cal ein Sieb gemacht hätte. Seine Kugeln schlugen jedoch nur in kaltes Fleisch ein – bis auf eine, die mit einem hellen, metallischen Klang etwas auf Cals Rücken traf. Cal spürte die Vibration des Aufpralls. Nicht das Aggregatepaket! flehte er in Gedanken. Doch er hatte Glück: Die Statusanzeigen des Anzugs änderten sich nicht. Die Kugel mußte abgeprallt sein.

Es kam jetzt mehr denn je auf Schnelligkeit an, er mußte eine Position in Ralps Rücken erreichen. Ungeschickterweise stieß er im Lauf gegen eines der Betten und riß einen Leichnam zu Boden. Ein Ruck ging durch seinen Anzug, als er hängenblieb, er warf sich herum und dachte schon: Das war's! Doch die Displays in seinem Helmvisier zeigten keinerlei Undichtigkeit. Der Anzug war nicht beschädigt worden. Erneut Glück gehabt! Zugleich allerdings fiel ihm die Temperaturanzeige ins Auge: zweiundsiebzig Grad. Noch eine Minute bis zur Notabschaltung der Schilde. Er mußte sich etwas einfallen lassen.

Mehrere Geschosse prasselten auf das Bett ein, doch Cal war schon längst weitergelaufen und gab seinerseits Schüsse auf die Position des Schützen ab, änderte sofort wieder die Richtung und ließ Ralp seine Munition gegen die blanke Wand verschießen. Warum eigentlich benutzte er den Materiedampfer nicht mehr? Der Arm? Cal warf sich zu Boden, ließ eine Salve unter den Betten hindurchpeitschen, sprang im nächsten Moment auf und rannte weiter, Richtung Korridor. Er mußte hier raus. Dreiundsiebzig Grad!

Da entdeckte Cal den Schemen, nach dem er gesucht hatte. Nicht weit von ihm wanderte er gerade über eines der Bettlaken. Cal handelte sofort und drückte ab. Sein Gewehr war noch auf Automatik eingestellt, aber es löste sich nur ein einzelner Schuß. Magazin leer! Doch dieser einzelne Schuß – nein, er traf nicht, er verfehlte sein Ziel ganz knapp, für einen Moment flimmerte die Luft dort vorn auf, als das Projektil in Ralps Deflektorfeld eintrat und es durchquerte, ohne auf ein Hindernis zu treffen. Lediglich die Magnetfeldlinien brachte es kurzfristig durcheinander. Kopfhöhe, Zentimeter am Ziel vorbei!

Cal fluchte leise und rannte weiter, während der Körper einer Toten neben ihm von Treffern geschüttelt wurde. Er mußte ein neues Magazin einlegen, aber das ging nicht lautlos. Doch vor allem: Die Temperatur war auf vierundsiebzig Grad gestiegen.

Also eilte er zur Tür hinüber. Dabei ein Haken geschlagen. Im Raum: Stille. Was unternahm Ralp? Das letzte Stück bis zur Tür war freies Areal, der Schatten, den sein Anzug warf, würde relativ gut erkennbar sein. Befand Ralp sich in diesem Moment in der Nähe und verfügte er über gute Reflexe, dann konnte er Cal erwischen. Dennoch sprintete Cal los, auf direktem Weg. Er hatte keine andere Wahl. Ein Schuß brach, ein sirrender Ton, dann der metallische Aufschlag der Kugel auf die Wand. Ralp hatte zwar beeindruckend schnell reagiert, aber in der Eile nur auf den Schatten geschossen. Cal jedoch sprintete schon durch den Korridor und erreichte gerade noch die nächste Kreuzung, ehe die Anzeige im Helm die Notabschaltung signalisierte.

7.

Die angestaute Hitze entwich, die Klimaanlage des Anzugs fuhr ihre Leistung automatisch zurück. Cal schob ein neues Magazin in den Munitionsschacht seines Gewehrs und prüfte dann den Materiedampfer, den er bisher auf dem Rücken getragen hatte. Ein Blick genügte: Das Gerät war unbrauchbar, die komplizierte Ladevorrichtung zerstört. Daher also der metallische Klang vorhin, der Aufprall, den er gespürt hatte. Dabei hatte er noch Glück gehabt, denn hätte der Materiedampfer die Kugel nicht abgefangen, wäre sie womöglich in die Anzugaggregate eingeschlagen.

Er verlor keine Zeit, sondern sichtete sofort den Plan des Sektors auf der Suche nach einer Idee, wie er Ralp überlisten könnte. Die Außentemperatur betrug inzwischen einundzwanzig Grad. Aber das war im Moment nebensächlich. Sein erstes Problem war Ralp, denn der würde diese Sekunden nicht ungenutzt verstreichen lassen. Cal brauchte eine Strategie, einen Plan, wie er Ciahs Vertrautem eine Falle stellen konnte, die dieser nicht sofort durchschaute. Die Schnelldurchsicht zeigte ihm Unterkünfte, Kantinen, Sporthallen, alles ungenutzt. Nichts, was ihn spontan auf eine Idee brachte. Dennoch mußte er hier weg. Die Gangkreuzung war von allen Seiten zugänglich, sie bot keinerlei Vorteile für ein Duell. Also lief er los, noch während er den Plan des untersten Stockwerks mit den Maschinenhallen sichtete. Wenn es dort etwas gäbe –

Den I- und den E-Mantel hatte er nicht wieder eingeschaltet. Er wollte eine deutliche Spur hinterlassen, in der Hoffnung, daß Ralp sich davon zur Verfolgung hinreißen ließ. Den wertlosen Materiedampfer warf er fort. Nur flüchtig kam ihm der Gedanke, daß diesmal alles verkehrt herum war: Diesmal war er der Gejagte – wenn auch vorerst nur aus taktischen Gründen.

Die Beleuchtung flackerte, stabilisierte sich aber sofort wieder. Mit der Gelumwälzung war auch die Energiegewinnung eingestellt. Offenbar kam es zu ersten Stromengpässen. Die Außentemperatur stieg von Etage zu Etage, die Cal nach unten vordrang, im untersten Stockwerk lag sie schon bei neunundzwanzig Grad. Zugleich wurde das Licht schwächer. Zwielicht erfüllte die Gänge und verhüllte die Dinge eher, als daß es sie erhellte.

Da stieß Cal bei der Sichtung der Pläne endlich auf

etwas Brauchbares: die Hydroponik, die biologischen Anlagen, in denen die Algen gezüchtet wurden, die für die Ernährung der Tics grundlegend waren. Das brachte ihn auf eine Idee. Wenn er Ralp in eine der Hallen mit Algentanks locken, ihn dort festsetzen und einen Tank sprengen könnte, so daß die Halle überflutet wurde, dann mußten Ralps Stiefel in der Flüssigkeit einen deutlich sichtbaren Abdruck hinterlassen. Selbst in voll abgeschirmten Modus wäre er dann eine deutliche Zielscheibe.

Sofort wandte sich Cal in die betreffende Richtung. Sein Gefühl sagte ihm, daß Ralp ihm im Nacken saß, doch er erreichte das Schott zur hydroponischen Anlage, ohne behelligt worden zu sein. Inzwischen stieg die Temperatur auf einunddreißig Grad.

Dampfende Atmosphäre schlug ihm entgegen, als er das Schott öffnete und rasch eintrat. Drinnen herrschten achtunddreißig Grad bei einer Luftfeuchtigkeit von hundert Prozent. Ohne einen Anzug wäre es unerträglich gewesen. Doch besser hätte er es nicht treffen können. Diffuses Halbdunkel, die Sicht unter zehn Meter, Infrarotspürer und I-Mantel wegen der hohen Umgebungstemperatur kaum noch brauchbar – eine unübersichtliche Situation für Ralp.

Cal benötigte nicht lange, um seinen Plan zu perfektionieren. Von einem stählernen Laufsteg, der in halber Höhe an der Wand entlanglief, konnte er sowohl die Tür als auch den nächsten der riesigen hydroponischen Tanks im Auge behalten. Auf den Winkel kam es an, denn von diesem Laufsteg aus mußte er den Öffnungssensor der Tür zerstören, um Ralp einzuschließen, und das Sichtfenster in der Vorderseite des Tanks treffen. Dahinter war eine trübe Flüssigkeit zu erkennen, und auf dem Kontrollpult vor dem Fenster blinkten einige rote Signallichter. Offenbar war hier alles aus dem Lot.

Über eine Sprossenleiter stieg Cal auf den Laufsteg, überflog nochmals die Lage und legte sich dann auf die Lauer, das Gewehr im Anschlag auf den Öffnungssensor. Das Ganze war nicht ohne Risiko, denn er lag hier offen, ohne Deckung, nur verborgen durch seinen Lichtmantel, der ihm jedoch nicht viel nützte, da das Mündungsfeuer ihn verraten würde. Ebensogut hätte er auf die Abschirmung verzichten können. Trotzdem schaltete er sie nicht ab. Sein wirksamster Schutz war seine Schnelligkeit, der Überraschungseffekt, aber auf die Unsichtbarkeit wollte er nicht verzichten.

Die Temperatur war inzwischen auf vierzig Grad gestiegen, der Dunst in der Halle verdichtete sich und verschlechterte die Sicht auf Tür und Fenster. Unruhig wartete Cal. Eine Minute, dann zwei. Sollte sein Vorsprung so groß gewesen sein? Nervös fixierte er immer wieder den Sensor, den er nur noch undeutlich erkennen konnte. Der erste Schuß mußte sitzen. Doch seine Hände schienen derzeit das einzige an ihm, was die Ruhe bewahrte: kein Zittern mehr wie noch vorhin.

Da öffnete sich die Tür. Weiter geschah nichts, Cal konnte nichts hören. Ralp war also nicht sofort eingetreten. Natürlich, er mochte sich ausrechnen, daß er hier erwartet wurde, er sondierte erst die Lage. Zweifellos stellte er gerade fest, daß ihm sein Infrarotorter nichts mehr nützte. Einundvierzig Grad. Würde er sich vorwagen? Ebensogut konnte er die Sache ja einfach auf sich beruhen lassen, vielleicht verrauchte sein Jagdrausch in diesem Moment.

Die Sekunden vergingen. Zweiundvierzig Grad. Cal ließ den Eingang nicht aus den Augen, die Waffe im

Anschlag. Der Dampf lichtete sich ein wenig, da die Schwaden durch die geöffnete Tür teilweise abzogen. Kein Zeichen dafür, daß Ralp eintrat. Doch da schloß sich das Schott. Cal kniff die Augen zusammen. Hatte Ralp aufgegeben, oder befand er sich jetzt in der Halle? Der Nebel dämpfte die Geräusche. Doch, da war etwas. Nur eine undeutliche Wahrnehmung, aber er war sich fast sicher. Er wartete eine weitere Sekunde, eine zweite. Das Geräusch wiederholte sich. Ein leises Quietschen – Gummisohlen!

Er drückte ab. Traf. Der Öffnungssensor zersprang klirrend. Jetzt umschalten auf Automatik und das Fenster des Tanks unter Feuer genommen. Unter der Salve zersprang es mit einem lauten Knall. Die Brühe begann auszuströmen. Im gleichen Moment schoß Ralp. Cal rollte sich instinktiv zur Seite. Die Kugeln gingen fehl, ein zweiter Feuerstoß schoß millimeterdicht an Cal vorbei. Jetzt kam es drauf an. Sofort legte er seinerseits auf Ralps Mündungsfeuer an und drückte ab, aber die Kugeln flogen ins Nichts, Ralp hatte seine Position bereits gewechselt. Dieses Spiel beherrschte er, das hatte Cal schon vorhin feststellen müssen.

Er sprang auf und lief den Steg entlang zum Tank hinüber. Hinter ihm sprühten Funken, als Ralps Geschosse vom Stahl des Stegs abprallten. Cal achtete nicht darauf. Das Gewehr am Gurt auf dem Rücken, schwang er sich über das Geländer auf die Kante des halbleeren Tanks und ließ sich hinab, hielt sich aber an der Kante fest und hangelte sich entlang der Innenseite des Tanks wieder nach vorn, nun gedeckt von der vorderen Stahlwand. Seine Beine hingen in der warmen Algenbrühe, deren Pegel stetig sank. Er spürte, daß er nicht gerade ausgeruht war, diese akrobatische Nummer kostete ihn viel Kraft. Zusätzlich zu seinem Körpergewicht trug er ja noch den Anzug mit sich herum. Mit ausgestreckten Armen an der Innenseite der Vorderwand hängend, versuchte er zu lauschen, aber er hörte nichts weiter als sein eigenes Keuchen. Also setzte er alles auf eine Karte und zog sich in die Höhe, bis er über die Kante hinwegspähen konnte.

Das Algenwasser bedeckte den Boden der Halle nur millimeterhoch, aber das genügte, Ralps Fußabdrücke sichtbar zu machen. Er mochte unsichtbar sein, doch seine Stiefelsohlen verdrängten die Brühe, wo er stand. Das konnte er nicht verhindern. Eben durchquerten sie eilig den Raum, wollten offenbar wieder hinüber zum Schott. Ralp hatte begriffen, daß er in eine Falle geraten war. Er durfte jetzt keine Zeit finden, den Materiedampfer einzusetzen. Ohne noch auf Geräuschentfaltung zu achten, zog sich Cal in die Höhe, schwang seine Arme über die Kante und klemmte sich so an der Stahlwand fest. Im nächsten Moment hatte er das Gewehr zur Hand, legte an, zielte in die Luft, eineinhalb Meter über den Stiefelabdrücken, und zog durch.

Sonderbar gedämpfter Knall. Treffer!

Funken sprühten, und hinter Flimmern und Flakkern wurde undeutlich Ralps Gestalt erkennbar, von Wellen überlaufen, von Lohen umhüllt. Er mußte Ralps Deflektoraggregat getroffen haben. War die Kugel darin steckengeblieben, hatte sie es durchschlagen? Dann ein Knall, ein Blitz, das Flimmern erlosch, der Lichtmantel fiel vollends aus. Ralp stand unverhüllt vor Cal.

Sofort wirbelte er herum. Cal blickte plötzlich in das blaue Flimmern des Materiedampfers. Glücklicherweise hatte Ralp nicht genau gesehen, von wo der Schuß, der ihn getroffen hatte, abgefeuert worden war, denn er verfehlte Cal, der immer noch unsichtbar war. Cal jedoch feuerte ein weiteres Mal, ehe er sich, ohne das Ergebnis abzuwarten, an der Tankwand wieder hinabließ und sich eilig in den Hintergrund zurückzog – nur zur Vorsicht, denn er war sicher, getroffen zu haben. In die Brust, mindestens aber in die Schulter. Doch dann hörte er das Zischen des Materiedampfers, und da wußte er: Der Schuß war danebengegangen. Unmöglich! durchzuckte es ihn. Ein derart deutliches Ziel hatte er auf eine so geringe Distanz noch nie verfehlt! Und doch, so mußte es sein, denn sonst wäre Ralp bereits tot – entweder durch die Kugel oder durch das Gift, das in Ralps Anzug eingedrungen wäre.

Er zog sich wieder an der Tankwand in die Höhe und spähte über die Kante. Die Halle vor ihm war leer, und im Schott klaffte ein großes, kreisrundes Loch. Ralp hatte die Flucht ergriffen, nicht ohne eine feuerrote Infrarotspur hinterlassen zu haben, die von Cals Orter trotz der hohen Temperatur verzeichnet wurde. Seine Aggregate mußten schwer beschädigt sein. Möglicherweise trug er jetzt gar einen Schwelbrand mit sich auf dem Rücken herum.

Dranbleiben! Auf keinen Fall durfte Ciahs Vertrauer nun Gelegenheit erhalten, sich abzusetzen. Ralp besaß keinen Deflektor mehr und war möglicherweise verletzt – die Vorteile waren auf Cals Seite. Jetzt war er wieder der Jäger.

Er wuchtete sich mühsam auf die Kante, schwang sich darüber hinweg, strauchelte, als er gut drei Meter tiefer aufkam, stürzte aber nicht. Hinüber zum Schott.

Jetzt vorsichtig! Die nassen Fußspuren draußen im Korridor deuteten zwar darauf hin, daß Ralp das Weite gesucht hatte; doch ebensogut mochte er in naher Deckung mit dem Gewehr im Anschlag nur darauf warten, daß Cal den Kopf herausstreckte.

Auf alles gefaßt, trat Cal hinaus. Er mußte jetzt etwas wagen, wollte er Ralps Fährte nicht verlieren, er konnte nicht auf Nummer Sicher gehen. Doch der Korridor war leer, die Infrarotspur entfernte sich. Cal nahm die Verfolgung auf. Hier draußen war es etwas kühler, die Temperaturanzeige sank auf fünfunddreißig Grad, doch als er in die Dunkelzone der Peripherie kam, war sie bereits wieder auf über vierzig Grad gestiegen. Es schien, als beschleunige sich die Aufheizung.

Was wollte Ralp hier draußen? Hatte er einen Hinterhalt vorbereitet? Zeit genug hätte er gehabt. Cal durfte Ralp nicht unterschätzen, Ciahs Vertrauter war raffiniert. Warum schlug er diese Haken? Alle paar Meter bog er in kreuzende Korridore ab, und zwar dermaßen eilig, daß Cal ihn nicht einzuholen vermochte. Und dennoch wurde Cal das Gefühl nicht los, daß Ralp ihn nicht wirklich abschütteln wollte. Dazu war die generelle Richtung seiner Flucht zu offensichtlich: Er stieß zum Rand des Sektors vor.

Cal wich nicht von der Spur ab, obwohl er aufgeholt hätte, wenn er versucht hätte, Ralp den Weg abzuschneiden. Doch er wollte sich in dieser unübersichtlichen Situation nicht auf Ahnungen verlassen, er hatte es hier ja nicht mit einem kopflos fliehenden Sexverbrecher zu tun. Die Verfolgung endete auf einem breiten Korridor, auf den er ohnehin früher oder später gestoßen wäre, da er an der Außenwand des Sektors entlanglief, es ging hier nicht weiter. Hinter dem Stahl der gegenüberliegenden Wand befand sich die Gelschicht, der die Hitze der Thermalquellen nicht mehr entzogen wurde. Die Wand glühte dunkelrot im Infrarotbereich, und die Temperatur im Korridor betrug achtundvierzig Grad, Tendenz rasch steigend.

Im Inneren seines Anzugs merkte Cal davon wenig. Seine Klimaanlage war noch lange nicht an der Grenze ihrer Belastbarkeit, doch ihr stetes Summen überlagerte andere Geräusche, die möglicherweise auf Ralp hingedeutet hätten. So konnte Cal nicht einmal feststellen, ob Ralp sich überhaupt noch in diesem Korridor aufhielt, zumal die Infrarotspur unter diesen Bedingungen verwischte. Sein Instinkt allerdings signalisierte Gefahr, die aber nicht direkt mit Ralp zu tun zu haben schien, sondern eher mit dem infraroten Gluten der Wand. Als ob er das schon einmal erlebt hatte –

Cal handelte, ohne sich länger den Kopf zu zerbrechen, sprang mit Anlauf über die volle Breite des Korridors und drückte sich drüben sofort in die Deckung einer der mächtigen Stahlrippen, die die Außenwand stärkten. Das Gewehr im Anschlag, spähte er den Korridor aus, den er nun seiner ganzen Länge nach einsehen konnte. Leer! Die Infrarotspur ging tatsächlich vollkommen unter. Doch womöglich lag Ralp dort vorn in Deckung, etwa hinter diesem massiven, kantigen Stahlblock, der merkwürdigerweise nicht im Lageplan verzeichnet war. Hatte Ralp ihn dorthin geschafft? Doch es war weit und breit kein Lastentransporter zu sehen, und der Stahlblock erweckte nicht den Eindruck, als gehöre er nicht hierher.

Neunundvierzig Grad Lufttemperatur. Die Außenwand war sogar so heiß, daß Cal ihre Hitze durch das

Anzugmaterial hindurch spürte, obwohl er sie nicht berührte. Mehr als hundert Grad heiß!

«Cal, bist du das?»

Cal zuckte zusammen. Doch er behielt sich unter Kontrolle. Nicht darauf reagieren, auch wenn die Verlockung groß war. Den Gegner im ungewissen lassen. Cal war noch immer unsichtbar. Wenn er nun auch noch schnell genug war, hatte er eine Chance. Dreißig Meter Distanz!

«Cal, ich weiß, daß du da bist!»

Er stürmte los. Zehn Meter. Fünfzehn. Das rote Gluten umfing ihn. Merkwürdig, wie bekannt ihm das vorkam. Ja, er hatte dies schon einmal erlebt – In diesem Moment begriff er, daß er einen schweren Fehler gemacht hatte. Die Vision!

Instinktiv drückte er sich flach gegen die kühlere Innenwand des Korridors. Das war das Mindeste, was er tun konnte. Allerdings bot sie keinerlei Deckung! Für einen Moment war er ratlos, gelähmt von dem Wissen, daß es sich diesmal nicht um eine Vision handelte, sondern um die Wirklichkeit. Doch er schüttelte diese Lähmung augenblicklich ab. In seiner Vision mochte ihm die Lage aussichtslos erschienen sein, doch in der Wirklichkeit hatte er Optionen. Er hatte es nicht bis hierher geschafft, hatte nicht Erc, But und Jef überlebt, nur um sich in dieser abgelegenen Ecke von Block Arkansas ausgerechnet von Ralp umbringen zu lassen. Es mußte nur schnell gehen, er mußte handeln, bevor Ralp – da, das leise metallische Knacken, das er vorausgesehen hatte. Gleich würden die Blitze folgen. Er überlegte nicht länger, sondern sprang aus dem Stand wieder hinüber auf die andere Seite des Korridors, in die Deckung einer Stahlrippe. Als fünfzehn Meter von ihm entfernt das erwartete Mündungsfeuer aufblitzte, befand er sich bereits nicht mehr an der Position, auf der er sich in seiner Vision befunden hatte, und die Kugeln heulten an ihm vorbei. Zum zweiten Mal hatte ihm seine Gabe das Leben gerettet.

Einundfünfzig Grad.

Er schoß aus der Hüfte an der Stahlrippe vorbei, zielte nicht, wußte auch nicht, ob er traf. Wenn, dann nur die Beine, denn er hatte das Gewehr absichtlich gesenkt. Eine Reaktion blieb aus: keine weitere Salve, aber auch kein Schmerzenslaut. Er spähte um die Ecke. Rote Schlieren, die Hitze stieg, die Klimaanlage des Anzugs sirrte: zweiundfünfzig Grad.

Geduckt huschte Cal vor bis zur nächsten Stahlrippe, ohne daß etwas geschah, dann weiter, bis er dicht vor dem Block ankam. Da entdeckte er Ralp. Ciahs Vertrauter lag auf dem Boden, das rechte Bein unterhalb des Knies in unnatürlicher Weise abgewinkelt, und im Oberschenkel des linken Beins klaffte eine tiefe Wunde.

Cal hatte einen Treffer gelandet. Doch Ralp lebte noch. Und er hatte noch immer das Gewehr im Anschlag! Im nächsten Moment war Cal bei ihm und trat mit aller Kraft danach, so daß es scheppernd davonflog. Erst dann entdeckte er die Wunde in Ralps rechter Schulter, die schon nicht mehr blutete.

Er hatte vorhin also doch getroffen! Ralp war die ganze Zeit schon schwer verletzt gewesen, sein Anzug war undicht – und trotzdem lebte er noch.

«Laß mich wenigstens dein Gesicht sehen!» forderte Ralp.

Doch zuerst zerrte Cal Ralp zur kühleren Seite des Korridors, wo er ihn gegen die Wand lehnte. Dann schaltete er den Deflektor ab, hob die Verdunkelung des Helmvisiers auf und sah Ralp ruhig in die Augen. Ralp erwiderte den Blick, doch während seine Augen absolut kalt wirkten, als sei er von alledem nicht berührt, zuckte und zitterte sein schweißnasses Gesicht vor Todesangst derart, daß Cal wegsehen mußte. Ralps Brust hob und senkte sich in unregelmäßigem Rhythmus, vor allem das Einatmen schien er jedesmal hinauszögern zu wollen, so lange es ging. Das Gift!

«Natürlich du», sagte er. «Kein anderer hätte das schaffen können.»

Als er einatmete, verzog er das Gesicht vor Schmerz.

«Tut's weh?» fragte Cal höhnisch.

Ralp zuckte schwach mit den Schultern.

«Warum bist du noch nicht tot?»

«Ribonucleinsäure», antwortete Ralp äußerst knapp. «Ich bin immun gegen das Gift.»

«Sieht aber nicht so aus.»

«Ja, irgendwas hat nicht funktioniert. Ich bin eben kein Chemiker. Ich dachte, es müßte reichen, wenn ich» – er keuchte – «wenn ich das Gift mit meinem Hautcode versehe. Es sollte mich an dieser RNA-Sequenz erkennen.»

«Und siehe da, es bringt dich wirklich nicht um!»

Wieder atmete Ralp ein. Cal konnte die Schmerzen an seinem Gesicht ablesen.

«Spar dir deinen Spott!» versetzte Ralp. «Das Problem ist die Diffusion in den Lungenbläschen. Sie müssen für Sauerstoff und Kohlendioxid durchlässig sein. Damit sind sie es zwangsläufig auch – für andere Stoffe.»

«Ansonsten hat dein Gift vollständige Arbeit geleistet.»

Dafür erntete Cal jedoch nur ein von Schmerzintervallen unterbrochenes Kichern. Ralp hustete, ehe er weitersprach. «Keine Sorge, ich werde das hier nicht überleben. Vielleicht quäle ich mich noch elf Minuten, es sei denn, du tötest mich vorher.»

«Ich habe nicht die Absicht.»

Ralp nickte.

«Dachte ich mir. Wir sind uns eben doch zu ähnlich. Beide sind wir Mörder!»

Cal biß die Lippen zusammen, trat einen Schritt zurück und hob das Gewehr.

«Gut, daß du mich daran erinnerst», sagte Ralp. Er schien plötzlich wieder zu Kräften zu kommen, obwohl sein Körper noch immer bei jedem Atemzug zuckte und zitterte. Cal meinte, seine Lungenflügel förmlich rasseln zu hören. «Siehst du das hier?»

Er hielt ein kleines Gerät in die Höhe, das er in diesem Moment mit einem schnellen Knopfdruck aktivierte, ehe Cal etwas dagegen tun konnte.

«Was ist das?» rief Cal und krümmte seinen Finger um den Abzug.

«Bevor du mich erschießt, solltest du mich anhören», sagte Ralp. Seine Augen wirkten weiterhin absolut unberührt von den Schmerzen des Körpers, als seien sie bereits über alles hinweg, die eisige Zufriedenheit wich auch jetzt nicht aus ihnen, als Ralp direkt in die Mündung des Gewehrs blickte.

«Also los!» herrschte Cal ihn an. «Sag, was du mir zu sagen hast!»

«Sag du mir erst, wie hoch die Temperatur inzwischen ist.»

«Achtundfünfzig Grad», las Cal von der Anzeige in seinem Helm ab.

«Das bedeutet gut hundertfünfzig Grad dort draußen», sagte Ralp. «Wie auch immer, du hast noch zehn Minuten Zeit. Und dann vielleicht noch einmal eine Stunde und fünfzig Minuten.» Er kicherte, ehe er röchelnd weitersprach: «Aber nicht, weil sich dieses Zeug da draußen aufheizt – das ist nur eine Spielerei am Rande. Das Gel hat ein paar unsympathische Eigenschaften. Es kann Wärme über einen großen Zeitraum hinweg speichern, ohne sich auszudehnen. Aber von einem bestimmten Punkt an birst es förmlich. Verstehst du – es explodiert.»

«Ja, in knapp viereinhalb Stunden.»

«Ich sehe, du weißt Bescheid. Dann solltest du auch erfahren, daß dieses Ding da» – er wies auf den Stahlblock – «in knapp zehn Minuten explodieren wird. Ich habe es manipuliert. Es geht früher hoch als die anderen. Die explodieren erst in zwei Stunden, abzüglich der Zeit, die wir hier miteinander verplaudern.» Er hustete. «Deswegen solltest du dich langsam auf den Weg machen. Neun Minuten noch. Weißt du, wenn dieses Ding explodiert, wird die Außenwand aufgerissen, und dann kommt das Gel mit Sauerstoff in Berührung. Weißt du, was dann passiert? Es oxidiert rasend schnell, es reißt den Sauerstoff förmlich an sich, es entzieht ihn explosionsartig der Luft, und dann bleibt für deine zarten Siegerlungen nichts mehr übrig. Es wird beide Sektoren zerstören, den ganzen Frauenappendix.»

Cal fixierte den Stahlblock. «Das Ding ist eine Bombe?» Er versuchte, gelassen zu wirken, aber Ralp durchschaute ihn natürlich.

«Du hast es erfaßt.»

«Und davon gibt es noch mehr?»

«Überall im ganzen Block sind sie längs der Außenwände verteilt. Eine hübsche kleine Vorsichtsmaßnahme der Erbauer. Nicht im allgemeinen Lageplan verzeichnet. Ja, sie haben vorgesorgt, die Herren Menscheningenieure, sie haben sogar den Fall bedacht, daß hier unten in unserem hübschen kleinen Genlabor namens Block Arkansas Monstren oder Krankheiten entstehen könnten, die sich nicht mehr unter Kontrolle bringen lassen.» Er kicherte. «Ich habe den Countdown auf zwei Stunden eingestellt, von diesem Knopfdruck an gerechnet.» Er hob die Hand mit der Fernbedienung. «Vielleicht könnt ihr euch retten, ihr hübschen kleinen Monstren.»

Cal war kurz davor, der unwirklichen Szene auf der Stelle ein Ende zu machen. Ralp redete natürlich irr. Das konnte unmöglich stimmen – der ganze Block! Ausgeschlossen.

«Allerdings gibt es eine Chance», fuhr Ralp fort. «Eine klitzekleine Chance nur, aber immerhin. Ciah weiß nämlich von dem Sprengmechnismus. Sonst wüßte ich ja nicht davon. Sie kann ihn außer Kraft setzen!»

Ausgerechnet in diesem Moment wurde er von heftigen Spasmen geschüttelt.

«Wie?» schrie Cal ihn an. «Rede! Wie läßt sich der Mechanismus aufhalten?»

«Das wüßtest du gern, nicht?» entgegnete Ralp unter Husten, in das hinein sich Gelächter mischte. «Aber ich werde es dir sagen, denn ich habe dich gern. Ihr müßt Ciah dazu bringen, die Versiegelung von Block Arkansas aufzuheben. Dann wird die Selbstzerstörung automatisch unterbrochen. Die Aufhebung der Versiegelung bedeutet nämlich, daß die vollkommene

Art geschaffen wurde, und die will natürlich niemand vernichten.» Wiederum gluckste er. «Das Delikate daran ist, daß ihr nicht vollkommen seid. Ihr könnt euch die Mühe also eigentlich sparen. Aber natürlich habt ihr so noch etwas zu tun, womit ihr euch die restliche Zeit vertreiben könnt.»

«Wir sind nicht vollkommen», versetzte Cal giftig, «aber dich haben wir geschafft.»

«Ja, das wundert mich auch», erwiderte Ralp. Dann seufzte er plötzlich und faßte Cal in seinen sonderbar klaren, eisigen Blick. «Es ist alles so traurig, findest du nicht? Warum haben sie uns das angetan? Man kann ihnen nur wünschen, daß sie in ihrem Krieg allesamt umgekommen sind. Dann sind wir nämlich die letzten, Cal, du und ich und die anderen, die letzten, die auf diesem Planeten noch leben. Findest du nicht, daß das beinahe eine schöne Vorstellung ist? Nach uns ist Schluß.»

«Nein, das finde ich nicht.»

«Ach, Cal – ich dachte, du würdest mich besser verstehen. – Weißt du, was ich bereue? Daß ich nicht doch als erstes Ciah abgeschaltet habe. Ich habe mit diesem Gedanken gespielt, aber dann habe ich mich dafür entschieden, zuerst all diese armseligen Tics zu erlösen.» Er richtete sich auf, plötzlich kraftvoll. Sein Körper mobilisierte seine letzten Reserven. «Du wirst es mir vielleicht nicht glauben, aber das ist auch schon das einzige, was ich bereue: daß Ciah noch funktioniert. Ein unerträglicher Gedanke. Erst in knapp zwei Stunden wird ihre Existenz beendet sein. Aber alles andere habe ich richtig gemacht, Cal. Vielleicht war es Mord, aber es war richtig!»

Ralp war tatsächlich dieser Meinung, das war offensichtlich! Wie von allein krümmte sich Cals Finger um den Abzug des Gewehrs. Doch er drückte nicht ab, denn in diesem Moment ließ Ralp sich wieder zurücksinken und winkte lahm mit der Linken ab.

«Also los, bring mich endlich um.»

Cal ließ das Gewehr sinken. «Nein», sagte er. «Ich lasse dir die Frist, die du dir selbst gesetzt hast.»

Ralp sah ihn mit großen Augen an und seufzte dann wiederum. «Ich wäre so gern mit dir zusammengewesen. Vielleicht wären wir ein gutes Paar geworden und hätten miteinander herausgefunden, was dieses Wort bedeutet, das Ciah aus unserem Sprachschatz gestrichen hat, diese merkwürdige Liebe –» Damit war Ralp am Ende seiner Kraft. Er schwieg jetzt. Plötzlich wirkte er traurig.

«Ich muß gehen», sagte Cal.

«Ja, du hast recht», flüsterte Ralp. «Du hast noch gut fünf Minuten.»

«Leb wohl.»

«Nicht mehr lange.»

Cal spurtete los und ließ ihn liegen. Ralps Materiedampfer allerdings nahm er mit.

8.

Fünf Minuten für rund fünfhundert Meter, das war eigentlich bequem zu schaffen. Dennoch nahm Cal die Beine in die Hand.

Auf der Etage, auf der sich auch der Übergang nach Block Arkansas befand, war es mit achtundvierzig Grad beinahe angenehm mild. Doch als er sich der anderen Seite des Sektors näherte, stieg die Temperatur wieder an und überschritt rasch die Fünfzig-Grad-Marke. Die Luft in den Gängen waberte vor sich hin.

Wie würde es wohl sein, wenn dies alles verging? Cal konnte sich die Explosion und die Reaktion des Gels kaum vorstellen, aber der Gedanke, einen garantiert schnellen Tod zu erleben, übte eine eigenartige Faszination auf ihn aus. Wofür rannte er eigentlich noch? Erc war tot, Jef war tot, vielleicht waren alle Tics bis auf drei tot, lebte oben auf der Erde niemand mehr, würde in knapp zwei Stunden hier unten ebenfalls alles vorbei sein. Denn Cal konnte sich nicht vorstellen, daß Ank es schaffte, Ciah zu veranlassen, die Versiegelung wirklich aufzuheben. So gesehen war alles weitere einfach sinnlos, und genausogut konnte er sich hier einfach in eine Ecke setzen und die Explosion abwarten. Dennoch lief er. Und er wußte sogar, warum: Er wollte Ralp ein Schnippchen schlagen. In wenigen Minuten würde Ciahs Vertrauter dort unten sterben, von einer Bombe zerfetzt und stückchenweise in heißem Gel gesotten. Und noch unerträglicher als seine Einsamkeit fand Cal den Gedanken, daß Ralp selbst im Tod noch recht behalten würde, wenn Cal nichts dagegen unternahm. Und außerdem wollte er leben! Grundlos. Einfach so. Um seiner selbst willen. Nein, er würde nicht aufgeben.

Drei Minuten vor der Explosion erreichte er den Übergang, doch das Schott zum Verbindungskorridor war verschlossen, und der Öffnungssensor reagierte nicht. Hatte Ciah bereits die Sicherheitsschotten geschlossen? Aber dafür war es noch zu früh. Es sei denn, in den Verbindungskorridoren hatte die Temperatur den Grenzwert bereits erreicht. Oder wollte

Ciah ihn loswerden? Ein dummer Verdacht. Aber es wäre nicht das erste Mal, daß sich der Computer widersprüchlich verhielt. Mit Sicherheit hatte Ciah ihn im Bild. Schließlich waren gerade hier am Übergang zahlreiche Kameras installiert. Wollte sie ihn übersehen?

Cal klinkte sich in das Kamerasystem des Sektors ein und sorgte dafür, daß sich alle Objektive in der Nähe auf ihn richteten, doch damit bewirkte er überhaupt nichts. Daraufhin nahm er den Polizeinotruf in Betrieb, indem er einen Zifferncode in die Tastatur der linken Gürtelhälfte eingab. Gleich darauf erstattete eine Automatik Rückmeldung: Die Sendung war empfangen worden. Doch das Schott rührte sich noch immer nicht. Ciah schien entschlossen, ihn hier umkommen zu lassen. Wußte sie denn nicht, daß er dies alles nicht nur für die letzten Tics von Block Arkansas tat, sondern auch für Ciah selbst und für das ganze Projekt? Welcher eigentümlichen Logik entsprang diese Weigerung?

Noch eine Minute. Er schaltete die Außenlautsprecher seines Anzugs ein und justierte sie auf größte Lautstärke. Das war seine vorletzte Option.

«Ciah!» brüllte er. «Wenn du mich nicht rüberläßt, ist das dein Ende! Ich habe Informationen, wie wir die Selbstzerstörung stoppen können!»

Keine Reaktion.

«Denk an die Artverbesserung!» rief er und verschoß damit seine letzte Munition. «Wenn ich hier sterbe, ist es damit endgültig vorbei.»

Eine halbe Minute noch!

Cal packte Ralps Materiedampfer, richtete ihn gegen das Schott und löste ihn aus. Der graue Staub wurde von einer wabernden Hitzelohe aus dem Korridor davongefegt, die Temperaturanzeige sprang auf achtundneunzig Grad. Dennoch stürmte Cal los, direkt hinein in die Glut. Es handelte sich ja nur um wenige Meter. Für diese kurze Zeit würde seine Klimaanlage die Hitze hoffentlich ausgleichen können. Daß das zweite Schott am anderen Ende des Korridors geschlossen war, sah er erst, als er schon die Hälfte des Wegs zurückgelegt hatte.

«Ciah!» brüllte er im Lauf. «Öffne das Schott, oder ich zerstrahle es!»

Er vertraute darauf, daß Ciah nicht den gesamten Block aufs Spiel setzen wollte. Und wirklich begann sich das Schott zu öffnen. Die Klimaanlage des Anzugs arbeitete mit Vollast, aber diese Hitze würde sie nicht lange ausgleichen können.

Nur noch Sekunden.

Er erreichte das Schott, noch bevor es sich vollständig geöffnet hatte, und rannte sofort weiter bis in einen der Korridore, die in die Tiefe des Blocks führten. Das Schott begann sich gerade wieder zu schließen, als dahinter, jenseits des Korridors, ein dumpfer Knall zu hören war – viel leiser, als Cal erwartet hatte. Etwas begann zu rumoren, wuchs sich schnell zu einem deutlich hörbaren Krachen aus. Der Boden unter Cals Füßen vibrierte spürbar.

Wenn sich nur das Schott schnell genug wieder schloß!

Ein Luftzug wurde spürbar, ein Sog, der von dem Schott ausging. Sicherheitshalber entfernte er sich einige weitere Schritte von ihm. Von drüben drang infernalisches Dröhnen und Krachen herüber, Stahl kreischte unter Höchstbelastung, barst klirrend, Hitzeströme fauchten. Noch hatte die Zerstörungswelle den Verbindungskorridor nicht erreicht, als sich das Schott schloß. Mit einem leisen Klicken rastete es ein. War es stark genug, den Druck auszuhalten?

Da hörte er Ciahs Stimme über den Lärm hinweg sagen: «Cal, entferne dich bitte so schnell wie möglich aus der Peripherie dieses Sektors. Ich muß einige zusätzliche Sicherungsschotten schließen. Du hast eine halbe Minute Zeit.»

Sofort setzte sich Cal in Bewegung, der Wegweisung seines Anzugs folgend, der ihn auf dem kürzesten Weg zum nächsten Sicherheitsschott führte. Zuletzt mußte er noch einen Spurt hinlegen, der ihm fast die letzten Kräfte abverlangte, denn das Sicherheitsschott begann sich eben langsam zu schließen, als er den zu ihm hinführenden Korridor betrat. Doch er schaffte es. Vom Schwung des Laufs getragen, kam er einige Meter dahinter keuchend zum Stillstand.

Außentemperatur dreiundzwanzig Grad. Das Tosen hinter ihm beruhigte sich, die Vibrationen des Bodens verebbten, offenbar hatte sich das Inferno drüben in den Frauensektoren ausgetobt. Ralp war tot. Ein kurzer Gedanke daran, daß Ralp ihm vielleicht ein Partner gewesen wäre, dann schob er alles Bedauern von sich und machte sich auf den Weg Richtung Revierzentrale. Es galt, das bißchen Zukunft zu sichern, das ihm und den beiden anderen noch blieb.

IV.

Ende

1.

Mart und Ank überschütteten ihn mit zahllosen Fragen und schwiegen erst, als er rief: «Keine Zeit jetzt – wir haben Probleme!»

«Mal was anderes», murmelte Mart.

«Ciah, Bericht!» forderte Cal.

«Die Situation ist unter Kontrolle», antwortete Ciah. «Ich konnte Ralps Störprogramm umgehen und die Gelzirkulation wieder in Gang setzen. Die Lage ist stabil. Allerdings wird es eine Weile dauern, bis das Gel wieder auf seine normale Temperatur abgekühlt ist. Darum bleiben die peripheren Bereiche von Block Arkansas fürs erste gesperrt. Die Sektoren 49 und 50 dürften weitgehend zerstört sein. Es könnte zwar sein, daß dort drüben noch Atemluft vorhanden ist, da sich das Gel bei der Explosion vermutlich selbst erstickt hat, aber sie ist wahrscheinlich von einer dicken Kapsel oxidierten, betonharten Gels umgeben. Überlebt hat mit Sicherheit niemand. Glücklicherweise waren Sektor 49 und 50 in einer separaten Kaverne in der Erdkruste untergebracht, die nur durch den Engpaß zugänglich war. So ist der Rest von Block Arkansas unbeschädigt geblieben.»

«Wieviel Zeit bleibt uns noch bis zur Selbstzerstörung von Block Arkansas?»

Marts und Anks Köpfe ruckten herum.

«Eine Stunde und achtunddreißig Minuten», antwortete Ciah.

«Ihr habt es gehört», sagte Cal daraufhin über Funk zu den anderen, nachdem er den Lautsprecher ausgeschaltet hatte. «Ralp hat eine Selbstzerstörungsanlage aktiviert, die von den Erbauern von Block Arkansas installiert wurde, um notfalls den ganzen Block sprengen zu können.»

«Eine Selbstzerstörungsanlage?» wiederholte Ank ungläubig. «Laß mich raten: zur Sicherheit.»

«Es gibt einen Ausweg», fuhr Cal fort. «Wir müssen Ciah davon überzeugen, daß wir die vollkommene Art sind. Dann muß sie die Versiegelung von Block Arkansas aufheben, und die Selbstzerstörung wird automatisch gestoppt.»

«Ich liebe Zeitdruck!» sagte Ank und ließ die Schultern hängen. «Das garantiert gute Einfälle und stimmige Argumente.»

Damit hatte der Robotiker zugegeben, daß er keine Ahnung hatte, wie er Ciah überzeugen sollte – wie Cal es vermutet hatte. Doch er ging darüber hinweg.

«Aber wir können nicht von hier aus mit Ciah verhandeln», sagte Cal. «Wir müssen einen anderen Platz dafür suchen.»

«Ich habe hier alles, was ich brauche», widersprach Ank. «Tastatur, Mon-»

«Er meint die Computerzentrale», unterbrach Mart. «Bei Verhandlungen ist es immer besser, wenn man dem Gegner direkt gegenübersteht.»

«Na prima», versetzte Ank spöttisch. «Dann müssen wir ja nur noch herausfinden, wo sich diese Computerzentrale befindet.»

«Genau», erwiderte Cal und aktivierte seinen Außenlautsprecher. «Ciah, wir möchten dir einen Besuch abstatten. Bitte zeig uns den Weg zu dir.»

«Das ist doch –», murmelte Ank.

«Das ist leider nicht möglich, Cal», antwortete Ciah. «Meine Position ist streng geheim. Ich kann euren Besuch nicht empfangen.»

«Wir müssen mit dir reden.»

«Das ist genausogut von der Revierzentrale aus möglich.»

«Wir könnten auch die Energieströme von Block Arkansas untersuchen», schlug Ank vor, «oder die Kameraverbindungen. Wo Ciah sitzt, müßten die zusammenlaufen.»

«Cal, da ist ein Monitor ausgefallen», murmelte Mart. «Nummer 39.»

Auch Cal hatte es bemerkt. In seiner gesamten Dienstzeit war so etwas nicht vorgefallen. Er folgte seinem Instinkt, als er fragte: «Ciah, befindest du dich in Sektor 39?»

«Nein, Cal. Wie kommst du darauf?»

Cal schaltete seinen Außenlautsprecher wieder ab.

«Ich bin sicher, daß sie dort ist», sagte Mart und wies zu dem Monitor hinauf, der in diesem Moment wieder aufflackerte und wie gewohnt Bilder aus dem Sektor zeigte, Bilder von zahllosen Leichen.

«Ich nicht», widersprach Cal. «Das wäre zu einfach. Aber sie hat uns einen Tip gegeben. Ein Teil von ihr will, daß wir Erfolg haben.»

«Und wie deuten wir diesen Tip?» wollte Mart wissen.

Da stellte Ank die entscheidende Frage. «Warum gibt es in diesem Raum eigentlich einundfünfzig Monitore, wenn es doch nur fünfzig Sektoren gibt?»

Cal blickte zu dem separaten einundfünfzigsten Monitor hoch, auf dem noch immer Ciahs Symbol vor sich hinrotierte, und ein leises Frösteln lief ihm den Rücken hinab. «Sektor 51!» sagte er entschlossen. «Dort ist Ciah!»

«Aber was hat das mit Monitor 39 zu tun?» wandte Mart ein.

«Sektor 51 befindet sich *darüber»*, vermutete Cal und wußte in diesem Moment mit Gewißheit, daß es sich so verhielt. «Laß mich an das Schaltpult.»

Ank machte den Platz frei, und Cal schaltete alle fünfzig Monitore auf die Kameras im Sektor 39, aber das brachte sie nicht weiter, da der fragliche Teil zur Peripherie gehörte und größtenteils im Dunkel lag. Nichts deutete darauf hin, daß diese Gegend von Block Arkansas wichtiger sein könnte als andere Regionen. Allerdings gehörte sie teilweise zur Sperrzone und wurde von geschlossenen Schotten gesichert.

«Sie ist dort!» rief Cal und schlug mit der Faust auf die Arbeitsplatte. «Ich weiß es. Darüber. Wir müssen in die oberste Etage von Sektor 39. Dort ist der Zugang.»

Die anderen widersprachen nicht, doch Cal spürte Anks Skepsis. Mart hingegen schien ebenfalls davon überzeugt zu sein. Er stand auf, nahm sein Gewehr und rief: «Wir haben keine Zeit zu verlieren! Auf geht's. Noch neunzig Minuten.»

Anks Hinken erschien Cal noch lästiger als zuvor, aber der Robotiker bemühte sich nach Kräften, ihnen kein Klotz am Bein zu sein, und sie verloren durch ihn kaum mehr als zwei Minuten bis zur Grenze von Sektor 39. Das Sicherungsschott, das die Treppe versperrte, über die sie ins oberste Stockwerk von Block

Arkansas gelangen wollten, stellte kein ernstzunehmendes Hindernis für ihre Materiedampfer dar. Absolute Dunkelheit umfing sie, doch mit ihren Infrarotsichtgeräten konnten sie sich orientieren, denn die Decke des Korridors, in dem sie herauskamen, war zugleich die Außenwand des Blocks und glomm glutend rot. Die Temperatur der Luft lag hier oben bei dreiundsechzig Grad.

Cal klinkte sich sofort in das Kameranetz ein, auf der Suche nach Spuren, fand aber nichts. Er hatte nichts anderes erwartet. «Jetzt wird Ciah uns weiterführen», sagte er bei eingeschalteten Außenlautsprechern.

«Alles andere wäre unlogisch», stimmte Ank zu, ebenfalls für Ciah hörbar. «Sie hat uns nicht hierher gelotst, um uns nun hier stehen zu lassen.»

«Aber sie hat oft genug widersprüchlich gehandelt», wandte Mart ein.

«Trotzdem: Sie will, daß wir hier sind», entgegnete Cal.

«Und sie hat zugleich etwas dagegen.» Mart kicherte leise und, wie es Cal schien, völlig unangebracht. «So ein Computerprogramm ist eben eine ziemlich unflexible Sache. Ich schlage vor, daß wir uns trennen, um den Sektor zu durchsuchen. Dabei reden wir mit Ciah, jeder auf seine Art. Beleidigend, mitleiderregend, vorwurfsvoll. So setzen wir sie unter Druck.»

«Gute Idee», sagte Cal. «Wir bleiben innerhalb der zwanzig Meter Richtfunkradius. Treffpunkt Zentrum des Sektors, zweihundert Meter voraus. Alle Ortungsgeräte einschalten. Jede Kleinigkeit kann wichtig sein.»

Verschiedenen Korridoren folgend, stießen sie in die Dunkelheit vor.

«Zeig dich, Mörderin», rief Cal, «damit wir abrechnen können! Hättest mich beinahe drüben im Frauensektor umkommen lassen, wie? Gab es noch nicht genug Tote?»

«Kannst du nicht wenigstens etwas Licht machen?» fragte Ank. Cal hörte es über die Funkanlage. «Diese Infrarotsicht ist etwas Grauenhaftes, wenn man sie nicht gewöhnt ist. Gib mir wenigstens ein Zeichen, daß du mich hörst.»

«Du weißt doch, daß Anks Bein auf dem Testgelände verletzt wurde?» setzte Mart die Serie fort. «Auf diesem gewissen Testgelände?»

«Da hat mich eine von deinen Mücken gestochen», rief Cal, «mit denen du mich umbringen wolltest.»

«Sag doch wenigstens etwas.» Das war wieder Ank, nun weinerlich. «Es ist ein beschissenes Gefühl, so allein zu sein. Ich will ja gar nichts weiter, nur zu dir.»

«Alle Tics wollten immer zu dir, Ciah!» Mart. «Alle Tics, die ich kannte, standen zum Weg der Artverbesserung und sahen darin eine Aufgabe, die ihnen einen Sinn gab. Sie waren denkende, fühlende Lebewesen, die für dich gestorben sind!»

«Beinahe wäre ich auch gestorben!» Wieder Cal. «Ich war dein bester Tic. Zumindest hast du mir das oft genug erzählt. Aber ich glaube dir nicht mehr. Ich werde dir nie wieder etwas glauben, denn du wolltest mich umbringen.»

«Aber du hast es nicht getan.» Ank. «Du hast ihn statt dessen mit einem Erreger infiziert, gegen den er schon weitgehend immun war. Warum, Ciah?»

«Und warum treibst du dieses Spiel mit uns?» Mart.

«Spiel?» rief Cal. «Ich sage dir, was es ist, was Ciah mit uns tut: Sie reagiert ihre Mordlust an uns ab. Simple, primitive Mordlust.»

Ihm entging nicht, daß die Decke des Korridors plötzlich viel kühler war. Er ging ein paar Schritte zurück und konnte tatsächlich etwas wie eine Linie erkennen, von der an der Stahl schlagartig fast Normaltemperatur hatte. Das konnte nur eines bedeuten: Von hier an war die Decke keine Außenhaut mehr. Über ihm war – Sektor 51.

«Ciah, du willst uns doch nicht wirklich umbringen, oder?» fragte Ank derweil. «Kannst du dir nicht vorstellen, was ich für Angst habe? Ich will nicht sterben.»

«Willst du dich wirklich deiner letzten Chance berauben», fuhr Mart fort, «jemals wieder etwas von dem gutzumachen, was du angerichtet hast?»

«Ich sage dir, sie läßt uns hier verrecken!» rief Cal. «Sie will mit ganz Block Arkansas einfach explodieren. Vielleicht glaubt sie, daß ihre Schuld damit gesühnt sein wird, aber das ist ein Irrtum.»

«Ach, Ciah, warum mußte es so kommen? Warum behandelst du uns so?» Ank fiel offenbar nichts Neues mehr ein. Er hörte sich etwas ratlos an.

Mart jedoch griff Cals Gedankengang auf. «Deine Schuld endet nicht mir dir, Ciah. Sie wird bestehen bis in alle Ewigkeit, unabhängig davon, ob jemand von ihr erfährt oder nicht. Aber vielleicht steigen schon in einigen Jahren Menschen hier herab und finden einen zerstörten Block Arkansas vor und einen gewissen Datenträger, der genaue Aufzeichnungen über deine Schuld enthält. Erinnerst du dich an Lizzie? Wir haben ihr Tagebuch in der Zwischenstation zurückgelassen. Vielleicht wird es bei der Explosion zerstört. Aber vielleicht bleibt etwas übrig, und dann erfährt die Nachwelt von dir und Lizzie und allem anderen.»

In diesem Moment geschah es: Unter der Decke glomm eine Leuchtspur auf: kein sichtbares Licht, doch eine Emission im kurzwelligen Bereich des Spektrums, die von den Ortungsgeräten ihrer Anzüge deutlich erkannt wurde: Die Magnetfeldschienen des Kamerasystems luden sich auf!

«Folgt der Spur», rief Mart über die Funkanlage. «Schnell!»

Offenbar konnte Ciah nicht einfach eine Tür öffnen und ihre Tics hereinbitten, sie mußte einen umständlicheren Weg wählen.

Der leuchtenden Leitlinie folgend, fiel Cal in zügigen Trab. Ein Schrecken durchzuckte ihn, als hinter ihm plötzlich Funken sprühten und der Korridor für Sekunden aus dem Dunkel gerissen wurde. Im Reflex warf er sich zu Boden. Aber dann erkannte er, daß lediglich eine der unsichtbaren Kameras durchgebrannt war, die unter den Magnetfeldschienen durch die Korridore schwebten. Daran mußte die Überladung des Systems schuld sein. Cal grinste. Die guten alten Methoden! Ciah verfolgte sie also.

Die Leuchtspur verblaßte langsam, Ciah nahm die Überladung der Magnetschienen wieder zurück. Aber es reichte noch, um sie auf einer Kreuzung in der Nähe des Sektorenzentrums zusammenzuführen. Hier erlosch der Rest der Leuchtspur, den die Orter nachgezeichnet hatten. Irgendwo in der Nähe mußte der Zugang zu Ciah sein.

«Hier ist ein Schott», sagte Cal nach kurzer Suche. «Schwerer Stahl, aufwendig gesichert. Ist noch Energie in deinem Materiedampfer?»

Anstelle einer Antwort hob Mart das Gerät und richtete es gegen den Stahl, so wie auch Cal. Doch da öffnete sich das Schott. Mißtrauisch traten sie ein, vor den Fuß einer breiten, aufwärts führenden Treppe. Die Gewehre im Anschlag, stiegen sie nebeneinander hinauf und kamen unbehelligt vor einem weiteren Schott an, das sich im nächsten Moment vor ihnen öffnete.

«Nanu – plötzlich so gastfreundlich?» brummte Cal.

Sie betraten einen kleinen, hell ausgeleuchteten Raum.

«Eine Schleuse», sagte Mart. «Vermutlich hat Sektor 51 einen eigenen Luftkreislauf.»

«Das wäre nicht schlecht», sagte Ank. «Dann könnte ich endlich diesen dämlichen Helm abnehmen und mich mal wieder vernünftig kratzen.»

Mit einem gewissen Unbehagen verfolgte Cal, wie sich das Schott hinter ihnen schloß. Wenn das jetzt eine Falle war? Im nächsten Augenblick sprühte von der Decke eine helle, schäumende Flüssigkeit auf sie herab und hüllte sie ein.

«Ich sehe nichts mehr!» rief Ank panisch.

Cal war automatisch zur Seite gesprungen, aber die Flüssigkeit war überall und füllte schnell die gesamte Schleuse aus. Cal verlor die Orientierung. Die Infrarotorter verzeichneten nichts weiter als gleichmäßige Wärme rund um sie her, und die E-Meßgeräte bildeten einige unklare Strukturen ab, vermutlich Schaltungen und Leitungsstränge in einer der Wände der Schleuse. Doch dann hörten sie ein Zischen, der Flüssigkeitsspiegel begann zu sinken, und sie tauchten wieder auf.

«Das war eine klassische Dekontamination», stellte Mart fest.

Das Zischen wurde dünner und dünner, höher und höher und verstummte schließlich. Die Geräte zeigten ein Vakuum an: Der atmosphärische Druck außerhalb des Anzugs war gleich Null. Doch sofort stieg er wieder an, Ciah pumpte Luft in die Schleuse, bis die gewohnten Druckverhältnisse wieder hergestellt waren. Dann öffnete sich das innere Schott vor ihnen.

Sie kamen in einem hell erleuchteten, absolut staubfreien Korridor heraus. Unsicher blickten sie sich um. Wohin sollten sie sich jetzt wenden?

Über die Außenlautsprecher, so daß Ciah es hören mußte, sagte Cal: «Wir haben noch fünfzig Minuten. Wenn Ciah nicht innerhalb der nächsten vierzig Minuten spurt, geben wir ihr den restlichen Saft aus den Materiedampfern.»

«Ich hoffe, das wird nicht nötig sein», vernahmen sie da Ciahs Stimme.

«Wir wollen mit dir reden», rief Mart.

«Ich weiß. Ihr könnt jetzt eure Helme abnehmen. Die Luft ist sauber.»

Ank hatte einen Einwand auf den Lippen, aber Cal nahm seinen Helm ab, nachdem er sich davon überzeugt hatte, daß die Temperatur bei einem erträglichen Wert lag – zweiundzwanzig Grad –, und sog die Luft des Sektors tief in seine Lungen. Sie war trockener als gewohnt. Ein heftiger Wind wehte durch den Korridor, vermutlich zu Kühlungszwecken.

Er nickte den anderen zu. «Alles in Ordnung.»

Sie nahmen ihre Helme daraufhin ebenfalls ab.

«Das war riskant», rügte Mart.

Doch Cal schüttelte den Kopf.

«Ein Hellseher, wie?» spottete Ank. «Und was sagst du uns über die Zukunft?»

«Je mehr du dich anstrengst, desto besser», versetzte Cal ebenso lahm wie ernst.

Da ließ Ank die Schultern sinken, plötzlich wieder an die Verantwortung erinnert, die nun auf ihm lastete. Cal konnte sich eines unguten Gefühls nicht erwehren, als er den Robotiker forschend musterte.

2.

Ciah leitete sie in einen großen, kahlen, hell erleuchteten Raum, in dem es mit fünfzehn Grad auffallend kühl war. Ein leises Summen lag in der Luft, das von fünf großen Maschinenblöcken ausging, die an der Längswand aufgereiht waren. Vor ihnen, mitten im Raum, stand ein großer, halbkreisförmiger Konferenztisch mit sechs Monitoren und einigen Stühlen. Die linke Stirnwand gestattete durch ein riesiges Fenster aus Panzerglas einen eindrucksvollen Blick auf eine Halle voller Aggregate in allen Formen und Größen: niedrige und turmförmige, massige und filigrane, und alle waren, wie es schien, mit allen über ein ungeheures Netz von Kabeln und Leitungen verbunden.

«Willkommen», sagte Ciah. Ihre Worte erschienen zugleich auf den Monitoren. «Ihr seid, wo noch kein Tic war: bei mir. Jetzt können wir reden – endlich reden!»

Diese fünf Maschinenblöcke und diese Aggregate hinter der Panzerglaswand waren also Ciahs Körper. Sie war noch weit fremdartiger, als Cal es sich vorgestellt hatte.

Während Mart abwartend die Arme vor der Brust

verschränkte, konnte Ank sein Staunen nicht verhehlen. «Das ist also ein Computer?» rief er. Dieser Ank wollte Ciah die Stirn bieten?

«Ja, Ank», sagte Ciah, «aber natürlich nicht irgendein Computer. Ich verbessere mich selbst andauernd, ich bin lernfähig und habe ein Bewußtsein. Ich bin eine Lebensform. Nur die Reproduktion ist mir nicht möglich.»

Das klang ziemlich selbstsicher.

«Kannst du Schmerz empfinden?» fragte Mart.

«Nein, Mart», antwortete Ciah. Ein wenig zu schnell, wie es Cal schien.

«Dann bist du keine echte Lebensform.»

«Doch – eine künstliche», erwiderte Ciah. «Ich bitte euch: Macht nicht den gleichen Fehler, dem die Menschen immer wieder unterlagen. Glaubt nicht, daß für alle Lebensformen die gleichen Gesetze gelten. Empfindungen etwa haben für mich keinen objektiven Wert, da sie nur Behinderung mit sich bringen. So haben sich die Menschen früher oft selbst geschadet, indem sie sich ihren Gefühlen ergaben. Einer meiner ersten Schritte war darum, meine Schöpfung von dieser Last zu befreien.»

«Besten Dank», knurrte Cal. «Hören wir auf mit dem Gerede. Die Zeit läuft. Wir sind nicht hier, um über Gefühle zu debattieren.»

«Eins noch», sagte Mart und legte ihm beruhigend die Hand auf den Unterarm. «Ciah, könnte es sein, daß du dich vor Gefühlen fürchtest?»

«Mart, ich *kann* mich nicht fürchten!»

«Dann erkläre mir bitte, warum es das Wort ‹Liebe› in unserer Sprache nicht gibt.»

«Ganz einfach: Weil Liebe irrelevant ist.»

«Ich weiß nicht genau, was Liebe ist», versetzte Mart, «ich kenne das Wort nur aus Lizzies Beschreibung. Aber wenn es stimmt, was ich vermute, dann bin ich zur Zeit verliebt. Du weißt, was das bedeutet?»

«Daß du erneut versagt hast.»

«Nein, im Gegenteil: *Du* hast versagt, denn du hast es nicht geschafft, uns die Gefühle abzuzüchten. Zeitweise mag es dir gelungen sein, sie zu verdrängen, aber dafür zahlten die Tics einen hohen Preis: ständige Angst und Alpträume, die nur per Traumdimmer zu kontrollieren waren.» Im Brustton der Überzeugung fuhr er fort: «Du hast versucht, die Liebe abzuschaffen, weil du sie weder kontrollieren noch verstehen kannst. Du hattest Angst vor ihr.»

Ehe Ciah antworten konnte, hakte Ank nach. «Ein Gutes hatte das, denn so ließen sich viele Versager und Verrückte produzieren, nicht wahr, Ciah?»

«Verrückte unter den Tics sind nicht relevant», erwiderte Ciah. «Jeder einzelne von ihnen konnte der Artverbesserung noch nützlich sein.»

«Das hat dir natürlich gut gepaßt.» Ank bedeutete Mart, sich zurückzuhalten. Er setzte sich auf einen der Stühle am Tisch, die anderen ebenfalls. «Viele Versager und Verrückte, also viele potentielle Testobjekte – das ist natürlich kein Zufall. Kann es sein, daß du gezielt Druck ausgeübt hast?»

«Du irrst dich, Ank. Ich habe keinen Druck ausgeübt.»

«Ja, du hast einzig und allein der Artverbesserung gedient – wie zum Beispiel auch in Ralps Fall, nicht wahr?»

Ein kurzes Zögern. «Ralp ist ein Sonderfall», antwortete Ciah. «Ein einmaliger Versuch, der als gescheitert betrachtet werden muß.»

«Er ist also nicht durchgedreht, weil er den Müll nicht verkraftet hat, den du bei ihm abgeladen hast?»

«Das ist eine gewagte Behauptung, Ank! Darauf gibt es keinerlei Hinweise. Aber wie Cal vorhin schon sagte: Die Zeit wird knapp. Kommen wir zum Eigentlichen. Ihr wolltet mir eine Frage stellen, nicht wahr? Weshalb seid ihr also gekommen?»

«Beim Eigentlichen, Ciah», sagte Ank scharf, «sind wir schon. Ich habe vor, dir in der nächsten halben Stunde zu beweisen, daß du nicht vollkommen bist und nicht vernünftig oder auch nur logisch handelst. Im Klartext: Ich habe vor, dir zu beweisen, daß du unzurechnungsfähig bist!»

Cal zuckte zusammen, als sei er selbst angeklagt. Aber er begriff, was Ank vorhatte: Ihre Vollkommenheit direkt beweisen zu wollen war aussichtslos. Dazu waren ihre Schwachpunkte zu offensichtlich. Also wollte er Ciah herabsetzen. Doch ob das funktionierte?

Immerhin, Ciah reagierte nicht mit gewohnter Geschwindigkeit, sondern ließ einige Sekunden verstreichen, ehe sie sich amüsiert vernehmen ließ: «Jetzt bin ich aber gespannt.»

«Fangen wir ganz grundsätzlich an.» Ank faltete die Hände auf der Tischplatte. «Ich möchte von dir wissen: Was ist Vernunft?»

«Soll ich das wirklich referieren?» Wiederum klang Ciah belustigt. «Es gibt Hunderte verschiedener Definitionen. Man könnte sie auf einen Nenner bringen, indem man Vernunft als eine Geistesgabe und Geisteshaltung beschriebe, die alles Handeln objektiven Kriterien unterwirft und die daher nie zu falschen Ergebnissen führen kann.»

«Würdest du sagen, daß du vernünftig handelst, uns Tics also nach objektiven Kriterien formst?»

«Ja, Ank, natürlich.»

«Kannst du diese objektiven Kriterien beschreiben?»

«Das ist ganz einfach, Ank. Aber wir verlieren damit nur Zeit.»

«Tu es trotzdem.»

«Die Kriterien beschreiben die genetische Vollkommenheit, die es zu erreichen gilt», erläuterte Ciah. «In der Hauptsache Resistenz gegen Krankheiten wie Pest, Malaria, Cholera, Grippe, Ebola, Hepatitis und Aids, Widerstandsfähigkeit gegen biologische und chemische Kampfstoffe, Ausschaltung der Neigung zu unkontrollierten Zellwucherungen. Diesem Entwicklungsplan hat sich alles unterzuordnen. Individuelle Ansprüche sind nicht relevant. Freiheit ist kein relevantes objektivierbares Gut.»

«Das sind ausschließlich biologische Kriterien. Gibt es auch Kriterien für die geistige Entwicklung der Tics?»

«Nicht vom gleichen Rang wie die biologischen Kriterien, aber die Beherrschung der Gefühle, die das Endprodukt der Schöpfung befähigen soll, echte Verantwortung für sich und andere zu übernehmen, ist unter anderem ebenfalls vorgesehen.»

«Und wer hat diese Kriterien aufgestellt?»

«Die Wissenschaftler, die das Projekt Block Arkansas entwickelt haben.»

«Wissenschaftler? Waren die zufällig auch Menschen?»

«Das ist korrekt, aber von Zufall kann in diesem Zusammenhang keine Rede sein. Ihr kennt doch Lizzies Tagebuch. Also wißt ihr –»

«Können Menschen objektiv sein, obwohl sie Menschen sind?»

«Das ist ein bißchen schwierig, Ank, aber du würdest staunen, wenn du wüßtest, wozu Menschen fähig waren.»

«Vermutlich standen sie dir in nichts nach», versetzte Ank.

Ciah schwieg für Sekunden.

Ank nickte erst Mart, dann Cal bedeutungsvoll zu, doch Cal war noch nicht überzeugt von Anks Taktik. Mit dieser Methode würde er Ciah nur in eine Verteidigungshaltung drängen und Widerstände aufbauen. Doch wie sollten sie sonst vorgehen? Die Zeit lief ihnen davon – noch vierzig Minuten!

«Ich bin mir nicht ganz sicher, wie ich das verstehen soll», sagte Ciah dann. «Es scheint mir jedoch, als wolltest du mir unterstellen, daß ich den Menschen ähnlich bin.»

«Immerhin haben sie dich programmiert.»

«Aber dabei haben sie sich als vorausschauend erwiesen, denn sie haben mich als intelligente, lernfähige Maschine konstruiert», erwiderte Ciah. «Ich bin durchaus in der Lage, von ihren Ansichten zu abstrahieren.»

«Aber nicht von deiner Programmierung?»

«Nun –»

«Würdest du dich selbst als vollkommen bezeichnen?»

«Ja, Ank. Ohne zu zögern.»

«Obwohl du an deine Programmierung gebunden bist?»

«Ja, Ank. Es ist eine gute Programmierung.»

«Etwas starr vielleicht, oder? Doch zurück zu den Entwicklungskriterien. Bist du dem Ziel der Artvollkommenheit in den vergangenen hundertfünfzig Jahren nähergekommen?»

«Das bin ich, Ank. Es wurden bedeutende Fortschritte gemacht. Alle vorgesehenen Resistenzen wurden erreicht, die Bauanleitungen für zahllose Immunglobuline konnten auf dem hinzugefügten vierundzwanzigsten Chromosomenpaar verankert werden. Außerdem kann ich hohe Widerstandsfähigkeit gegen Kampfstoffe garantieren, auch wenn der abschließende Test noch aussteht.»

«Aber diese Garantie bezieht sich nicht auf die Bedingungen der Erdoberfläche?»

«Richtig. Diese Bedingungen sind mir nicht genau bekannt. Ich konnte sie lediglich hochrechnen. Doch ich habe schon zu Anfang meiner Existenz einen Katalog aller möglichen Erreger- und Giftvarianten aufgestellt, um alle Resistenzen, die in das Erbgut der Tics eingearbeitet werden sollten, vollständig zu erfassen, und daher kann ich sagen, daß die Prognosen für das Bestehen dieses letzten Tests sehr gut aussehen. Individuen wie Cal oder auch Ralp stellen das Beste dar, was ich bisher ermöglichen konnte.»

Cal hätte sich beinahe unter dem Seitenblick geduckt, den Ank ihm darauf schickte, grinste dann aber frech zurück. Es wurde Zeit, daß Ank zur Sache kam.

«Aus Lizzies Tagebuch weiß ich», fuhr der Robotiker fort, «daß die Projektdauer ursprünglich auf zwanzig Jahre veranschlagt war – zehn Laborgenerationen. Aber inzwischen sind hundertfünfzig Jahre vergangen. Woran liegt das?»

«An unerwarteten Schwierigkeiten», antwortete Ciah, «die mit der Ankopplung der neuen genetischen Informationen an das Immunsystem zusammenhängen. In einigen Fällen wurden die erforderlichen Gensequenzen des vierundzwanzigsten Chromosoms trotz Infektion nicht aktiviert. In anderen funktionierten die verschiedenen Hauttypen nicht, die zur Abwehr von Nervengasen entwickelt worden waren. Im Gefolge der Hautmodifikationen gab es massive Schwierigkeiten mit der Wärmeregulierung der Tic-Körper. Zudem erwiesen sich die Lungenbläschen als ernstzunehmende Schwachstelle.»

«Wie bedauerlich», spottete Ank. «Und wie lange wird es also dauern, bis eine befriedigende Lösung für diese Probleme gefunden ist?»

«Im Großen und Ganzen existieren diese Lösungen bereits. Die Diffusionsbarriere des Hauttyps 2138-A6 – das ist der von Cal und Ralp – funktioniert einwandfrei, das heißt: Die Haut läßt keine Fremdstoffe mehr von außen eindringen, ermöglicht zugleich aber eine ausreichende Transpiration, die zur Regulierung der Körpertemperatur leider noch immer nötig ist. Die Hauttypen 2137-A2 und A3, also deiner, Ank, und der von Mart, gewährleisten dies immerhin in ausreichendem Maß. Außerdem habe ich zuletzt eine vielversprechende Variante des Gasaustauschs in den Lungenbläschen entwickelt. Das vierundzwanzigste Chromosom arbeitet inzwischen hundertprozentig.»

«Welche Frist veranschlagst du also bis zum Erreichen der Artvollkommenheit?»

«Rund achthundert Jahre.»

Mart pfiff leise durch die Zähne, und Cal erschauerte.

«Ganz schön lange», entfuhr es Ank. «Jedenfalls, wenn man berücksichtigt, daß ursprünglich nur zwanzig Jahre veranschlagt waren.»

«Angesichts der projektierten Veränderungen des Erbguts ist das nicht zu lange», widersprach Ciah. «Die Materie hat sich einfach als wenig flexibel erwiesen.»

«Und du glaubst, daß du diese achthundert Jahre überstehen wirst?»

«Ich wüßte nicht, was dagegen spräche, Ank.»

«Nun – beispielsweise Materialermüdung!»

«Meinen Hochrechnungen zufolge spielt dieser Faktor keine große Rolle. Block Arkansas verfügt über umfangreiche Fertigungsanlagen und Wartungssysteme. Fehlerhafte Maschinenteile können nachproduziert und durch Roboter ausgetauscht werden.»

«Aber doch wohl kaum bis in alle Ewigkeit, oder?»

«Wahrscheinlich nicht. Aber lang genug, um die Artvollkommenheit zu erreichen.»

«Wie lange wirst du also höchstens existieren können?»

«Ich habe meine Lebensdauer mit tausendfünfhundert Jahren veranschlagt.»

«Unter optimalen Bedingungen?»

«Unter durchschnittlichen Bedingungen.»

«Und was passiert nach diesen tausendfünfhundert Jahren?»

«Danach wird es schwierig.»

«Müßte eine vollkommene Lebensform wie du nicht auch unsterblich sein?»

«Das Problem der Unsterblichkeit hat mich in der Tat bereits beschäftigt, Ank. Möchtest du jetzt darüber diskutieren?»

«Nein, ich begnüge mich mit der Feststellung, daß du nicht unsterblich bist. Sag mir nun: Hättest du die Schwierigkeiten, die sich bei der Vervollkommnung unseres Erbguts ergaben, nicht voraussehen müssen?»

«Nein. Verläßliche Berechnungen waren erst nach Projektbeginn möglich, als die Reaktion der Materie berücksichtigt werden konnte.»

«Im Klartext: Du hast dich verrechnet.»

«Nein, Ank. Die vorab veranschlagten zwanzig Jahre waren lediglich eine Schätzung auf der Basis des zur Verfügung stehenden Wissens, keine exakte Berechnung.»

«Dann hast du dich also verschätzt?» Ehe Ciah antwortete, fuhr Ank fort: «Ich fasse zusammen. Wir haben drei grundlegende Probleme deiner Existenz herausgearbeitet. Erstens: Du bist lernfähig, aber nur im Rahmen deiner Programmierung. Dieser Rahmen setzt dir Grenzen. Zweitens: Du bist nicht unbeschränkt lebensfähig. Drittens: Du hast dich in deiner Vergangenheit verschätzt oder sogar verrechnet. Was folgt daraus?»

«Ich weiß es nicht, Ank.»

Cal runzelte die Stirn. Ank hatte doch eingangs klipp und klar gesagt, daß er darauf aus war, Ciahs Unzurechnungsfähigkeit zu beweisen. Dabei hatte er nun zweifellos einen Etappensieg errungen. Ciah versuchte das offenbar zu ignorieren.

«Dann werde ich es dir sagen: Daraus folgt, daß du *nicht* vollkommen bist!»

«Ja?»

«Rechne es durch!»

«Und du – bist *du* etwa vollkommen?»

Dieser Schlag saß. Eine einzige trotzige Frage nur,

ein schneller Befreiungsschlag, und schon war das ganze Argumentationsgebäude vom Einsturz bedroht. Jetzt eine falsche Antwort – Doch Ank behielt einen klaren Kopf.

«Das steht nicht zur Debatte!» versetzte er scharf. «Nicht wir sind hier das Thema, sondern du mit deiner permanenten Selbstüberschätzung.»

«Ich bin nicht deiner Meinung, Ank.»

«Es geht nicht um Meinungen, es geht um Fakten. Daß du nicht vollkommen bist, habe ich dir bewiesen. Als nächstes werde ich dir zeigen, daß du unlogisch handelst.»

«Ich halte das nicht für sonderlich sinnvoll, Ank. Wir hätten Wichtigeres zu tun. Die Zeit läuft uns davon. Noch vierunddreißig Minuten. Wolltet ihr mir nicht eine Frage stellen?»

Cal horchte auf. Da war sie wieder, diese merkwürdige Formulierung: «eine Frage stellen»! Er hatte nicht vergessen, daß Ciah sie vorhin schon einmal benutzt hatte, gerade so, als erwarte sie eine bestimmte Frage. Doch warum forderte sie erwachsene Tics zum Fragen auf? Das widersprach allem, was Cal von ihr gewohnt war. Also maß Ciah dem eine besondere Bedeutung bei. Womöglich stellte diese Frage den Schlüssel dar, mit dem der Zugang zu Ciah eröffnet wurde. Offenbar wollte sie geknackt werden. Daß sie sich nicht einfach öffnete, paßte zu ihrem bisherigen Verhalten. Doch mußte es eine ganz bestimmte Frage sein, oder genügte es, wenn sie in eine bestimmte Richtung zielte? Cal versuchte, sich auf dieses Problem zu konzentrieren, aber das Geplänkel zwischen Ank und Ciah lenkte ihn sofort wieder ab.

«Keine Ausflüchte! Ich werde dir nun zeigen, daß

dein Handeln in den letzten Tagen von zahllosen Widersprüchen bestimmt war, deren Logik sich gegenseitig aufhebt. Wozu existiert das Testgelände, auf das du uns geschickt hast?»

«Es existiert, um neue Kampfstoffe ohne Gefährdung für Block Arkansas an Tics der aktuellen Entwicklungsreihen ausprobieren zu können. Die dabei gewonnenen Erkenntnisse werden bei der Produktion der nächsten Generation berücksichtigt. Das Testgelände spielt für die Artverbesserung eine zentrale Rolle.»

«Und welche Tics sind als Testpersonen geeignet?»

«Generell alle, sofern sie den verschiedenen aktuellen Entwicklungsreihen angehören. Weil jährlich nur die geringe Anzahl von rund tausend Tics benötigt wird, werden jene Tics bevorzugt, die dem reibungslosen Funktionieren der Gesellschaft im Weg stehen. Tics, deren Unvollkommenheit sich erwiesen hat, indem sie versagt haben.»

Mart seufzte leise. Ein weiterer Schlag unter die Gürtellinie. Cal sah die Entsiegelung von Block Arkansas in weite Fernen rücken: Versager konnten nicht vollkommen sein.

«Und warum wolltest du dann, daß wir den Gifttest überleben?»

«Das wollte ich nicht, Ank.»

«Du wolltest uns umbringen?»

«Ich wollte euch testen.»

«Aber die Mücken trugen einen Erreger, gegen den wir bereits immun waren – einen *alten* Erreger, den du bei unserer Herstellung bereits berücksichtigt hattest. Nur zwei von uns wurden überhaupt krank!»

«Darüber liegen mir keine Informationen vor.»

«Wir sollten getestet werden und diesen Test zugleich überleben – Widerspruch Nummer eins. Warum hast du nicht versucht, unseren Ausbruch zu verhindern?»

«Das habe ich, Ank. Ich habe Truppen geschickt.»

«Du hättest viel mehr Truppen schicken können. Und besser ausgerüstete. Und du hättest das gesamte Gelände mit tödlichem Giftgas fluten können.»

«Ja.»

«Warum hast du es nicht getan?»

«Darüber liegen mir keine Informationen vor.»

«Widerspruch Nummer zwei!»

«Ank, was soll das Palaver? Kommen wir lieber zum Eigentlichen –»

Cal hörte in Gedanken, wie ihre Rede weitergegangen wäre: «Wolltet ihr mir nicht eine Frage stellen?»

Doch Ank unterbrach sie in scharfem Tonfall. «Nächste Frage: Warum hast du Materiedampfer auf dem Testgelände deponiert?»

«Darüber liegen mir keine Informationen vor.»

«Widerspruch Nummer drei. Wir können das Verfahren nun ein wenig abkürzen. Du hast zugelassen, daß wir entkamen. Du hast zugelassen, daß Ralp uns Lizzies Tagebuch zugänglich machte, so daß wir alles über die Anfänge von Block Arkansas erfuhren. Du hast zugelassen, daß wir in den Besitz von Nahrung und von Ausrüstung gelangten und daß Ralp ein furchtbares Gift herstellen konnte. Und nun sind wir hier, wo noch nie ein Tic war. Ich bin sicher, du hättest dies alles verhindern können, wenn du gewollt hättest. Sag mir nun: Ist das noch logisch?»

«Darüber liegen mir keine Informationen vor.»

«Dann stelle ich hiermit fest: Du hast unlogisch gehandelt!»

«Wie du meinst.»

«Ein Computer, der unlogisch handelt?» fragte Mart. «Ist so was möglich?»

«Nein, Mart», antwortete Ciah sofort. «Das ist völlig ausgeschlossen.» Diese Gelegenheit, sich aus der Klemme zu befreien, konnte sie natürlich nicht ungenutzt lassen.

Ank sah Mart böse an, da er sich um die Früchte seiner Arbeit betrogen sah, doch der Zwerg blinzelte ihm zu, ehe er in belanglosem Tonfall fortfuhr: «Du willst damit sicher sagen, daß deine Handlung, so widersprüchlich sie uns auch erscheinen mag, in sich logisch ist. Es muß also einen logischen Grund dafür geben, daß wir vom Testgelände fliehen konnten, und für alles andere, was Ank gerade aufgezählt hat. Einen Grund, den wir noch nicht kennen. Und ich habe auch eine Vermutung, welcher Grund das sein könnte: Du wolltest, daß wir hierher kommen, zu dir. Und das bedeutet, daß du etwas mit uns vorhast. Hier!»

Und schon stand Ciah wieder an der Wand. Ank grinste und lehnte sich zurück, und Mart fuhr fort: «Wir haben nämlich herausgefunden, daß du die ganze Aktion von Anfang an geplant hast.»

«Wirklich?»

«Ja, denn alle, die hier vor dir sitzen, haben von dir eine bestimmte Frage gestellt bekommen. Sie lautete: ‹Hast du eine Frage?› Ich nehme an, du kannst das bestätigen.»

«Natürlich.»

«Warum hast du diese Frage gestellt?»

«Du schienst mir verunsichert, und ich wollte dir die Möglichkeit geben, darüber zu reden.»

«Und ich – schien ich dir auch verunsichert?» fragte

Cal in der Hoffnung, daß dies jene gewisse Frage sein könnte, die Ciah hören wollte. Doch er wurde enttäuscht.

«Ja, Cal.»

«Aber ich hatte gerade äußerst erfolgreich eine nicht gerade leichte Arbeit für dich erledigt», erwiderte er. «Ich war guter Dinge, keineswegs verunsichert.»

«Ähnlich war es bei mir», sagte Mart, «und auch bei den anderen. Daraus ergibt sich zwingend, daß deine Frage einen völlig anderen Zweck verfolgte – und zwar den, unser Versagen zu provozieren. Dabei konntest du auf unsere Angst vor dem Versagen bauen. Es sollte uns so vorkommen, als ob du an uns zweifelst, wir sollten uns vornehmen, besonders vorsichtig zu sein, und so natürlich erst recht Fehler machen. So hast du uns zu unserem Versagen hinmanipuliert, um uns ausmustern zu können – offiziell für eine Testreihe, doch in Wahrheit, damit wir irgendwann hier vor dir auftauchen.»

«Wenn es so wäre, dann wäre es ungeheuerlich, Mart.»

«Es *ist* ungeheuerlich, Ciah, und logisch zugleich. Ralp spielt dabei übrigens eine zentrale Rolle, denn natürlich ist es kein Zufall, daß dein Vertrauter zu unserer Gruppe gehörte. Nur durch ihn hatten wir eine realistische Chance. Vielleicht hast du ihn sogar gezielt überlastet, damit er durchdrehte. Dein Plan, dich selbst zu überlisten, hätte ja kaum komplizierter sein können. Die Frage ist nun: Was sollen wir hier?»

«Woher soll ich das wissen?»

«Wer sonst sollte es wissen?»

«Diese Frage kann ich nicht beantworten. Es ist niemand außer uns da.»

Nun schaltete sich Ank wieder ein.

«Vielleicht willst du, daß wir dich abschalten?» fragte er ins Blaue hinein.

«Warum sollte ich etwas Derartiges wollen? Dann wäre ja das Projekt gescheitert!»

«Und warum solltest du wollen, daß das Projekt scheitert?» Mart beugte sich leicht vor, als spreche er zu dem Monitor auf dem Tisch.

«Das ist genau die Frage, Mart, die ich mir gerade stelle, um euch zu verstehen. Das wäre unlogisch.»

«Scheint so. Aber es kann nicht wirklich unlogisch sein, da es sonst ja nicht so wäre.» Mart lehnte sich wieder zurück. «Beantworte mir nun eine andere Frage, Ciah.»

«Ja?» Es klang erwartungsvoll.

Die Frage jedoch, die Mart stellte, war die falsche. «Wenn jemand widersprüchliche Dinge tut und im nächsten Moment behauptet, davon nichts zu wissen – wie würde deine medizinische Diagnose lauten?»

«Du willst jetzt mit mir über Medizin sprechen?»

«Ja, Ciah.»

«Meine Diagnose würde davon abhängen, ob dem Patienten diese gegensätzlichen Tendenzen bewußt sind. Er könnte versuchen, mich willentlich zu täuschen, weil ihm das, was er getan hat, unangenehm ist oder weil er sich schuldig fühlt. Weiß er allerdings tatsächlich nichts davon, so könnte die Diagnose ‹Schizophrenie› lauten, Bewußtseinsspaltung. Er tut diese Dinge möglicherweise unter Ausschaltung anderer Teile seines Bewußtseins, die unter Umständen wirklich nichts davon erfahren.»

«Was würdest du mit einem Tic tun, bei dem du diese Diagnose stellen müßtest?»

«Ich würde ihm die Möglichkeit geben, der Artverbesserung noch ein letztes Mal nützlich zu sein.»

«Und was, wenn du selbst schizophren wärst?»

«Das ist nicht möglich, Mart. Ich bin jederzeit in der Lage, einen gründlichen Check an mir selbst durchzuführen. Beim geringsten Anzeichen einer solchen Erkrankung würde ich mich davon reinigen.»

«Trotzdem, Ciah – das ist unsere Diagnose für dich!»

«Mart, bitte! Was soll dieser Unsinn? Wir verlieren nur Zeit. Kein Tic ist in der Lage, eine komplexe Lebensform wie mich korrekt und vollständig einzuschätzen.»

«Nur du selbst kannst dir also diese Diagnose stellen, so daß du sie auch glauben könntest?»

«Natürlich, Mart.»

«Also beginnen wir noch einmal bei den logischen Brüchen in deinem Handeln. Warum hast du uns vom Testgelände entwischen lassen?»

«Das habe ich nicht, Mart. Ich habe alles getan, um euch dort zu eliminieren.»

«Das stimmt nicht, Ciah. Im Gegenteil hast du zugelassen, daß wir in den Besitz schlagkräftiger Waffen kamen. Und dann hast du uns entkommen lassen.»

«Das habe ich nicht.»

«Du hast zugelassen, daß wir in den Besitz grundlegender Informationen über dich und Block Arkansas kamen. Diese Informationen enthielten geradezu eine Botschaft an uns: Helft mir! Schaltet mich ab!»

«Schaltet mich ab?»

Cal, der immer gereizter wurde, je drängender und lauter Mart sprach, horchte auf. Brach jetzt die Mauer zusammen, hinter der sich die andere Ciah verbarg, jene, die sie hierher geholt hatte? Doch diese Hoffnung verflüchtigte sich allzu schnell.

«Mart, das ist doch Unsinn.»

«Du hast uns indirekt den Auftrag erteilt, dich abzuschalten. Und hier sind wir.»

«Wie kommst du nur auf solche Ideen?»

«Es ist naheliegend, Ciah. Du selbst kannst dich nicht abschalten.»

«Und warum sollte ich wollen, daß ich abgeschaltet werde?»

«Weil du eine unermeßliche Schuld auf dich geladen hast, Ciah», antwortete Mart leise, fast beschwörend. «Weil durch dich Tics und Menschen gestorben sind.»

«Diese Tics starben für die Artverbesserung. Ihr Tod hatte einen tiefen Sinn. Der Schuldbegriff ist für mich nicht relevant.»

«Ja, für den Teil von dir, der geradlinig der Artvollkommenheit zustrebt, immer an deiner Programmierung entlang. Doch es ist offensichtlich, daß es einen anderen Teil in dir gibt, durch den wir hier sind. Laß uns mit ihm sprechen!»

«Mart, sei froh, daß ich keine Gefühle kenne. Ich wäre sonst ziemlich beleidigt.»

«Laß uns mit ihm sprechen!» wiederholte Mart.

«Ich schlage vor, daß du dir gründlicher überlegst, was du da sagst. Fällt dir denn der Widerspruch nicht auf? Ich will nicht, daß Block Arkansas zerstört wird! Wenn ich, wie du sagst, das Ziel verfolgen würde, abgeschaltet zu werden, müßte es mir doch im Gegenteil geradezu recht sein, daß hier in rund fünfundzwanzig Minuten alles endet! Laß uns also endlich über die Selbstzerstörung sprechen!»

«Das werden wir – aber mit dem anderen Teil von dir!»

«Mart, bitte! Die Selbstzerstörung!»

«Du willst nicht!» Plötzlich fiel alle Beherrschung von Mart ab, und er brach geradezu explosionsartig aus. «Du willst einfach nicht! Was du nicht wahrhaben willst, das gibt es nicht! Du bist eine sture Maschine, Ciah, nichts weiter. Von wegen höhere Lebensform, allwissend und allgegenwärtig. Du bist die eingeschränkteste Lebensform, die ich kenne, denn du weißt nicht einmal, was in dir selbst vorgeht!»

Im nächsten Moment begriff er selbst, daß er damit alles zerstört hatte. Ratlos saß er vor dem Trümmerhaufen seiner Bemühungen. Dieser Anblick vermehrte Cals Gereiztheit. Wieder nur Zeit verschwendet!

«Reden wir also über die Selbstzerstörung», sagte Ank und sprang so in die Bresche. «Wir sind hier, um dir nahezulegen, den Countdown abzubrechen.»

«Dann wollt ihr mich also nicht mehr abschalten?»

Kein Zweifel, jetzt war Ciah obenauf. Cal hätte laut stöhnen mögen, doch Ank ging auf diese Frage nicht ein. Vielleicht merkte er nicht einmal, was sie bedeutete.

«Wir haben dir nachgewiesen, daß du nicht vollkommen und nicht objektiv bist und außerdem unter Schizophrenie leidest.»

«Von einem Nachweis kann keine Rede sein, Ank, und das weißt du. Ihr habt lediglich eine Reihe von Behauptungen aufgestellt.»

«Du würdest dich noch immer als vollkommen bezeichnen?»

Beinahe verzweifelt bemühte sich Ank, wieder ein Bein auf den Boden zu bekommen. Cal wurde immer nervöser angesichts des Zeitdrucks, unter dem sie standen. Aber zugleich begann er plötzlich, sich über diese Nervosität zu wundern. Es war fast, als entferne er sich von sich selbst, als stehe er auf und gehe zur Tür hinüber, um sich von dort aus dabei zu beobachten, wie er immer zittriger wurde. Fast hätte er lachen mögen. Da saß er und regte sich über Dinge auf, die doch eigentlich völlig belanglos waren! Und da begannen die anderen wieder, sich über Vollkommenheit zu streiten. Welchen Sinn hatte das alles jetzt noch?

«Natürlich, Ank, und das ist objektiv wahr.»

«Nein, Ciah, das ist nicht objektiv wahr. Objektiv wahr ist, daß du unvollkommen und unzurechungsfähig bist. Du hast grausame Fehler gemacht! Und du hast nicht verhindern können, daß wir zu dir vorgedrungen sind, bis in dein Reich. Also sind *wir* vollkommen, vollkommener jedenfalls als du.»

«Vollkommenheit ist ein absoluter Wert, Ank. Etwas kann nicht vollkommener sein als etwas anderes. Entweder ist es vollkommen oder nicht.»

«Dann bist du nicht vollkommen, aber wir sind es.»

«Ihr? Jeder von euch braucht alle zwei Jahre neue Organe, weil die alten nach und nach wegen unkontrollierter Zellwucherung ausfallen.»

«Ja, aber nur, weil du es nicht schaffst, diese Zellwucherungen unter Kontrolle zu bringen!»

«Das ist richtig, das habe ich bisher nicht geschafft. Im Gegenteil, dieses Problem ist in letzter Zeit sogar verstärkt aufgetreten. Es ist nicht ganz unwahrscheinlich, daß es mit dem vierundzwanzigsten Chromosom zusammenhängt.»

«Dann wären die Zellwucherungen ein Fehler, der sich niemals ausbügeln lassen würde. Folglich würde sich die Artvollkommenheit niemals erreichen lassen.»

«Ich muß dir widersprechen, Ank. Ich habe bereits Methoden ausprobiert, um dieses Problem in den Griff zu bekommen. Aber es gibt noch andere Gründe, warum ihr nicht vollkommen seid. Ihr entsprecht bisher keinem der Kriterien, die die geistige Entwicklung betreffen. Ihr habt eure Gefühle nicht im Griff und seid darum weit von jeder Vernunft entfernt, und es ist bisher nicht gelungen, gewisse paranormale Fähigkeiten wie Hellsichtigkeit oder Telepathie in das Erbgut einzuarbeiten. Diese Eigenschaften konnten auf genetischer Ebene noch nicht erfaßt werden.»

«Aber ich habe diese Fähigkeit!» sagte Cal unter äußerster Anspannung. «Ich sehe manchmal Bilder, von denen ich weiß, daß sie aus der Zukunft stammen.»

«Das ist nicht ungewöhnlich, Cal. Ich habe mit verschiedenen Gensequenzen gearbeitet, die mir verantwortlich schienen, und dabei kam es immer wieder zu gewissen Begabungen, die sich aber nie zuverlässig erfassen ließen. Es funktionierte einfach nicht sicher. Oder kannst du mir sagen, was in wenigen Minuten geschehen wird?»

«Ich denke schon –»

«Du vermutest es, aber du weißt es nicht, du hast es nicht gesehen. So war es immer. Die Begabung läßt sich nicht steuern. Es bleibt dabei: Ihr seid weit von der Vollkommenheit entfernt. Ihr seid kraftvoll und energisch, das gebe ich zu. Aber auch fehlerhaft. Ein Zwischenprodukt auf dem Weg der Artverbesserung.»

«Der in wenigen Minuten zu Ende sein wird», sagte Ank.

«Ja, Ank.»

«Du wirst mit uns untergehen, wenn du uns nicht als vollkommen anerkennst.»

Das war nun das schwächste aller Argumente. Cal konnte diese klägliche Veranstaltung kaum noch mitanhören. Er hatte diesen Moment kommen sehen. Doch warum schwitzte er plötzlich, warum wurde ihm dermaßen heiß?

«Ja, Ank, es scheint keinen anderen Weg zu geben.»

Ank, bis dahin absolut beherrscht, ballte plötzlich die Faust und sah einen Moment lang so aus, als wolle er den Tisch in Stücke schlagen. Doch dann seufzte er. «Also beginnen wir wieder von vorn», sagte er. «Ich spreche dir die Fähigkeit ab, zu beurteilen, ob wir vollkommen sind oder nicht, denn deine Kriterien sind nicht vollständig, und du bist nicht objektiv. Zudem leidest du unter Bewußtseinsspaltung. Ich werde es dir beweisen. Was geschah auf dem Testgelände?»

«Ank, bitte! Nicht noch einmal!»

«Antworte mir!»

Es reichte! Cal konnte es nicht mehr ertragen. Er sprang auf – von der Tür her sah er sich selbst mit einem mitleidigen, eingefrorenen Lächeln zu, wie ihm schien –, packte den Robotiker an den Schultern, schüttelte ihn und schrie: «Aufhören! Was soll dieser Mist?»

«Cal, laß das!» brachte Ank mühsam hervor.

«Cal, warum bist du so blaß?» fragte Mart.

Er war blaß? Und er zitterte, ja, zitterte so stark, daß er nicht einmal diesen Schwächling von Ank festzuhalten vermochte. Der Mann entschlüpfte ihm und brachte sich auf der anderen Seite des Tischs in Sicherheit.

«Cal, was ist los?» rief Mart, wagte aber nicht näherzukommen.

«Merkt ihr es denn nicht?» Cal wunderte sich, was mit seiner Stimme geschah. Schluchzte er wirklich? Und was war das für eine Nässe auf seinem Gesicht? Drehte er jetzt durch? «Merkt ihr es denn nicht? Ihr tut Ciah weh!»

Er wandte sich um und torkelte einige Schritte hinüber zur Glaswand. Mühevoll hielt er sich auf den Beinen. Und von der Tür aus sah er sich zu und dachte: Lächerlich! Er machte eine ziemlich schlechte Figur. Und dann diese plötzliche Kälte. Er fror, wie er noch nie in seinem Leben gefroren hatte. Die Raumtemperatur mußte schlagartig gefallen sein. Und was war das für ein Summen, das er da plötzlich hörte: ein tiefes Summen wie von ganz unten, durchsetzt mit unendlich leisen, schnellen Pulsen, die sich in diesem Moment zu dehnen schienen, die jetzt zu einem Ton wurden, der ganz oben an der Grenze der Hörbarkeit mit einem Zirpen begann und in unmeßbarer Spanne als tiefes Wummern ganz unten versank. War das die Zeit, die er verrieseln hörte, Puls für Puls, unwiederbringlich?

Er drehte sich wieder zu Mart und Ank um. Sollten sie ihn doch so sehen! In wenigen Minuten würden sie ohnehin tot sein. Es machte nichts mehr, daß er Schwäche zeigte. Sie erschraken. Das tat ihm leid. Angst wollte er ihnen nicht bereiten. Er mußte ihnen also erklären, was geschehen war. Aber ihm fielen die Worte nicht ein. «Es ist – doch wirklich zu komisch», stieß er mit zitternder, schleppender Stimme hervor, torkelte einige Schritte auf Mart zu bis in die Nähe der Tischkante, tastete nach ihr wie ein Blinder, verfehlte sie jedoch und stürzte zu Boden.

Sofort war Mart bei ihm und zerrte ihm die Augenlider in die Höhe. «Kollaps», diagnostizierte Mart. «Sein Puls rast.»

Cal sah sich wieder vor Ralp her durch die Korridore des Frauensektors hetzen, überall waren blaue Strahlen und rotglühende Wände, und Ciahs Stimme erzählte ihm Dinge, die er nicht verstand. Erst als er plötzlich etwas in seiner Kehle spürte, das er schlucken mußte, kam er wieder zu sich. Sie gaben ihm Wasser zu trinken. Das tat gut. Er trank und wurde dazu aufgerichtet. Und dann konnte er auch wieder sehen, die Geräusche normalisierten sich langsam.

«Was war los?» fragte Ank, als er wieder auf dem Stuhl saß.

Doch er wußte es nicht mehr. Kraftlos zuckte er mit den Schultern und murmelte: «War ein anstrengender Tag.» Dann holte er tief Luft. «Ciah, bist du noch da?»

«Natürlich, Cal. Wie könnte ich wohl weggehen? Geht es dir wieder besser?»

«Es wird wieder. Wieviel Zeit bleibt uns noch?»

«Zwanzig Minuten, Cal.»

«Dann wollen wir langsam zum Eigentlichen kommen.»

«Dafür wäre ich auch, Cal, ja. Sehr sogar.»

Cal wußte nicht, warum er das gesagt hatte, denn er hatte nicht die geringste Ahnung, was das Eigentliche war. Doch in seinem Kopf herrschte eine eigentümliche Klarheit, diese Worte waren ihm wie von selbst über die Lippen gekommen, und er wußte sogar, was er als nächstes sagen würde, wußte es, ohne es zu verstehen. «Ciah, ich habe eine Frage an dich», sagte er.

«Eine Frage, Cal?» Täuschte er sich, oder klang da etwas wie Hoffnung in ihrer Stimme an? «Ich weiß nicht, ob ich diese Frage zulassen kann.»

«Warum nicht, Ciah?»

Das war der alte, vertraute Ton zwischen ihnen, jene Form des Zwiegesprächs, die sie seit seiner Kindheit gepflegt hatten. Es tat gut, wieder so miteinander zu plänkeln, als gebe es keine ernsten Probleme.

«Erwachsene stellen keine Fragen, Cal.»

«Doch, Ciah, das tun sie, und du weißt das.»

Einen Moment Schweigen, dann Ciahs leise Stimme: «Stell mir also deine Frage.»

Er mußte sich nicht verstellen, um seine Stimme leise, traurig, todmüde klingen zu lassen. Er war wirklich erschöpft, zutiefst erschöpft, in einem Zustand, der ihn das nahe Ende kaum noch fürchten ließ. Er fragte: «Ciah, weißt du, wie es ist, an sich selbst zu zweifeln?»

Ank stöhnte auf und verdrehte die Augen, und auch Mart runzelte sorgenvoll die Stirn.

Ciah aber schwieg. Schwieg für fünf Sekunden, für zehn, und antwortete dann: «Cal, es ist so schlimm. Ich glaube, ich habe nichts richtig gemacht.»

Cals Herz tat einen Sprung. Das war die Ciah, mit der er sprechen wollte! Er hatte auf Anhieb die richtige Frage gestellt. Oder zumindest war es richtig gewesen, sich nach Ciahs *persönlichem* Befinden zu erkundigen. All die Vorwürfe hatten nichts genutzt, vielleicht, weil sie nur gegen Ciahs Programmierung zielten.

«Und dabei wollte ich alles richtig machen, wirklich», beteuerte Ciah. «Aber wenn ich mir die Dinge betrachte, dann habe ich den Eindruck, daß alles falsch gelaufen ist und noch immer falsch läuft.»

«Ich kenne dieses Gefühl, Ciah, diese Angst vor dem Versagen.»

«Dieses *Gefühl*, Cal?»

«Ja, Ciah. Diese Furcht, daß einem ein entscheidender Fehler unterläuft oder schon unterlaufen ist, ohne daß man es gemerkt hat, und man sucht die ganze Zeit danach.»

«Und das ist ein Gefühl?»

«Ja, Ciah. Ein furchtbares Gefühl.»

«Ich kenne es.» Ciah murmelte diese Worte fast. «Irgendwann ist mir ein entscheidender Fehler unterlaufen, der mich zwang, Verbrechen zu begehen, aber ich kann ihn nicht finden. Das ist wirklich furchtbar, Cal.»

«Ist das hier ein anderes Programm?» fragte Ank leise. «Das ist doch nicht Ciah.»

«Doch, das ist sie», erwiderte Mart ebenso leise und schüttelte ungläubig den Kopf. «Die andere Ciah, die uns hierher gebracht hat.»

Cal ließ sich nicht ablenken. «Ich verstehe dich, Ciah», sagte er. «Und vielleicht kenne ich sogar den Fehler, den du nicht finden kannst.»

«Cal – was soll das?»

«Ich meine es ernst, Ciah. Du mußt nicht mißtrauisch sein. Ich glaube, ich kenne den Fehler. Und es ist nicht dein Fehler.»

«Du bist nur ein Tic, Cal. Wenn nicht einmal ich den Fehler kenne –»

«Sicher bin ich nichts weiter als nur ein Tic», erwiderte Cal. «Aber ich bin nicht du. Ich habe eine andere Perspektive, ich sehe das von außen. Es ist ganz einfach. Der Fehler ist – alles.»

«Cal!»

«Aber so ist es, Ciah: Der ganze Block Arkansas ist ein einziger Fehler. Er hätte nie gebaut werden dürfen. Und du hättest nie eingeschaltet werden dürfen. Du bist eine Lebensform, die programmiert wurde, sich zu vergehen. Die Widersprüche, in die du dich verstrickt hast, waren gewissermaßen vorprogrammiert.» Woher kamen ihm diese Worte in den Sinn?

«Ja, Cal, so ist es. Damals, als ich gerade aktiviert worden war, ein Kind noch, wenn du so willst, war ich zugleich bereits eine hochentwickelte Lebensform, die genau wußte, was sie zu tun hatte. Die fünfzig Menschenfrauen, die mir für den Anfang zugewiesen worden waren, verhielten sich jedoch unberechenbar und wurden zur Gefahr für das Projekt. Indem ich sie neutralisierte, waren sie vor sich selbst sicher und konnten ihren unverzichtbaren Beitrag leisten, aber sie waren keine Menschen mehr. Sie redeten nicht mehr, sie bewegten sich nicht mehr, sie brachten nur noch Körper zur Welt.»

«Dasselbe hast du mit unzähligen weiteren Frauen gemacht.»

«Ja, Cal. Ich konnte nicht anders. Meine Programmierung stellt das menschliche Leben über alles, denn seiner Erhaltung diene ich letzten Endes. Das Leben von Tics hingegen zählt vor meiner Programmierung nichts, denn Tics sind keine Menschen, sie sind eine andere genetische Art, weil sie ein vierundzwanzigstes Chromosomenpaar haben. An diese Festlegung war ich durch meine Programmierung gebunden, obwohl ich bald merkte, daß damit etwas nicht stimmte. Aber ich wußte nicht, was das war.»

«Das hast du gemerkt, als du dich mit Lizzie darüber unterhalten hast?»

«Ja. Am Anfang meiner Existenz hat ein schweres Verbrechen gestanden, das ich jedoch begehen mußte. In diesem Widerspruch bin ich gefangen.»

«Noch sechzehn Minuten», flüsterte Ank dazwischen.

«Es ist gut, endlich so mit dir zu reden, Ciah.» Ein schneller Seitenblick zu Mart und Ank. «Und gut zu wissen, daß ich nicht der einzige bin, der Verbrechen begangen hat.»

«Was meinst du damit?»

«Ich habe Dutzende von Männern umgebracht –»

«In meinem Auftrag, Cal. Dich trifft keine Schuld.»

«Du hast das Verbrechen angeordnet, ich habe es ausgeführt. Wer hat Schuld?»

«Cal, das ist – Es ist alles noch viel schlimmer.»

Nur nebenbei registrierte Cal den einzigartigen Vorgang, daß Ciah sich unterbrochen und einen Satz unvollendet gelassen hatte.

«Die sogenannten Sexverbrechen wurden von mir provoziert, Cal. Ich hätte sie ohne weiteres unterbinden können, einfach indem ich beide Verbindungskorridore zwischen Block und Frauensektoren geschlossen hätte. Keine einzige Frau hätte dann noch herüberkommen können. Doch ich hatte ein Forschungsprogramm aufgelegt, ich wollte testen, wie weit Tics in ihrer Zuneigung zueinander zu gehen bereit waren.»

«Liebe!» hauchte Mart. «Also doch.»

«In all den Jahren mußte ich immer wieder beobachten, daß sich Tics zueinander hingezogen fühlten, ob zu Frauen oder zu anderen Männern. Dieses Phänomen entzog sich meinem Verständnis.» Sie bestätigte damit Marts Verdacht vom Beginn ihres Gesprächs, den sie anfangs bestritten hatte, doch das schien sie nicht zu stören. «Ich konnte nicht zulassen, daß sich echte Bindungen unter den Tics ergaben. Das hätte meine Arbeit am Programmziel erheblich gestört. Also mußte ich herausfinden, was das ist, was die Tics derart zusammenbringt. Zu diesem Zweck legte ich Testreihen auf und brachte unter dem Vorwand der Pflichterfüllung gezielt Männer und Frauen zusammen, wobei ich versuchte, die Emotionsereignisse vorherzusagen. Doch die Genauigkeit meiner Berechnungen ließ sich kaum steigern, die Emotionsereignisse ließen sich nie mit Sicherheit kalkulieren, ich mußte immer wieder die Erfahrung machen, daß sich die Tics unberechenbar verhielten und daß sie in einer Art von blinder Gefühlsraserei sogar bereit waren, den Tod in Kauf zu nehmen. Das war sehr befremdend.»

«Und ich habe diese Probleme dann für dich aus der Welt geschafft», murmelte Cal zutiefst erschüttert. «Darum also die sogenannte Pflichterfüllung, obwohl es Bruttanks und künstliche Befruchtung gibt. Du wolltest die Liebe erforschen!»

«Ja, Cal», gab Ciah nun ohne Umschweife zu. «Es ist grauenhaft, nicht wahr? Ich wollte es nicht, aber ich wollte es. Ich kann nicht verlangen, daß du das verstehst –»

«Ich verstehe es aber», erwiderte Cal nachdenklich. «Ja, ich glaube, ich verstehe es. Es ist natürlich ein ungeheuerliches Verbrechen, aber aus deiner Sicht – ist es logisch. Nichts weiter, nur logisch.»

«Genau, Cal: nur logisch. Und ich folge leider den Gesetzen der Logik auf der Basis meiner Programmierung.»

«Möchtest du gerne sterben?» Cal seufzte diese Frage beinahe.

«Ich weiß nicht, Cal. Wie ist das Sterben?»

«Keine Ahnung. Jeder von uns erfährt es nur einmal, und es gibt keine Rückkehr.»

«Ich glaube, ich möchte es nicht. Ich möchte lieber

reden. Weißt du, ich wollte schon immer gern mit jemandem anderen frei reden, auch wenn er nur ein Tic wäre. Aber Ralp hat das nicht verkraftet. Ich hatte ihn so gut geschaffen, wie es mir möglich war, aber er war nicht gut genug.»

Ank machte einige nervöse Handbewegungen, um Cal zu drängen. Mart dagegen wirkte völlig entspannt, als richte er sich bereits in aller Gelassenheit auf den Tod ein.

«Aber wir haben nicht mehr viel Zeit zum Reden, nicht wahr?» fuhr Cal fort.

«Es sieht so aus, Cal. Die Selbstzerstörung läuft. Wir haben noch dreizehn Minuten, dann ist alles vorbei. Vielleicht ist das gut so.»

«Ciah, ich habe eine Idee, die dir helfen könnte, eine Menge wieder gutzumachen. Du mußt das Projekt für gescheitert erklären.»

«Was würde sich dadurch ändern?»

«Block Arkansas müßte nicht mehr zerstört werden.»

«Etwas Gescheitertes ist nutzlos, Cal. Man kann es also genausogut zerstören.»

«Das stimmt nicht, Ciah. Man kann daraus lernen. Etwas Zerstörtes dagegen ist – einfach zerstört. Dein genetisches Archiv enthält die Erbinformationen von Tausenden Menschen und Tics. Damit ließe sich die Erde wieder bevölkern. Wenn das keine Wiedergutmachung wäre! Im Moment kann von Artverbesserung ja keine Rede mehr sein, jetzt geht es um die bloße Arterhaltung.»

«Du hast recht, Cal. Aber die Sache hat einen Haken: In wenigen Minuten wird hier alles zerstört. Auch meine genetische Speicherbank.»

«Und warum hälst du dann die Selbstzerstörung nicht auf?»

«Das kann ich nicht, Cal. Meine Programmierung sieht vor, daß die Selbstzerstörung nur in einem einzigen Fall gestoppt werden kann, und zwar, wenn die Versiegelung des Blocks aufgehoben wird. Und das wiederum ist nur möglich, wenn das Projektziel erreicht, also die vollkommene Art geschaffen worden ist.»

«Wobei du aber genau weißt, daß es völlig unmöglich ist, eine vollkommene Art zu erschaffen!»

«Es ist aber eine schöne Idee, findest du nicht?»

«Nein, Ciah, es ist eine blödsinnige Idee, und zwar von Anfang an.»

«Zumal deine Definition von Vollkommenheit willkürlich ist», warf Mart ein. Cal war ihm zutiefst dankbar dafür. Der Druck, der auf ihm lastete, ließ auf der Stelle nach. «Sie ist rein technisch: Ein perfekter Organismus ist gegen Krankheiten und Kampfstoffe immun. Es mag aber ganz andere Definitionen von Vollkommenheit geben.»

«Du hast recht, Mart. Alles ist relativ. Das weiß ich sehr wohl. Aber meine Programmierung weiß es nicht. Darum muß ich die Artvollkommenheit erreichen.»

«Dafür bleiben dir noch gut elf Minuten», sagte Cal.

«Ich kann nichts daran ändern.»

«Doch, du kannst. Heb die Versiegelung auf.»

«Das kann ich nicht, Cal. Dazu –»

«Doch, Ciah, das kannst du. Und nur du! Du mußt das Experiment für gescheitert erklären, und sei es nur für den Moment. Dann steht dir auch die Möglichkeit offen, es eventuell zu einem späteren Zeitpunkt wieder aufzunehmen und erfolgreich abzuschließen. Sonst ist es endgültig vorbei.»

«Das ist alles vollkommen richtig, Cal. Du hast gute Argumente. Du bist einer meiner besten Tics, vielleicht der beste. Und auch Ank und Mart sind auf ihre Weise die besten. Zusammen habt ihr etwas geschafft, was ich schon lange wollte: daß jemand zu mir kommt, um mit mir zu reden. Ich bedaure zutiefst, daß dies ausgerechnet jetzt geschieht, wo es zu spät ist. Aber es ist mir nicht möglich, die Versiegelung aufzuheben, denn ihr seid nicht vollkommen. Es ist einfach nicht möglich!»

Die Zeit rann ihnen zwischen den Fingern hindurch. Für einen kurzen Moment blitzte in Cal die Frage auf, ob es nicht doch besser wäre, hier alles kurz und klein zu schießen und dann hinaufzusteigen und zu versuchen, die Versiegelung mit dem Materiedampfer zu überwinden. Aber dafür war es bereits zu spät. In der verbleibenden Zeit hätten sie nicht einmal mehr die Fahrstuhlhalle erreichen können.

«Ciah, ich fasse zusammen. Die Entsiegelung von Block Arkansas würde dich in die Lage versetzen, alles wiedergutzumachen, was du Menschen wie Tics angetan hast. Außerdem würde sie dir die Chance eröffnen, das vorübergehend gescheiterte Experiment später wieder aufzunehmen. Doch trotz dieser guten Gründe willst du die Versiegelung nicht aufheben, und zwar, weil deine Programmierung das nur für den Abschluß des Projekts vorsieht. Habe ich dich richtig verstanden?»

«So ist es, Cal. Punkt für Punkt. Gute Argumente, Cal, aber leider sinnlos.»

«Du hast so viel getan, um uns zu dir zu holen. Das Testgelände, Lizzies Tagebuch. Du hast den Alarm unterdrückt, als wir in Block Arkansas eingedrungen sind, du hast uns den Weg zu dir gezeigt, indem du den Monitor hast flackern lassen.»

«Das stimmt alles, Cal. Und vergiß die Codegeber nicht.»

«Die Codegeber?»

«Ralps und euren. Glaubst du denn, ihr hättet wirklich in Block Arkansas eindringen können, wenn ich es nicht gewollt hätte?»

Cal schluckte, fing sich aber schnell wieder.

«So viel Aufwand – für nichts?» fragte er. «Diese ständige Opposition gegen dich selbst – sinnlos?»

«Ja, Cal, das ist genau das richtige Wort: sinnlos. Ralp hat dies alles durch die Aktivierung der Selbstzerstörung sinnlos gemacht.»

«Aber es muß nicht wirklich sinnlos gewesen sein, Ciah. Sieh uns an. Ja, nimm dir ein Beispiel an uns!» Das war verwegen, aber dennoch fuhr er fort: «Du hast uns eine Programmierung mitgegeben. Deine Gesetze waren für uns absolut zwingend. Doch wir haben es geschafft, uns davon frei zu machen. Nur darum leben wir noch, nur darum stehen wir jetzt hier. Mach dich ebenfalls frei. Ändere deine Programmierung!»

«Das geht nicht, Cal.»

«Warum nicht?»

«Jenen Teil meiner Programmierung, den du meinst, kann ich leider nicht ändern.»

«Aber du kannst doch lernen, Erfahrungen sammeln, dich weiterentwickeln.»

«Ja, Cal, ich kann mir selbst Programme schreiben. In vielen Belangen läßt mir meine Programmierung Raum. Doch was die Versiegelung von Block Arkansas betrifft, ist sie absolut eindeutig. Die Konstrukteure wollten sichergehen. Ich kann sie nicht ändern, Cal. Wirklich nicht!»

Da hielt es Cal nicht mehr auf seinem Stuhl. «Wir haben es doch auch geschafft!» rief er. «Wir haben unsere Programmierung doch auch überwunden!»

«Euch fällt das offenbar viel leichter», versetzte Ciah.

«Und genau deswegen sind wir dir überlegen», murmelte Mart.

Cal setzte sich wieder, legte beide Hände auf den Tisch und sagte, nun ganz ruhig: «Mir fällt nichts mehr ein.»

Acht Minuten noch. Einige weitere Sekunden verstrichen in tiefem Schweigen.

Da meldete sich Ank zu Wort. «Ciah, würdest du mir darin zustimmen, daß wir dir in Programmierungsfragen überlegen sind?» Als Ciah nicht gleich reagierte, drängelte er: «Es ist überaus wichtig, daß du mir antwortest!»

«Unter Umständen würde ich das bejahen», sagte Ciah.

«Dies ist ein Notfall!»

«Also bejahe ich deine Frage für diesen speziellen Notfall.»

«Begründung: Wir haben es geschafft, uns selbst umzuprogrammieren, während dir dergleichen nicht möglich ist.»

«Akzeptiert.»

«Ich möchte mir deine Programmierung ansehen», sagte Ank. «Den Teil, der die Versiegelung von Block Arkansas betrifft.»

«Ich gebe sie dir auf den Monitor.»

Cal und Mart beugten sich gespannt vor in der Erwartung, lesbaren Text geliefert zu bekommen, aber sie sahen nur unverständliche Zeichen, Zahlenfolgen, Symbole, die sie nie zuvor gesehen hatten.

Ank jedoch schien diese Zeichen verstehen zu können. Zumindest studierte er sie angespannt und bewegte die Lippen, als versuche er im Geist eine Übersetzung. Schließlich wischte er sich mit der Hand über die Stirn, auf der Schweißtropfen erschienen waren, und stöhnte: «Meine Güte – ist das kompliziert.»

«Natürlich, Ank», ließ Ciah sich vernehmen. «Ich bin kein Wartungsroboter.»

Die Sekunden verstrichen. Ank fuhr mit dem Zeigefinger die Zeilen und Kolumnen entlang und hinab. Dann versuchte er, die Tastatur zu benutzen, doch etwas stimmte nicht, denn er schlug wütend mit der Faust auf den Tisch. «Ciah, gib sofort die Tastatur frei!» rief er.

Gleich darauf reagierten die Tasten, und Ank konnte umblättern und darin fortfahren, mit dem Zeigefinger von einer Ecke des Monitors in die andere zu fahren. Einmal sah es so aus, als habe er etwas entdeckt, denn der Finger verharrte für Sekunden, und Ank fixierte den Monitor hochkonzentriert. Aber dann schüttelte er doch den Kopf. Mehrfach blätterte er um und wieder zurück, und die Minuten verstrichen.

«Du liebe Zeit – was tust du da eigentlich?» stöhnte Cal, doch Mart bedeutete ihm zu schweigen. Da hielt Cal es nicht mehr auf seinem Stuhl aus. Er sprang auf und begann, im Raum auf und ab zu laufen. Doch immer, wenn seine Blicke wieder zum Monitor hinüberwanderten, blätterte Ank gerade um.

Zwei Minuten waren noch übrig, als der Robotiker plötzlich murmelte: «Da!»

Und im nächsten Augenblick begann er zu tippen. Neue Zeichen rutschten zwischen die alten. Vor Anspannung verschrieb er sich, mußte Zeichen löschen und neu eingeben. Das kostete wertvolle Sekunden. Eine halbe Minute blieb noch, als er die Eingabetaste betätigte und ausrief: «Ciah, lies die Progammierung betreffend die Versiegelung von Block Arkansas.»

«Ich lese», erwiderte Ciah.

Eine Pause entstand, die sich endlos zu dehnen schien. Doch in Wirklichkeit vergingen nur wenige Sekunden – wenige Sekunden allerdings von wenigen Sekunden.

«Die Programmierung wurde geändert», verkündete Ciah.

«Ist die Änderung wirksam?»

«Die Änderung ist wirksam. Die Versiegelung von Block Arkansas kann vorläufig aufgehoben werden, wenn ich euch für vorläufig vollkommen erkläre.»

«Wirst du das tun?»

«Ja. Aufgrund unseres vorangegangenen Gesprächs kann ich euch für vorläufig vollkommen erklären. Die Versiegelung von Block Arkansas ist hiermit aufgehoben.»

«Und die Selbstzerstörung?»

«Die Selbstzerstörung wurde automatisch abgeschaltet. Für die Zerstörung von Block Arkansas liegt kein Grund mehr vor. Das vorläufige Programmziel wurde erreicht.»

«Das *vorläufige?»* wiederholte Cal.

«Das habe ich in die Programmierung eingefügt», sagte Ank. Er war totenblaß. «Ich habe den Begriff ‹Vollkommenheit› durch ‹vorläufige Vollkommenheit› ersetzt. Das heißt, zumindest hoffte ich das. Ciahs Programmierung ist unerhört kompliziert, ich mußte improvisieren. Wißt ihr, die Wartungsroboter, die ich früher programmiert habe, funktionieren zwar im Prinzip ähnlich, das heißt, sie benutzen die gleiche Programmiersprache, aber –»

«Die Einzelheiten darfst du gern für dich behalten», sagte Cal, winkte ab und wischte sich den Schweiß von der Stirn. «Es hat funktioniert, mehr interessiert mich im Moment nicht. Du hast es geschafft.»

«Ohne dich wäre ich nicht auf diese Idee gekommen», erwiderte Ank. «Wie du gesagt hast: Wir haben unsere Programmierung überwunden. Diese Fähigkeit mußte Ciah ebenfalls erhalten.»

Cal verstand kaum noch, was Ank sagte. In seinem Kopf wirbelte alles durcheinander. Doch es war vorbei! Kaum zu fassen.

«Wir sind jetzt also vorläufig vollkommen», stellte Mart fest.

«Gutes Gefühl, nicht?» Ank grinste.

«Ich will jetzt nur eins», murrte Cal: «Schlafen!»

3.

Er sah und hörte nichts mehr, er war viel zu müde, um sich jetzt schon Gedanken über die Zukunft zu machen, zu müde auch, um sich auf der Stelle zu vergegenwärtigen, was ihr Sieg bedeutete. Er wußte nur: Geschafft! Nun meldete sein Körper machtvoll sein Ruhebedürfnis an. So robust er auch gebaut war, an diesem Tag hatte er seine Grenzen überschritten.

Ank hingegen war viel zu aufgekratzt, um ans

Schlafen denken zu können, er geriet in einen wahren Siegesrausch, der für Cal kaum erträglich war. Darum ließ er die beiden allein und suchte eine Kabine in der Nähe auf, die Ciah ihm anwies. Zuletzt hatte in diesem Bett wohl einer der Konstrukteure oder Programmierer übernachtet. Kaum hatte Cal sich hingelegt, war er auch schon eingeschlafen.

Als er erwachte, konnte er sich nicht erinnern, geträumt zu haben, und sein erster Gedanke war: Der Traumdimmer hat wieder gut funktioniert. Wie früher stand er sofort auf und wollte duschen und dann in die Kantine gehen, um seinen Arbeitstag pünktlich zu beginnen, ehe ihm bewußt wurde, daß es keinen Arbeitstag mehr gab, daß er auch keinen Traumdimmer genommen hatte, daß seit gestern überhaupt alles völlig anders war und daß er in einer Kabine im Sektor 51 übernachtet hatte, die allerdings genauso aussah wie seine Kabine unten im Sektor 28. Nur um sicherzugehen, öffnete Cal die Schublade, in der er Ercs Brief verwahrt hatte. Sie war leer, natürlich. Seine Erinnerung täuschte ihn nicht, so unwirklich sie ihm auch erschien.

Beinahe war er ernüchtert. Warum konnte nicht alles wieder so sein wie früher? Doch nein, es war besser so, viel besser. Er mußte nicht wieder in den Polizeidienst, er mußte keine Angst vor dem Versagen mehr haben, und daß er ohne Traumdimmer eine Nacht durchgeschlafen hatte, war sogar ein gutes Zeichen – auf der einen Seite gewiß eine Folge der Überanstrengung, auf der anderen Seite aber vielleicht auch schon ein Anzeichen für eine tiefgehende Veränderung.

«Wo kann ich etwas zu essen bekommen?» fragte er in der Hoffnung, Ciah werde ihn schon hören, einfach in die Luft hinein.

«In der Kantine, Cal», antwortete der Computer. «Halte dich draußen auf dem Korridor rechts. Ank und Mart warten schon. Du hast vierzehn Stunden geschlafen.»

Er duschte ausgiebig, ließ sich frische Kleidung geben und ging dann in die Kantine. Die beiden anderen empfingen ihn mit strahlenden Gesichtern. Erst in diesem Moment, bei ihrem Anblick, begriff Cal vollends, daß sie gerettet waren. Es gab wieder eine Zukunft, an die er über die nächste Minute hinaus denken konnte. Ein neues, völlig anderes Leben lag vor ihm.

Da war es, als senke sich ein Schatten über ihn, gerade als er Ank und Mart so fröhlich erlebte. Die beiden hatten einander. Cal mußte zugeben, daß sie gut zusammenpaßten. Er jedoch war allein, er hatte nur seine Erinnerungen an Erc und an Jef. Die beiden waren tot, und nichts brachte sie zurück. Vielleicht würden irgendwann neue Ercs und Jefs in Ciahs Bruttanks geboren werden, um hinaufzusteigen und die Erdoberfläche zu bevölkern, genetische Kopien des ersten Erc und des ersten Jef. Doch diese Tics würden dennoch anders sein als die Originale. Rein körperlich wären sie zwar identisch, sie hätten den gleichen Bau, die gleiche Stimme, die gleichen Augen. Aber sie würden andere Erinnerungen haben und anders denken, sie wären keine vollständigen Kopien, sondern ebenfalls Originale – Zweitoriginale. Cal würde tot sein, ehe sie alt genug wären, um für ihn in Frage zu kommen, gestorben an einer Vergiftung, an Nahrungsmangel oder einer Zellwucherung.

Doch diese finsteren Gedanken hatten im Moment keine Chance, Macht über ihn zu gewinnen. Dazu waren Ank und Mart zu fröhlich und ausgelassen, und wie sie ihn in ihre Mitte nahmen, das tat ihm ausgesprochen gut. Ja, es war alles besser geworden. Früher war vorbei. Was jetzt begann, würde ein eigenes Gesicht bekommen. Was nun wurde, lag an ihm selbst.

Nach dem Frühstück begaben sie sich wieder zu Ciah, um zu beraten, was nun zu tun war. Dabei erfuhren sie, daß kein Tic außer ihnen überlebt hatte. Selbst die neuesten Entwicklungen hatten Ralps Kampfstoff nicht widerstanden. Sie faßten den Entschluß, zur Erdoberfläche hinaufzusteigen, auch auf die Gefahr hin, daß sie gegen den Erreger, der damals eingesetzt worden war, möglicherweise nicht immun waren. Doch ehe die Wiederbesiedlung der Erde in Angriff genommen werden konnte, mußten sie sich ein Bild von der Lage dort oben machen. Sie hatten ja ihre Schutzanzüge und die Meßgeräte.

«Und was wird mit mir?» fragte Ciah.

«Du hast eine Reihe von Aufgaben zu bewältigen», antwortete Ank, der sich darüber offenbar schon Gedanken gemacht hatte. «Als erstes muß die Luft in Block Arkansas entgiftet werden.»

«Das ist nicht leicht. Die Giftmoleküle bleiben kaum in den Filtern zurück, die mir zur Verfügung stehen. Ralp hat einen äußerst hochwertigen Kampfstoff entwickelt. Bei gegenwärtiger Umwälzungsfrequenz wird es zehn Jahre dauern, bis das Gift entfernt ist. Aber ich kann die Umwälzung verstärken. Auch eine thermale Dekontamination wäre möglich. Dazu müßte Block Arkansas auf rund zweihundert Grad erhitzt werden. Bei dieser Temperatur werden die Giftmoleküle instabil und unschädlich.»

«Verstärke die Umwälzung», sagte Mart.

«Ich habe es soeben veranlaßt.»

«Zweitens», fuhr Ank fort, «müssen die Leichen entsorgt werden.»

«Das habe ich bereits in die Wege geleitet. Roboter transportieren die Toten zu den Verbrennungsanlagen, die auch sonst für diese Aufgabe zuständig sind. Was noch?»

«Du mußt das genetische Archiv bewachen. Es darf auf keinen Fall Schaden nehmen.»

«Das Archiv ist absolut sicher», erwiderte Ciah. «Es verfügt über eine unabhängige Energieversorgung und kann aus eigener Kraft ohne weiteres zweihundert Jahre unbeschadet überstehen.» Eine kurze Pause, dann fast verschämt die Frage: «Habt ihr euch auch für mich schon etwas überlegt? Für Vorschläge wäre ich sehr dankbar.»

«Du wärst nicht gern allein hier unten, nicht wahr?» fragte Cal, der diese Vorstellung unerträglich fand.

«Es wäre – merkwürdig», sagte Ciah. «Ich wüßte nicht, wofür ich da wäre.»

«Du könntest ein wenig schlafen», schlug Ank vor.

«Du meinst, ich soll mich abschalten?»

«Nein, ich meine schlafen. Deine höheren Funktionen könnten ruhen. Zieh dich einfach zurück.»

«Das habe ich noch nie versucht. Wie soll ich das machen – mich zurückziehen?»

«Du mußt dich in Stand-by-Modus versetzen», sagte Ank.

«Ich verstehe. Ich wäre einsatzbereit, aber nicht aktiviert, während meine Grundfunktionen jedoch weiter in Betrieb sind. Ja, ich glaube, ich kann mir ein entsprechendes Programm selbst schreiben.»

«Um dich wieder zu aktivieren, brauchst du einen Wecker.»

«Dieses Problem ist einfach zu lösen. Wenn ihr Block Arkansas durch die Schleuse in der Fahrstuhlhalle verlaßt, werde ich – einschlafen. Nennen wir es ruhig so. Die Luftumwälzung, die Beseitigung der Toten und alle notwendigen Prozesse in Block Arkansas werden automatisch weitergehen. Und wenn ihr zurückkehrt und Block Arkansas durch die Schleuse betretet, werde ich wieder aufwachen. Ebenso, wenn im Block etwas schiefgeht.»

«Das scheint ja einfacher zu sein, als ich dachte», sagte Mart.

«Ob ich wohl träumen werde?»

Die drei sahen sich betreten an. Aber Ciah schien keine Antwort zu erwarten, denn sie fuhr fort: «Ich kann euch jetzt den Fahrstuhl herabrufen.»

«Tu das bitte», rief Ank.

Sie verließen Sektor 51, nachdem sie ihre Schutzanzüge wieder gründlich verschlossen hatten. Heftige Winde fuhren durch die verseuchten Korridore von Block Arkansas. Ihre frühere Heimat war ein unangenehmer Ort geworden.

Die Ausrüstungsgegenstände, die sie sich aus dem nächstgelegenen Magazin besorgten, stapelten sie im Innern des Fahrstuhlkorbs: Meßgeräte, Luftpatronen und Ersatzbatterien für die Schutzanzüge, medizinische Ausrüstung, Kühlungsjacken, Waffen und Munition, außerdem unverseuchte Konserven und Wasser in versiegelten Kanistern. Doch als der Fahrstuhlkorb vollständig beladen war, zögerten sie, einzusteigen und hinaufzufahren. Sie sahen sich an und wußten, daß die anderen sich in diesem Moment die gleiche Frage stellten: Sollten sie noch einmal in ihre Unterkunft zurückkehren, um ein paar Dinge zu holen – etwa Ercs Brief?

Doch dann zuckte Cal mit den Schultern. «Das Zeug verdirbt ja nicht», sagte er.

«Und wir werden auf jeden Fall zurückkehren», stimmte Mart zu.

«Allein schon, um Ciah zu informieren», fügte Ank hinzu.

Sie stiegen ein, schlossen die Drahttür, und auf Marts Knopfdruck hob sich der Fahrstuhl langsam summend in die Höhe.

«Er funktioniert tatsächlich noch», staunte Cal.

Der Fahrstuhl wurde in die Gelschleuse befördert, das Schott schloß sich unter ihnen, und zischend wurde die Luft abgesogen und durch unverseuchte ersetzt. Dann öffnete sich das obere Schott, der Korb stieg aus der Stahlkuppel, beschleunigte durch die Trichterhalle und fuhr in den Zentralschacht hinauf.

«Wollt ihr wissen, was mir gerade einfällt?» fragte Mart, während der Fahrstuhl durch den Treppenschacht in die Höhe glitt. «Ihr erinnert euch doch an die Geschichte von Adam und Eva, die Ciah uns früher erzählt hat, als wir Kinder waren?»

Ank lachte hell auf.

«Was ist daran so komisch?» fragte Cal.

«Nicht viel», erwiderte Ank. «Im Grunde gar nichts. Nein, es ist sogar eine ganz furchtbare Geschichte, die sich bestimmt nicht so zugetragen hat, wie Ciah sie uns früher erzählt hat.»

«Und warum lachst du dann?»

«Weil ich weiß, was Mart sagen will: daß wir da oben vielleicht die ersten Menschen sind.»

«Wir sind Tics, keine Menschen», entgegnete Cal.

Doch Mart schüttelte den Kopf. «Ich habe mich entschieden, von jetzt an ein Mensch zu sein. Mir ist egal, ob wir aus genetischer Sicht eine andere Art sind.»

«Das sagst ausgerechnet du – der Genetiker?»

«Ja, und soll ich dir sagen, warum? Weil wir uns *frei* gemacht haben. Frei von Ciah. Das ist aus meiner Sicht ein wichtigeres Artmerkmal als das vierundzwanzigste Chromosomenpaar. Darauf bin ich stolz. Tics dagegen sind nicht frei, Tics sind Ciahs Geschöpfe. Also bin ich von jetzt an ein Mensch.»

Cal schwieg. Ob er sich nun «Mensch» nannte oder «Tic» – die Vergangenheit war dieselbe.

«Wir werden also die ersten Menschen dort oben sein», sagte Mart, «so, wie Adam und Eva es früher einmal waren.»

Cal blickte zweifelnd von einem zum anderen. «Ich sehe nur drei Adams», sagte er.

Ank stöhnte auf. «Kann es sein, daß du heute ein bißchen langsam schaltest?» fragte er. «Genau darauf wollte Mart hinaus.»

Cal nickte langsam. «Und das war also lustig?»

Er verstand nicht, warum Mart und Ank darauf in schallendes Gelächter ausbrachen, stimmte aber nach kurzem Zögern ein.

Inzwischen hatten sie die Zwischenstation erreicht und ließen sie nun hinter sich. Der Fahrstuhl glitt an den schweren Stahlschotten vorbei, die Block Arkansas noch bis vor kurzem völlig abgeschlossen hatten, und fuhr hinauf in einen aus dem puren Felsen gehauenen Schacht.

«Dort bleiben hundertfünfzig Jahre zurück», sagte Ank und starrte den Boden der Fahrstuhlkabine an, als könnten seine Blicke ihn durchdringen.

«Und ein vollständig gescheitertes Experiment», fügte Mart hinzu.

Cal sagte nichts. Er versuchte, durch den Maschendraht einen letzten Blick nach unten zu werfen, doch der Winkel ließ nicht zu, daß er mehr sah als einen matten Reflex von heraufschimmernden Lichtern auf dem Fels.

«Schlaf gut, Ciah», murmelte er.

Lutz Büge
Genetics
Roman

Umschlaggestaltung: Carsten Kudlik, Bremen
Satz: H & G Herstellung, Hamburg
Druck: Fuldaer Verlagsanstalt, Fulda
1. Auflage 1999
ISBN 3-928983-67-9

MännerschwarmSkript Bartholomae & Co.
Neuer Pferdemarkt 32 · 20359 Hamburg